Der coole, gutaussehende Jack hat ein Problem: Er ist gesichtsblind. Alle Leute sehen für ihn wie Fremde aus. Auf Partys fällt es ihm schwer, seine Freundin unter all den anderen Mädchen zu erkennen. Sein ganzes Leben besteht aus Strategien, um diese Störung zu vertuschen: Immer cool bleiben, auch wenn er mal die Falsche küsst. Und dann kommt Libby, die in den Augen vieler so unperfekt ist, wie man nur sein kann. Denn Libby ist übergewichtig. Jack bewundert Libby, weil sie zu sich selbst steht, und bald weiß sie als einziger Mensch von Jacks Geheimnis. Aber hat Jack den Mut, zu Libby zu stehen?

»Schnell wird klar, dass Jennifer Nivens neues Buch über ›angewandte Überlebensstrategien‹ und darüber, wie es ist, ›anders‹ zu sein, sehr viel tiefer geht.« Annalena Arnold, *emotion*

»Anrührend.« *Maxi*

Jennifer Niven ist der Star der internationalen Jugendbuchszene. Ihre Bücher wurden in zahlreiche Sprachen übersetzt, ihr internationaler Bestseller ›All die verdammt perfekten Tage‹ wird derzeit nach einem Drehbuch der Autorin verfilmt. Außerdem ist sie Mitbegründerin des Online-Jugendmagazins ›Germ‹. Jennifer Niven wuchs in Indiana/USA auf und lebt in Los Angeles.

Weitere Informationen finden Sie auf *www.fischerverlage.de*

Jennifer Niven

STELL DIR VOR, DASS ICH DICH LIEBE

Aus dem amerikanischen Englisch
von Maren Illinger

FISCHER Taschenbuch

für Kerry,
Louis,
Angelo und Ed,
die mein Universum gehalten haben

und für meine Leser,
die mir die Welt bedeuten

MIX
Papier aus verantwortungsvollen Quellen
FSC® C014496
FSC
www.fsc.org

Erschienen bei FISCHER Taschenbuch
Frankfurt am Main, Dezember 2018

Die Originalausgabe erschien 2016 unter dem Titel ›Holding up the Universe‹ bei Alfred A. Knopf, an imprint of Random House Children's Books, a division of Penguin Random House LLC, New York

Hedderichstr. 114, D-60596 Frankfurt am Main
Satz: Dörlemann Satz, Lemförde
Druck und Bindung: GGP Media GmbH, Pößneck
Printed in Germany
ISBN 978-3-7335-0369-7

»Er war nett, Atticus, so nett …«
»Das sind die meisten Menschen, Scout,
wenn man sie endlich zu Gesicht bekommt.«

Harper Lee, *Wer die Nachtigall stört*

Ich bin kein mieser Typ, aber ich bin kurz davor, etwas Mieses zu tun. Du wirst mich dafür hassen, und andere werden mich dafür hassen, aber ich werde es trotzdem tun, zu deinem Schutz und auch zu meinem.

Das soll keine Entschuldigung sein, aber ich habe eine Krankheit, die Prosopagnosie heißt. Das bedeutet, dass ich keine Gesichter erkennen kann. Nicht mal die Gesichter der Menschen, die ich liebe. Nicht mal das meiner Mom. Nicht mal mein eigenes.

Stell dir vor, du kommst in einen Raum voller Fremder, Leute, die dir nichts bedeuten, weil du ihre Namen und ihre Geschichten nicht kennst. Dann stell dir vor, du gehst in die Schule oder zur Arbeit, oder, noch schlimmer, nach Hause, wo du die Leute eigentlich kennen solltest, aber selbst da sehen sie für dich wie Fremde aus.

So fühlt sich mein Leben an: Ich betrete einen Raum und kenne niemanden. Und so ist es mit jedem Raum, überall. Ich kann Menschen an ihrem Gang erkennen. An Gesten. Stimmen. Frisuren. Ich kann mir Menschen durch besondere Kennzeichen merken. Ich sage mir: *Dusty hat abstehende Ohren und einen rotbraunen Afro,* und dann präge ich mir diese Informationen ein, damit sie mir helfen, meinen kleinen Bruder zu finden, aber ich habe keine Vorstellung von seinem Gesicht mit den großen Ohren und dem Afro, solange er nicht vor mir steht. Leute wiederzuerkennen ist wie eine Superkraft, die alle haben außer mir.

Ob ich eine offizielle Diagnose bekommen habe? Nein. Und zwar nicht nur, weil dieses Spezialgebiet vermutlich die Tarifklasse der Kinderärzte in unserer Stadt übersteigt. Nicht nur, weil meine Eltern in den vergangenen zwölf Jahren genug Mist hatten, mit dem sie fertig werden mussten. Nicht nur, weil es besser ist, *kein* Freak zu sein. Sondern weil ein Teil von mir hofft, dass es nicht stimmt. Dass es vielleicht ganz von selbst wieder verschwindet. Bis dahin schlage ich mich folgendermaßen durch:

Alle grüßen/anlächeln.

Liebenswürdig sein.

Immer am Start sein.

Irre witzig sein.

Party machen, aber nicht trinken. Nie die Kontrolle verlieren (das passiert schon nüchtern oft genug).

Wachsam sein.

Tun, was immer nötig ist. Das Oberarschloch sein. Alles, bloß kein Opfer sein. Es ist immer besser zu jagen, als gejagt zu werden.

Ich sage das alles nicht als Entschuldigung für das, was ich tun werde. Aber vielleicht kannst du es im Hinterkopf behalten. Es ist der einzige Weg, um meine Freunde daran zu hindern, etwas noch Schlimmeres zu tun, und es ist der einzige Weg, um dieses wahnsinnige Spiel zu beenden. Ich will niemanden verletzen. *Das ist nicht meine Absicht.* Auch wenn es das ist, was passieren wird.

Jack

PS: Du bist der einzige Mensch, der weiß, was mit mir los ist.

Prosopagnosie (…), Subst.: 1. die Unfähigkeit, Gesichter bekannter Menschen zu erkennen, oft in Folge einer Gehirnverletzung. 2. wenn alle Fremde sind.

ACHTZEHN STUNDEN ZUVOR

LIBBY

Wenn meine Nachttischlampe funktionieren würde wie Aladins Wunderlampe, würde ich mir diese drei Dinge wünschen: dass meine Mutter noch am Leben wäre, dass nie wieder etwas Schlimmes oder Trauriges passiert und dass ich ein Mitglied der Martin-van-Buren-Highschool-Darlings wäre, dem besten Tanzteam in der Region.

Aber was, wenn die Darlings dich nicht wollen?

Es ist 3.38 Uhr, und meine Gedanken flitzen so wild umher wie mein Kater George, als er klein war. Plötzlich klettert mein Gehirn an den Vorhängen hoch und schwingt sich aufs Bücherregal. Und dann sitzt es vorm Aquarium, die Pfoten auf dem Glasrand und die Nase unter Wasser.

Ich liege auf dem Bett und starre in die Dunkelheit, und meine Gedanken turnen durchs Zimmer.

Was, wenn du wieder in die Falle gerätst? Wenn sie die Tür der Cafeteria oder die Wand im Waschraum einreißen müssen, um dich zu befreien? Was, wenn dein Dad wieder heiratet und dann stirbt und du bei seiner neuen Frau und den Stiefgeschwistern bleiben musst? Was, wenn du selbst stirbst? Was, wenn es keinen Himmel gibt und du deine Mom nie wiedersiehst?

Ich befehle mir zu schlafen.

Ich schließe die Augen und liege ganz still.

Ganz still.

Minutenlang.

Ich lege meine Gedanken neben mich und sage zu ihnen: *Schlaft, schlaft, schlaft.* Aber sie kommen nicht zur Ruhe. *Was, wenn du zur Schule gehst und merkst, dass alles anders ist, dass deine Mitschüler anders sind, und, egal, wie sehr du dich anstrengst, du nie so gut sein wirst wie sie?*

Ich öffne die Augen.

Mein Name ist Libby Strout. Ihr habt wahrscheinlich schon von mir gehört. Vielleicht habt ihr das Video gesehen, wie ich aus meinem eigenen Haus befreit wurde. Als ich das letzte Mal nachgeschaut habe, hatten 6 345 981 Menschen das Video gesehen. Die Chancen stehen also nicht schlecht, dass ihr dabei seid. Vor drei Jahren war ich *Amerikas fettester Teenager.* Ich wog zu meinen schwersten Zeiten 296 Kilo, mit anderen Worten: Ich hatte etwa 226 Kilo Übergewicht. Ich war nicht immer fett. Die Kurzfassung der Geschichte ist: Meine Mutter starb, und ich wurde fett. Aber im Gegensatz zu ihr bin ich immer noch da. Die Schuld meines Vaters ist mein Gewicht jedenfalls nicht.

Zwei Monate, nachdem ich aus unserem Haus befreit wurde, zogen wir in ein anderes Viertel auf der anderen Seite der Stadt. Heute kann ich das Haus wieder allein verlassen. Ich habe 140 Kilo abgenommen. Das Gewicht von zwei vollständigen Menschen. Ich habe immer noch knapp 90 Kilo vor mir, aber das ist in Ordnung. Ich mag, wer ich bin. Erstens kann ich jetzt rennen. Und Auto fahren. Und Klamotten im Einkaufszentrum kaufen, statt sie irgendwo bestellen zu müssen. Und ich kann mich schnell im Kreis drehen. Abgesehen davon, dass ich keine Angst mehr vor Organversagen haben muss, ist das vielleicht das Beste im Vergleich zu damals.

Morgen ist mein erster Schultag seit der fünften Klasse. Mein neuer Titel lautet *Elftklässlerin*, was wesentlich besser klingt als *Amerikas fettester Teenager*. Aber es fällt mir schwer, irgendetwas anderes zu sein als VOLLKOMMEN VERÄNGSTIGT.

Ich rechne schon mit der nächsten Panikattacke.

JACK

Caroline Lushamp ruft mich auf dem Handy an, kurz bevor mein Wecker klingelt, aber ich lasse die Mailbox antworten. Ich weiß, was es auch ist, es ist nichts Gutes, und es ist meine Schuld.

Sie versucht es dreimal, hinterlässt aber nur eine Nachricht. Ich bin drauf und dran, sie zu löschen, ohne sie mir anzuhören, aber was ist, wenn sie eine Panne hatte und Hilfe braucht? Immerhin haben wir seit vier Jahren eine On/Off-Beziehung. (*Die* Art Paar sind wir. So ein Zusammen-getrennt-zusammen-Paar, von dem alle sagen, dass es früher oder später vor dem Traualtar landen wird.)

Jack, ich bin's. Ich weiß, wir machen gerade Pause, aber sie ist meine Cousine. Meine COUSINE. Also echt, sie ist MEINE COUSINE, JACK! Wenn du dich an mir rächen wolltest, weil ich Schluss gemacht habe, dann herzlichen Glückwunsch, du Pisser, du hast es geschafft. Wenn du mich heute auf dem Gang oder in der Cafeteria oder IRGENDWO SONST AUF DER WELT siehst, sprich mich bloß nicht an! Weißt du was, tu mir den Gefallen und fahr zur Hölle.

Drei Minuten später ist eine Nachricht von besagter Cousine auf der Mailbox, und erst denke ich, sie weint, aber dann ist Caroline im Hintergrund zu hören, und die Cousine fängt an zu kreischen, und Caroline kreischt zurück. Ich lösche die Nachricht.

Zwei Minuten später schreibt Dave Kaminski, um mich zu warnen, dass Reed Young mir die Fresse polieren will, weil ich mit seiner Freundin rumgemacht habe. Ich antworte: *Du hast was bei mir gut, Mann.* Und das meine ich auch so. Ich zähle den Punktestand: Dave hat mir weit öfter geholfen als ich ihm.

So ein Aufstand wegen eines Mädchens, das Caroline ehrlich gesagt so ähnlich sieht, dass ich – wenigstens anfangs – dachte, sie *sei* es. Und das heißt doch auf irgendeine seltsame Art, dass Caroline sich geschmeichelt fühlen sollte. Es war wie ein Geständnis an die Welt, dass ich wieder mit ihr zusammen sein will, obwohl sie mich in der ersten Ferienwoche abserviert hat, um was mit Zach Higgins anzufangen.

Ich überlege, ob ich ihr das schreiben soll, aber dann schalte ich mein Handy aus und schließe die Augen und versuche, mich in die Zeit Anfang Juli zurückzuversetzen. Als ich nichts anderes zu tun hatte, als meine Arbeit bei Masselins Spielwaren zu machen, auf dem Schrottplatz herumzustöbern, an (umwerfenden) Projekten in meiner (grandiosen) Werkstatt zu basteln und mit meinen Brüdern abzuhängen. Das Leben wäre so viel einfacher, wenn es nur Jack + Schrottplatz + grandiose Werkstatt + umwerfende Projekte gäbe.

Du hättest niemals auf diese Party gehen dürfen. Du hättest niemals etwas trinken dürfen. Du weißt, dass du dir nicht vertrauen kannst. Meide Alkohol. Meide Menschenmengen. Meide Menschen. Am Ende bringst du sie doch nur gegen dich auf.

LIBBY

Es ist 6.33 Uhr, ich bin gerade aufgestanden und stehe vor dem Spiegel. Es gab eine Zeit, vor etwas mehr als zwei Jahren, als ich mich selbst nicht ansehen konnte oder wollte. Ich sah nur das verkniffene Gesicht von Moses Hunt, der mir über den Schulhof hinweg zubrüllte: »Dich wird nie einer lieben, weil du fett bist!« Und die Gesichter der anderen Fünftklässler, als sie zu lachen anfingen. »Du verdeckst den Mond mit deinem Fett, Fetti Plauz, bleib doch im Bett …«

Heute sehe ich hauptsächlich mich selbst – hübsches dunkelblaues Kleid, Turnschuhe, halblange braune Haare, deren Farbe meine liebe, aber leicht demente Großmutter einmal als »genau wie das Fell von Hochlandrindern« beschrieben hat. Und das Spiegelbild eines riesigen struppigen Wattebauschs von einer Katze.

George starrt mich mit seinen weisen goldenen Augen an, und ich versuche mir vorzustellen, was er zu mir sagen würde. Vor vier Jahren wurde bei ihm ein Herzfehler diagnostiziert, und man gab ihm noch sechs Monate. Aber ich kenne ihn gut genug, um zu wissen, dass George ganz allein entscheiden wird, wann es Zeit für seinen Abgang ist. Er blinzelt mich an.

Ich glaube, jetzt würde er mir befehlen zu atmen.

Ich bin richtig gut im Atmen geworden.

Ich schaue auf meine Hände. Die Fingernägel sind zwar bis zur Nagelhaut abgekaut, aber meine Hände sind ruhig. So erstaunlich das auch ist, ich bin tatsächlich ziemlich ruhig, in Anbetracht der Umstände. Ich stelle fest: Die Panikattacke ist nicht gekommen. Wenn das kein Grund zum Feiern ist. Ich lege eine der alten Platten meiner Mom auf und fange an zu tanzen. Tanzen liebe ich mehr als alles andere, und Tanzen ist das, was ich in meinem Leben machen will. Ich hatte keinen Unterricht mehr, seit ich zehn war, aber *Tanzen liegt mir im Blut*, und kein Trainingsrückstand kann etwas daran ändern.

Ich sage mir: *Vielleicht kannst du dieses Jahr bei der Aufnahmeprüfung für die Darlings mitmachen.*

Mein Gehirn zischt die Wand hoch, wo es zitternd hängen bleibt. *Was, wenn es nie dazu kommt? Was, wenn du stirbst, bevor du irgendetwas Gutes oder Wundervolles oder Aufregendes erlebt hast?*

In den letzten zweieinhalb Jahren habe ich mich einzig und allein um mein Überleben gekümmert. Der Fokus jedes Menschen in meinem Leben, einschließlich mir selbst, war: *Wir müssen dafür sorgen, dass es dir bessergeht.* Und jetzt geht es mir besser. *Also was, wenn ich jetzt alle enttäusche, nachdem sie so viel Zeit und Energie in mich gesteckt haben?*

Ich tanze wilder, um diese Gedanken zu verdrängen, bis mein Dad an die Tür klopft. Sein Kopf erscheint im Türspalt.

»Du weißt ja, dass ich Pat Benatar bei voller Lautstärke so früh am Morgen liebe, aber die Frage ist: Wie sehen das die Nachbarn?«

Ich stelle die Musik etwas leiser, aber ich tanze weiter. Als der Song vorbei ist, krame ich einen Edding hervor und verziere einen meiner Schuhe mit einem Zitat.

»*Irgendwas kommt doch immer auf einen zu. Und selbst wenn*

es was Schlimmes ist, und du weißt, dass es was Schlimmes ist, was willst du machen? Man kann nicht einfach aufhören zu leben.« Truman Capote, »Kaltblütig«

Dann nehme ich den knallroten Lippenstift, den meine Großmutter mir zum Geburtstag geschenkt hat, beuge mich näher zum Spiegel und schminke mir die Lippen.

JACK

Ich höre das Rauschen der Dusche und Stimmen im Erdgeschoss. Ich ziehe mir das Kissen über den Kopf, aber es ist zu spät – ich bin wach.

Ich stelle mein Handy an und schreibe erst Caroline, dann Kam, dann Reed Young. Ich sage, dass ich sehr betrunken war (eine Übertreibung), dass es sehr dunkel war (war es) und dass ich mich an nichts mehr erinnere, weil ich nicht nur betrunken, sondern auch total fertig war. *Bei mir zu Hause ist gerade die Kacke am Dampfen, ich kann jetzt nicht drüber reden, aber wenn ihr großzügig sein und mir vergeben könnt, werde ich euch das nie vergessen.* Der Teil mit der Kacke bei mir zu Hause ist jedenfalls nicht gelogen.

Für Caroline werfe ich ein paar Komplimente dazu und bitte sie, sich bei ihrer Cousine für mich zu entschuldigen. Ich sage, ich will es nicht selber tun, weil ich schon so ein Chaos angerichtet habe und zwischen Caroline und mir nicht alles noch schlimmer machen will. Auch wenn es *Caroline* war, die *mich* verlassen hat, und auch wenn wir gerade gar nicht zusammen sind und auch wenn ich sie seit Juni nicht mal mehr gesehen habe, krieche ich zu Kreuze. Das ist der Preis, den ich dafür zahle, dass ich alle glücklich machen will.

Ich schleppe mich über den Flur ins Bad. Was ich mehr brauche als alles andere, ist eine lange heiße Dusche, doch ich bekomme nur ein warmes Rinnsal, gefolgt von isländischer Kälte. Sechzig Sekunden später – länger halte ich es nicht aus – verlasse ich die Dusche, trockne mich ab und stehe vor dem Spiegel.

Das also bin ich.

Das denke ich jedes Mal, wenn ich mein Spiegelbild sehe. Nicht im Sinne von *Wow, das bin ich*, sondern eher *Aha. Okay. Wen haben wir denn da?* Ich beuge mich vor und versuche, die Einzelheiten meines Gesichts zusammenzusetzen.

Der Typ im Spiegel sieht nicht schlecht aus – hohe Wangenknochen, kräftiger Kiefer, ein hochgezogener Mundwinkel, als hätte er gerade einen Witz erzählt. Vielleicht fast irgendwie attraktiv. So, wie er den Kopf zurücklegt und durch halbgeöffnete Lider in die Welt schaut, wirkt er, als sei er es gewohnt, auf andere herabzusehen, als wäre er schlau und wüsste das auch, und dann geht mir auf, dass er in Wahrheit aussieht wie ein Arschloch. Abgesehen von den Augen. Sie sind zu ernst, und es sind Ringe darunter, als hätte er nicht geschlafen. Er trägt dasselbe Superman-Shirt, das ich den ganzen Sommer lang anhatte.

Was bedeutet dieser Mund (die Leute sagen, den hätte ich von Mom) zusammen mit dieser Nase (auch von Mom) und diesen Augen (eine Mischung aus Mom und Dad)? Meine Augenbrauen sind dunkler als meine Haare, aber nicht so dunkel wie die von Dad. Meine Haut ist mittelbraun, nicht so dunkel wie Moms und nicht so hell wie Dads.

Und noch etwas passt nicht: die Haare. Ein verdammter Löwenmähnenafro, der so aussieht, als hätte er ein Eigenleben. Aber wenn dieser Typ im Spiegel irgendwas mit mir gemein hat, dann überlässt er nichts dem Zufall. Er hat seine Haare wachsen lassen, obwohl sie nicht zu bändigen sind. Und zwar aus einem bestimmten Grund: Damit er sich selbst wiederfindet.

Etwas an der Art, wie sich diese Gesichtszüge zusammensetzen, macht es möglich, dass die Menschen sich auf der Welt finden. Etwas an der Kombination lässt sie sagen: *Da ist ja Jack Masselin.*

»Was ist dein Erkennungszeichen?«, frage ich mein Spiegelbild, und ich meine das wahre Erkennungszeichen, nicht den riesigen Afro. Für mich ein richtig ernster Moment, aber dann höre ich ein gedämpftes Kichern, und ein großer, schlaksiger Wirbelwind fegt vorbei. Das wäre dann wohl mein Bruder Marcus.

»Mein Name ist Jack, und ich bin so schön«, singt er den ganzen weiten Weg die Treppe hinunter.

Die 5 peinlichsten Momente meines Lebens

von Jack Masselin

1. Als meine Mutter mich von der Vorschule abholte (nachdem sie beim Friseur gewesen war) und ich sie vor meinen Lehrern, den anderen Kindern, den anderen Eltern und dem Schulleiter beschuldigte, mich kidnappen zu wollen.
2. Als ich bei einem spontanen Fußballspiel im Reynolds Park mitmachte (ohne Trikots), jeden Ball an die gegnerische Mannschaft schoss und den Rekord für die katastrophalste und demütigendste Spielerleistung aller Zeiten setzte.
3. Als ich dem Mann, den ich für meinen Baseballtrainer hielt, mitten im Supermarkt erklärte, ich könne mal wieder eine Massage gebrauchen, nur um hinterher zu merken, dass es Mr Temple war, Moms Boss.
4. Als ich meinte, Jesselle Vellegas aus der Elften anzubaggern, und sich herausstellte, dass es Miss Arbulata war, eine Vertretungslehrerin.
5. Als ich mit Caroline Lushamp rumknutschte und es in Wahrheit ihre Cousine war.

LIBBY

Da ich keinen Führerschein habe, fährt Dad mich. Eine der vielen, vielen Sachen, auf die ich mich in diesem Schuljahr freue, ist der Fahrunterricht. Ich warte darauf, dass mein Vater mir weise Ratschläge gibt oder eine saftige Anfeuerungsrede hält, aber ihm fällt nur ein: »Du packst das, Libby. Ich werde hier sein und dich abholen, wenn es vorbei ist.«

So wie er es sagt, klingt es unheilverkündend, als spielten wir die Anfangsszene eines Horrorfilms. Dann lächelt er mich an, die Art Lächeln, die zuversichtlich wirken soll. Ein nervöses Lächeln, das in den Mundwinkeln hochgezogen ist.

Ich lächle zurück.

Was, wenn ich irgendwo steckenbleibe? Was, wenn ich allein zu Mittag essen muss und für den Rest des Jahres keiner mit mir redet?

Mein Dad ist ein großer, gutaussehender Typ. Das Salz der Erde. Schlau (er kümmert sich um die IT-Sicherheit eines großen Computerunternehmens). Weiches Herz. Nachdem ich aus unserem Haus befreit werden musste, hatte er es sehr schwer. So schrecklich es für mich war, ich glaube, für ihn war es noch schlimmer, vor allem die Vorwürfe, mich vernachlässigt oder misshandelt zu haben. Die Journalisten konnten sich keinen anderen Grund vorstellen, warum ich so fett geworden war. Sie wussten nichts von den Ärzten, zu denen er mich gebracht hatte, und von den Diäten, mit denen wir es versuchten, während er selbst um seine Frau trauerte. Sie sahen nicht das Essen, das ich unter meinem Bett und in den Tiefen meines Kleiderschranks vor ihm versteckte. Sie konnten nicht wissen, dass ich, wenn ich mir einmal etwas in den Kopf gesetzt habe, es auch durchziehe. Und ich hatte mir in den Kopf gesetzt zu essen.

Anfangs weigerte ich mich, mit den Leuten von der Presse zu sprechen, aber irgendwann musste ich der Welt zeigen, dass mit mir alles in Ordnung und dass Dad nicht der Schurke war, als den sie ihn darstellten, dass er mich nicht mit Süßigkeiten und Kuchen vollstopfte, um mich ans Haus zu fesseln und abhängig von ihm zu machen wie die Mädchen aus *The Virgin Suicides.* Deshalb habe ich gegen den Willen meines Vaters einem Nachrichtensender in Chicago ein Interview gegeben, und dieses Interview ging einmal um den Globus.

Verstehen Sie, meine ganze Welt ist zusammengebrochen, als ich zehn war. Meine Mom starb, was schon traumatisch genug war, doch dann begann das Mobbing. Hinzu kam, dass mein Körper sich früh entwickelte und sich plötzlich zu groß für mich anfühlte. Ich will damit nicht sagen, dass ich meinen Mitschülern die Schuld gebe. Wir waren schließlich Kinder. Aber ich will deutlich machen, dass verschiedene Faktoren damit zu tun hatten - das Mobbing zusammen mit dem Verlust des wichtigsten Menschen in meinem Leben, gefolgt von den Panikattacken, wenn ich das Haus verlassen sollte. Bei alldem war Dad derjenige, der mir Halt gab.

Ich frage meinen Dad: »Wusstest du, dass Pauline Potter, die schwerste Frau der Welt, fünfzig Kilo allein durch Marathon-Sex abgenommen hat?«

»Kein Sex für dich, bevor du dreißig bist, junge Dame.«

Ich denke: *Wir werden sehen.* Schließlich geschehen jeden Tag Wunder. Vielleicht sind die Kids, die auf dem Schulhof so gemein zu mir waren, erwachsen geworden und haben ihre Fehler erkannt. Vielleicht sind sie ja sogar ganz nett geworden. Vielleicht sind sie aber auch noch gemeiner geworden. Jedes Buch, das ich lese, und jeder Film, den ich sehe, scheinen dieselbe Botschaft zu haben: Die Highschool ist die schlimmste Erfahrung, die du jemals machen kannst.

Was, wenn ich aus Versehen jemanden anschnauze und die schnippische Fette *werde? Was, wenn irgendein wohlmeinendes dünnes Mädchen mich adoptiert und ich ihre* fette beste Freundin *werde? Was, wenn sich herausstellt, dass ich nach der langen Zeit, in der ich zu Hause unterrichtet wurde, auf dem Niveau der achten statt der elften Klasse bin?*

Dad sagt: »Du musst einfach nur den heutigen Tag überstehen, Libby. Wenn es ganz schrecklich wird, unterrichten wir dich wieder zu Hause. Schenk mir nur einen Tag. Das heißt, schenk ihn nicht mir. Schenk ihn dir.«

Ich sage mir: *heute.* Ich sage mir: *Davon hast du geträumt, als du zu viel Angst hattest, um das Haus zu verlassen. Davon hast du geträumt, als du sechs Monate lang im Bett gelegen hast. Das ist es, was du wolltest – draußen in der Welt sein wie alle anderen.* Ich sage mir: *Du hast zweieinhalb Jahre Diätcamps und Beratung und Therapie und ärztliche Behandlung und Verhaltenstraining gebraucht, um dich darauf vorzubereiten. In den letzten zweieinhalb Jahren bist du jeden Tag zehntausend Schritte gegangen. Jeder einzelne von ihnen hat dich zu diesem Moment geführt.*

Ich kann nicht Auto fahren.

Ich bin noch nie auf einer Party gewesen.

Ich habe fünf Schuljahre verpasst.

Ich hatte noch nie einen Freund, aber ich habe einmal im Diätcamp mit einem Typen geknutscht. Er hieß Robbie und wiederholt gerade die zwölfte Klasse irgendwo in Iowa.

Abgesehen von meiner Mom hatte ich nie eine beste Freundin oder einen besten Freund, wenn man die Freunde nicht mitzählt, die ich mir ausgedacht habe – drei Brüder, die auf der anderen Straßenseite unseres alten Hauses wohnten. Ich nannte sie Dean, Sam und Castiel, weil sie auf eine Privatschule gingen und ich ihre richtigen Namen nicht kannte. Ich tat so, als wären sie meine Freunde.

Dad sieht so angespannt und erwartungsvoll aus, dass ich meine Tasche nehme und aussteige, und dann stehe ich vor der Schule, und die Leute strömen an mir vorbei.

Was, wenn ich zu jeder Stunde zu spät komme, weil ich nicht schnell genug bin, und dann nachsitzen muss, wobei ich die einzigen Typen kennenlerne, die mir Beachtung schenken – Übeltäter und Delinquenten –, mich in einen von ihnen verliebe, schwanger werde, die Schule verlassen muss, bevor ich meinen Abschluss habe, und den Rest meines Lebens bei meinem Dad wohne oder zumindest, bis das Baby achtzehn ist?

Ich würde am liebsten wieder ins Auto steigen, aber Dad sitzt noch immer mit seinem hoffnungsvollen Lächeln da. »Du schaffst das.« Diesmal sagt er es lauter und – ich schwöre – zeigt mir den erhobenen Daumen.

Also mische ich mich in die Menge und lasse mich von ihr weiterschieben, bis ich am Eingang stehe, meine Tasche für die Kontrolle des Wachmanns öffne, durch die Metalldetektoren gehe und einen langen Gang mit vielen Abzweigungen betrete, und die ganze Zeit über werde ich von Armen und Ellbogen angestoßen. Ich denke: *Irgendwo in dieser Schule könnte ein Junge sein, in den ich mich verliebe. Einer dieser edlen jungen Männer könnte derjenige sein, der mein Herz und meinen Körper erobert. Ich werde die Pauline Potter der Martin-Van-Buren-Highschool sein. Ich werde den Rest meines Übergewichts durch Sex loswerden.* Ich betrachte die Typen, die an mir vorbeigehen. *Der da könnte es sein, oder der. Das ist die Schönheit dieser Welt. Im Augenblick bedeutet dieser Typ mir gar nichts, aber bald werden wir uns kennenlernen, und unsere Begegnung wird die Welt verändern, seine und meine.*

»Mach schneller, Fettarsch«, sagt eine Stimme hinter mir. Ich spüre den Stachel der Beleidigung wie eine Reißzwecke, als würde das Wort mich stechen, so wie es meine Gedankenblase zersticht. Ich beschleunige meinen Schritt. Der Vorteil an meiner Figur ist, dass ich mir überall einen Weg bahnen kann.

JACK

Wie meine Frisur ist auch mein Auto Teil meines Images. Ein aufgemotzter 1986er Land Rover, den Marcus und ich einem alten Herrn abgekauft haben. Er wurde ursprünglich in der Landwirtschaft genutzt, bevor er vierzig Jahre lang in einer Scheune vor sich hin rostete, aber jetzt ist er halb Jeep, halb Geländewagen und zu hundert Prozent eine Wahnsinnskarre.

Marcus sitzt auf dem Beifahrersitz und schmollt. »Arschloch.« Das sagt er leise und ans Fenster gerichtet. Zu meinem Pech hat er seit einem Monat seinen Führerschein.

»Wie süß von dir. Ich hoffe, die Elfte verdirbt dir nicht deinen jugendlichen Charme. Du kannst nächstes Jahr fahren, wenn ich auf dem College bin.«

Falls ich auf dem College bin. Falls ich je hier wegkomme.

Er zeigt mir den Mittelfinger.

Von hinten tritt unser kleiner Bruder Dusty gegen den Sitz. »Hört auf zu streiten.«

»Wir streiten nicht, kleiner Mann.«

»Ihr klingt wie Mom und Dad. Mach die Musik lauter.«

Vor ein paar Jahren haben sich meine Eltern noch ziemlich gut verstanden. Doch dann bekam Dad die Krebsdiagnose. Und in der Woche, bevor er die Diagnose bekam, fand ich heraus, dass er meine Mom betrog. Er weiß nicht, dass ich es weiß, und ich bin nicht sicher, ob Mom es weiß, aber manchmal habe ich den Verdacht. Er hat den Krebs übrigens besiegt, aber es war nicht leicht, am wenigsten für Dusty, der erst zehn ist.

Ich drehe den Song lauter, ein Oldie - *Sexy Back* von Justin Timberlake -, und ich fühle, wie sich meine Stimmung hebt. Es gibt genau vier Songs, die meinetwegen immer losgehen können, wenn ich einen Raum betrete, und das ist einer von ihnen.

Wir halten vor Dustys Schule, und Dusty springt aus dem Wagen, bevor ich ihn aufhalten kann. Ich laufe ihm hinterher und nehme den Autoschlüssel mit, damit Marcus mich nicht stehen lässt.

In den Sommerferien hat Dusty angefangen, eine Handtasche mit sich herumzutragen. Niemand hat etwas dazu gesagt - weder Mom noch Dad noch Marcus.

Dusty hat die Hälfte des Wegs zurückgelegt, als ich ihn einhole. Ich darf ihn nicht aus den Augen lassen, damit ich ihn nicht verliere. Er hat die dunkelste Haut von uns dreien, und seine Haare haben die Farbe eines Kupferpfennigs. Mom ist halb schwarz, halb Louisiana-kreolisch, und Dad ist weiß und jüdisch. Dusty ist so dunkel wie Mom. Marcus dagegen könnte nicht heller sein. Und ich? Ich bin nur Jack Masselin, wer zur Hölle auch immer das ist.

Dusty sagt: »Ich will nicht zu spät kommen.«

»Wirst du nicht. Ich wollte nur ... Bist du dir sicher mit der Tasche, kleiner Mann?«

»Ich mag sie. Da krieg ich alle meine Sachen rein.«

»Ich mag sie auch. Das ist eine ziemlich coole Handtasche. Aber ich weiß nicht, ob die anderen sie auch so toll finden wie wir. Vielleicht gibt es hier ein paar Kids, die auf deine Tasche neidisch sind und sich über dich lustig machen.« Ich sehe etwa zehn von dieser Sorte gerade auf uns zukommen.

»Sie werden nicht neidisch sein. Sie werden sie bescheuert finden.«

»Ich will nur nicht, dass irgendwer gemein zu dir ist.«

»Wenn ich eine Handtasche tragen will, dann trage ich sie auch. Ich werde sie nicht *nicht* tragen, bloß weil das irgendwem nicht passt.«

In diesem Moment ist der dürre kleine Kerl mit den großen Ohren mein Held. Als er weitergeht, beobachte ich seinen Gang, gerade wie ein Pfeil, hoch erhobenes Kinn. Ich würde ihn am liebsten bis in die Schule begleiten und aufpassen, dass ihm nichts passiert.

7 Karrieren für Menschen mit Prosopagnosie

von Jack Masselin

1. Schäfer (vorausgesetzt, dass Gesichtsblindheit nicht auch für Hunde und Schafe gilt).
2. Mautstationsmitarbeiter (vorausgesetzt, dass niemand, den du kennst, an deiner Station vorbeikommt).
3. Rockstar/Mitglied einer Boygroup, NBA-Spieler oder irgendetwas anderes in der Art (was ein so großes Ego vermuten lässt, dass die Leute nicht überrascht sind, wenn du dich nicht an sie erinnerst).
4. Schriftsteller (der empfehlenswerteste Job für Menschen mit sozialen Angststörungen).
5. Hundesitter/trainer (siehe Nr. 1).
6. Einbalsamierer (solange du die Leichen nicht verwechselst).
7. Eremit (ideal, nur leider schlecht bezahlt).

LIBBY

Ich bahne mir meinen Weg bis zu meinem Kursraum, wo ich mich in die Reihe setze, die der Tür am nächsten ist, nur für den Fall, dass ich irgendwann fliehen muss. Ich passe *gerade so* auf den Stuhl. Mein Rücken unter meinem T-Shirt ist feucht, und mein Herzschlag setzt kurz aus. Aber Schweißflecken sind nicht zu sehen. Wenigstens hoffe ich das, denn nichts wäre schlimmer, als *die verschwitzte Fette* zu sein. Meine Mitschüler kommen nach und nach herein, und einige von ihnen starren mich an. Ein paar kichern. Ich erkenne in diesen Teenagergesichtern keins der elfjährigen Kinder von damals wieder.

Aber die Schule ist genauso, wie ich erwartet habe, und gleichzeitig noch mehr. Erstens hat die Martin-Van-Buren-Highschool etwa zweitausend Schüler, deshalb wimmelt es nur so von Menschen. Zweitens sieht niemand so glänzend und poliert aus wie in den Filmversionen einer Highschool. Echte Teenager sind nicht 25. Wir haben schlechte Haut und schlechte Haare und gute Haut und gute Haare, und es gibt uns in allen möglichen Größen und Formen. Ich mag uns lieber als unsere Film-Ichs, obwohl ich mich, wie ich hier sitze, selbst wie eine Schauspielerin fühle, die eine Rolle spielt. Ich bin der Fisch auf dem Trockenen, die Neue. *Was wird meine Geschichte sein?*

Ich beschließe, das, was ich vor mir habe, wie eine leere Tafel zu sehen. Ich mache einen Neuanfang, und was passiert ist, als ich elf, zwölf, dreizehn war, existiert nicht mehr. Ich bin anders. Sie sind anders, zumindest von außen. Vielleicht haben sie längst vergessen, dass ich *dieses Mädchen* war. Ich habe nicht vor, sie daran zu erinnern.

Ich sehe ihnen in die Augen und schenke ihnen das neue Markenzeichenlächeln meines Vaters, das Lächeln mit den leicht hochgezogenen Mundwinkeln. Es scheint sie zu überraschen. Einige von ihnen lächeln zurück. Der Junge neben mir streckt die Hand aus.

»Ich bin Mick.«

»Libby.«

»Ich komme aus Kopenhagen. Ich mache ein Austauschjahr.« Tatsächlich sieht er trotz seiner krähenschwarzen Haare wie ein Wikinger aus. »Bist du aus Amos?«

Ich würde am liebsten sagen: *Ich bin auch eine Austauschschülerin. Ich bin aus Australien. Ich bin aus Frankreich.* Aber die einzigen Jungs, mit denen ich in den letzten fünf Jahren geredet habe, waren die Typen aus den Diätcamps, und deshalb nicke ich nur.

Er erzählt mir, dass er sich erst nicht sicher gewesen sei, ob er hierher nach Indiana kommen sollte, doch dann sei er zu dem Schluss gekommen, dass es eine gute Erfahrung sein würde, ins Herz der USA zu reisen und zu sehen, »wie der Großteil der Amerikaner so lebt«. Was auch immer das heißen soll.

Ich bringe heraus: »Was gefällt dir hier am besten?«

»Dass ich irgendwann wieder nach Hause kann.«

Er lacht, also lache ich auch, und dann kommen zwei Mädchen in den Raum. Ihre Augen richten sich sofort auf mich. Die eine flüstert der anderen etwas ins Ohr, und sie setzen sich auf die freien Plätze vor uns. Irgendetwas an ihnen kommt mir bekannt vor, aber ich kann sie nicht zuordnen. *Vielleicht kannte ich sie früher.* Meine Haut kribbelt, und ich habe wieder dieses Horrorfilmgefühl. Ich schaue zur Decke, als könnte mir gleich ein Klavier auf den Kopf fallen. Weil ich weiß, dass irgendwo schon eins darauf wartet. Das tut es immer.

Ich rede mir gut zu, Mick eine Chance zu geben, diesen Mädchen eine Chance zu geben und vor allem mir selbst eine Chance zu geben. Ich sehe es so: Ich habe meine Mom verloren, mich beinahe zu Tode gefressen, wurde aus meinem Haus gesägt, während das ganze Land zusah, habe Diäten und Ernährungspläne und die Enttäuschung der Nation ausgehalten und Hassmails von Wildfremden bekommen. *Es ist ekelhaft, dass du dich so gehenlässt, und es ist ekelhaft, dass dein Vater nichts dagegen tut. Ich hoffe, du überlebst und bittest Gott um Verzeihung. Es gibt auf der Welt Menschen, die hungern müssen, und es ist eine Schande, dass du so viel isst, während andere nicht genug haben.*

Also was kann die Highschool mir antun, was mir nicht bereits angetan wurde?

JACK

Eine Minute vor Unterrichtsbeginn rollen wir auf den Parkplatz und in die letzte Lücke in der ersten Reihe. Marcus lässt sein Handy fallen, und als er wieder aufrecht sitzt, ist er ein neuer Mensch. Einfach so ist die Zaubertafel in meinem Kopf gelöscht worden, und ich muss die Teile von neuem zusammensetzen.

Zottelige Haare + spitzes Kinn + zwei Meter lange Giraffenbeine = Marcus.

Der Land Rover steht kaum still, als er auch schon aus der Tür ist und ein paar Leuten etwas zuruft. Ich würde gern sagen: *Warte auf mich. Lass mich nicht allein da draußen.* Ich würde ihn gerne am Arm packen und mich an ihm festhalten, damit ich ihn nicht verliere. Stattdessen halte ich meine Augen auf ihn gerichtet und blinzle nicht, weil er sonst verschwindet. Und dann verschwindet er trotzdem in der Menge und bewegt sich als Teil der Herde auf die Schule zu.

Das Tierreich hat schon verrückte Bezeichnungen für Tiergruppen. Eine Rotte Wildschweine. Ein Schwarm Bienen. Eine Sippe Mäuse. Und, meine liebste, ein Trupp Paviane. Wie würde man diese Gruppe nennen? Eine Meute Schüler? Eine Brut Teenager? Zum Spaß scanne ich die vorübergehenden Gesichter auf der Suche nach meinem Bruder. Aber es ist, als würde ich versuchen, meine Lieblingsameise inmitten einer ganzen Ameisenkolonie zu finden.

Ich sitze dreißig Sekunden lang da und genieße die Einsamkeit: *30. 29. 28. 27 …*

Das war es dann für heute, bis ich wieder zu Hause bin. In diesen dreißig Sekunden erlaube ich mir alle Gedanken, die ich mir in den nächsten acht Stunden verbieten werde. Die Leier fängt immer gleich an:

Ich habe ein total abgefucktes Gehirn …

LIBBY

Schon zwanzig Minuten Unterricht, und niemand starrt mich an. Unsere Lehrerin, Mrs Belk, redet, und bislang kann ich folgen. Mick raunt mir clevere Kommentare zu, was ihn wahlweise zu meinem neuen besten Kumpel oder meinem zukünftigen Lover macht – vielleicht ja sogar zu dem Typen, mit dem ich den Rest meines Übergewichts loswerde.

Du gehörst genauso hierher wie jeder andere. Niemand weiß, wer du bist. Niemand kümmert sich darum. Du schaffst das, Mädchen. Man soll den Tag nicht vor dem Abend loben, aber ich glaube, du schaffst das.

Dann muss ich über einen von Micks Kommentaren lachen, und *irgendetwas fliegt aus meiner Nase und landet auf seinem Buch.*

Mrs Belk sagt: »Ruhe, bitte.« Und redet weiter.

Ich hefte meinen Blick mit Superkleber auf die Tafel, aber ich kann Mick immer noch aus den Augenwinkeln sehen. Ich weiß nicht, ob er das Ding bemerkt hat, das ich gerade auf ihn geschossen habe, und ich traue mich nicht, nachzusehen. *Bitte nichts merken.*

Er flüstert einfach weiter, als wäre nichts passiert, als würde die Welt nicht untergehen, aber ich will nur noch die Augen schließen und sterben. Auf diese Art will ich hier nicht anfangen. So habe ich es mir nicht vorgestellt, als ich letzte Nacht wach lag und mir meinen großen Auftritt in der Welt der Teenager ausgemalt habe.

Vielleicht glaubt er ja, dass es irgendeine sonderbare amerikanische Tradition ist. Ein seltsamer Brauch, um Fremde in unserem Land willkommen zu heißen.

Ich verbringe den Rest der Stunde damit, nach vorne zu schauen und mich angestrengt auf Mrs Belks Worte zu konzentrieren.

* * *

Als es zur Pause läutet, drehen sich die beiden bekannten Gesichter zur mir um und starren mich an, und ich sehe, dass es Caroline Lushamp und Kendra Wu sind, die ich seit der ersten Klasse kenne. Nachdem ich aus unserem Haus gerettet wurde, nannte die Presse sie *enge Freundinnen des bedauernswerten jungen Mädchens.* Das letzte Mal, als ich sie persönlich gesehen habe, war Caroline eine unscheinbare Elfjährige, die jeden Tag denselben Harry-Potter-Schal trug, egal, wie heiß es war. Ihre anderen Erkennungsmerkmale waren der Umstand, dass sie im Kindergartenalter aus Washington DC hergezogen war und dass sie Komplexe wegen ihrer Füße hatte, deren lange Zehen sich wie Papageienklauen krümmten. Bei Kendra erinnere ich mich daran, dass sie Percy-Jackson-Fanfiction auf ihre Jeans schrieb und jeden verdammten Tag wegen irgendetwas heulte – Jungs, Hausaufgaben, Regen.

Jetzt ist Caroline natürlich zwei Meter groß und so schön, dass sie Werbung für Shampoo machen könnte. Sie trägt einen Rock und eine kurze enge Jacke wie die Schülerinnen einer Privatschule. Kendra – deren Lächeln wie auftätowiert wirkt – ist ganz in Schwarz gekleidet und gerade noch hübsch genug, um Kellnerin in einem Kettenrestaurant auf der besseren Seite der Stadt zu sein.

Caroline sagt zu mir: »Ich habe dich schon mal gesehen.« Sie starrt mich an und versucht, mich einzuordnen.

»Ich kann dir auf die Sprünge helfen: Ich werde ständig mit Jennifer Lawrence verwechselt, aber wir sind nicht verwandt.«

Ihre Augenbrauen schnellen in die Höhe wie Gummibänder.

»Wahnsinn, oder? Es ist unglaublich, aber ich habe es auf einer Ahnenforschungsseite im Internet überprüft.«

»Du bist das Mädchen, das in seinem Haus eingesperrt war.« Sie sagt zu Kendra: »Die Feuerwehr musste sie rausholen, erinnerst du dich? Wir waren in den Nachrichten!«

Nicht etwa: *Du bist Libby Strout, das Mädchen, das wir seit der ersten Klasse kennen,* sondern: *Du bist das Mädchen, das in seinem Haus eingesperrt war, und der Grund, warum wir ins Fernsehen gekommen sind.*

Mick aus Kopenhagen verfolgt die ganze Szene. Ich sage: »Da verwechselst du mich schon wieder mit Jennifer Lawrence.«

Carolines Stimme wird sanft und mitfühlend. »Wie geht es dir? Ich habe mir solche Sorgen gemacht. Ich kann mir gar nicht vorstellen, wie das für dich gewesen sein muss. Aber, krass, du hast ja so viel abgenommen. Stimmt's, Kendra?«

Kendra lächelt immer noch, aber ihre obere Gesichtshälfte wirkt verkniffen. »Unglaublich.«

»Du siehst echt hübsch aus.«

Kendra kneif-lächelt tapfer. »Ich liebe deine Haare.«

Eins der schlimmsten Dinge, die ein hübsches Mädchen zu einem fetten Mädchen sagen kann, ist: *Du siehst echt hübsch aus.*

Oder: *Ich liebe deine Haare.* Ich weiß, dass es genauso schlimm ist, alle hübschen Mädchen in einen Topf zu werfen, wie alle fetten Mädchen in einen Topf zu werfen, und ich weiß, dass man gleichzeitig hübsch und fett sein kann (hallo!), aber ich habe die Erfahrung gemacht, dass Mädchen wie Caroline Lushamp und Kendra Wu solche Sachen sagen, wenn sie eigentlich etwas anderes denken. Das sind Mitleidskomplimente, und ich fühle, wie meine Seele ein bisschen welkt. Wortlos steht Mick aus Kopenhagen auf und verlässt den Raum.

JACK

Caroline Lushamp ist für mich das, was einer Freundin am nächsten kommt. Früher war das so, weil sie linkisch und süß war und vor allem schlau. Als ich mich in sie verknallte, war sie die Art schlau, die kein Aufhebens von sich macht – das kam erst später. Sie saß einfach da, lehnte sich zurück und sog alles in sich auf wie ein Schwamm. Wir telefonierten, wenn alle anderen ins Bett gegangen waren, und sie erzählte mir ihren Tag – was sie gesehen hatte, was sie dachte. Manchmal redeten wir die ganze Nacht.

Die Caroline von heute ist groß und wunderschön, aber ihr Hauptmerkmal ist, dass sie die Leute in zwei Lager spaltet. Sie schüchtert alle unglaublich ein, sogar die Lehrer, vor allem, weil sie jetzt den Mund aufmacht – *immer* – und die Dinge beim Namen nennt. Der Hauptgrund, warum wir immer noch gelegentlich zusammen sind, ist Geschichte. *Ich weiß, dass sie noch irgendwo da drin sein muss, auch wenn es kein Zeichen von ihr gibt.* Die neue Caroline tauchte ohne Vorwarnung in der zehnten Klasse auf, und das heißt, dass die alte Caroline (vielleicht) jederzeit zurückkommen könnte. Der andere Grund ist der, dass sie normalerweise leicht für mich zu erkennen ist.

Ich biege in den von mir am wenigsten geschätzten Gang ein, den vor der Bücherei, in dem sich Carolines Schließfach befindet.

In der neunten Klasse habe ich eine Zeitlang in der Bücherei ausgeholfen, und wenn ich einer der Büchereifrauen über den Weg laufe, grüßen sie mich immer und fragen, wie es meiner Familie geht, und erwarten natürlich, dass ich weiß, wer sie sind.

Während ich gehe, werde ich ständig angesprochen, und auch das ist ein Albtraum. Ich hebe den Kopf noch ein bisschen höher und lächle alle lässig an, aber ich scheine jemanden übersehen zu haben, denn ich höre: »Arschloch.«

Diese Gewässer sind tückisch. Und launisch. Das ist das Erste, was ich über die Highschool gelernt habe. In der einen Minute haben dich alle gern, in der nächsten bist du ein Ausgestoßener. Man muss nur Luke Revis fragen, das abschreckendste Beispiel an der MVB. Luke war in der Neunten *der* Star, bis irgendjemand herausfand, dass sein Dad im Gefängnis saß. Jetzt sitzt Luke auch im Gefängnis, und ihr wollt nicht wissen, warum.

In diesem Augenblick ist der Gang voll potentieller Lukes. Irgendjemand wird in einen Spind gesperrt. Jemand anders stolpert über ein ausgestrecktes Bein und prallt gegen einen Typen, der ihn schubst, bis er vom einen zum anderen gestoßen wird wie ein menschlicher Volleyball. Ein paar Mädchen sagen fiese Sachen über ein anderes Mädchen, das direkt vor ihnen steht, so dass es sich mit Tränen in den Augen abwendet. Eine Zehntklässlerin läuft mit einem großen roten A auf dem Rücken herum, und alle, die sie sehen, kichern, weil alle außer ihr über den Scherz Bescheid wissen. Auf jede lachende Person auf diesem Gang kommen fünf, die verängstigt oder traurig aussehen.

Ich versuche mir vorzustellen, wie es wäre, wenn meine Mitschüler über mich Bescheid wüssten – sie könnten mir vor meinen Augen meine Sachen oder mein Auto klauen und dann wiederkommen und mir beim Suchen helfen. Jeder Typ und jedes Mädchen könnten sich als jemand anders ausgeben, und es wäre entsetzlich. Alle wüssten Bescheid außer mir.

Ich will am liebsten weitergehen bis zum Haupteingang und dann nichts wie raus hier.

Ich höre: »Hey, warte mal, Mass!«, und gehe schneller.

»Mass!«

Verdammte Scheiße. Verpiss dich, wer auch immer du bist.

»Mass! Mass! Warte doch mal, du Wichser!«

Der Typ rennt hinter mir her. Er hat etwa meine Größe und ist stämmig. Seine Haare sind braun, und er trägt ein nichtssagendes T-Shirt. Ich mustere seinen Rucksack, das Buch in seiner Hand, seine Schuhe, alles, was mir einen Hinweis darauf geben könnte, wer er ist. Unterdessen redet er weiter.

»Alter, du solltest mal deine Ohren untersuchen lassen.«

»Sorry. Bin mit Caroline verabredet.« Wenn er sie kennt, wird das wirken.

»Scheiße.«

Er kennt sie. Wenn es um Caroline Lushamp geht, gibt es zwei Möglichkeiten – man liebt sie, oder man hat Angst vor ihr.

»Kein Wunder, dass du mit den Gedanken woanders bist.«

Sein Tonfall verrät mir, dass er zum Angst-Lager gehört.

»Ich dachte bloß, du wolltest es mir ins Gesicht sagen.«

Das ist noch so ein Albtraum – wenn sie dir nicht genügend Infos geben, um etwas damit anfangen zu können.

»Was denn?«

»Machst du Witze?« Er bleibt mitten auf dem Gang stehen und läuft rot an. »Sie ist meine *Freundin*, Mann. Du hast gewaltiges Glück, dass ich dich nicht fertigmache.«

Das ist also höchstwahrscheinlich Reed Young, aber es besteht auch der Hauch einer Möglichkeit, dass es jemand anders ist. Ich beschließe, es allgemein zu halten, während ich versuche, so spezifisch wie möglich zu klingen. »Du hast recht. Ich habe Glück, und ich habe es eigentlich nicht verdient. Ich bin dir was schuldig, Mann.«

»Definitiv.«

Ich höre Stimmen den Gang entlangkommen, laut und johlend wie ein marodierender Mob. Die Leute springen aus dem Weg, und schon kommen ein paar Typen daher, breit wie Kleiderschränke. Sie sagen: »Was geht ab, Mass? Du scheinst ja viel Spaß bei der Party gehabt zu haben.« Und lachen hysterisch. Ich erkenne sie nicht, aber sie sind anscheinend Freunde von mir. Einer von ihnen rammt seine Schulter gegen irgendein armes Schwein, das vorbeigeht, und schnauzt es an, besser aufzupassen.

Ich sage zu dem Kleiderschrank: »Alter, etwas mehr Respekt.« Und nicke Reed zu. Dann sage ich zu ihm: »Echt, Mann, du bist ein wahrer Freund.« Das stimmt nicht ganz, aber immerhin sind er und ich seit der Neunten zusammen im Basketballteam.

»Tja, ich will dir zwar immer noch in den Arsch treten, aber vergessen wir es. Lass das nicht wieder vorkommen.«

»Niemals.«

Er schaut in Richtung Bücherei. Ein Mädchen steht vor den Spinden und telefoniert. Er schüttelt sich. »Ich will gerade nicht in deiner Haut stecken.« Und damit verzieht er sich in die andere Richtung, gefolgt von den menschlichen Kleiderschränken.

Als ich näher komme, sehe ich die hellen Augen vor der dunklen Haut und den Leberfleck, den sie sich immer neben die rechte Augenbraue malt, obwohl jeder weiß, dass er nicht echt ist.

Verschwinde, solange du noch kannst.

Sie blickt auf. »Im Ernst?«, sagt sie, und ja, es ist Caroline. Ohne mich zu Wort kommen zu lassen, steuert sie auf die Bücherei zu, wo ich die Büchereifrauen an ihrer Theke sehen kann, wie sie nur darauf warten, dass ich hereinkomme, damit sie mich lächerlich machen können.

Ich packe Caroline am Arm und drehe sie zu mir um, und obwohl ich gar nicht will, ziehe ich sie an mich und küsse sie, bis sie atemlos ist. »*Das* hätte ich Samstag tun sollen«, sage ich, als ich sie wieder loslasse. »Das hätte ich den ganzen Sommer lang tun sollen.«

Carolines Schwachstellen sind Liebeskomödien und Vampirromanzen. Sie will in einer Welt leben, in der der heiße Typ das schöne Mädchen packt und abknutscht, weil ihn die Leidenschaft so heftig überkommt, dass er hirnlos wird. Also berühre ich ihre Wange und streiche ihr die Haare hinter die Ohren, wobei ich darauf achte, nicht ihre Frisur durcheinanderzubringen, denn sonst wird sie noch wütender. Aus irgendeinem Grund ist Augenkontakt immer schwierig für mich, deshalb konzentriere ich mich auf ihren Mund. »Du bist so schön.«

Vorsicht. Ist es das, was du willst? In diesem Kaninchenloch waren wir doch schon mal, Kumpel. Wollen wir da wirklich noch einmal rein?

Aber ein anderer Teil von mir braucht sie. Und hasst es, dass ich sie brauche. Ich spüre, dass sie weich wird. Wenn ich Caroline richtig kenne, dann ist das das beste Geschenk, das ich ihr machen kann – sie die Großzügige sein lassen. Sie lächelt nicht – Caroline lächelt kaum noch –, aber ihre Augen springen zu Boden und heften sich auf irgendetwas Unsichtbares dort. Ihre Mundwinkel ziehen sich nach unten. Sie überdenkt es. Schließlich sagt sie: »Du bist schrecklich, Jack Masselin. Ich weiß nicht, warum ich überhaupt noch mit dir rede.« Was in Carolines Sprache so viel bedeutet wie: *Ich liebe dich auch.*

»Was ist mit Zach?«

»Ich habe vor zwei Wochen mit ihm Schluss gemacht.«

Und so einfach sind wir wieder zusammen.

Sie nimmt meine Hand, wir gehen nebeneinander den Gang entlang, mein Herz schlägt ein bisschen schneller, und ich habe dieses Gefühl von *Jetzt kann mir nichts mehr passieren.* Ohne es zu wissen, wird sie meine Führerin sein. Sie verrät mir, wer wer ist. Wir sind Caroline und Jack, Jack und Caroline. Solange ich bei ihr bin, bin ich *sicher. Sicher. Sicher.*

LIBBY

Wenn er nicht Fahrlehrer wäre, sagt Mr Dominguez, dann würde er Autos umverteilen. Aber nicht die Autos von Leuten, die ihre Raten nicht bezahlen können. Nein, er würde schlechten Fahrern die Autos wegnehmen und sie wie Robin Hood einem Waisenhaus oder guten Fahrern schenken, die sich keinen fahrbaren Untersatz leisten können. Schwer zu sagen, ob er es ernst meint, weil er absolut keinen Sinn für Humor zu haben scheint und ständig empört aussieht. Trotzdem ist er echt sexy.

»Eine Menge Schulen bieten gar keinen Fahrunterricht mehr an. Sie schicken ihre Schüler irgendwo anders zum Unterricht …« So wie er *irgendwo anders* sagt, klingt es wie ein düsterer, schrecklicher Ort. »Aber wir unterrichten euch hier, weil ihr uns am Herzen liegt.«

Dann zeigt er uns einen Film übers *Unterfahren*, so heißt das, wenn ein PKW auf einen Lastwagen auffährt und unter ihm durchgepflügt wird. Erst lacht einer der Jungs, Travis Kearns, noch, doch dann murmelt er ein letztes Mal »verdammt« und hält die Klappe. Zehn Minuten später lächelt nicht mal mehr Bailey Bishop, und Monique Benton bittet um die Erlaubnis, zur Toilette zu gehen, um sich zu übergeben.

Als sie weg ist, fragt Mr Dominguez drohend: »Sonst noch

jemand?« Als wäre Monique aus Protest rausgegangen und nicht mit einer Hand vor dem Mund. »Die Statistiken sprechen dafür, dass ihr vor eurem 21. Geburtstag bei einem Autounfall ums Leben kommt. Damit das nicht passiert, bin ich hier.«

Meine Haut kribbelt. Es fühlt sich an, als würde er uns auf eine Schlacht vorbereiten, so wie Haymitch Katniss. Auf der anderen Seite des Raums murmelt Bailey: »Oh, Scheibenkleister.« Alle außer mir sind grün um die Nase.

Das liegt daran, dass ich in diesem Augenblick, in dem der Kopf irgendeines unvorsichtigen Fahrers über die Schnellstraße rollt, erkenne, welche Rolle ich in dieser Klasse und auf dieser Schule spielen will. Ich will keine Statistin sein - ich habe mein Leben lang Statistiken geschlagen. Ich will nicht eine dieser Personen sein, die unter einem LKW zerquetscht werden. Ich will das Mädchen sein, das alles tun kann. Ich will das Mädchen sein, das bei den Aufnahmeprüfungen für die *Darlings* mitmacht und ins Team aufgenommen wird.

Ich hebe die Hand. Mr Dominguez nickt mir zu, und meine Haut wird elektrisch.

»Wann fangen wir mit dem Fahren an?«

»Wenn ihr so weit seid.«

Die Top-8-Dinge, die ich an Krebs hasse

von Jack Masselin

1. Dass Krebs in einzelnen Familien gehäuft vorkommen kann, was bedeutet, dass du, selbst in meinem Alter, möglicherweise bereits eine Art Zielscheibe auf dem Rücken hast.
2. Dass er in meiner Familie vorkommt.
3. Dass er dich trifft wie ein Meteorit, aus heiterem Himmel.
4. Die Chemo.
5. Dass es wirklich verdammt ernst ist. (Mit anderen Worten: Was du auch tust, mach auf gar keinen Fall einen schlechten Witz, um die Stimmung zu heben.)
6. Dass du Gott bestechen oder mit ihm verhandeln musst, obwohl du nicht mal sicher bist, ob es ihn gibt.
7. Dass dein Dad seine Krebsdiagnose eventuell gerade dann bekommt, wenn du in der zehnten Klasse bist, und zwar kurz nachdem du rausgefunden hast, dass er deine Mom betrügt.
8. Deine Mom weinen zu sehen.

LIBBY

Auf dem Weg zum nächsten Kursraum schaue ich in Heather Alperns Büro vorbei. Sie isst Apfelspalten und hat die langen Beine verschränkt und die langen Arme wie Katzen auf die Armlehnen ihres Stuhls drapiert. Bevor sie Trainerin der Darlings wurde, war sie Profitänzerin in New York. Sie ist so schön, dass ich sie gar nicht direkt ansehen kann. Ich starre die Wand an und sage: »Ich hätte gerne ein Bewerbungsformular für die Darlings, bitte.«

Ich rechne mit der Erklärung, dass es eine Gewichtsobergrenze gibt und dass ich diese bei weitem übersteige. Ich rechne damit, dass sie ihren schönen Kopf zurückwirft und hysterisch lacht, bevor sie mir die Tür zeigt. Die Darlings sind schließlich berühmt. Sie tanzen nicht nur bei Football- und Basketballspielen, sondern bei jedem wichtigen Ereignis in der Stadt – bei Eröffnungen, Paraden, Einweihungsfeiern oder Konzerten.

Doch Heather Alpern wühlt nur in einer Schublade und zieht ein Formular heraus.

»Die Saison hat bereits im Sommer begonnen. Wenn nicht noch jemand abspringt, finden die nächsten Aufnahmeprüfungen erst im Januar statt.«

Ich sage zu meinen Füßen: »Und was ist, wenn jemand abspringt?«

»Dann gibt es ein Vortanzen. Dafür wird es eine Ankündigung und Flyer geben.« Sie reicht mir das Bewerbungsformular. »Du kannst es ausfüllen und mir zurückbringen, und ich bewahre es hier auf. Denk daran, die Erlaubnis deiner Eltern einzuholen.« Und dann lächelt sie dieses schöne, ermutigende Lächeln, wie Maria in *The Sound of Music,* und ich schwebe aus ihrem Büro, als wäre ich voller Helium.

Ich hüpfe und springe über den Gang und fühle mich, als würde ich das größte Geheimnis der Welt mit mir herumtragen. *Ihr ahnt es vielleicht nicht, aber ich liebe es zu tanzen.*

Ich betrachte die Gesichter der Leute, die mir entgegenkommen, und frage mich, welche Geheimnisse sie haben, als jemand mich anrempelt, ein Quadratschädel mit einem großen, roten Gesicht.

»Hey«, sagt er.

»Hey.«

»Stimmt es, dass fette Mädchen die besten Blowjobs machen?«

»Keine Ahnung. Ich hab noch nie einen Blowjob von einem fetten Mädchen bekommen.«

Auf beiden Seiten gehen Leute an uns vorbei, und einige von ihnen lachen. Seine Augen werden kalt, und da ist er - der Hass, den ein Wildfremder für dich empfinden kann, obwohl er dich nicht kennt, nur weil er *denkt,* dass er dich kennt oder dich für das hasst, was du bist.

»Ich finde dich abstoßend.«

»Wenn es dich tröstet, so geht es mir auch mit dir.«

Er murmelt etwas, das wie *fette Schlampe* klingt und es vermutlich auch ist. Es spielt keine Rolle, dass ich noch Jungfrau bin. Ich hätte mittlerweile tausendmal Sex haben müssen, wenn es nach den Typen ginge, die mich seit der fünften Klasse so genannt haben.

»Lass sie in Ruhe, Sterling.« Das kommt von einem Mädchen mit langen schwingenden Haaren und Beinen bis zum Hals. Bailey Bishop. Wenn die Bailey von heute auch nur ansatzweise so ist wie die Bailey von damals, dann ist sie aufrichtig, beliebt und steht auf Jesus. Sie ist toll. Alle lieben sie. Sie kommt in einen Raum und geht davon aus, dass alle sie mögen, und das tun sie auch, denn wer könnte jemanden nicht mögen, der so durch und durch nett ist?

»Hey, Libby. Ich weiß nicht, ob du dich an mich erinnerst …«

Sie hakt sich nicht bei mir unter, aber es käme aufs Gleiche heraus. Ihre Stimme hat noch immer dasselbe Trällern, jeder Satz endet auf einem hohen, glücklichen Ton. Es klingt fast, als würde sie singen.

»Hey, Bailey. Ich erinnere mich an dich.«

»Ich freue mich so, dass du wieder da bist.« Sie umarmt mich, und ich atme versehentlich ein paar ihrer Haare ein, die wie eine Mischung aus Pfirsich und Kaugummi schmecken. Genau so, wie man sich den Geschmack von Bailey Bishops Haaren vorstellen würde.

Wir treten jede einen Schritt zurück, und sie steht da und grinst, mit großen Augen, strahlenden Grübchen, und alles an ihr ist unglaublich hell. Vor fünf Jahren war Bailey meine Freundin, eine richtige Freundin und keine ausgedachte. Fünf Jahre sind eine lange Zeit. Wir hatten damals kaum etwas gemeinsam, daher weiß ich nicht so recht, was wir jetzt gemeinsam haben sollten. Aber ich sage mir: *Sei nett. Sie könnte die einzige Freundin sein, die du jemals haben wirst.*

Sie ruft ein Mädchen, das durch den Gang kommt, und sagt zu mir: »Ich möchte dir Jayvee vorstellen. Jayvee, das ist Libby.«

Jayvee sagt: »Hi! Wie geht's dir?« Sie trägt die Haare in einem schwingenden schwarzen Bob und ein T-Shirt, auf dem steht: MEIN ECHTER LOVER IST FIKTIV.

Bailey strahlt wie ein Leuchtturm. »Jayvee ist vor zwei Jahren von den Philippinen hergezogen.«

Ich warte darauf, dass sie Jayvee informiert, dass dies mein erstes Jahr auf der Highschool ist, nachdem ich wegen meines Übergewichts in unserem Haus eingesperrt war, aber sie sagt nur: »Libby ist auch neu.«

JACK

In der vierten Stunde habe ich Chemie bei Monica Chapman. Chemielehrerin. Ehefrau. Und die Frau, die mit meinem Dad geschlafen hat. Lehrer sind in der Regel leichter zu erkennen als Schüler, und zwar wegen der folgenden drei Merkmale: Es gibt weniger von ihnen als von uns, sogar die jüngeren unter ihnen ziehen sich älter an als wir, und wir haben die Lizenz, sie jeden Tag anzustarren (das heißt, mehr Zeit für mich, um mir ihre Erkennungszeichen einzuprägen).

Nichts davon hilft mir bei Monica Chapman. Ich hatte noch nie Unterricht bei ihr, und alles an ihr ist *jung* und gewöhnlich. Es wäre doch zu hoffen, dass die Frau, mit der dein Dad meint, deine Mom betrügen zu müssen, so bemerkenswert ist, dass ein Mensch, der sich an niemanden erinnert, sich an sie erinnert. Aber nichts an ihr ist auffällig. Was bedeutet, dass sie überall sein könnte.

Ich setze mich auf einen Platz in der letzten Reihe am Fenster, und jemand setzt sich neben mich. Es gibt diesen Blick, wenn Leute dich kennen und von dir erwarten, dass du sie auch kennst, und mit diesem Blick sieht der Typ mich jetzt an.

»Hey, Alter«, sagt er.

»Hey.«

Irgendwann bricht eine Traube Mädchen auseinander, und

eins von ihnen geht nach vorn an die Tafel. Sie schaut in die Runde, stellt sich vor, sieht mich, und ihr Gesicht erstarrt eine Sekunde, bevor sie wieder daran denkt zu lächeln.

Nachdem alle sich gesetzt haben, spricht Monica Chapman über die verschiedenen Bereiche der Chemie, aber ich kann nur an den Bereich denken, den sie nicht erwähnt – den, der für ihre Affäre mit meinem Dad verantwortlich ist.

Ich habe es wegen Dusty herausgefunden. Er hat die Nachricht auf Dads Handy gesehen. Es lag einfach so herum, vor aller Augen. Dad war aus dem Zimmer gegangen, und Dusty war auf der Suche nach Dingen, die er sammeln konnte – wie ich sammelt er ständig irgendetwas –, und später sagte er zu mir: »Ich dachte, Mom heißt Sarah.«

»Sie heißt ja auch Sarah.«

»Wer ist dann Monica?«

Der Mistkerl hatte sich nicht mal die Mühe gemacht, ihren Namen zu ändern. Da stand er, gut sichtbar: *Monica.* Um es noch schlimmer zu machen, war es nicht sein übliches Handy, sondern eins, das er extra gekauft haben musste, um mit ihr zu sprechen. Herauszufinden, *welche* Monica, war etwas schwieriger, aber ich gebe euch mein Wort, sie ist es.

In diesem Augenblick fängt sie mit physischer Chemie an, und ich hebe die Hand.

»Hast du eine Frage, Jack?«

Ich denke: *Und ob!* Wenn ich die nächsten Worte herausbringe, ist es ein Wunder, weil ich das Gefühl habe, dass mein Oberkörper quasi in meinen Hals gestopft ist.

»Äh, nein. Ich wollte Ihnen sagen, was ich über physische Chemie weiß.«

Der Typ neben mir – es scheint Damario Raines zu sein – nickt der Tischplatte zu, und einige Mädchen drehen sich zu mir um, weil sie nicht verpassen wollen, was ich sagen werde. Sie sehen alle gleich aus, und ich frage mich, ob sie alle gleich aussehen wollen, ob sie überhaupt wissen, dass sie gleich aussehen. Sie erwarten, dass ich etwas Schlaues sage. Das erkenne ich an ihren Gesichtern. Übrigens weiß sonst niemand, was zwischen Chapman und meinem Dad gelaufen ist. Nicht mal Marcus weiß Bescheid, und so soll es auch bleiben.

»Bitte, Jack.« Chapmans Stimme klingt ganz normal, leicht und knapp, mit einem Hauch Michigan oder vielleicht Wisconsin darin.

»Physische Chemie wendet physikalische Theorien auf chemische Systeme an, zu denen kinetische Reaktionen, Oberflächenchemie, molekulare Quantenmechanik, Thermodynamik und Elektrochemie gehören.«

Ich schenke ihr mein strahlendstes Lächeln, das mit den Leuchtstoffröhren an der Decke und der Sonne hinter den Fenstern konkurriert. Ich werde sie mit diesem verdammten Lächeln blenden, so dass sie meinen Dad nie wieder sehen kann. Ein Mädchen zwei Stühle weiter lächelt ebenfalls, das Kinn in die Hände gestützt, aber die anderen sehen verwirrt und ein bisschen enttäuscht aus. Der Typ, der Damario zu sein scheint, sagt zu seiner Tischplatte: »Mann.« Und aus diesem einen Wort höre ich heraus, was für eine Enttäuschung ich bin.

»Ich glaube, mein Lieblingsgebiet ist Elektrochemie. So eine richtig gute chemische Reaktion hat einfach was, oder?« Und dann zwinkere ich Monica Chapman zu, die – für die nächsten zwanzig Sekunden – sprachlos ist.

Als sie wieder sprechen kann, lässt sie uns einen Überraschungstest schreiben, um »unser Niveau einzustufen«, aber ich glaube, sie will mir eins reinwürgen, denn sie korrigiert die Tests sofort an ihrem Tisch und sagt dann: »Jack Masselin, würdest du die bitte austeilen?«

Das war's dann.

Ich stehe auf, gehe nach vorne und nehme die Tests in Empfang. Dann stehe ich eine Minute lang da und frage mich, was ich tun soll. Die Klasse starrt mich an, und ich starre sie an. Vier Leute kann ich definitiv identifizieren. Von dreien bin ich ziemlich sicher, dass ich sie nicht kenne und auch nicht kennen muss (aber ich bin nicht vollständig sicher). Acht sind in der Grauzone – besser bekannt als die Gefahrenzone.

Ich kann jetzt die Gänge hoch und runter gehen und versuchen, die Namen der Leute, die ich kenne, mit den Gesichtern zusammenzubringen. Ich kann den ganzen Scheiß in Kauf nehmen, der mir an den Kopf fliegen wird, sobald klar ist, dass ich keine Ahnung habe, wer sie sind. *Idiot. Blödmann.*

Oder ich kann tun, was ich jetzt tue – den Stapel hochhalten und sagen: »Wer von euch will wirklich wissen, was er bekommen hat?« Es war schließlich ein Überraschungstest, es ist also nicht so, als hätte sich jemand darauf vorbereitet. Ich blättere durch die Seiten, und die meisten Noten sind 3, 5, 4-, 4. Wie erwartet hebt niemand die Hand. »Wer würde lieber die Gelegenheit nutzen, Mrs Chapman zu sagen, dass er es beim nächsten Mal besser machen wird?« Fast alle Hände schießen hoch. Diese Hände hängen an Armen, die an Schultern hängen, die an Hälsen hängen, die an Gesichtern hängen, die auf mich zuschwimmen, fremd und rätselhaft. Es ist, wie *jeden verdammten Tag* auf einem Kostümball zu sein, und du bist der Einzige ohne Kostüm, und trotzdem sollst du wissen, wer die anderen sind.

»Für diejenigen, die es interessiert, lege ich die Tests hier hin.« Ich lege sie auf einen leeren Tisch in der ersten Reihe und setze mich wieder.

Als es läutet, sagt Monica Chapman: »Jack, ich möchte gerne kurz mit dir reden.«

Ich spaziere durch die Tür, als hätte ich sie nicht gehört, gehe direkt ins Sekretariat und erkläre, dass ich den Chemiekurs wechseln muss, obwohl der andere von Mr Vernon unterrichtet wird, der mindestens hundert Jahre alt und auf einem Ohr taub ist.

Die Sekretärin sagt: »Ich weiß nicht, ob wir den Kurs tauschen können, weil wir dann einen Teil deines Stundenplans umstellen müssen ...«

Ich bin kurz davor zu sagen: *Vergessen wir's, ich bleibe, wo ich bin. Glaubt mir, ich bin mehr als glücklich, Monica Chapman ein halbes Jahr lang zu quälen.* Aber dann muss ich an meinen Dad denken, der seine Haare verloren hat, und daran, wie papierdünn die Chemo ihn hat werden lassen, wie zerbrechlich er aussah, als könnte er vor unseren Augen in Krümel zerbröseln. Ich erinnere mich, wie es sich angefühlt hat, ihn beinahe zu verlieren. Ein Teil von mir hasst ihn immer noch, wird ihn vielleicht immer hassen, aber er ist trotz allem mein Dad, und ich will ihn nicht noch mehr hassen, als ich es ohnehin schon tue. Außerdem mag ich Chemie wirklich, und warum sollte ich mir das verderben?

Ich beuge mich über den Tresen. Ich schenke der Sekretärin ein Lächeln, das sagt: *Dieses Lächeln ist für dich, und nur für dich.* »Es tut mir leid, dass es so ein Aufwand ist, und ich will Ihnen wirklich keine Umstände machen, aber falls es die Sache erleichtert, ich weiß, dass wir Mrs Chapmans Unterschrift dafür bekommen.«

LIBBY

Ich beschließe, das Mittagessen ausfallen zu lassen. Nach der Mittagspause habe ich Sport, und ich glaube nicht, dass es irgendein übergewichtiges Mädchen auf dem Planeten gibt, egal wie selbstsicher es ist, das Sportunterricht nicht hasst.

Im Großen und Ganzen hätte der heutige Tag schlimmer verlaufen können. Niemand hat mich vom Schulhof verbannt. Bis jetzt habe ich nur vier oder fünf blöde Kommentare bekommen und wurde nur etwa hundertmal angestarrt. Eine Menge Leute haben mich nicht mal genauer angeschaut, und viele behandeln mich wie alle anderen auch. Ich habe mindestens einen, vielleicht sogar zwei potentielle Freunde getroffen. Und ich hatte keine einzige Panikattacke.

Schlimm ist dafür etwas, womit ich nicht gerechnet habe: Leute zu sehen, die ich früher kannte, Leute, mit denen ich aufgewachsen bin, und zu wissen, dass sie, während ich in meinem Zimmer saß, älter geworden und zur Schule gegangen sind und Freundschaften geschlossen und ihr Leben gelebt haben. Es ist, als wäre ich die Einzige, deren Leben ausgesetzt hat.

Das ist der Grund, warum ich keinen Appetit habe. Ich setze mich vor die Cafeteria auf den Parkplatz und lese mein Lieblingsbuch, *Wir haben schon immer im Schloß gelebt* von Shirley Jackson.

Es handelt von einem Mädchen namens Mary Katherine Blackwood. Ein Großteil ihrer Familie ist tot, und sie lebt mit ihrer Schwester zusammen, weit abgeschieden von der Gesellschaft, gefangen in ihrem Haus, nicht wegen ihres Gewichts, sondern wegen einer schrecklichen Tat, die sie begangen hat. Die Leute in ihrem Dorf erzählen sich Geschichten über sie und haben Angst vor ihr und schleichen sich manchmal an ihr Haus heran, um einen Blick auf sie zu erhaschen. Ich bin ziemlich sicher, dass ich Mary Katherine besser verstehe als jeder andere.

Ich lese ein paar Minuten, dann schließe ich die Augen und lehne den Kopf zurück. Es ist ein warmer, sonniger Tag, und obwohl ich schon seit einer ganzen Weile nicht mehr ans Haus gefesselt bin, glaube ich nicht, dass ich jemals von der Sonne genug bekommen werde.

Der Sportunterricht ist noch schlimmer, als ich befürchtet habe.

JACK

Natürlich ist es Seth Powell, der sagt: »Ich hab da von so einem Spiel gelesen.«

Vielleicht hat er es aber auch im Internet gesehen, er weiß es nicht mehr.

»Es heißt Schwabbelrodeo.«

Und er lacht, als wäre es die komischste Sache, die er je gehört hat. Er lacht so sehr, dass er fast von der Bank fällt. »Es funktioniert so: Du gehst zu irgendeinem fetten Schwabbelmädchen und hältst dich an ihr fest, als würdest du auf einem Stier reiten ...«

Er beugt sich vor, hält die Hände vors Gesicht, und dann tritt er dreimal gegen die Bank, als könnte ihm das helfen, zu Atem zu kommen. Als er wieder aufblickt, sind seine Augen feucht und glänzen.

»Und du hältst dich so fest, wie du kannst, du zerquetschst sie so richtig ...« Er beugt sich vornüber und schaukelt vor und zurück. Ich schaue Kam an, und Kam schaut mich an, und wir denken: *Was für ein bescheuertes Arschloch.*

Seth setzt sich wieder gerade hin und bebt vor Lachen am ganzen Körper. »Und wer ...« (Diese letzten Worte sind kaum zu verstehen.) »... sich am längsten halten kann ...« (Er japst nach Luft) »... gewinnt.«

Ich frage: »Gewinnt was?«

»Das Spiel.«

»Ja, aber was gewinnt er?«

»Das Spiel, Mann. Er gewinnt das Spiel.«

»Aber gibt es einen Preis?«

»Was soll das heißen, einen Preis?«

Seth ist ziemlich dumm, wenn ihr die Wahrheit hören wollt. Ich seufze, als würde ich die Last der ganzen Welt tragen, als wäre ich der verdammte Atlas.

»Wenn du zum Jahrmarkt gehst und am Schießstand gewinnst, dann geben sie dir, keine Ahnung, einen Panda aus Stoff oder irgendeinen anderen Mist.«

»Als ich acht war.« Seth wirft Kam einen Blick zu und verdreht die Augen.

Ich fahre mit den Händen durch meine Löwenmähne und mache sie größer und zotteliger. Ich spreche sehr, sehr langsam, so wie mein Dad mit Ausländern redet. »Als du mit acht beim Schießstand gewonnen hast, hast du etwas dafür bekommen.«

Kam nimmt einen Schluck aus dem Flachmann, den er immer bei sich trägt, aber er bietet uns keinen an. Er schnaubt. »Als hätte er je gewonnen.«

Seth sieht mich an, streckt die Hand aus und verpasst Kam einen Schlag gegen die Schläfe. Ein Punkt zu seinen Gunsten, er ist treffsicher. Seth funkelt mich an. »Worauf willst du hinaus?«

»Was bekommst du, wenn du das Rodeo gewinnst?«

»Du gewinnst.« Er hebt die Hände, als wolle er sagen: Was denn sonst noch?

So könnte es noch Stunden weitergehen, aber Kam sagt: »Verlorene Mühe, Mass. Lass es gut sein.«

Ich sehe Kam an. »Hast *du* schon mal vom Schwabbelrodeo gehört?«

Er steht auf und nimmt noch einen Schluck aus dem Flachmann, und kurz denke ich, er bietet ihn mir an. Dann schraubt er ihn zu und schiebt ihn zurück in seine Tasche. »Jetzt schon.«

Und plötzlich ist er von der Zuschauertribüne runter und auf dem Sportplatz und rennt auf ein Mädchen zu, das aussieht, als hätte es einen Schwimmreifen unter ihrem T-Shirt. Ich erkenne sie nicht, aber ich erkenne schließlich niemanden. Abgesehen von diesem Schwimmreifen könnte sie meine Mutter sein, nach allem, was ich weiß.

Seths Erkennungszeichen ist nicht der Umstand, dass er der einzige schwarze Typ auf der Schule mit einem Irokesenschnitt ist. Sein Haupterkennungszeichen ist das blöde Lachen. Weil er so ein Idiot ist, lacht er ständig, und ich würde dieses Lachen überall erkennen. Bei Kam sind es die weißblonden Haare, mit denen er wie ein Albino aussieht. Er ist der einzige Mensch, den ich kenne, der Haare in dieser Farbe hat.

Ich habe keine Ahnung, wer das Mädchen mit dem Schwimmreifen unterm T-Shirt ist, und die ganze Zeit, während ich zuschaue, denke ich, dass Kam es nicht wirklich tun wird. Er will uns nur glauben machen, dass er es tut.

Aber dann tut er es tatsächlich. Er wickelt sich um das Mädchen wie Zellophan, und erst könnte man meinen, sie freut sich, weil es Dave Kaminski ist, aber je länger er sich festhält, desto verstörter wird sie, bis sie aussieht, als würde sie gleich schreien oder weinen oder beides.

Ich stehe auf. Ich will ihm sagen, dass er aufhören soll. Seths Augen sind auf Dave und das Mädchen gerichtet, und sein

Kiefer sackt herunter, bevor er sich auf die Schenkel klopft und »O Scheiße, o Scheiße, o Scheiße« ruft. Und dann lacht er und sagt etwas zu mir, das klingt wie »Sie will es doch auch«. Und die ganze Zeit über denke ich: *Sag endlich was, du Feigling.*

Aber ich tue es nicht. Und kurz bevor sie ausrastet, lässt Kam sie los. Dann dreht er eine Ehrenrunde um den Sportplatz.

»Fünfzehn Sekunden«, murmelt Seth. »Das ist ein gottverdammter Weltrekord.«

LIBBY

Libby Strout ist fett.

Ich habe mich nach der Schule in der Toilette eingeschlossen, und der schwarze Edding quietscht auf der hässlichen Wand. Ein unbenutzter Tampon liegt auf dem Boden und ein leerer Lipgloss im Waschbecken, obwohl der Mülleimer buchstäblich genau daneben steht. Ein Schild an einer der Kabinen sagt AUSSER BETRIEB, weil irgendjemand ein Mathebuch in die Toilette fallen lassen (gestopft) hat. Es riecht nach Raumspray und Zigaretten, unter anderem. Warum wird so oft behauptet, dass Mädchen sanft oder süß sind? Da ist nicht viel Wahres dran. Um das zu merken, muss man nur diese Toilette im dritten Stock der MVB-Highschool in Amos, Indiana besuchen.

Jemand hämmert an die Tür.

Ich strecke den Arm aus und schreibe in großen Buchstaben, so groß ich kann, damit es jeder sieht:

Libby Strout ist fett.

Fett und hässlich.

Die wird niemals jemand ficken.

Die wird niemals jemand lieben.

Ich werfe einen Blick auf mein Gesicht im Spiegel. Es hat die Farbe von roter Beete, die Mom immer ein *nettes Gemüse* genannt hat, obwohl sie genau wusste, dass nichts Nettes daran war. Das hat Mom immer getan – die Dinge netter gemacht, als sie waren.

Libby Strout ist so fett, dass ihr Haus abgerissen werden musste, um sie rauszuholen.

Ich gebe nur Wort für Wort wieder, was ich Caroline Lushamp und Kendra Wu in Sport über mich habe sagen hören, während die anderen Mädchen daneben standen und zuhörten. Und lachten. Ich dichte noch ein oder zwei Zeilen dazu, das Gemeinste, was ich mir ausdenken kann, damit ich es nicht von den anderen hören muss. Ich schreibe es hier hin, damit sie es nicht schreiben müssen. So können sie nichts über mich sagen, was ich nicht selbst schon gesagt habe.

Libby Strout ist das fetteste Mädchen in Amerika.

Libby Strout ist eine Lügnerin.

Ich weiche zurück.

Das sind die wahrsten Worte von allen, und bis ich sie jetzt vor mir sehe, ging es mir gut. Aber etwas daran, sie hier zu sehen, als hätte jemand anders sie geschrieben, lässt mir den Atem stocken. *Das geht zu weit, Libby,* denke ich.

Ja, ich bin fett.

Ja, sie mussten einen Teil unseres Hauses abreißen.

Und vielleicht wird sich niemals jemand in mich verlieben oder mich berühren wollen, nicht mal im Dunkeln, nicht mal nach der Apokalypse, wenn alle dünnen Mädchen von irgendeiner Seuche dahingerafft wurden. Vielleicht kann ich irgendwann dünner sein, als ich jetzt bin, und einen Freund haben, der mich liebt, aber eine Lügnerin werde ich trotzdem noch sein. Ich werde immer eine Lügnerin sein.

Weil ich in drei Minuten diese Toilette verlassen und den Gang entlanggehen und mir sagen werde: Was hast du denn anderes erwartet, du wusstest doch, dass das passieren würde, es konnte nie anders sein als so, sie spielen keine Rolle, die Highschool spielt keine Rolle, nichts davon spielt eine Rolle, nur das, was in uns ist, zählt. Das, was hinter all dem liegt. Das ganze Zeug, was sie dir so gerne erzählen. Und außerdem habe ich vor langer Zeit aufgehört zu fühlen.

Aber auch das ist eine Lüge.

Sechzig Sekunden später:

Ich verlasse die Toilette und stoße mit einem Mädchen zusammen, das fast so dick ist wie ich. Sie ist in Tränen aufgelöst, und mein erster Impuls ist, ihr aus dem Weg zu gehen.

Sie fragt: »Was hast du da drin gemacht? Warum hast du abgeschlossen?« Besser gesagt, sie brüllt diese Frage.

»Die Tür hat sich verklemmt. Ist alles in Ordnung?« Ich spreche sanft und ruhig und hoffe, dass sie meinem Beispiel folgt.

Sie weint und hat einen heftigen Schluckauf, und sie braucht eine Weile. »Mistkerle.« Das ist etwas weniger laut.

Ich muss nicht fragen, was, nur wer. In Anbetracht ihres Umfangs kann ich mir vorstellen, was passiert ist. »Wer?«, frage ich, obwohl ich das Gefühl habe, niemanden an dieser Schule zu kennen.

»Dave Kaminski und seine miesen Freunde.«

Sie drängt sich an mir vorbei ans Waschbecken, beugt sich vor und wäscht sich das Gesicht, wobei ihre dichten schwarzen Locken nass werden. Sie trägt ein Nirvana-T-Shirt und eine dieser essbaren Bonbonketten. Ich nehme ein Papierhandtuch und reiche es ihr.

»Danke.« Sie tupft sich das Gesicht ab. »Dave Kaminski hat sich an mir festgeklammert, und als ich gesagt habe, er soll mich loslassen, hat er einfach nicht reagiert.«

Der Dave Kaminski, den ich kannte, war ein dürrer Zwölfjähriger mit weißen Haaren, der einmal den Johnnie Walker seines Dads geklaut und mit zur Schule gebracht hatte.

»Wo sind sie?«

»Zuschauertribüne.« Sie hat immer noch Schluckauf, aber nicht mehr so schlimm. Sie schaut jetzt die Wand an und fängt an zu lesen. »Was zum …?«

Mein Blick folgt ihrem. »Tja, krass, oder? Sieh es positiv. Wenigstens steht nicht dein Name an der Wand.«

JACK

Kam läuft immer noch seine Runde um den Sportplatz, als die beiden Mädchen aus dem Schulgebäude kommen. Die eine von ihnen bleibt etwas zurück, aber die andere marschiert über das Footballfeld. Sie wirft einen Blick zu uns hoch, und unsere Augen treffen sich. Und dann steuert sie geradewegs auf Kam zu.

Erst sieht er sie nicht, was ein Wunder ist, denn dieses Mädchen ist gigantisch. Aber dann merke ich, dass er sie doch sieht, und er läuft schneller, lacht und rennt vor ihr davon. Seth setzt sich aufrecht hin, wie ein Hund, der ein Eichhörnchen entdeckt hat. Er murmelt vor sich hin: »Was zur Hölle …«

Als das Mädchen näher kommt, rast Kam los, als würden seine Sohlen brennen, und das Mädchen rennt hinter ihm her. Ich stelle mich hin, weil das verdammt nochmal das Beste ist, was ich je gesehen habe. Ich meine, die fliegt.

Seth klatscht wie verrückt. »O Scheiße.« Er brüllt Kam irgendwas zu und lacht sich schlapp und trampelt auf die Tribüne, während ich dem Mädchen die Daumen drücke.

»Lauf!«, schreie ich, und ich meine sie, auch wenn das niemand weiß. »Lauf! Lauf! Lauf!«

Schließlich springt Kam über den Zaun und rennt die Straße entlang von uns weg. Wie eine verdammte Gazelle springt das

Mädchen hinterher, und das Einzige, was sie daran hindert, ihn zu fangen, ist ein Laster, der genau in diesem Moment vorbeirast. Sie bleibt stehen und starrt Kam nach, und dann geht sie, sie rennt nicht mehr, zurück zur Schule. Sie überquert das Footballfeld, und während sie geht, begegnen ihre Augen wieder meinen. Sie wendet den Kopf nicht ab, sondern hält den Blick auf mich gerichtet, und ich kann euch sagen, sie ist stinksauer.

SECHS JAHRE ZUVOR

LIBBY – 10 Jahre alt

Ich komme auf den Schulhof, und Moses Hunt sagt zu mir: »Hey, da kommt ja Fetti Plauz. Was geht ab, Fetti?«

Ich sage: »Selber Fetti.« Auch wenn er kein Fetti ist, aber ich auch nicht.

Er wirft einen Seitenblick auf die Jungs, die ihn umringen, die gebannt jeder seiner Bewegungen folgen, und wenn er nur mit dem Arm furzt oder die Schimpfwörter aufsagt, die sein Bruder ihm beigebracht hat. Seine Augen gleiten zu mir zurück, gleich wird er etwas sagen, und ich weiß, was es auch ist, ich will es nicht hören, weil niemand etwas Nettes sagen kann mit einem Mund, der so aussieht, als hätte er gerade eine ganze Zitrone verschluckt, mit Kernen und allem.

Er öffnet den gekräuselten Zitronenmund und sagt: »Dich wird nie einer lieben. Weil du fett bist.«

Ich starre auf meine Beine und meinen Bauch hinunter. Ich strecke meine Arme aus. Wenn ich fett bin, dann ist mir das neu. Ein bisschen stämmig vielleicht. Pummelig. Aber so war ich schon immer. Ich schaue Moses und die anderen Jungs und die Mädchen bei den Schaukeln an. So wie ich das sehe, bin ich nicht wesentlich fetter als einer von ihnen.

»Das finde ich nicht.«

»Na, dann bist du nicht nur fett, sondern auch noch dumm.«

Die Jungs kippen fast um vor Lachen. Moses' Gesicht ballt sich zusammen wie eine Faust, und er öffnet den Mund so weit, dass es aussieht, als ob alle Tauben der Stadt darin nisten könnten.

»Fetti Plauz, geh wieder rein, du verdeckst den Sonnenschein …« Er singt es zu der Melodie von *Guten Abend, gute Nacht.* »Verdeckst den Mond mit deinem Fett, Fetti Plauz bleib doch im Bett.«

Ich denke: *Du bist hier der Dumme.* Und gehe an ihm vorbei. Ich steuere auf die Schaukeln zu, wo ich Bailey Bishop und etwa hundert andere Mädchen sehe.

Moses stellt sich vor mich. »Fetti Plauz, geh wieder rein …«

Ich ändere die Richtung, und er versperrt mir wieder den Weg. Also gehe ich zum Klettergerüst, wo ich mich in Ruhe hinsetzen kann, aber er sagt: »Das darfst du nicht. Du könntest es kaputtmachen.«

»Ich werde es nicht kaputtmachen. Ich war da schon öfter drauf.«

»Aber du könntest. Vielleicht hat dein Schwabbelbauch schon das Fundament zerstört. Ich wette, wenn du das nächste Mal draufkletterst, kracht das ganze Ding zusammen. Vielleicht sogar der ganze Schulhof. Wahrscheinlich machst du ihn kaputt, indem du einfach nur so dastehst. Wahrscheinlich hast du deine Mom umgebracht, weil du dich auf sie draufgesetzt hast.«

Die Jungs sterben fast vor Lachen. Einer von ihnen wälzt sich auf dem Boden und kriegt sich gar nicht wieder ein.

Ich bin nicht so groß wie Moses, aber ich starre ihm geradewegs in seine dunklen, seelenlosen Augen. Ich kann nur denken:

Zum ersten Mal in meinem Leben weiß ich, wie es ist, wenn jemand dich hasst. Ich kann den Hass da drinnen sehen, als wäre er in seinen Pupillen deponiert.

Ich verbringe den Rest der Pause mit dem Rücken zur Wand am Rand des Schulhofs und frage mich, was ich Moses Hunt angetan habe, dass er mich so hasst, und ich weiß, was es auch ist, es lässt sich nicht auslöschen. Mein Bauch sagt mir: *Er wird dich niemals mögen, egal, was du tust, egal, wie dünn du bist, egal, wie nett du zu ihm bist.* Das ist ein erschreckendes Gefühl. Es ist das Gefühl von etwas, das sich nicht fassen lässt. Wie um eine Straßenecke zu biegen und zu sehen, dass der Weg vor dir dunkel und verlassen oder voller wilder Hunde ist, aber du kannst nicht zurück, nur nach vorn, genau in die Mitte des Rudels.

Ich höre einen Schrei, und meine Freundin Bailey Bishop springt im Flug von der Schaukel, streckt die Beine aus, ihre Haare fliegen durch den Himmel, hellgolden wie der Sonnenaufgang.

Ich winke, aber sie sieht mich nicht. *Merkt sie nicht, dass ich nicht da bin?* Ich winke wieder, aber sie ist zu sehr damit beschäftigt, zu rennen. Ich denke: *Wenn ich Bailey Bishop wäre, würde ich auch rennen.* Ihre Beine sind so lang wie Straßenlaternen. *Wenn ich Bailey Bishop wäre, würde ich mich nicht mal umdrehen, um zu sehen, wo ich bin. Ich würde nur rennen und rennen und rennen.*

JETZT

LIBBY

Das Mädchen heißt Iris Engelbrecht. Folgendes habe ich in den letzten fünf Minuten über sie erfahren: Sie ist von Geburt an übergewichtig wegen des doppelten Pechs einer Schilddrüsenunterfunktion und einer Sache, die Cushing-Syndrom genannt wird. Ihre Eltern sind geschieden, sie hat zwei ältere Schwestern, und alle in ihrer Familie sind übergewichtig.

»Du musst es der Direktorin sagen.«

Iris schüttelt den Kopf. »Nein.«

Wir sind wieder in der Schule, nur wir beide. Ich steuere auf den Gang zu, in dem das Büro der Schulleiterin ist, aber Iris folgt nur widerwillig.

»Ich gehe mit dir.«

»Ich will es nicht noch schlimmer machen.«

»Du machst es schlimmer, indem du Dave Kaminski glauben lässt, dass er so mit dir umgehen kann.«

»Ich bin nicht wie du.« Und damit meint sie: *Ich bin nicht so mutig wie du.*

»Dann gehe ich eben allein.« Ich lasse sie stehen.

»Nein!« Sie holt mich ein. »Ich meine, danke, dass du ihm hinterhergerannt bist, aber ich will, dass diese Sache einfach aus der Welt ist, und das ist sie nicht, wenn ich es erzähle. Im Gegenteil.

Sie wird so groß, dass ich mich weiter mit ihr beschäftigen muss, und das will ich nicht. Es ist der erste Schultag.« Wieder höre ich, was sie nicht sagt: *Ich will nicht, dass diese Sache mich das ganze Jahr lang verfolgt, auch wenn ich jedes Recht dazu habe, ihm die Zähne einzuschlagen.*

* * *

Ich bin mit meiner Betreuerin, Rachel Mendes, im Park verabredet. In zwei der letzten drei Jahre habe ich sie täglich gesehen. Als ich damals im Krankenhaus war, war sie der erste Mensch, abgesehen von meinem Dad, der mit mir geredet hat wie mit einem ganz normalen Mädchen. Später wurde sie meine Betreuerin und meine Pflegerin und blieb bei mir, wenn Dad bei der Arbeit war. Jetzt ist sie meine beste Freundin, und wir treffen uns einmal in der Woche hier.

Sie fragt: »Was ist passiert?«

»Jungs. Idioten. Menschen.«

Früher befand sich mal ein Zoo in der Mitte des Parks, aber er wurde 1986 geschlossen, nachdem ein Bär einem Mann den Arm abbeißen wollte. Alles, was davon noch übrig ist, ist diese breite Steinbank, die früher zum Bärengehege gehörte. Wir sitzen darauf und schauen zum Golfplatz hinüber, und ich koche derart vor Wut, dass ich fürchte, meine Schädeldecke könnte gleich abfliegen.

»Dieser Junge hat etwas Grausames getan, und das Mädchen, dem er es angetan hat, will nichts dagegen tun.«

»Ist sie in Gefahr?«

»Nein. Der Typ hat wahrscheinlich gedacht, was er getan hat, sei harmlos, aber er hätte es nicht tun dürfen, und er sollte nicht so einfach davonkommen.«

»Wir können nicht die Schlachten anderer Leute kämpfen, so gern wir es auch möchten.«

Aber wir können die Mistkerle, die sie terrorisieren, die Straße langjagen. Ich denke, wie viel einfacher das Leben war, als ich das Haus nicht verlassen konnte. Einfach nur den ganzen Tag Wiederholungen von *Supernatural* gucken, lesen, lesen, lesen und die Nachbarsjungen durchs Fenster ausspionieren.

»Wie läuft es mit den Panikattacken?«

»Ich bin stinksauer, aber ich atme.«

»Und mit dem Essen?«

»Ich habe noch kein Frust-Essen hinter mir, aber der Tag ist auch noch nicht vorbei.« *Und es liegt noch ein ganzes Schuljahr vor mir.* Obwohl ich mich seit fast drei Jahren ohne Murren ausgewogen und langweilig ernähre, machen sich Rachel und die anderen Ärzte Sorgen, dass ich irgendwann ein wildes, bodenloses Gelage veranstalte, weil ich so einen Entzug habe. Sie verstehen nicht, dass es gar nicht ums Essen ging. Essen war nie ein Teil der Ursache. Jedenfalls nicht direkt.

»Und jetzt das Schlimmste«, sage ich. »Du weißt, wie weit ich gekommen bin, und ich weiß, wie weit ich gekommen bin, aber alle anderen sehen nur, wie dick ich bin oder wie ich vor Jahren war, nicht wer ich jetzt bin.«

»Du wirst es ihnen zeigen. Wenn jemand das kann, dann du.« Plötzlich halte ich es nicht mehr auf der Bank aus. Das passiert mir manchmal – nach all den Monaten, die ich regungslos verbracht habe, überkommt mich manchmal das dringende Bedürfnis, meinen Körper zu bewegen.

Ich sage: »Komm, drehen wir uns im Kreis.«

Das ist es, was ich an Rachel so liebe. Sie steht einfach auf und dreht sich, ohne mir Fragen zu stellen oder sich Gedanken zu machen, was die anderen Leute denken könnten.

Der Weihnachtsabend. Ich bin vier. Meine Großmutter schenkt meiner Mutter und mir riesengroße Weihnachtsröcke - einen in grün, einen in rot. Sie sind unglaublich hässlich, aber sie fliegen hoch, wenn man sich im Kreis dreht, und deshalb tragen wir sie bis Silvester und wirbeln die ganze Zeit herum. Lange, nachdem ich aus dem Rock rausgewachsen war, drehten wir uns immer noch an Geburtstagen, am Muttertag, bei jeder Gelegenheit, bei der es etwas zu feiern gab.

Rachel und ich drehen uns, bis uns schwindlig ist, dann lassen wir uns wieder auf die Bank fallen. Ich kontrolliere heimlich meinen Puls, weil es gutes Außer-Atem-Sein und schlechtes Außer-Atem-Sein gibt. Ich warte, bis mein Puls ruhiger wird, bis ich weiß, dass ich in Sicherheit bin, dann sage ich: »Weißt du, was mit dem Bären geschehen ist? Dem, der hier gewohnt hat?«

Ich kann es ihm nicht verdenken, dass er jemandem den Arm abbeißen wollte. Der Typ hat schließlich in seinen Käfig gegriffen, und der Käfig war alles, was der Bär auf der Welt hatte.

»In den Nachrichten haben sie gesagt, dass er zu einem Resozialisierungsprogramm nach Cincinnati geschickt wurde.«

»Und was glaubst du, was wirklich passiert ist?«

»Ich glaube, sie haben ihn erschossen.«

JACK

Von der Wand über mir schaut mein Ur-ur-irgendwas-Großvater aus seinem riesigen Bilderrahmen ernst und mit wildem Blick auf mich herab. Die Überlieferung schildert ihn als eine Art Heiligen, dessen Mission es war, Spielzeug zu schnitzen. Wenn man den Legenden Glauben schenken darf, dann war er so selbstlos wie der Weihnachtsmann. Aber auf dem Foto sieht er aus wie ein gruseliger alter Knacker.

Er starrt mich mit seinen wilden Augen an, während ich Kam eine Nachricht auf die Mailbox spreche: »Ich sitze hier gemütlich bei Masselins Spielwaren und wünsche dir eine gute Heimreise. Sag Bescheid, wenn du Geld für ein Rückflugticket brauchst.«

Ich lege auf und sage zu Ur-ur-irgendwas-Opa: »Urteile nie über einen Menschen, bevor du nicht eintausend Schritte in seinen Schuhen gegangen bist.«

Ich bin im Büro im hinteren Teil des Ladens und beantworte E-Mails, überprüfe das Inventar und bezahle Rechnungen – Arbeiten, die ich im Schlaf erledigen könnte. Masselins Spielwaren sind seit fünf Generationen in meiner Familie. Das Geschäft hat die Große Depression, die Rassenaufstände, die Explosion von 1968 und den Konjunkturrückgang überlebt und wird wahrscheinlich noch existieren, lange nachdem mein Dad weg ist und ich weg bin, lange nach der nächsten Eiszeit, wenn Kakerlaken die einzigen Überlebenden sind.

Seit seiner Geburt gehen alle davon aus, dass der zuverlässige, pflichtbewusste Marcus den Staffelstab von Dad übernimmt. Das liegt daran, dass aus irgendeinem Grund von Jack Großes erwartet wird. Aber ich weiß etwas, was sie nicht wissen. *Ich werde es sein, der irgendwann in dieser Stadt lebt, diesen Laden führt, heiratet, Kinder bekommt, die Kunden berät und seine Frau betrügt. Denn wofür wäre ich sonst geeignet?*

Mein Handy vibriert. Es ist Kam, aber bevor ich antworten kann, kommt ein Mann herein (dunkle, drahtige Haare, dunkle Augenbrauen, helle Haut, Hemd mit dem Emblem unseres Ladens).

Dad räuspert sich. Die Chemo hat ihm ein schwerhöriges Ohr und ein ständiges Kratzen im Hals hinterlassen. Er fragt: »Warum hast du mit Chemie aufgehört?«

Wieso zum Teufel weiß er davon? Das ist gerade mal zwei Stunden her.

»Hab ich nicht.«

Ist doch klar, warum er es weiß. Monica Chapman hat es ihm ins Ohr geflüstert, als sie es gerade in seinem Auto getrieben haben.

Und bevor ich etwas dagegen tun kann, sehe ich diese ganzen urzeitlichen nackten Körperteile vor mir, die allesamt meinem Dad gehören.

Er nimmt sich einen Stuhl und setzt sich, und ich muss den Blick abwenden, weil ich diese Bilder nicht aus dem Kopf kriege.

»Da habe ich aber etwas anderes gehört.« *Als ich Monica Chapman im Chemieraum gevögelt habe. Als ich sie an deinem Schließfach gevögelt habe, auf dem Tisch in der Cafeteria, auf dem Pult jedes verdammten Lehrers an deiner Schule.*

Ich sage, vielleicht etwas zu laut: »Ich habe nur den Kurs gewechselt.«

»Was stimmte denn nicht mit dem Kurs, in dem du warst?«

Was soll man dazu sagen? So ein Witzbold. Es hat ja wohl nicht allen Ernstes vor, weiter auf diesem Thema rumzureiten?

Ich kann es nicht verhindern. Ich muss ihm in die Augen sehen - wobei mir noch viel unwohler wird, als mir ohnehin schon ist. »Sagen wir mal so, ich hab ein Problem mit der Lehrerin.«

Dads Schultern werden steif. Er weiß, dass ich es weiß, und es ist auf einmal höllisch unbehaglich hier drin. Plötzlich sind mir die Mails oder die Inventur scheißegal. Ich will nur noch hier weg, denn *warum sollte Monica Chapman ihm irgendetwas erzählen, wenn sie nicht immer noch miteinander schlafen würden?*

* * *

Der dünne Junge mit den großen Ohren sitzt am Küchentisch und trinkt Milch aus einem Whiskeyglas aus der Bar meiner Eltern. Obwohl er noch ein Kind ist, erinnert mich die Art, wie er dasitzt, an einen alten Mann, der bessere Tage und freundlichere Zeiten gesehen hat. Seine Handtasche liegt auf dem Tisch.

Ich nehme mir ein Glas, gieße mir Saft ein und frage: »Ist hier noch frei?«

Er schiebt mir den Stuhl mit dem Fuß zu, und ich setze mich. Ich strecke mein Glas aus, er stößt mit mir an, und wir trinken schweigend. Ich kann das Ticken der Großvateruhr im Flur hören. Wir sind die Ersten zu Hause.

Schließlich sagt Dusty: »Warum sind die Menschen so mies?«

Erst denke ich, dass er über mein Gespräch mit Dad Bescheid

weiß oder über mich, über den Menschen, der ich in der Schule bin, aber dann fällt mein Blick auf seine Handtasche, auf die jemand eins der hässlichsten Wörter der englischen Sprache geschmiert hat. Der Trageriemen wurde durchgeschnitten.

Meine Augen wandern zurück zu meinem kleinen Bruder. »Menschen sind aus vielen Gründen mies. Manchmal sind es einfach miese Menschen. Manchmal waren andere mies zu ihnen, und ohne es zu merken, übernehmen sie dieses miese Vorbild und gehen in die Welt und behandeln andere genauso. Manchmal sind sie mies, weil sie Angst haben. Manchmal beschließen sie, mies zu anderen zu sein, bevor die anderen mies zu ihnen sein können. Eine Art Selbstverteidigungsmiesheit.« Mit der ich mich ziemlich gut auskenne. »Wer war mies zu dir?«

Dusty hebt die Hände und schüttelt den Kopf, um mir zu verstehen zu geben, nein, wir werden nicht ins Detail gehen. »Warum sollte jemand aus Angst mies sein?«

»Weil jemand sich selbst vielleicht nicht so gut findet, aber dann ist da ein anderes Kind, das genau weiß, was es will, und verdammt unerschrocken wirkt.« Ich werfe einen Blick auf die Handtasche. »Tja, das kann beängstigend sein und könnte dafür sorgen, dass das andere Kind sich noch schlechter fühlt.«

»Obwohl das erste Kind gar nicht versucht, irgendwen einzuschüchtern, sondern einfach nur so ist, wie es ist?«

»Genau.«

»Das ist mies.«

»Kann ich irgendwas für dich tun?«

»Hauptsache, du bist nicht mies.«

»Ich kann dir nur versprechen, dass ich niemals mies zu dir sein werde, kleiner Mann.«

Wir trinken schweigend wie zwei alte Kriegsveteranen, und nach einer Weile sage ich: »Ich wette, ich kann deine Tasche reparieren. Oder dir eine neue machen. Eine unzerstörbare.«

Er zuckt mit den Schultern. »Ohne bin ich besser dran.«

So, wie er das sagt, will ich ihm jede verdammte Handtasche dieser Welt schenken und anfangen, aus Solidarität selbst eine zu tragen.

»Und wenn ich dir was anderes baue? Was hast du dir schon immer gewünscht? Es gibt keine Grenze nach oben. Dein Herzenswunsch.«

»Einen Legoroboter.«

»Einer, der deine Hausaufgaben für dich macht?«

Er schüttelt den Kopf. »Nö, das krieg ich schon selbst hin.«

Ich lehne mich auf meinem Stuhl zurück und reibe mir das Kinn, als wäre ich tief in Gedanken. »Okay, dann willst du wahrscheinlich einen, der für dich den Abwasch macht und den Müll rausbringt, wenn du dran bist.«

»Nee.«

»Dann vielleicht eine Drohne?«

»Ich will einen, der mein Freund ist.«

Das ist wie ein Tritt in den Magen. Ich verliere beinahe die Fassung, aber ich nicke nur, reibe mir das Kinn und trinke mein Glas aus. »Wird erledigt!«

LIBBY

Nach dem Essen sitzen Dad und ich auf dem Sofa, und ich zeige ihm die neuesten Videos der Darlings, aufgenommen vor zwei Wochen bei einem Festival in Indianapolis. Glitzernde Pailletten, gleißendes Scheinwerferlichter, eine jubelnde Menge. *So viel Farbe. So viel Leben.* Ich glaube nicht, dass irgendjemand auf der Welt das alles so herrlich findet wie ich.

Er fragt: »Bist du dir da sicher?«

»Nein. Aber ich mache trotzdem bei der Aufnahmeprüfung mit. Du kannst mich nicht vor allem beschützen. Wenn ich auf die Nase falle, falle ich auf die Nase, aber wenigstens habe ich es versucht.«

Ich gebe ihm das Bewerbungsformular, und er überfliegt es. Er nimmt den Kuli, der auf dem Sofatisch liegt, und unterschreibt. Als er es mir zurückgibt, sagt er: »Weißt du, dich wieder mitten im Leben zu haben ist schwerer, als ich gedacht hätte.«

JACK

Ich bin im Keller, der ungefähr so aussieht wie eine etwas chaotische Weihnachtsmannwerkstatt. Überall liegen Autos und Kipplaster herum, Schlümpfe, Walkie-Talkies und jede Menge Kram von Fisher Price. Altes Spielzeug, aber auch anderer Krempel – Autoteile, Motorradteile, Motoren, Teile eines Rasenmähers und Werkzeug. Alles, was ich zu etwas anderem umbauen kann. Einige der Sachen sind fertig, aber die meisten sind noch unvollendet, mit offenem Innenleben und inmitten der dazugehörigen Einzelteile. Hier nehme ich Sachen auseinander und baue sie auf neue, erstaunliche Weise wieder zusammen. So, wie ich es am liebsten mit mir selbst machen würde.

Mein Handy vibriert. Es ist Kam. »Ich bin bis Centerville gerannt, Alter.«

Ich lache das Lachen eines mutigen, männlichen Kerls. »Hat das gemeine Mädchen dir etwa Angst gemacht?«

»Halt's Maul. Die war verdammt schnell.«

»Alles in Ordnung? Willst du darüber reden?« Ich ahme die Stimme nach, mit der Kams Mutter immer mit seiner kleinen Schwester redet, die ständig heult und Türen knallt.

»Die ist es, Kumpel. Der Lorbeerkranz.«

»Häh?«

»Sie. Sie ist der Preis. Oder zumindest das Ziel. Wer sich auf der halten kann, hat gewonnen.«

»Was gewonnen?«

Aber ich weiß bereits, was er sagen wird.

»Das Schwabbelrodeo.«

Die Wände der Werkstatt schließen sich enger um mich.

»Mass?«

»Ich glaube, ich steh nicht so auf dieses Spiel.«

»Was soll das heißen, du stehst nicht drauf?«

Es heißt, dass ich keine Lust auf dieses Gespräch habe, weil mir nicht gefällt, wo es hinführt.

»Das ist doch bescheuert. Ich meine, Alter, *Seth* hat sich das ausgedacht.« Im Notfall immer Seth vor die Räder stoßen.

»Er hat es sich nicht ausgedacht. Er hat uns nur davon erzählt. Das ist was anderes. Außerdem ist es saukomisch. Was ist los mit dir? Die hätte mich fast plattgemacht!«

»Seth ist ein Schwachkopf.« Und noch mal vor die Räder, während ich einen Weg suche, diese Sache zu beenden, bevor sie zur Demütigung jedes dicken Mädchens auf der Schule ausartet. Das haben sie nicht verdient. Das Mädchen, das wie eine Gazelle über den Zaun gesprungen und hinter Kam hergerannt ist, hat es nicht verdient. Ich sage: »Das hat sie nicht verdient.«

»O Mann, du durchgeknallter Penner. Du klingst ja, als ob du mit ihr zum Abschlussball gehen willst. Soll ich schon mal die Limousine bestellen?«

»Ich sag ja nur, dass wir im letzten Jahr auf der Highschool mit unserer Zeit was Besseres anfangen können. Hast du die Neuntklässlerinnen gesehen?« Wenn sonst nichts hilft, von Mädchen reden.

»Seit wann bist du so eine Pussy?«

Ich höre auf zu sprechen. Mein Herz hämmert wie eine Trommel. *Sag was, Weichei!*

»Wir ziehen das durch, ob du mitmachst oder nicht, Mass.«

Endlich sage ich etwas. »Wie auch immer, Alter. Macht, was ihr wollt.«

»Vielen Dank auch, das werden wir. Solange wir deinen Segen haben.«

»Arschloch.«

»Pisser.« Unsere Kosenamen. Der Boden zwischen uns fühlt sich etwas solider an, aber der Rest der Welt schwankt, als stünde sie auf einem Seil weit draußen im Universum.

Was ich riskiere, wenn ich meinen Freunden sage, dass sie sich verpissen sollen

von Jack Masselin

1. Kam und Seth.
   Sie sind vielleicht nicht die tollsten Freunde der Welt, aber sie sind die einzigen, die ich zuverlässig auf einer weitgehend beständigen Basis erkennen kann. Vielleicht liegt es daran, dass ich sie länger kenne als irgendjemanden sonst, oder daran, dass ihre Merkmale auch in einer Menschenmenge leicht auszumachen sind. Egal woran es liegt, sie bleiben. Was vermutlich der Grund ist, warum ich mich überhaupt mit ihnen angefreundet habe. Stell dir vor, du ziehst in eine Stadt, in der du nur zwei Leute kennst und *auch immer nur diese zwei Leute kennen wirst*, egal wie viele andere Menschen du triffst.

2. Die sorgfältig konstruierte Welt, die ich mir in den Wänden der Martin-Van-Buren-Highschool aufgebaut habe.
   Ich bin nicht zu Jack Masselin geworden, indem ich die Leute vor den Kopf stoße. Und auch wenn ich Jack Masselin vielleicht nicht immer mag, brauche ich ihn. Ohne ihn bin ich nur ein verkorkster Typ mit einer verkorksten Familie und einer fragwürdigen Zukunft. Und wenn ich irgendetwas über die Highschool weiß, dann das: Wenn du

den Leuten einen Vorwand dafür gibst, werden sie dich den Wölfen zum Fraß vorwerfen. (Luke Revis, du weißt, was ich meine.)

Also, tja.

3. Mich.
   Ich würde es vorziehen, mich nicht zu verlieren.

LIBBY

Ich liege auf meinem Bett. Es ist nicht dasselbe Bett, auf dem ich vierundzwanzig Stunden am Tag gelegen habe, als ich das Haus nicht verlassen konnte, sondern ein neues, das wir gekauft haben, als ich etwas Gewicht verloren hatte. Ich hole meine Kopfhörer aus der Tasche und suche nach dem Song *All Right Now*. Ich kenne ihn aus Staffel eins, Folge sechs von *Supernatural*. Er läuft ganz am Ende der Folge, als Dean zu Sam sagt, er wünschte, er hätte ein normales Leben führen können.

Ein normales Leben habe ich mir gewünscht, solange ich denken kann. Ich habe versucht, es mir in Gedanken zu erschaffen, von meinem Bett aus. Als Dean-von-gegenüber Skateboardfahren lernte, lernte ich es mit ihm, und wir fuhren stundenlang um die Wette. Als Dean und Sam im Garten Baseball spielten, spielte ich mit, und als sie in ihrer Einfahrt eine Kartoffelkanone bauten, half ich dabei, sie mit bunten Spraydosen anzusprühen und Kartoffeln übers Haus zu schießen. Wir vier hingen in ihrem Baumhaus ab, und wenn die beiden Großen Castiel nicht mitnehmen wollten, gab ich ihm ein Eis aus und erzählte ihm Geschichten. Hinterher ging ich nach Hause und aß am Esstisch zu Abend, mit meinem Dad *und* meiner Mom, weil natürlich alles ausgedacht war, was bedeutete, dass ich es mir so vorstellen konnte, wie ich es haben wollte.

So, wie ich mir mich selbst vorstellen konnte, wie ich mich haben wollte, als normalgewichtiges Mädchen.

Ich stelle den Song so laut, dass es sich anfühlt, als sei er in mir und fließe durch meine Adern wie Blut. So wütend ich heute auch war, ich kann mich nicht daran erinnern, dass ich Angst hatte. Kein Herzrasen, keine Schweißausbrüche. Die Cafeteria hat sich nicht gedreht. Mein Kopf hat sich nicht angefühlt, als werde er von zwei Riesenhänden zerquetscht. Meine Lungen haben normal geatmet, gleichmäßig, ganz von allein.

Das Bewerbungsformular für die Darlings liegt neben mir. Unter die Frage *Welche Eigenschaft oder Fähigkeit besitzt du, die wertvoll für unser Team sein könnte und die deine Mitbewerberinnen vermutlich nicht mitbringen?* habe ich geschrieben: Ich bin unübersehbar und tanze wie der Wind.

Absolut nirgends auf dem Formular wird nach meinem Gewicht gefragt.

Ich sehe zu, wie George mit der Bettdecke kämpft, und denke: *Ja. Ganz genau. Das bin ich. Nichts wird je wieder gut sein, nicht so, wie es war, aber ich gewöhne mich daran. Vielleicht werde ich doch noch ein normales Leben bekommen.*

JACK

Ich sitze lange Zeit vor meinem Computer und zerbreche mir den Kopf, was ich schreiben soll. Ich kann mich durch Schulaufsätze mogeln, aber ich bin kein Schriftsteller. Das war nie weiter problematisch, bis zu diesem Moment.

Folgendes ist das Problem: Trotz ihrer Fehler sind meine Eltern gute Menschen. Okay, Mom vielleicht etwas mehr als Dad. Sie haben meinen Brüdern und mir beigebracht, andere Menschen gut zu behandeln, und auch wenn wir uns nicht immer so verhalten, haben wir es doch verinnerlicht, habe *ich* es verinnerlicht. Genug wenigstens, um nicht zu wollen, dass ein unschuldiges Mädchen wegen meiner beschissenen Freunde beschämt und gedemütigt wird.

Und was, wenn sie etwas noch Schlimmeres machen als das Rodeo?

Wenn sie versuchen, sie zu küssen?

Sie zu begrapschen?

In Gedanken spiele ich jedes Worst-Case-Szenario durch, und alle enden damit, dass das Mädchen bitterlich weint.

Ich lege den Kopf auf die Schreibtischplatte. Am liebsten würde ich selbst bitterlich weinen.

Dann sage ich mir:

Zur Hölle damit.

Ich hebe den Kopf und fange einfach an zu schreiben.

Ich bin kein mieser Typ, aber ich bin kurz davor, etwas Mieses zu tun. Du wirst mich dafür hassen, und andere werden mich dafür hassen, aber ich werde es trotzdem tun, zu deinem Schutz und auch zu meinem.

DER NÄCHSTE TAG

LIBBY

Iris Engelbrecht gesellt sich in der Cafeteria zu mir. Aus irgendeinem Grund – vielleicht liegt es an unseren gemeinsamen Ausmaßen – geht sie fünf Schritte hinter mir.

»Bist du noch da, Iris?«

»Ich bin da.«

Sie schafft es, sogar diese drei Wörter unglücklich und resigniert klingen zu lassen. Sie ist wie der misanthropische Esel aus *Pu der Bär*. Und sie redet *echt viel* über ihr Gewicht. Ich habe definitiv keine Lust, die *Sprecherin der Fetten* zu werden, wofür Iris mich zu halten scheint, oder für *die knallharte Fette*, die auf Krawall gebürstet ist. Das ist noch zehnmal schlimmer als *die schnippische Fette* oder *die fette beste Freundin*. Die Rolle bringt eine Menge Erwartungen mit sich, und ich habe absolut keine Lust, mich dafür verantwortlich zu fühlen, jemand anderen durch die Highschool zu manövrieren.

Ich steuere auf den Tisch am Fenster zu, an dem Bailey Bishop und Jayvee De Castro sitzen, als ich Dave Kaminski bemerke, dessen weißer Schopf in einem schwarzen Beanie steckt.

Iris zupft an meinem Ärmel. »Ich will hier weg.«

Ich drehe mich um und ändere die Richtung, und die arme Iris stapft hinterher. Ich pralle gegen einen von Dave Kaminskis

Freunden, einen der Typen, die auf der Tribüne gesessen haben. Er ist groß und schlaksig und hat lange Beine und goldbraune Haut und dunkelbraune Haare, die in alle Richtungen strahlen wie die Sonne.

Bevor ich ihm ausweichen kann, sagt er: »Es tut mir leid.« Und in seinen Augen liegt etwas Ernstes und Bekümmertes, als wäre gerade sein bester Freund gestorben.

»Nein, mir tut es leid.« Ich mache einen Schritt zur Seite, um ihn vorbeizulassen. Aber dann macht er ebenfalls einen Schritt zur Seite. Also gehe ich auf die andere Seite, und er auch, und ich denke, wie lächerlich wir aussehen müssen, als ich Dave Kaminski irgendwo hinter meiner Schulter grölen höre: »HEILIGE SCHEISSE, AUF GEHT'S!«

Eine Sekunde lang denke ich, der Typ wird direkt vor mir ohnmächtig. Er sagt wieder: »Es tut mir leid.« Und dann wirft er sich auf mich und klammert sich an mir fest, als ginge es um sein Leben.

Ich bin so überrascht, ich kann mich nicht mal bewegen. Stattdessen springen meine Gedanken zu einem Urlaub mit meiner Familie zurück, als ich neun war. Meine Mom und mein Dad und meine Cousinen und Onkel und Tanten und ich waren am Strand in North Carolina. Es war ein heißer Tag, und wir gingen alle baden. Ich trug den pink-gelb-karierten Badeanzug, den ich so mochte. Ich planschte im seichten Wasser, als eine Qualle sich an meinem Bein festsaugte, während ich schwamm. Das kleine Monster ließ mich einfach nicht mehr los, und sie mussten mich aus dem Wasser tragen und das Viech von meinem Bein klauben, und ich dachte, ich würde sterben.

Tja, dieses kleine Monster hier klammert sich ungefähr genauso fest, und anfangs kann ich gar nichts anderes tun als stumm dazustehen. Es ist, als würde die ganze Welt leer und still, und ich auch. Alles wird einfach

g
a
n
z

l
a
n
g
s
a
m.

Und hält an.

Hält einfach an.

Zum ersten Mal seit sehr langer Zeit verspüre ich Panik. Verkrampfte Brust. Zu schneller Atem. Feuchte Handflächen. Heißer Hals.

Und dann federt mich etwas zurück in die Realität – vielleicht das Schreien und Klatschen und Buhen. Oder Muhen? Egal, ich bin plötzlich wieder in der Cafeteria, und dieser Junge umhüllt mich wie ein Pullover und hat die Arme eng um mich geschlungen.

»Nein!«

Ich erkenne meine eigene Stimme, aber sie klingt wie von weit her, als wäre ich auf der anderen Seite der Schule, drüben bei der Bücherei.

Es ist offensichtlich, dass das irgendein grausames Spiel ist. *Die-Fette-Kuscheln* oder *Am-Fett-kleben-wie-ein-Klettverschluss.* Das ist schlimmer, als vom Schulhof verbannt zu werden, und ich bin plötzlich so wütend, dass ich zittere. Mein ganzer Körper wird so heiß, dass er es spüren muss, wie er da an meinen Armen und Beinen hängt.

Ich denke: *Ich habe nicht 150 Kilo abgenommen und Pizza und Oreos aufgegeben, um mich von diesem Arschloch vor der ganzen Cafeteria demütigen zu lassen.*

»NEEEIIN!« Das kommt wie ein richtiges Brüllen.

Für so einen Schlaks ist er stark, ich nehme all meine Kraft zusammen, um ihn von mir runterzureißen wie ein Pflaster.

Und dann haue ich ihm in die Fresse.

JACK

Ich liege in der Cafeteria auf dem Boden, und das Mädchen steht über mir. Mein Kiefer fühlt sich an, als wäre er irgendwo in Ohio. Ich reibe ihn, um sicherzugehen, dass er noch da ist, und als ich meine Hand ansehe, ist sie blutverschmiert.

Ich sage: »Was zur Hölle?« Meine Worte sind ganz vernuschelt. *Himmel, ich glaube, die hat mir den Kiefer gebrochen.* »Warum hast du mich geschlagen?«

»WARUM HAST DU MICH FESTGEHALTEN?«

Meine Augen wandern zu ihrem Rucksack, zu dem Brief, der aus der Seitentasche ragt. Ich würde gern sagen: *Das wirst du noch verstehen,* aber ich kann nicht sprechen, weil ich mir das Blut vom Mund wische.

Ich weiß vielleicht nicht, wer die ganzen Leute sind, aber jedes Gesicht in der Cafeteria ist auf uns gerichtet, starrende Augen, offene Münder, heruntergeklappte Kinnladen. Das Mädchen steht immer noch da, und ich sage vom Boden her: »Ich stehe jetzt auf. Nur falls du darüber nachdenkst, mir noch eine reinzuhauen.«

Eine Hand kommt auf mich zu, sie gehört zu einem großen hellhäutigen Typen mit einem bescheuerten schwarzen Beanie. Ich hasse Mützen, weil manchmal das einzige Erkennungszeichen einer Person ihre Haare sind. Ich weiß nicht, ob ich die Hand nehmen soll, aber sonst bietet mir niemand eine an, also lasse ich mir von ihm hochhelfen. Während er das tut, fängt der Hurensohn an zu lachen.

Das Mädchen dreht sich zu ihm. »Du bist ein Arschloch.«

Er hebt die Hände, als hätte sie eine Pistole gezogen. »Hey, ich bin nicht derjenige, der dich festgehalten hat!«

»Vielleicht nicht, aber ich bin sicher, dass du was damit zu tun hast.« Das verrät mir, dass es Dave Kaminski sein könnte.

Dann taucht ein anderes Mädchen auf, dunkelhäutig und wütend, mit einem Leberfleck neben der Augenbraue, und sie baut sich vor dem Mädchen auf, das ich festgehalten habe. »Du hast ihn geschlagen? Du blöde Kuh! Er hat dir doch nicht weh getan!« Nur Caroline Lushamps Stimme kann so hoch und schrill werden.

Ich sage: »Ich habe es verdient. Ich hätte sie nicht festhalten sollen.« Und plötzlich verteidige ich das Mädchen, das mich geschlagen hat.

»Das hat *sie* mit *dir* gemacht?« Ein jüngerer Typ taucht auf, spitzes Kinn, struppige Haare. Ich suche in seinem Gesicht nach Hinweisen darauf, wer er ist, aber alle reden gleichzeitig auf mich ein, und das ist mein Albtraum, weil ich nicht weiß, wer diese Leute sind. Sie zerren an mir und sagen: »Was ist passiert?«, »Geht es dir gut?«, »Es wird alles wieder gut«, »Mach dir keine Sorgen, Jack.« Ich will, dass sie mich loslassen und verschwinden, weil ich sie erkennen sollte und es nicht tue, ich könnte ebenso gut unter Gedächtnisverlust leiden. Sie versetzen mich in Panik, und ich würde ihnen am liebsten sagen, dass sie sich verpissen sollen. Sie ist es, die ihre Aufmerksamkeit verdient, nicht ich. Es ist meine Schuld, nicht ihre.

»Was zur Hölle ist passiert, Jax?« Der Junge mit dem spitzen

Kinn ist Marcus, mein Bruder, denn so hat er mich früher genannt, als wir klein waren.

Aber ich kann nicht sicher sein, oder? Sogar Babys können Gesichter erkennen. Sogar Hunde. Sogar Car Jumers, der immer noch – wie viele Jahre nach der Grundschule? – mit den Fingern rechnen muss und letztes Jahr Katzenkacke gegessen hat, weil irgendwer ihm das als Mutprobe aufgegeben hat.

Einer der Typen vom Sicherheitsdienst taucht auf und schubst die Leute aus dem Weg. Und auch ein Lehrer (graue Haare, Bart), der versucht, die Menge wieder unter Kontrolle zu bringen. Als er sagt: »Verschwindet, hier gibt es nichts zu sehen, kümmert euch um euren eigenen Kram«, kommt ein anderes Mädchen angelaufen.

»Jack Masselin, was ist passiert?« Sie hält mein Gesicht fest und mustert es, und ich weiß nicht mehr, wo genau ich blute. Kenne ich diese Person? Nichts an ihr kommt mir bekannt vor, aber dann sagt jemand: »Es war seine Schuld, Miss Chapmann. Er hat sie gepackt und festgehalten.«

Ich drehe mein Kinn ruckartig aus ihrer Hand. Ich sage: »Mrs Chapman«, und sehe ihr direkt in die Augen. In dem Augenblick denke ich: *Na los, Lady. Zeig mir, was du draufhast. Zeig mir, was dich so besonders macht.* Ich meine, da muss doch irgendwas Unglaubliches sein, oder? Warum sollte mein Dad sonst wegen ihr seine Familie verraten und alles aufs Spiel setzen?

Aber die Einzige, die sich von der starrenden, geifernden Menge abhebt, ist weder Caroline noch die Frau, die die Ehe meiner Eltern ruiniert. Es ist ein Mädchen, das ich nicht mal kenne, das dickste Mädchen hier.

LIBBY

Mrs Wasserman, die Schulleiterin, ist eine drahtige Springbohne. Eine Plakette hinter ihrem Schreibtisch teilt uns mit, dass sie seit fünfundzwanzig Jahren Direktorin ist. Ich sitze ihr gegenüber, neben dem Jungen und einer Frau, die seine Mutter zu sein scheint.

Mrs Wasserman sagt zu mir: »Dein Dad müsste jeden Augenblick da sein.«

Plötzlich habe ich das Gefühl, mich gleich übergeben zu müssen, weil sich die Zeit gerade zum schlimmsten Augenblick meines Lebens zurückdreht. Ich war in der fünften Klasse, mitten in einer Schulversammlung, als die Schulleiterin mich beim Arm nahm und vor den Augen der gesamten Schule aus der Aula führte. Sie nahm mich mit in ihr Büro, wo mein Vater mit einem Vertrauenslehrer wartete. Eine große Kleenex-Schachtel stand auf einer Seite des Schreibtischs, und darauf konzentrierte ich mich. Es war so eine riesige Schachtel, dass sie aussah, als wäre sie speziell für diesen Moment gemacht worden.

»Deine Mutter ist im Krankenhaus, und wir müssen jetzt so schnell wie möglich zu ihr.«

»Was soll das heißen?«

Er musste es dreimal wiederholen, bevor ich es verstand, und selbst dann glaubte ich, es sei ein schrecklicher Witz und dass sie sich alle aus irgendeinem Grund verbündet hatten, um mir diesen grausamen Streich zu spielen.

»Libby?«

Ich blicke auf, als mein Dad hereinkommt. »Ist alles in Ordnung?«

»Mir geht's gut.«

Jemand bringt einen weiteren Stuhl, und dann berichtet die Schulleiterin allen, was in der Cafeteria passiert ist.

Die Mutter des Jungen starrt ihren Sohn an, als wäre er Rosemarys Baby. Sie sagt: »Es muss doch irgendeine Erklärung geben, warum um alles in der Welt du so etwas machst.«

Dad sagt zu ihr: »Auf die Erklärung bin ich gespannt, die mir hilft, das zu verstehen.«

Die Schulleiterin übertönt sie: »Ich will die Geschichte von Jack und Libby hören.«

Alle sehen uns an.

»Er hat mich gepackt und festgehalten.«

»Wie hat er dich gepackt?«

»Er hat sich auf mich gestürzt und an mir festgeklammert, als wäre ich ein Rettungsboot und er der Letzte, der über Bord der Titanic gegangen ist.«

Der Junge, Jack, räuspert sich. »So war es nicht ganz.«

Ich sehe ihn mit hochgezogenen Augenbrauen an. »Ach nein?«

Aber er schaut nicht zu mir. Er ist vollauf damit beschäftigt, Mrs Wasserman schöne Augen zu machen. Er beugt sich vor und spricht leise und gedehnt, als würde er sich mit ihr verschwören. »Es war dumm. Diese ganze Sache war dumm. *Ist* dumm. Ich habe nur ...« Er wirft einen Blick auf seine Mom. »Die letzten zwei Jahre waren nicht leicht.« Er sieht Mrs Wasserman superintensiv an, als wolle er sie hypnotisieren. »Ich will damit nicht sagen, dass es eine Entschuldigung für das gibt, was ich getan habe. Ich bezweifle, dass es irgendetwas gibt, womit ich rechtfertigen kann, was in der Cafeteria passiert ist …«

Der Knabe ist ein Schlangenbeschwörer, aber zu meinem Glück lässt Mrs Wasserman sich nicht um den Finger wickeln. Sie unterbricht ihn und wendet sich an mich. »Ich würde gerne hören, was passiert ist, bevor du ihn geschlagen hast.«

Dad ruft: »Du hast ihn geschlagen?«

Zum Beweis zeigt Jack auf seine Lippe.

Ich sage: »Er hat mich gepackt und festgehalten.«

»Also, eigentlich habe ich sie umarmt.«

»Er hat mich nicht umarmt. Er hat mich gepackt.«

Mrs Wasserman fragt: »Warum hast du sie gepackt, Jack?«

»Weil ich ein Idiot war. Ich habe es gar nicht böse gemeint. Ich wollte ihr keine Angst machen. Oder sie mobben oder so. Ich wünschte, ich hätte einen besseren Grund, glauben Sie mir.« Seine Augen sagen: *Du wirst mir verzeihen. Du wirst vergessen, dass das je passiert ist. Du wirst mich lieben, so wie alle anderen.*

»Hast du dich bedroht gefühlt, Libby?«

»Ich habe mich nicht gerade toll gefühlt, wenn es das ist, was Sie meinen.«

»Aber hast du dich bedroht gefühlt? Sexuell?«

O mein Gott.

»Nein. Nur gedemütigt.«

Und jetzt noch mehr, vielen Dank.

Jacks Mutter beugt sich auf ihrem Stuhl vor. »Mrs Wasserman, ich bin Anwältin, und ich bin ebenso betroffen wie Sie – wenn nicht noch mehr – über das, was hier heute vorgefallen ist, aber bis wir …«

Mrs Wasserman sagt wieder: »Ich will es von Jack und Libby hören.«

Ich spüre, wie neben mir das Leben aus dem Jungen weicht. Ich schaue zu ihm rüber, und er sieht aus wie eine leere Hülle, als wäre jemand gekommen und hätte ihm jeden Tropfen Blut ausgesaugt. Aus welchem idiotischen Grund auch immer er mich gepackt hat, ich weiß, dass es so nicht gemeint war.

Ich sage: »Es war nicht sexuell. Überhaupt nicht. Ich habe mich nicht auf diese Weise bedroht gefühlt.«

»Aber du hast ihn geschlagen.«

»Aber nicht, weil ich mich bedroht gefühlt habe.«

»Warum dann?«

»Weil er mich auf total nicht-sexuelle, aber trotzdem echt nervige und demütigende Weise festgehalten hat.«

Die Schulleiterin faltet ihre Hände auf dem Schreibtisch. Ihre Augen sind auf uns gerichtet, als würde sie uns in Stein verwandeln, wenn sie könnte. »Schlägereien auf dem Schulgelände sind eine ernstzunehmende Anklage. Ebenso wie Vandalismus.« Ich verstehe nicht gleich, was sie meint. Sie hebt den Ausdruck eines Fotos hoch, den ich mir nicht anschauen muss, weil ich bereits weiß, was darauf zu sehen ist. Sie fragt Jack: »Weißt du irgendetwas darüber?«

Er beugt sich vor und studiert das Papier. Dann lehnt er sich zurück und schüttelt den Kopf. »Nein, Ma'am, weiß ich nicht.« *Ma'am.*

Dad beugt sich vor. »Darf ich bitte mal sehen?«

Als er das Papier nimmt, sagt Mrs Wasserman: »Anscheinend

hat irgendjemand einen der Toilettenräume mit abwertenden Kommentaren über Ihre Tochter beschmiert. Ich versichere Ihnen, dass wir der Sache nachgehen. Ich nehme so etwas nicht auf die leichte Schulter.« Sie schaut Jack wieder an. Seine Mom schaut ihn an. Mein Dad schaut ihn an, und sein Kiefer ist so angespannt, dass ich fürchte, er bricht gleich durch.

Ich wünsche mir, unsichtbar zu werden. Ich schließe die Augen, als könnte das helfen. Als ich sie wieder öffne, bin ich immer noch auf dem Stuhl, und alle starren mich an. Ich sage: »Es tut mir leid.«

Dad wedelt mit dem Papier. »Weißt du, wer das war?«

Ich würde gerne sagen, nein. Absolut keine Ahnung.

»Libby?«

Hier ist meine Wahl – ich kann lügen und nein sagen. Ich kann sagen, dass Jack es war. Oder ich sage die Wahrheit.

»Ja.«

»Ja, du weißt, wer das war?«

»Ja.«

Alle warten.

»Das war ich.«

Sie brauchen eine Weile.

Der Typ pfeift.

Seine Mutter sagt: »Jack.«

»Sorry. Aber.« Er pfeift wieder.

Mrs Wasserman macht ein langes Gesicht, und ich kann mir vorstellen, wie sie heute Abend ihrem Mann erzählt, wie sehr sich die Kinder verändert haben, wie sehr wir ihr das Herz brechen und wie gut es ist, dass sie bald im Ruhestand ist, weil sie nicht weiß, wie sie das noch lange aushalten soll.

Dad fragt: »Warum, Libby?«

Vielleicht liegt es an der Art, wie er *Libby* sagt, statt *Libbs*, aber aus irgendeinem blöden Grund fange ich fast an zu heulen. »Weil es sonst jemand anders geschrieben hätte.«

Plötzlich fühle ich mich so nackt, dass ich ebenso gut auf einem Seziertisch liegen könnte, meine Eingeweide für alle Welt ausgestellt. Es gibt keine Möglichkeit, den anderen, abgesehen von meinem Vater, zu erklären, wie wichtig es ist, vorbereitet zu sein, allem und jedem immer einen Schritt voraus zu sein.

»Lieber Jäger als gejagt. Selbst, wenn du dich selber jagst.«

Mein Blick begegnet Jacks. »So in der Art.«

»Und dann komme ich daher und liefere dir den Beweis, dass du recht hast.«

Er hält meinen Blick zwei Sekunden lang fest, und dann sehen wir beide weg. Wir sitzen da, alle fünf, in der unerträglichsten Stille meines Lebens, bis Mrs Wasserman sagt: »Es gibt verschiedene Arten, wie ich euch bestrafen könnte. Ich könnte euch suspendieren. Rauswerfen. In einigen Fällen haben Schulen in Rushville und New Castle sogar die Polizei gerufen und Schüler festnehmen lassen.«

Jack sagt: »Ist es nicht schon Strafe genug, dass die ganze Schule gesehen hat, wie ich von einem Mädchen vermöbelt wurde?«

»Wir könnten dich auch wegen Mobbings verklagen«, entgegnet sie kühl.

Jacks Mutter, die Anwältin, fällt fast vom Stuhl. »Bevor wir von einer Klage sprechen …«

Mrs Wasserman übertönt sie wieder. »Und dich, Libby, wegen Körperverletzung.«

»Das war Selbstverteidigung!« Meine Stimme schrillt zu laut

und zu hoch. »Als ich ihn geschlagen habe, meine ich.« Obwohl das in der Toilette auch eine Form von Selbstverteidigung war.

Die Schulleiterin deutet mit einem Nicken auf Jack. »Hatte er dich bereits losgelassen, als du ihn geschlagen hast?«

»Aber nur, weil ich ihn von mir runtergezerrt habe.«

Sie schüttelt den Kopf und seufzt. »Ich werde hier und jetzt keine Entscheidung treffen. Ich will mit den Zeugen reden. Ich muss mir eure Noten ansehen und die Optionen abwägen. Aber ich will klarstellen, dass ich eine Null-Toleranz-Politik habe, wenn es um Gewalt, Mobbing oder irgendetwas geht, das auch nur auf sexuelle Belästigung hindeutet.« Sie sieht erst Jack, dann mich mit zusammengezogenen Augenbrauen an. »Und für Vandalismus habe ich auch nichts übrig.«

JACK

Wir sollen draußen vor Mrs Wassermans Büro warten. Der Sicherheitsmann und der bärtige Lehrer gehen hinein, als wir rauskommen, zusammen mit ein paar Schülern, Gott weiß, wer, vielleicht mein eigener Bruder. Libby und ich setzen uns nebeneinander auf eine Bank. Ich beobachte die Tür, die zur Eingangshalle führt, und kann nur denken: *Lass bloß nicht Monica Chapman hier reinspazieren, solange meine Mom da ist.*

Libby schaut mich an. »Warum hast du das gemacht?«

Ich würde gerne sagen: *Lies meinen Brief,* aber im Augenblick erscheint mir dieser Brief wie der zweitschlechteste Einfall, den ich je hatte.

»Hast du noch nie was Gemeines oder Blödes gemacht, ohne vorher darüber nachzudenken? Irgendwas, das du sofort bereut hast, sobald du es getan hast?«

Sie antwortet nicht.

Ich sage: »Manchmal sind Menschen einfach mies. Manchmal sind sie mies, weil sie Angst haben. Manchmal beschließen sie, mies zu sein, bevor andere mies zu ihnen sind. Miesheit als Selbstverteidigung.«

Weil mein Gehirn kaputt ist. Weil ich kaputt bin.

»Warum ich? Oder soll ich lieber nicht fragen?«

»Lieber nicht.« Ich werde auf keinen Fall das Wort *Schwabbelrodeo* vor ihr wiederholen.

Sie verdreht die Augen und schaut weg. »Du glaubst doch nicht, dass sie uns suspendieren? Oder von der Schule werfen?« Sie richtet die Worte an die gegenüberliegende Wand.

»Nein. Das ist nicht mein erstes …« Fast hätte ich *Rodeo* gesagt, aber ich verkneife es mir. »Es wird nichts passieren.« Auch wenn ich mir da, ehrlich gesagt, nicht so sicher bin.

Ihr Blick begegnet meinem wieder, und ich lächle sie an, obwohl ich mich selbst hasse und meine Lippe wieder anfängt zu bluten.

»Tut es weh?«

»Ja.«

»Gut.«

Ungefähr eine Stunde später öffnet sich die Tür des Büros, und Mrs Wasserman (kurze graue Haare, Brille) winkt uns wieder herein. Zwei Männer lehnen an der Fensterbank – einer von ihnen ist ein Riese und der andere ziemlich dünn. Libbys Dad fixiert mich mit seinem Blick. Er hat breite Schultern, wie Charles Bronson, und ich verspüre den Drang, *Es tut mir leid, Sir* zu sagen.

Libby und ich setzen uns wieder auf unsere Stühle. Ich fange den Blick meiner Mutter auf, und sie schüttelt den Kopf (sie trägt ihre Haare auf zwei verschiedene Arten, und heute ist sie Mom-mit-hochgestecktem-Haar). Ich kann vielleicht keine Gesichter erkennen, aber ich sehe, wenn jemand enttäuscht oder wütend ist, und Mom ist beides. Ich denke an die vielen Male, die sie mir eingeschärft hat, bloß keinen Ärger zu machen, weil die Menschen härter mit mir umgehen würden, nur weil ich so aussehe, wie ich aussehe. Ich weiß, dass ich sie verraten habe, und sie wird sagen, dass ich mich selbst verraten habe.

Die grauhaarige Frau stützt die Ellbogen auf den Tisch und beugt sich vor. »Ich werde euch nicht suspendieren oder von der Schule werfen. Diesmal nicht. Dafür werdet ihr beide zusammen gemeinnützige Arbeit leisten, aber nicht für die Kommune, sondern für die Schule. Ihr werdet die Zuschauertribünen und die Umkleideräume auf dem Sportplatz streichen. Mr Sweeney wird euch beaufsichtigen.«

Der Riese nickt uns zu.

»Ihr beide werdet außerdem in den nächsten Wochen jeden Tag nach der Schule zum Beratungslehrer gehen. Der Gesprächskreis wird in immer mehr Schulen erfolgreich eingesetzt, und ich glaube, dass er auch in diesem Fall helfen wird. Es ist wichtig, dass ihr aus der Erfahrung und voneinander lernt. Mr Levine ...« – der dünne Mann winkt – »ist in mehreren Problembereichen, die Teenager heute betreffen, spezialisiert, zum Beispiel Mobbing, Vorurteile und sexuelle Belästigung.«

Ich räuspere mich, und mein Hals fühlt sich immer noch wund an. »Ich finde es nicht fair, dass sie für etwas bestraft wird, was ich angestellt habe. Ich würde lieber die Zeit für uns beide ableisten.«

Libby: »Du bist unglaublich.«

»Was?«

»Du kannst nicht der Schurke *und* der Held sein!«

Mrs Wasserman sagt: »Vielen Dank, Jack, aber Libby hat genau wie du die Regeln verletzt.«

Als wir gehen, versuche ich noch einmal, mich bei ihr zu entschuldigen, aber Libbys Vater legt ihr den Arm um die Schultern und steuert sie von mir weg.

Auf dem Parkplatz sagt Mom: »Wir reden zu Hause darüber, Jack Henry.«

Mein voller Name. So hat sie mich seit Jahren nicht mehr genannt. Sie fährt ohne ein weiteres Wort davon.

Ich fahre direkt zum Laden, in der Hoffnung, mich reinschleichen und an allen vorbeimogeln zu können – vor allem an meinem Dad. Aber kaum sitze ich am Schreibtisch, kommt er herein.

»Ich habe schon gehört, was heute passiert ist. Was zum Teufel hast du dir dabei gedacht?«

Ich sage ihm, dass ich es selbst nicht weiß. Es sollte nur ein Scherz sein, doch es habe sich herausgestellt, dass es eine richtig blöde Idee war, ich wünschte, ich hätte es nicht getan, und all die anderen Dinge, die ich in den letzten Stunden immer wieder gesagt habe.

»Deine Mutter und ich sind sehr enttäuscht von dir.«

Als müsste er mir das sagen. Ich würde gern sagen: *Und ich bin enttäuscht von dir.* Aber ich sage nur: »Ich weiß. Es tut mir leid.«

Als ich endlich allein bin, schalte ich mein Handy an. Es explodiert fast, so viele SMS und Mailboxnachrichten sind in der Zwischenzeit eingegangen. Caroline, Seth, Bailey Bishop, Kam und etwa hundert andere Leute, darunter auch Marcus, die alle ganz genau wissen, was passiert ist.

Bailey Bishop schluchzt, weil sie nicht glauben kann, dass ich einem anderen Menschen so etwas antun konnte. Caroline redet hauptsächlich von sich selbst, aber mein Bruder will tatsächlich wissen, wie es mir geht und wie es bei der Direktorin gelaufen ist.

Kams Nachricht auf der Mailbox lautet: »Glückwunsch, Prinzessin. Du hast gewonnen. Du darfst dir aussuchen, wohin wir deine blutige Fresse zur Siegesfeier ausführen sollen. Aber tu mir den Gefallen und lass dich vorher nicht noch von irgendwelchen anderen Mädchen vermöbeln.« Gefolgt von einer Minute Gelächter.

LIBBY

Das Radio läuft leise, und mein Dad redet und redet. Als er wieder davon anfängt, mich zu Hause zu unterrichten, sage ich: »Du musst dir keine Sorgen machen. Ich kann mich um mich selbst kümmern.«

»Du hast ihm wirklich richtig eine reingehauen?«

»Genau auf den Mund.«

Da lacht er.

»*Lachst* du etwa?«

»Ich glaube schon.«

»Du darfst nicht lachen. Du musst mir erzählen, dass Gewalt nie eine Lösung ist, und mir das Handy wegnehmen und so.«

»Bitte schlag nie wieder jemanden. Und wenn du dich dann besser fühlst, gib mir dein Handy.« Er lacht weiter.

Ich lache auch. Und zum ersten Mal seit langer Zeit fühle ich mich normal, so komisch das klingt. Wir fühlen uns normal. Was mich denken lässt, dass das, was heute passiert ist, vielleicht gar nicht nur schlecht war, und vielleicht sind die ganzen Stunden gemeinnützige Arbeit und Beratungsgespräche diesen einen Augenblick wert.

Als wir vor unserem Haus vorfahren, sagt Dad: »Du darfst dir wegen dieses Jungen keine Gedanken machen. Lass dir von ihm nicht wegnehmen, woran du so lange gearbeitet hast.«

»Werde ich nicht. Morgen früh stehe ich auf und gehe wieder in die Schule.« Ich schaue auf meinen Schuh und das Zitat, das da steht:

»Man kann nicht einfach aufhören zu leben.«

JACK

Ich finde Dusty computerspielend in seinem Zimmer vor. Er hat seine Kopfhörer auf, und ich kann die Musik durch sie hindurchschallen hören – die *Jackson 5*, die er nur hört, wenn er sich maximal schlecht fühlt.

Ich winke Dusty zu, und endlich hebt er den Blick und formt mit den Lippen: »Was?«

Ich gebe ihm durch Gesten zu verstehen, dass er die Kopfhörer abnehmen soll. Ich gestikuliere sorgfältig und übertrieben und hoffe, dass er lacht.

Er ignoriert mich.

Ich fange an zu tanzen. Da kann Dusty bestimmt nicht widerstehen. Gerade läuft der Song *Rockin' Robin*, und ich gebe alles. Ich lege so richtig los. Ich wirbele im Kreis und springe durchs Zimmer. Ich bin in einem Musikvideo. Ich bin Michael Jackson in seinen besten Jahren. *I am the man.*

»I am the man«, rufe ich so laut, dass er mich hört. Ich schüttele meine Löwenmähne und mache sie so groß wie möglich.

»Bist du nicht.« Er spricht zu laut, wie man es eben tut, wenn man die *Jackson 5* auf voller Lautstärke über Kopfhörer hört.

»Bin ich doch.« Ich mache die Tanzschritte, die er mir beigebracht hat. Ich mache sie absichtlich falsch, weil ihn das aus der

Reserve locken wird. Er lässt mich noch dreißig Sekunden lang schwitzen, dann ist er auf den Beinen, die Kopfhörer sind ab, und er zeigt mir die richtigen Schritte.

Wir beenden den Tanz synchron, und es ist echt toll. Aber dann ist der Song vorbei, und Dusty lässt sich auf sein Bett fallen und schenkt mir diesen Blick, der mir zu verstehen gibt, dass wir nur beim Tanzen synchron sind und sonst nirgends.

Um es mir so richtig unter die Nase zu reiben, sagt er: »Du bist nicht *the man.*«

»Tja, wohl nicht.« Ich setze mich neben ihn, und wir starren zu Boden.

»Also, warum? Welcher Grund hat dich dazu gebracht, diese miese Sache zu machen?«

Ich denke die ganzen Gründe durch, die ich ihm aufgezählt habe – *Manchmal sind es einfach miese Menschen. Manchmal waren andere mies zu ihnen. Manchmal sind sie mies, weil sie Angst haben. Manchmal beschließen sie, mies zu anderen zu sein, bevor die anderen mies zu ihnen sein können. Manchmal findet jemand sich selbst nicht gut, aber dann ist da ein Kind, das genau weiß, was es will, und das könnte dafür sorgen, dass das andere Kind sich noch schlechter fühlt.*

»Vielleicht alle gleichzeitig. Aber ich habe ernst gemeint, was ich zu dir gesagt habe. Ich werde nie mies zu dir sein.«

Er sieht mich an, und dann ist es, als würde er mir einen Schlag auf meine aufgeplatzte Lippe verpassen, denn er sagt: »Du musst es in Ordnung bringen.«

»Ich weiß.«

LIBBY

Dad erwischt mich in der Küche, wo ich im Stehen esse, was wir eigentlich nicht mehr machen. Das ist eine der Essregeln, an die wir uns halten, neben *nicht vor dem Fernseher essen, nicht zu schnell essen* und *aufhören zu essen, wenn wir zu 60 Prozent satt sind.*

Als ich ihn sehe, stelle ich den Teller ab. Wo auch immer der Schmerz herkommt – aus meinem Herz, meinem Bauch –, das Essen kommt dort nicht an.

Als Mom uns verließ, verließ mich alles, was in mir war. Als wäre einfach alles aus mir hinausgeströmt und verschwunden. Im Krankenhaus hielt ich ihre Hand, bis meine Großmutter und Dad und der Rest der Familie kamen. Alle von ihnen liebevoll und am Boden zerstört, aber niemand von ihnen wie Mom. Nicht mal alle zusammengerechnet. Nicht mal ansatzweise.

Dad mustert den Teller, aber er verkneift sich einen Kommentar. Stattdessen sagt er: »Bailey Bishop ist hier und möchte dich sprechen.«

Bailey steht in der Mitte meines Zimmers und schaut sich um, und ihre Haare fangen das Licht ein, als ob sie es ganz für sich allein haben wollen.

»Ganz schön lange her.« Sie beugt sich vor, um George unterm Kinn zu kraulen, und zu meiner Überraschung lässt er sie gewähren.

Verräter, denke ich.

Bailey fragt: »Hattest du ihn damals auch schon?«

»Ich habe ihn bekommen, als ich acht war.« Mom und ich haben ihn ausgesucht, oder besser gesagt, er hat uns ausgesucht. Wir gingen zusammen ins Tierheim, und George stürzte sich in die Handtasche meiner Mutter, kaum dass sein Käfig geöffnet wurde. »Er sollte eigentlich schon vor vier Jahren sterben, aber er ist noch nicht bereit.«

Das letzte Mal, als Bailey Bishop bei mir zu Hause war, waren wir zehn. Ich hatte sie und Monique Benton und Jesselle Villegas zur Übernachtungsparty eingeladen. Wir blieben die ganze Nacht wach und redeten über Jungs und erzählten uns unsere tiefsten, dunkelsten Geheimnisse. Baileys war, dass sie versucht hatte, ihren kleinen Bruder zu verschenken, als er noch ein Baby war. Meins, dass ich manchmal die Jungs ausspionierte, die auf der anderen Straßenseite wohnten. Das war, bevor Dean, Sam und Castiel zu meinen einzigen Freunden wurden.

Bailey richtet sich wieder auf, konzentriert ihre ganze Baileyhaftigkeit auf mich und sagt: »Es tut mir leid, dass wir dich nie besucht haben. Ich hätte dich besuchen sollen. Als du hier drin warst. Na, nicht hier, aber in deinem alten Haus.«

Das wirft mich total um, und ich stehe da wie versteinert. *Wieso darf sie so nett sein und noch dazu solche Haare haben?* Endlich sage ich: »Ist schon in Ordnung. Ich meine, wir waren ja nicht beste Freundinnen oder so.«

»Aber wir waren befreundet. Ich hätte dich besuchen sollen.«

Soll ich sie umarmen? Soll ich ihr sagen, dass es okay ist? Soll ich ihr sagen, dass sie sehr viel früher hätte kommen sollen, lange bevor ich in meinem Haus eingesperrt war, zu dem Zeitpunkt, als Dad mich aus der Schule genommen hat und zu Hause bleiben ließ?

Sie erklärt: »Ich muss dir etwas sagen. Es ist schrecklich, aber ich will nicht, dass du es in der Schule erfährst.« Plötzlich sieht sie so aus, als müsste sie gleich weinen, und erst denke ich, sie wird mir jetzt sagen, dass sie sterben muss oder dass ich sterben muss. Aber dann erzählt sie mir von dem Spiel. Dass ich der große Preis beim sogenannten Schwabbelrodeo war, und dass sich diese Nachricht wie ein Virus über die sozialen Netzwerke verbreitet hat. Alle sind infiziert, und meine zweitausend Mitschüler, und viele, viele Fremde stellen sich die gewichtige Frage, ob sie auf Libbys oder auf Jacks Seite sind.

Irgendwer hat ein Foto von mir gepostet, das genau nach der Tat gemacht worden sein muss, denn ich stehe in der Cafeteria, sehe völlig durchgedreht aus und habe immer noch die Hand zur Faust geballt, und Jack Masselin liegt zu meinen Füßen. Sein Gesicht ist nicht zu sehen, sehr wohl aber meins (beängstigend rot und verschwitzt). Untertitel: *Leg dich nicht mit Crazy Libby an.* Darunter 76 Kommentare, und nur wenige davon sind wohlmeinend. Der Rest sagt das Übliche: *Wenn ich so fett wäre, würde ich mich umbringen.* Und: *Sie ist hübsch, dafür, dass sie so fett ist.* Und: *Ich muss sie nur ansehen, um nie wieder essen zu wollen.* Und, kurz und bündig: *NIMM AB, DU FETTE SCHLAMPE.*

Genau das ist der Grund, warum ich soziale Medien meide. So viele gemeine und abfällige Kommentare und Mobbing, getarnt hinter *Ich äußere nur meine freie Meinung, wie es die Verfassung unseres großartigen Landes mir erlaubt. Wem das nicht passt, der muss es ja nicht lesen. Blablabla.*

Ich verspüre den überwältigenden Drang, Baileys Handy und mein Handy wegzuwerfen und dann die Straße rauf und runter zu laufen und noch mehr Handys einzusammeln, damit ich auch die wegwerfen kann.

Bailey murmelt: »Vielleicht hätte ich lieber nichts sagen sollen.« Sie kaut an einem Fingernagel und blinzelt, und ich sehe Tränen in ihren Augen.

»Ich bin froh, dass du es mir gesagt hast.« Klar, ich bin natürlich nicht glücklich darüber, aber ich hätte es sowieso irgendwie erfahren, und es von der nettesten Person der Welt gesagt zu bekommen, ist vermutlich die beste Art.

Ich schalte mein Handy aus und fahre den Computer runter, damit ich nicht mehr lesen muss, was da über mich steht. Ich sage zu Bailey: »Ich habe es satt, Dinge über mich zu lesen.«

Sie nickt auf ihre eifrige Art.

Ich beginne, hin und her zu tigern, was bedeutet, dass ich gleich anfangen werde zu reden. Viel. »Erstens gibt die Tatsache, dass ich übergewichtig bin, nur eine begrenzte Anzahl an Witzen her. Wir haben's kapiert, Leute. Lasst euch was Neues einfallen.«

Bailey nickt wie verrückt. »Wir haben's kapiert!«

»Und was soll dieses blöde *Sie ist hübsch, dafür, dass sie so fett ist*? Warum kann ich nicht einfach hübsch sein? Ich würde ja auch nicht sagen, *Bailey Bishop ist echt hübsch, dafür, dass sie so dünn ist*. Ich meine, du bist einfach Bailey. Und du bist hübsch.«

»Danke. Du bist auch hübsch.« Und anders als bei Caroline und Kendra weiß ich bei ihr, dass sie es auch so meint.

»Und was soll dieser ganze *fett gleich Schlampe*-Scheiß?«

Sie zuckt zusammen.

»Sorry. *Fett gleich Schlampe*-Mist. Was soll das? Warum bin ich automatisch eine Schlampe? Wo ist da bitte die Logik?«

»Die gibt es nicht.«

»Wenn jeder, der etwas über mich zu sagen hat, so viel Zeit darauf verwenden würde, keine Ahnung, nett sein zu üben oder eine Persönlichkeit zu entwickeln oder eine Seele, stell dir mal vor, wie herrlich die Welt wäre.«

»Echt herrlich.«

Ich rede immer weiter, und Bailey fungiert als meine Cheerleaderin, bis ich genug Dampf abgelassen habe. Ich lasse mich auf mein Bett sinken und frage: »Warum beschäftigt es die Leute so, wie dick ich bin?«

Sie antwortet nicht, sondern nimmt nur meine Hand und drückt sie. Sie braucht keine Antwort zu geben, weil es keine Antwort gibt. Außer dass nur kleine Menschen – innerlich klein – nicht wollen, dass du groß bist.

JACK

Ich habe noch nie einen Roboter gebaut, aber ich bin fest entschlossen. Ich sehe mir ein paar YouTube-Videos an. Schaue in ein paar Bücher. Als ich fertig bin, bin ich überzeugt, dass ich den besten verdammten Legoroboter aller Zeiten bauen werde.

Zu meinem achten Geburtstag habe ich mir einen Hammer, einen Schraubenzieher und eine Drahtschere gewünscht. Mit neun habe ich meinen ersten Lötkolben bekommen. Niemand weiß, woher dieser Drang kommt, Dinge zu konstruieren, außer dass mein Dad schon immer handwerklich geschickt war, vielleicht habe ich es von ihm. Ich weiß nur, dass es mich, seit ich klein war, innerlich ausgleicht, Dinge herzustellen, so wie andere Leute Yoga machen oder Morphium nehmen. Deshalb haben wir einen Pizzaofen und eine Ballwurfmaschine im Garten, ein Katapult in der Garage und eine Wetterstation auf dem Dach. Wenn ich bastele, sehe ich die Dinge im Ganzen vor mir, bevor es sie gibt, und dann baue ich meinen Weg dahin. Das exakte Gegenteil meines Alltags.

Aber im Augenblick sehe ich nur einzelne Teile, und das ist das exakte Abbild meines Alltags. Hier rote Teile, da blaue, da weiße und gelbe und grüne und schwarze. Irgendwann lege ich mich auf sie drauf, direkt auf den kalten Betonboden. Es ist höllisch unbequem, aber ich sage mir: *Du hast es nicht anders verdient, Arschloch.*

Ich frage mich, was Libby Strout gerade macht. Ich hoffe, sie denkt nicht an mich oder an den heutigen Tag. Ich hoffe, dass sie irgendwie an etwas anderes denken kann. Ganz egal was.

Ich höre Schritte auf der Kellertreppe, und eine Frau erscheint, erst ihre Beine, dann ihr Rest. Ich nehme an, dass es Mom ist, denn welche andere Frau sollte hier im Haus herumlaufen, wenn Dad nicht gerade beschlossen hat, Monica Chapman herzubringen? Ich halte nach ihren Erkennungszeichen Ausschau. Es ist Mom-mit-offenem-Haar. Ihr Mund ist breit. Sie ist eindeutig schwarz. Ich versuche, mich durch ihr Gesicht zu arbeiten, aber selbst wenn ich genügend Teile zusammengesetzt habe, um mir zu sagen: *Okay, das ist sie,* ist es nicht, als würde ihr Bild plötzlich einrasten, es ist nicht, als könnte ich es mir dann merken. Plötzlich fühle ich mich alt und unglaublich müde. Es ist anstrengend, die ganze Zeit nach den Menschen suchen zu müssen, die man liebt.

Sie sagt: »Ich muss dir nicht sagen, wie enttäuscht ich bin. Und wie sauer.«

»Musst du nicht.« Ich blicke vom Fußboden zu ihr auf.

»Wollen wir hoffen, dass sie nicht beschließen, Anzeige zu erstatten. Du siehst dich selbst vielleicht nicht als Schwarzen, und du glaubst vielleicht nicht, dass andere Leute es tun, aber es ist eine Tatsache, dass unsere Gesellschaft farbige Kinder härter bestraft als andere, und ich will nicht, dass dich diese Sache dein Leben lang verfolgt.«

Wir schweigen beide, während ich mir meine erbärmliche, sackgassenartige Zukunft ausmale.

Sie fragt: »Was machst du?«

»Ich wollte eigentlich einen Legoroboter für den kleinen Mann bauen, aber im Augenblick denke ich darüber nach, was für ein Arschloch ich bin.«

»Das ist ein Anfang. Was wirst du tun, um es wiedergutzumachen?«

»Ich glaube, ich kann es nicht wiedergutmachen, oder? Ich kann nur versuchen, es etwas besser zu machen.«

»Gibt es irgendetwas, worüber du reden möchtest? Etwas, was du mir sagen solltest?«

»Nicht heute Abend.« *Vielleicht nie.* Mein Handy vibriert auf dem Boden neben mir.

»Geh ruhig dran. Du kannst es mir morgen sagen.«

Vielleicht.

Sie fügt hinzu: »Ich liebe dich trotzdem.«

»Ich dich auch.«

LIBBY

Es ist kurz vor neun, als Bailey nach Hause geht. Ich bin immer noch so aufgedreht, dass ich eine Weile tanze, dann beschließe ich, Hausaufgaben zu machen. Ich leere den Inhalt meines Rucksacks auf meinem Bett aus und sortiere meine Blätter und Hefte und Stifte und Kaugummipapiere und all den anderen Kleinkram, den ich da drin habe, darunter auch *Wir haben schon immer im Schloß gelebt,* das ich überallhin mitnehme.

In dem ganzen Durcheinander steckt ein weißer Briefumschlag.

Was ist das?

Ich reiße ihn auf und fange an zu lesen.

Ich bin kein mieser Typ, aber ich bin kurz davor, etwas Mieses zu tun …

Erst denke ich, er will mir einen Bären aufbinden. Ich lese den Brief wieder. Und wieder.

Kennt ihr das, wenn man glaubt, dass sich alles um einen selbst dreht, vor allem, wenn etwas schiefgeht? *Warum ich? Warum muss ich immer so ein Pech haben? Warum ist das Universum so gemein? Warum hassen mich alle?*

Mom sagte immer, eigentlich geht es um die andere Person, und du bist nur zufällig in der Nähe. Manchmal muss die andere Person eine Lektion bekommen oder eine Erfahrung machen, ob gut oder schlecht, und du bist nur eine Art Zubehör, ein Statist in der Szene, die sie gerade spielt.

Vielleicht, möglicherweise, geht es bei diesem ganzen Albtraum eher um Jack Masselin als um mich. Vielleicht ist diese ganze Sache passiert, um ihm eine Lektion darüber zu erteilen, wie man andere Menschen behandelt.

Ich sitze da und denke eine Weile darüber nach. Das hat Mom immer getan – die Dinge von allen Seiten betrachtet. Sie glaubte, dass Menschen oder Situationen fast nie nur schwarz und weiß sind.

Zehn Minuten später lese ich alles, was ich finden kann, über Prosopagnosie, was mich zu einem Künstler namens Chuck Close führt, einem Neurologen und Autor namens Oliver Sacks und zu Brad Pitt. Laut Internet haben sie alle diese Gesichtsblindheit. Mann, sogar Brad Pitt!

Was, wenn die ganze Welt gesichtsblind ist?

Wenn jeder Prosopagnosie hätte, gäbe es Hoffnung für die Hässlichen. Niemand würde je sagen: »Du bist zu hübsch, um so fett zu sein« oder »Sie ist ziemlich hübsch, dafür, dass sie so fett ist«, weil Aussehen keine Rolle mehr spielen würde. Würden die Leute sich überhaupt noch darum kümmern, ob man zu dick oder zu dünn ist? Groß oder klein? Vielleicht. Vielleicht auch nicht. Aber es wäre ein Schritt in die richtige Richtung.

Im Diätcamp sollten wir versuchen, mental in die Haut anderer Leute zu schlüpfen, so wie Atticus zu Scout gesagt hat: *Man kann einen anderen nur richtig verstehen, wenn man die Dinge von seinem Gesichtspunkt aus betrachtet … Wenn man in seine Haut schlüpft und darin herumläuft.* Haut ist überhaupt faszinierend – zum Beispiel die Art, wie sie sich dehnt und zusammenzieht. Ich habe mal doppelt so viel gewogen wie jetzt – *zweimal so viel* –, und meine Haut hat mir damals genauso gepasst wie jetzt. Komisch.

Ich versuche, in Jack Masselins Haut zu schlüpfen und mir vorzustellen, was er sieht, wenn er mich ansieht. Sehe ich irgendwie anders aus als alle anderen? Oder füge ich mich gut ins Bild? Dann stelle ich mir vor, ich hätte selbst Gesichtsblindheit. *Wie würde die Welt aussehen?*

Ich öffne ein neues Dokument am Computer. Ich schreibe:

Lieber Jack,
danke, dass du mir deine miese Aktion erklärt hast. Ich finde nicht, dass dir deine Prosopagnosie das Recht gibt, ein Arschloch zu sein, aber ich bin jedenfalls froh, dass du nicht durch und durch verdorben bist. Vielleicht gibt es noch Hoffnung.

Libby

PS: Ich habe ein paar Fragen.

JACK

Am anderen Ende der Leitung sagt Kam: »Ich wünschte, du hättest es sehen können, Alter! Ihr Gesicht, als du dich auf sie geworfen hast und als du einfach so da hingst und nicht losgelassen hast.«

Ich presse ein halbherziges Lachen heraus, das so klingt, als würde ich stranguliert. »Mann, die sah bestimmt überrascht aus.«

»So überrascht wie die Tussi in *Psycho*, als Norman Bates sie unter der Dusche besucht. Was hat Wasserman gesagt?«

»Oh, die war total begeistert. Sozialstunden und Gesprächskreise. *Wochenlang.*«

»Scheiße.«

»Ich weiß.«

»Aber das war es wert.«

»Sagt der, der es nicht machen muss.«

Er lacht wieder. »Warte, die Story wird noch besser.«

Na super.

»Erinnerst du dich an das Mädchen, das vor ein paar Jahren aus seinem Haus befreit werden musste?«

»Was ist mit ihr?«

»Das ist sie.«

»Wer?«

»Libby Strout. Das ist die, auf der du dein Rodeo gemacht hast.«

Ich fühle mich, als hätte ich schon wieder einen Schlag ins Gesicht bekommen.

»Bist du sicher?« Ich versuche so zu klingen, als wäre mir das scheißegal - aber das ist es nicht. Es ist mir alles anderes als scheißegal, und deshalb fühle ich mich auch, als müsste ich gleich auf die Legosteine kotzen.

»Klar bin ich sicher.« Er lacht.

Ich bringe wieder mein stranguliertes Lachen hervor, und diesmal klingt es noch schlimmer.

»Alter, du klingst übel.«

»Ich glaube, sie hat mir den Hals gebrochen.«

»Du erinnerst dich also an sie?«

»Ja. Ich erinnere mich.«

Draußen schläft das ganze Viertel. Ich klettere aus meinem Fenster auf den Baum, der wie eine Leiter auf unser Dach führt. Ich steige ganz nach oben und gehe vorsichtig bis zur Kante. Meine Wetterstation steht neben dem Schornstein, windschief und mitgenommen. Als ich sechs war, bin ich vom Dach gefallen und habe mir den Kopf aufgeschlagen. Unwillkürlich taste ich nach der Narbe.

Ich fahre mit den Fingern darüber, während ich auf die andere Straßenseite schaue. Wenn ich lange genug hier stehe, kann ich es sehen - das klaffende Loch, wo die vordere Wand ihres Hauses war.

DREI JAHRE ZUVOR

JACK – 14 Jahre alt

Ich träume, dass die ganze Straße brennt. Dann werde ich von einer Sirene geweckt. Ich liege ganz still und höre sie näher kommen. Es ist stockfinster hier drin, aber plötzlich fällt rot blinkendes Licht auf die Zimmerdecke, und die Sirene jault noch einmal auf, bevor sie verstummt. Ich springe aus dem Bett und packe irgendwelchen Kram aus meiner Kommode und meinen Bücherregalen zusammen, bevor ich überhaupt klar denken kann.

Auf meinem Weg nach draußen stolpere ich mit dem Kopf voran in den Flur, wo ich meinen Dad höre, der aus der schwarzen Dunkelheit des Schlafzimmers ruft: »Das ist nicht bei uns. Geh wieder ins Bett.«

Aber der Traum war so verdammt real, dass ich immer noch halb darin gefangen bin, und ich laufe einfach weiter. Die Luft draußen ist kalt, aber sie riecht sauber. Kein Feuer, kein Rauch. Ich halte immer noch das Zeug fest, das ich zusammengerafft habe – die Uhr meines Großvaters, meine Zahnspange, einen Stapel Baseballkarten, mein Handyladegerät (ohne Handy) und natürlich keine Jacke.

Es kommt vom Haus gegenüber. Mehrere Feuerwehrwagen stehen davor, ein Krankenwagen, zwei Polizeiautos. Ich denke, das müssen irgendwelche Drogendealer sein, ein ganzes Meth-Labor oder vielleicht sogar ein Terrorist. Ich denke, dass es echt verdammt cool wäre, einen Terroristen in unserer Straße zu haben, weil Amos so ein verdammt lahmarschiger Ort ist.

»Wessen Haus ist das?« Das ist Mom hinter mir.

»Strom, Stein …« Das ist Dad.

»Strout«, sagt Marcus, der zwölf ist, fast dreizehn, und alles weiß.

Ich sage, bevor er es tun kann: »Die Strouts sind doch schon vor Jahren ausgezogen.« Seitdem steht das Haus leer. Man sieht nie jemanden kommen oder gehen.

»Nein, sind sie nicht.« Mein anderer Bruder – Dusty, sieben Jahre alt – hüpft auf einem Bein. »Tam und ich sind letzte Woche rübergegangen und haben durchs Fenster geguckt.«

»Dusty.« Mom schüttelt den Kopf.

»Was? Wir wollten das fette Mädchen sehen.«

»Wir sagen nicht *fett*. Das ist nicht höflich.«

»Unsere Lehrerin sagt, fett ist ein ganz normales Adjektiv wie schön oder hübsch. Es sind nur die Menschen, die es zu einem schlechten Wort machen, wenn sie sagen: ›Hör mal, Fettsau‹ oder ›Mach schneller, Fettarsch‹.«

Mom sieht Dad stirnrunzelnd an, als wolle sie sagen: *Das hat er von dir,* und er sagt mit warnender Stimme »Dustin!«, aber ich weiß, dass er sich anstrengen muss, um nicht zu lachen.

Ich frage: »Mrs Buckley?«

Dusty starrt zu mir hoch, noch immer auf einem Bein. Er nickt. Ich nicke. »Das passt.« Mrs Buckley ist selbst eine ziemlich ausladende Person.

»Jack.« Mom seufzt. Meine Mom seufzt immer. »Gehen wir wieder rein. Es ist kalt. Ihr habt morgen Schule.« Wenn wir sie nicht unterbrechen, wird sie noch hundert andere Gründe aufzählen, warum wir auf der Stelle den Vorgarten verlassen müssen.

In dem Augenblick kommt noch ein Feuerwehrauto mit schrillendem Alarm angebraust, und ein weißer Laster mit einem Kran rumpelt hinterher.

Ein *Kran.*

Wir sehen schweigend zu, wie die Feuerwehrmänner und die Polizisten und die Bauarbeiter, die plötzlich überall zu sein scheinen, riesige Flutlichter aufstellen. Die Haustür öffnet und schließt sich die ganze Zeit, und Menschen bewegen sich wie Ameisen, krabbeln durch den Garten, verschwinden im Haus und blockieren die Straße. Mittlerweile brennt in allen Häusern in der Straße Licht, und in jedem Vorgarten stehen Schaulustige. Wir sind direkt gegenüber, sitzen sozusagen in der ersten Reihe.

Ein Mann kommt auf uns zu, die Hände in den Taschen, und schaut über die Schulter auf das Spektakel. Er sagt zu mir: »Ist das nicht unglaublich?« Er deutet mit einem Kopfnicken auf das Haus.

»Ist es wirklich«, erwidere ich, und dann sagt Dad: »Ich dachte, das Haus stünde leer.« Das sagt er zu dem Mann, der sich neben ihn stellt, und so stehen sie Seite an Seite und schauen zu. Sie wirken vertraut. Ich denke, dass er ihn kennen muss, und dann nennt Mom ihn Greg und fragt nach seiner Tochter Jocelyn, und dann weiß ich, dass es Mr Wallin ist, der direkt neben uns wohnt.

Ich stehe da, inmitten der Feuerwehrautos und Flutlichter und diesem riesigen Kran, und grübele über mein Gehirn nach und darüber, dass es so seltsam, so sonderbar anders ist als Marcus' Gehirn oder Dustys oder die Gehirne aller anderen, die ich kenne. Es ist *so* seltsam, *so* sonderbar anders, dass ich in den letzten Jahren darüber geschrieben habe – nicht meine Lebensgeschichte, aber eine Art *Das bin ich und das denke ich*-Tagebuch, weil ich eben den Drang habe zu verstehen, wie Dinge funktionieren. Andere Gehirne sind einfach und unkompliziert, und es gibt darin Platz für Mr Wallin und seine Tochter Jocelyn, wohingegen mein Gehirn für Höheres gemacht zu sein scheint. Baseball. Physik. Raumfahrttechnik. Vielleicht die Präsidentschaftskandidatur. Aus diesem Grund schaue ich auch nicht viele Fernsehsendungen oder Filme. Ich sage mir, dass mein Gehirn zu beschäftigt damit ist, über wichtigere Dinge nachzudenken, als sich fiktive Leute zu merken.

Ich sehe zu, wie ein weiterer Kleinlaster anrollt, den ganzen Weg von Indianapolis her, und ich denke wieder: *Terroristen.* Was bitte könnte es sonst sein?

LIBBY – 13 Jahre

Es ist das Gefühl zu ersticken.

So muss es sein, stranguliert zu werden.

Meine Welt ist weggeglitten und leicht und schwebend geworden, oder vielleicht ist es eher, als ob ich selbst im Weltraum schwebe. Ich versuche, meinen Kopf zu bewegen. Meine Arme. Meine Beine. Aber ich kann nicht.

Als ich klein war, hat Mom mir eine Geschichte über ein Mädchen vorgelesen, das in einem Garten lebte, den es nie verlassen durfte. Der Garten war alles, was sie kannte, und für sie war er die ganze Welt.

Ich denke an dieses Mädchen, während ich versuche zu atmen. Ich sehe das Gesicht meines Dads, aber er sieht aus, als wäre er hundert Lichtjahre weit weg, als würde ich den Mond umrunden und er wäre unten auf der Erde, und ich versuche, mich an den Titel der Geschichte zu erinnern.

Plötzlich habe ich das Gefühl, ich müsste mich unbedingt daran erinnern. So ist es, wenn Menschen sterben. Sie fangen an zu verschwinden, wenn man nicht aufpasst. Nicht auf einmal, aber hier ein Stück und da ein Stück.

Denk nach.

Der Vater war Italiener.

Rappaccini.

Rappaccinis Tochter.

Hatte das Mädchen einen Namen?

Ich versuche, den Kopf zu heben, um Dad zu fragen, aber er sagt »Bleib ganz ruhig«, von da unten auf der Erde. »Es ist Hilfe unterwegs, Libby.«

Nicht Libby, denke ich. *Rappaccinis Tochter. Ich bin hier in meinem Garten, die Welt ist stehengeblieben, mein Herz ist stehengeblieben, und ich bin ganz allein.*

Dann höre ich etwas, das mich zurück auf diesen Planeten, in diese Stadt, dieses Viertel, diese Straße, diese vier Wände bringt. Das Geräusch der Zerstörung des Gartens, das Geräusch meiner zerbröckelnden Welt.

JACK – 14 Jahre

Fünf Stunden später haben Vorschlaghämmer und Kreissägen die obere Hälfte des Hauses zerstört. Die Rettungskräfte haben ein Gerüst und eine lange, breite Brücke zu einem Fenster im ersten Stock gebaut. Sie haben Stützen aufgestellt, damit das Dach nicht zusammenbricht, und als die Sonne aufgeht, rollen sie eine schwarze Plane aus und spannen sie um das Haus – als Sichtschutz, nehme ich an.

Es ist offensichtlich, dass irgendetwas aus dem Haus heraus muss, und was es auch ist, es ist riesig.

Ich sitze auf unserem Dach, damit ich über die Plane gucken kann. Eine gigantische Liege – ich weiß nicht, wie ich es sonst nennen soll – wird aus einem der Laster gebracht und die Brücke hoch gerollt. Die Rettungskräfte wuseln hin und her, und eine Handvoll von ihnen befestigt die Trage auf der Brücke. Dann rollt der Kran heran und streckt seine Klauen ins Innere des Hauses.

Der Baum vor meinem Fenster wackelt plötzlich, und ein Kopf taucht auf. Ein dünner Junge zieht sich neben mir hoch. »Rutsch mal rüber«, sagt er.

Ich mache ihm Platz, und wir sitzen gemeinsam da. Wir sehen zu, wie die Klaue wieder hochkommt, und in der Klaue sind zwei Arme und zwei Beine.

»Ist sie tot?«, flüstert Dusty.

»Ich weiß nicht.«

Die Arme beginnen zu rudern und die Beine zu strampeln. Es sieht aus wie King Kong, der Ann Darrow packt. »Nicht tot«, sage ich.

Der Kran schwenkt herum, bis er über der Brücke und dem Gerüst ist, und dann senkt er sich über die Liege. Sehr sanft, als würde er Mikado spielen, gibt der Kran die Arme und Beine frei, bis ich sehen kann, dass sie zu einem Mädchen gehören.

Dem dicksten Mädchen, das ich je gesehen habe.

»Hab ich doch gesagt«, murmelt Dusty.

LIBBY – 13 Jahre

Der Himmel strahlt blendend hell. Es ist, als hätte ich ihn nie zuvor gesehen, und oh, er ist so schön, und ich bin am Leben! Ich bin am Leben! Wenn ich jetzt sterbe, habe ich wenigstens den Himmel gesehen – ganz blau und leuchtend und neu.

Meine Brust ist immer noch verkrampft, aber der Druck lässt etwas nach, und der Grund dafür ist, dass diese netten Männer und Frauen hier sind und ich nicht tot bin und nicht da drin sterben werde, in diesem Haus. Es ist nicht gesagt, dass ich nicht hier im Vorgarten sterbe, aber wenigstens ist die Luft frisch, und ich kann atmen, und es gibt Bäume und den Himmel und Vögel und da drüben eine fluffige Wolke und ein leichter Duft nach etwas, vielleicht Blumen. Ich würde gern sagen: *Schaut mich an, Dean, Sam, Castiel! Ich bin hier draußen, genau wie ihr.* Und dann denke ich, dass sie meine einzigen Freunde sind, auch wenn sie es nicht wissen. Und, o Gott, ich weine schon wieder, aber dann falle ich wohl in Ohnmacht, denn als ich aufwache, werde ich rundum durchgeschüttelt und liege hinten in einem Lastwagen, nicht in einem Krankenwagen wie ein normaler Mensch. Ich starre auf fleckiges Metall statt ins Blaue, und plötzlich fühle ich mich zutiefst gedemütigt. Wie viele Leute waren nötig, um mich aus unserem Haus zu holen?

Ich versuche, Dad zu fragen, der an der klappernden Metallwand lehnt und dessen Kopf hin und her schaukelt, aber seine Augen sind geschlossen, und ich kann nichts sagen, und plötzlich denke ich: *Was, wenn ich nie wieder sprechen kann?*

Dad öffnet die Augen und sieht, dass ich ihn anstarre, und er lächelt, aber er ist nicht schnell genug. Meine Brust zieht sich enger und enger zusammen, und ich will nicht hier in diesem Lastwagen sein. Ich will in meinem Bett sein, in meinem Zimmer, in meinem Haus. Ich will nicht hier draußen sein, in dieser Welt. Ich will sagen: *Bring mich nach Hause, bitte, wenn noch irgendwas davon übrig ist,* aber dann überkommt mich etwas, ein ruhiges, friedliches Gefühl, und das ist sie, das ist Mom. Ich atme langsamer, damit es so bleibt, damit sie bei mir bleibt. *Leben leben leben leben* … Ich denke es, so fest ich kann, bevor alles schwarz wird, und während ich das Bewusstsein verliere, fällt es mir ein.

Rappaccinis Tochter.

Beatrice.

Ihr Name war Beatrice.

JACK – 14 Jahre

Als ich an diesem Tag von der Schule komme, steht der Wagen eines Sicherheitsdienstes vor dem Haus, und ein Wachmann sitzt hinterm Steuer und schnarcht leise vor sich hin. Ich schaue mich um, ob irgendjemand mich beobachtet, und dann gehe ich einfach rein.

Es ist nur noch das halbe Wohnzimmer da. Das Sofa hat Übergröße und hängt in der Mitte durch wie eine Hängematte. Ein Bilderrahmen liegt mit dem Bild nach oben auf dem Boden, und auf dem Foto sind ein Mann, eine Frau und ein kleines Mädchen zu sehen. Das Mädchen ist etwas unscharf und lacht. Auf dem Foto ist sie ein ganz normal proportioniertes Kind.

Die Küche ist eine typische Küche. Sie ist weitgehend unversehrt, nur ein bisschen staubig. Ich gehe zuerst zum Kühlschrank, weil ich nicht anders kann, ich will sehen, was da drin ist. Ich erwarte ein Festmahl wie bei Heinrich VIII., aber es ist nur das Übliche – Eier, Milch, Bio-Fleisch, Cola light, Saft. An der Kühlschranktür pappt ein einzelner Magnet: WILLKOMMEN IN OHIO.

Ich wandere durch das ganze Haus. Es ist kleiner als unseres, und ich brauche nicht lange, um ihr Zimmer zu finden. Obwohl ein Teil der vorderen Wand fehlt, gehe ich aus Respekt nicht rein. Ich bleibe an der Tür stehen. Die Wände – die, die noch übrig sind – sind helllila gestrichen, und an jeder Wand sind Bücherregale, vom Boden bis zur Decke. Es sind so viele Bücher, dass es aussieht, als wollten sie herausquellen und das ganze Haus in Besitz nehmen.

Das Bett bildet das Zentrum des Zimmers und sieht so aus, als wäre es eine Sonderanfertigung. Ein King-Size-Bett, das so ziemlich den ganzen Raum einnimmt. Es steht auf einer Metall- oder Stahl-Platte, und daneben steht ein Paar Hausschuhe. Die Hausschuhe hauen mich um. Sie sehen so winzig aus, als gehörten sie einem Mädchen in Dustys Alter. Auf der Bettwäsche sind Gänseblümchen, und die Decke ist zerwühlt, als wäre ein Tornado darüber hinweggefegt. Eins der Kissen liegt auf dem Boden. Ein Stapel Bücher liegt neben dem Bett, und ich brauche eine Weile, um zu bemerken, dass es sechs Ausgaben desselben Romans sind, auch wenn die Umschläge unterschiedlich sind, *Wir haben schon immer im Schloß gelebt* von Shirley Jackson. Ich denke: *Sie muss dieses Buch ja wirklich lieben.*

Als ich gehe, achte ich darauf, nichts anzufassen, abgesehen von einer Ausgabe des Buchs von Shirley Jackson und dem Ohio-Magneten, die ich mitnehme. Keine Ahnung, warum. Vielleicht fühle ich mich dem Mädchen dadurch näher. Draußen schläft der Wachmann immer noch, und ich klopfe an die Scheibe und wecke ihn. Als er das Fenster runterkurbelt, sage ich: »Immer schön aufpassen. Alles, was den Leuten gehört, ist in diesem Haus. Sie haben schon genug durchgemacht, da müssen nicht auch noch ihre Sachen geplündert werden.« Das Buch und der Magnet zählen natürlich nicht.

Ich klopfe an Marcus' Zimmertür und gehe rein. Seine Wände sind mit Postern bedeckt – die meisten von Basketballspielern. An der Schranktür hängt ein Basketballkorb. Ein schlaksiger, zottelhaariger Junge kauert auf dem Boden vor seinem Computer. Er spielt ein Spiel der Sorte *Alle erschießen, und Zeug in die Luft sprengen*.

Ich tue, was ich immer tue – suche nach den Zeichen, dass er mein Bruder ist. Das spitze Kinn, die unordentlichen Haare, der trübsinnige Gesichtsausdruck. Ich suche nach den Zeichen und setze sie zusammen, weil ich nur so weiß, dass er es ist.

»Kann ich dich was fragen?«

»Was?« Er löst die Augen nicht vom Bildschirm.

»Wie machst du das, dass du dich so gut an Leute erinnern kannst? Wie hältst du sie auseinander?«

»Was?«

»Zum Beispiel Kneifauge.«

»Sie heißt Patrice.«

»Ist doch egal. Patrice. Wie findest du sie in einer Menschenmenge?«

»Sie ist meine Freundin.«

»Ich weiß, dass sie deine Freundin ist.«

»Weißt du, was sie mit mir machen würde, wenn ich sie *nicht* in einer Menschenmenge finden könnte?«

»Klar, aber was an ihr sagt dir, dass sie es ist?«

Er unterbricht sein Spiel. Starrt mich ungefähr eine Minute lang an. »Ich sehe sie an. Ich weiß es einfach. Was ist los mit dir? Bist du verrückt geworden?«

Meine Augen gleiten von ihm an die Wand mit den Basketballspielern. Ich würde ihn gern fragen, ob er sie ohne ihre Trikotnummern und den Namen auf dem Rücken auseinanderhalten kann. Als mein Blick wieder bei ihm landet, starrt er mich immer noch an, nur seine Gesichtszüge haben sich verzogen, so dass er wieder brandneu ist. Ich sage: »Ach, vergiss es. Ich hab nur Spaß gemacht.«

Ich gehe zurück in mein Zimmer, grabe das alte Aufsatzheft aus, das ich in einer Schublade versteckt habe, und blättere es durch. Hier plane ich die Dinge, die ich baue – zeichne sie und überlege mir, wie ich sie zusammensetze. Aber zwischen den Entwürfen und Skizzen und Materiallisten finden sich Passagen wie diese:

Waren mit der ganzen Familie Pizza essen bei Clara's. Habe mich auf dem Rückweg von der Toilette verirrt. Habe ewig gebraucht, um sie zu finden. Dad musste mir winken.

Ich war so k. o. nach dem Spiel am Samstag (wir haben alle Innings hintereinander gewonnen), dass ich nicht mal Damario Raines erkannt habe, als er mir gratulieren wollte.

Alle paar Seiten ein Eintrag. Nichts Weltbewegendes oder Beunruhigendes, solange man sie nicht zusammennimmt. Als ich sie jetzt alle nacheinander lese, legt sich ein Gefühl über mich, wie eine Decke, aber nicht die warme, gemütliche Art. Eher eine dicke und kratzige Decke über dem Kopf, kurz bevor man in den Kofferraum eines Autos geworfen wird.

Irgendetwas stimmt mit mir nicht.

Von allen Menschen auf der Welt habe ich das Gefühl, dass das Mädchen es verstehen könnte. Ich sitze für den Rest der Nacht da und denke: *Ich hoffe, sie schafft es.* Und obwohl die Medien ihre Identität schützen und ich nur ihren Nachnamen kenne, schreibe ich ihr einen Brief, um es ihr zu sagen, stecke ihn in ihr Lieblingsbuch und suche im Internet nach der Anschrift des Krankenhauses.

LIBBY – 13 Jahre

Dr. Weiss ist dünn und groß und könnte vermutlich nicht mal zunehmen, wenn er es versuchen würde. Er befürchtet, dass ich mich umbringen will.

Ich sage zu ihm: »Wenn ich mich umbringen wollte, gäbe es schnellere Wege.«

Er steht mit verschränkten Armen neben meinem Bett. Es ist schwer, sein Gesicht zu deuten, weil er irgendwie gleichzeitig lächelt und die Stirn runzelt. Er sagt: »Dein Vater hat mir erzählt, dass du schon seit sechs Monaten das Haus nicht mehr verlassen konntest.«

»Kommt drauf an, ab wann man zählt. Seit fünf Monaten und vierundzwanzig Tagen bin ich zu dick, um durch die Tür zu kommen. Aber mein letzter Schultag war vor zwei Jahren.«

»Es gibt zwei wichtige Dinge, die wir hier verstehen müssen: Warum du diese Panikattacke hattest und warum du so viel zugenommen hast. Da müssen wir ansetzen. Es wird ein Prozess sein, und es wird Zeit brauchen, aber wir werden dich wieder gesund machen.«

Ich werfe einen Blick zu Dad, der mir gegenüber auf einem Sessel sitzt. Er kennt den Grund ebenso gut wie ich. Der Grund ist, dass sich alles verändert hat, als ich zehn war. Das Mobbing und die Angst. So viel Angst vor allem, besonders aber vor dem Tod. Dem plötzlichen, unerwarteten Tod. Und auch meine Angst vor dem Leben. Die riesige Leere in meiner Brust. Mein Gesicht oder meine Haut zu berühren und nichts zu spüren. Das ist der Grund, warum ich zu Hause geblieben bin. Warum ich gegessen habe. Und warum ich hier gelandet bin. Aber das heißt nicht, dass ich sterben will.

* * *

Am Tag, bevor ich das Krankenhaus wieder verlassen kann, bringt mir die Krankenschwester ein Päckchen ohne Absender. Die meisten Leute schicken mir Briefe, keine Päckchen, und das ist der einzige Grund, warum ich es öffne. Das und der Umstand, dass mein Dad nicht da ist und es mir vorher wegnehmen kann.

In dem Päckchen ist ein handgeschriebener Brief ohne Namen oder Unterschrift und eine Ausgabe meines Lieblingsbuchs. Eine meiner eigenen Ausgaben, mit meinen Initialen auf der Innenseite und den unterstrichenen Textstellen.

Ich dachte, das hättest du gerne bei dir.

Im Gegensatz zu den anderen Briefen ist dieser hier nett.

Ich wollte dir sagen, dass ich dir die Daumen drücke.

Zum ersten Mal seit langer Zeit berühre ich meine Haut und fühle etwas.

Als Rachel Mendes – meine Pflegerin und Therapeutin – kommt, lege ich das Buch weg und sage ihr, was ich schon die ganze Zeit sagen wollte, was aber niemand hören will. Ich zeige ihr einen der Zeitungsartikel auf meinem neuen Handy, meinem ersten Handy, das Dad mir geschenkt hat, damit ich ihn anrufen kann, wenn ich etwas brauche. Ich vergrößere das Foto von mir, das an dem Tag gemacht wurde, als ich aus unserem Haus geholt wurde.

»Dieses Mädchen«, sage ich zu Rachel »sieht nicht aus wie ich. Das bin ich nicht.«

Ich habe das Gefühl, dass Rachel mich verstehen könnte, weil sie während der gesamten Highschool-Zeit vorgab, hetero zu sein, obwohl ihr schon in der achten Klasse klar war, dass sie lesbisch ist.

Ich sage wieder: »Das bin ich nicht.«

Ihre Augen leuchten auf. »Super. Dann wollen wir mal sehen, ob wir dich finden.«

JETZT

LIBBY

Ich öffne vor der ersten Stunde mein Schließfach, und etwas flattert mir entgegen und landet auf meinem Schuh. Es ist ein zusammengefaltetes Blatt Papier. Ich starre es eine Weile an, denn meiner Erfahrung nach verheißen zusammengefaltete Blätter nichts Gutes.

Schließlich hebe ich es auf und öffne es in meinem Fach, wo niemand es sehen kann.

Fettester Teenager Amerikas aus Elternhaus gerettet

Es ist ein Artikel aus dem Internet, und da bin ich, auf einem unscharfen Foto, wie ich von den Rettungssanitätern durch unseren Vorgarten gerollt werde.

Auf der anderen Seite ist eine riesige Aufnahme meines gigantischen Gesichts, die gestern in der Cafeteria gemacht worden sein muss. Daneben hat jemand geschrieben: *Herzlichen Glückwunsch! Du wurdest zum fettesten Teenager der MVB Highschool gewählt!*

Ich schließe die Tür und lege meine Stirn gegen das Metall des Schließfachs, weil mein Kopf heiß und mir schwindlig wird, und genauso fängt es manchmal an. *Hat sie sich so gefühlt, als sie ins Krankenhaus gekommen ist? Hat es so bei ihr angefangen?*

Das Metall kühlt mich kurz, aber dann ist es noch heißer als meine Haut, und ich habe Angst, mich zu verbrennen. Ich konzentriere mich darauf, den Kopf zu heben, bis er wieder gerade auf meinem Hals sitzt. Der Flur schwankt. Ich öffne mein Schließfach wieder und richte meine Aufmerksamkeit auf den Garderobenhaken, meine Bücher, meine kleine Ecke im Universum. Ich atme.

* * *

In der ersten Stunde erzählt Mick aus Kopenhagen mir etwas, aber ich bin zu beschäftigt, um ihm zuzuhören, weil ich meinen Kündigungsbrief an die Schule schreibe.

Liebe Mrs Wasserman,
vielen Dank für diese Gelegenheit, mich weiterzubilden. Leider kann ich nicht mehr am Unterricht der MVB-Highschool teilnehmen, weil sie von Idioten überfüllt ist.

Ich streiche den letzten Halbsatz durch und schreibe:

wegen einer bedauerlichen Epidemie von Idioten.
wegen einer bedauerlichen Epidemie der Idiotie?

Ich frage Mick aus Kopenhagen: »Was findest du besser? *Eine bedauerliche Epidemie von Idioten* oder *eine bedauerliche Epidemie der Idiotie*? Oder findest du es wirkungsvoller zu sagen, ein Ort sei *überfüllt von Idioten*?«

Er lacht, und kleine Falten umrahmen seine Augen wie Sonnenstrahlen. »Libby Strout. Du bist phantastisch. Du verdrehst mir echt den Kopf.«

Na, wenigstens einem.

JACK

Von allen Tagen meines bisherigen Lebens ist dieser hier so ziemlich der beschissenste.

»Findest du es witzig, Frauen zu belästigen?«

»Findest du Mobbing komisch?«

»Essstörungen sind nicht komisch, Arschloch.«

Ich würde am liebsten sagen: *Ich habe das einzig und allein gemacht, damit ihr nicht angepisst seid.*

Ich bekomme aber auch oft zu hören:

»Saugeil. Du bist krass, Alter.«

»Starke Nummer, Kumpel. Echt cool.«

Und: »Steht dir gut, die dicke Lippe, Mass. Wie sieht der andere aus? Ach nee – DIE andere!«

»Hey Masselin, leg dich nicht mit (hier den Namen irgendeiner winzigen Neuntklässlerin einfügen) an, die würde dich komplett fertigmachen.«

Das einzig Gute ist, dass ich keine Ahnung habe, wer die Leute sind, die mir diese Dinge zurufen, wenn sie mir im Gang über den Weg laufen.

Caroline Lushamp hält in der kurzen Pause zwischen der ersten und der zweiten Stunde meine Hand, und als jemand mich anschreit, sagt sie: »Einfach ignorieren.« Plötzlich ist sie wieder die süße Caroline von vor ein paar Jahren, und ich konzentriere mich auf das Gefühl von ihrer Hand in meiner.

LIBBY

Über den Tag verteilt tauchen immer wieder ausgedruckte Zeitungsartikel in meinem Fach auf. Ich versuche, es positiv zu sehen – wenigstens nutzen meine Mitschüler das Internet noch für andere Dinge als soziale Netzwerke und Pornos. Aber, ganz ehrlich, ein großer Trost ist das nicht. Spätestens ab der vierten Stunde ist mir klar, dass alle, sogar die Hausmeister, wissen, dass ich das Mädchen-das-von-einem-Kran-aus-seinem-Haus-geholt-werden-musste bin. Ich bin eine Art Aussätzige. In jeder Stunde sitze ich allein, als wäre Fettleibigkeit ansteckend.

Vor Monaten, als ich diese ganzen Hassmails bekam, sprach Dad mit einem Anwalt, der uns bat, alles aufzuheben, für den Fall, dass irgendetwas Schreckliches passieren sollte, dass ich umgebracht würde oder so. So würde es Hinweise auf mögliche Verdächtige geben.

Nachrichtenreporter: Hast du Angst? Sorgst du dich um deine Sicherheit?

Ich: Ich bin froh, dass Sie mich das fragen. Vielleicht sollte ich Angst haben, aber ich glaube, dass die Leute, die diese Briefe schreiben, mehr Mitleid verdienen als Angst. Meiner Erfahrung nach haben Menschen, die sich hinter verletzenden Worten und Drohungen verstecken, selbst die größte Angst.

Ich stopfe die Artikel in meinen Rucksack. Ich glaube kaum, dass jemand auf der MVB vorhat, mich umzubringen, aber man kann nie zu vorsichtig sein.

Ich gehe in die Cafeteria, obwohl das der letzte Ort auf der Welt ist, an dem ich sein will. Ich betrete den Raum, und sechshundert Köpfe drehen sich gleichzeitig zu mir um. Sechshundert Münder fangen an zu schnattern. Tausendzweihundert Augen folgen mir, während ich durch die Tischreihen gehe. Ich fühle, wie mein Atem das Schiff verlässt, als wolle er sagen: *Rette sich, wer kann! Viel Glück euch allen, ihr seid auf euch gestellt.* Ich gehe ohne ihn weiter, einen Schritt, zwei Schritte, drei. Ich zähle sie, wie meine Trainer und Therapeuten es mir beigebracht haben.

Es sind siebenunddreißig Schritte bis zu dem runden Tisch am Fenster, wo Iris, Bailey und Jayvee de Castro sitzen. Ich umklammere die Lehne des Stuhls, und sie fühlt sich so fest und beruhigend an, dass ich beinahe einfach stehenbleibe und mich weiter daran festhalte. Aber dann setze ich mich doch und sage: »Na, das war ein Spaß.«

Bailey sagt, sehr leise, weil, sehen wir den Tatsachen ins Auge, die Leute um uns herum versuchen, unser Gespräch zu belauschen: »Ich kenne Jack Masselin seit der siebten Klasse, und ich kann nicht glauben, dass er so was macht. Okay, er ist nicht gerade ein Vorzeigeschüler, und einmal in der Elften – er war in der Elften, wir in der Zehnten – haben er und Dave Kaminski einen Neuntklässler gekidnappt und ihn auf dem Dach vor der Jungstoilette im ersten Stock ausgesperrt, aber …«

»Walt Casey.« Jayvee schüttelt den Kopf, und ihre kurzen Haare machen dabei *swisch, swisch.* »Der arme Walt.«

Iris hält in der Bewegung inne. »Was ist mit Walt?«

»Er ist einfach ... anders.« Jayvee schaut mit gerunzelter Stirn durch die Cafeteria zu einem Jungen, der vermutlich der arme Walt Casey ist und ganz allein sitzt. Wie um ihre Aussage zu bestätigen, fängt er an zu popeln.

Bailey redet weiter: »Aber ich meine, wenn du mir diese Sache erzählt und mich gefragt hättest, wer es war, dann hätte ich nie auf Jack Masselin getippt. Nie. Es gibt eine Menge andere Leute, an die ich eher gedacht hätte. Dave Kaminski zum Beispiel und Seth Powell. Und natürlich die Hunts und Reed Young und Shane Oguz und Sterling Emery ...« Und so weiter und so fort zählt sie jeden Jungen in der Geschichte des Universums auf.

»Ich glaube, es tut ihm wirklich leid, dass er es getan hat.«

Sie sehen mich an.

»Er hat nicht nachgedacht. Er hat diese blöde Sache gemacht, und jetzt fühlt er sich ziemlich mies.«

Iris schnaubt: »Willst du ihn etwa verteidigen?«

»Ich schlüpfe nur in seine Haut und laufe ein bisschen darin herum.«

Jayvee sagt: »Atticus Finch.« Sie hebt die Hand, damit wir uns abklatschen können. »Wenn er das mit mir gemacht hätte, würde er die totale Ninja-Rache erleben.« Jeder, der es wagen würde, Jayvee zu ärgern, würde die totale Ninja-Rache erleben.

»Habt ihr noch nie etwas gemacht, was euch hinterher leidgetan hat?« Ich sehe Bailey direkt an.

Jayvee fragt: »Zählt das Schulfoto vom letzten Jahr?«

Ich stochere in meinem Essen herum – das Dad so sorgfältig für mich vorbereitet hat – und schiebe es dann beiseite. Ich kann nichts essen. Nicht hier drin, während alle mich anstarren.

Iris sagt: »Habt ihr schon gehört? Terri Collins zieht nach Minnesota.«

Jayvees Haare machen *swisch, swisch, swisch.* »Die arme Terri.«

Ich sage: »Die ist doch bei den Darlings, oder?«

Jayvee hebt einen Finger. »Sie *war* bei den Darlings.«

JACK

In der Cafeteria können Kam und Seth und die anderen Idioten, die ich meine Freunde nenne, über nichts anderes reden. Seth stellt für alle, die meinen Auftritt verpasst haben, die Szene noch einmal nach.

»Scheiße, Mass«, sagt einer der Idioten, und man kann die Bewunderung in seiner Stimme hören und in seinem Gesicht sehen.

Ich ziehe einen Mundwinkel nach oben, als wäre ich einfach zu cool, um ganz zu lächeln, und hebe die Hände, als wollte ich sagen: *Was habt ihr, Jungs, das war doch weiter nichts.* »Deshalb bin ich ich und du bist du, Baby.« Ich gebe Seth ein High Five und schaue wieder zu dem gewaltigen Mädchen rüber, das, da bin ich ziemlich sicher, Libby Strout ist. Irgendwann spüre ich, dass Kam mich anstarrt. »Was glotzt du so, Alter?«

»Nichts.«

Er dreht sich um und schaut zum Fenster, lässt den Blick ein paar Sekunden dort verweilen und dreht sich wieder zu mir.

»Weißt du, manchmal hab ich keinen Schimmer, was in dir vorgeht. Bist du so ein Wichser wie wir? Oder schlägt da irgendwo ein echtes Herz in deiner unterentwickelten Brust?«

Ich erzwinge ein Lächeln. »Ich könnte unmöglich so ein Wichser sein wie ihr.«

Und deshalb mag ich Kam, trotz seiner Fehler. Er ist kein Blödmann, und irgendwann, vielleicht in fünfzehn oder zwanzig Jahren, könnte er sogar ein netter Kerl werden. Was mehr ist, als ich von den anderen sagen kann.

Seth und die anderen gratulieren mir, weil ich so wahnsinnig komisch bin, und ich fühle mich kleiner und kleiner werden, als ein Mädchen zu uns an den Tisch kommt, mit einer ganzen Gruppe weiterer Mädchen im Schlepptau, die alle gleich aussehen. Die gleichen Haare. Der gleiche Lipgloss. Die gleichen Klamotten. Die gleiche Figur.

Die Anführerin sagt: »Warum legst du dich nicht mit jemandem in deiner Größe an, Jack Masselin?« Und damit kippt sie mir ihre Cola light ins Gesicht.

Irgendwer kreischt: »Nicht die Haare! Alles, nur nicht die Haare!« Gelächter.

Ich springe auf, triefnass, und mehrere Leute applaudieren. Das Mädchen stürmt davon, und Kam sagt zu mir: »Wenn du dich nur mit Leuten in deiner Größe anlegst, fürchte ich, dass nur Neuntklässler in Frage kommen.« Und dann zieht er seinen Flachmann raus, schraubt den Deckel ab und bietet mir - zum ersten Mal überhaupt - einen Schluck an.

»Ich hoffe, das ist Orangensaft.« Eine Frauenstimme über meiner Schulter.

Ich sehe Kam an, der sagt: »Aber natürlich, Mrs Chapman. Vitamin C ist wichtig für die Entwicklung und schützt vor Skorbut.«

Monica Chapman schüttelt den Kopf, dann wendet sie sich vor aller Augen an mich und sagt: »Ich wollte mal nachsehen, ob du in Ordnung bist.« Sie mustert meine nassen Klamotten und die Colapfütze am Boden.

»Mir geht's super, danke.«

»Ich weiß, dass der heutige Tag nicht leicht ist.« Ich muss ihr zugutehalten, dass sie die Stimme senkt, aber das macht es eher noch schlimmer. Als würde sie sich mit mir verschwören. Als hätten wir ein Geheimnis. »Nichts bringt Leute einander näher, als jemand anderen zu verurteilen, und auch, wenn wir etwas Falsches getan haben, haben wir diese Strafe oft nicht verdient …«

Jetzt redet sie über sich, nicht über mich. Ich fühle, wie das Gummiband, das mein kaltes, totes Herz zusammenhält, reißt, und ohne ein weiteres Wort bin ich hier raus.

LIBBY

Ich fliehe nach draußen und lasse die ganze Luft raus, die ich die letzte Stunde angehalten habe. *Du bist an den Ort des Verbrechens zurückgekehrt und hast überlebt.* Jetzt, wo ich wieder atmen kann, überkommt es mich, und mir wird schwindlig von dem ganzen Sauerstoff in meiner Lunge und meinem Gehirn. Es ist wichtig, dass mein Blutdruck niedrig und gleichmäßig bleibt. Es ist eine Frage von Leben und Tod. Das ist mein Ernst. Leben. Und. Tod. Denn so könnte es anfangen – rapide steigender Blutdruck, gefolgt von Schwindel, gefolgt von: *Ciao, Libby, das war's.*

Es kann genetisch bedingt sein.

Die Zeitmaschine in meinem Kopf beamt mich zurück zu jenem Tag. Ich stehe neben Moms Bett und frage mich, wie das – sie, bewusstlos in diesem Bett – passieren konnte.

»Sie sieht ganz friedlich aus«, hatte Dad auf der Fahrt ins Krankenhaus gesagt. »Als ob sie schläft.«

Mom lag auf der Intensivstation und war an alle möglichen Schläuche und Kabel angeschlossen, und eine Maschine atmete für sie. Ich wusste nicht, was ich tun sollte, also setzte ich mich neben sie, und sie war noch warm, aber nicht so warm wie sonst. Ich drückte ihre Finger, aber nicht zu fest, weil ich ihr nicht weh tun wollte. Ihr Kopf war zurückgelehnt, und ihre Augen waren halb geöffnet, als wäre sie gerade erst aufgewacht. Sie sah nicht friedlich aus. Sie sah leer aus.

Ich sagte: »Ich bin hier. Bitte geh nicht. Bitte bleib. Wach auf. Wach bitte auf. Bitte verlass mich nicht. Bitte, bitte, bitte. Wenn irgendjemand zurückkommen kann, dann du. Bitte komm zurück. Bitte geh nicht. Bitte lass mich nicht allein.« Denn wenn sie ging, würde ich allein sein.

Der Himmel vor der Schule ist eine Mischung aus Weiß und Blau, und die Luft fühlt sich an wie ein Kuss auf meiner heißen, heißen Haut. Ich krame in meiner Tasche nach einem Filzstift. Ich finde eine freie Stelle auf meinem Turnschuh. Ich schreibe:

> »*Halte immer den Kopf hoch und lass die Fäuste unten.*« (Harper Lee, »Wer die Nachtigal stört«)

Ich befehle meinem Gehirn, sich auf die guten Sachen zu konzentrieren – dass heute niemand versucht hat, auf mir zu reiten wie auf einem Bullen, dass ich drei richtige Freundinnen zu haben scheine und dass Terri Collins nach Minnesota zieht. *Die Darlings werden einen Ersatz brauchen.* Trotzdem kann ich das Gefühl nicht abschütteln, dass alle hierhergehören, nur ich nicht.

Ich denke an Mary Katherine Blackwood aus *Wir haben schon immer im Schloß gelebt.* Ich habe sie immer geliebt, und sie hat mir immer leidgetan, weil sie verschroben und sonderbar ist, genau wie ich, und – so habe ich es gesehen – unverstanden. Aber jetzt habe ich dieses beunruhigende Gefühl, als könnte ich damit falschliegen. Vielleicht ist es besser, dass sie vom Rest der Welt weggesperrt ist. Vielleicht ist sie nicht dafür gemacht, wie andere Menschen mit anderen zusammenzuleben. Vielleicht gehört sie in dieses Haus – für immer.

JACK

In dem Meer aus Menschen sehe ich ein sehr korpulentes Mädchen auf mich zukommen, und das ist sie – Libby Strout. Ein paar Zehntklässlerinnen stoßen sich mit den Ellbogen an, und obwohl sie tuscheln, schnappe ich etwas über das Schwabbelrodeo auf. Sie starren Libby an, und in dem Augenblick trifft es mich, mitten ins Gesicht. Das ist meine Schuld – ich habe ihr eine riesige rote Zielscheibe auf den Rücken gemalt.

Während sie gaffen, bleibt sie vor mir stehen und gibt mir einen Zettel. »Hier.« Daraufhin bekommen die Mädchen einen Kicheranfall, und ich kann die Gerüchteküche schon brodeln hören.

LIBBY

Nach der Schule gehe ich von der Eingangshalle über die Treppe in das gruselige Untergeschoss hinunter, wo sich das alte Basketballfeld befindet. Das verstaubt hier, seit der Millionen Dollar teure Sportkomplex gebaut wurde, in dem zehntausend Menschen Platz haben. Jack Masselin sitzt mit ausgestreckten Beinen auf der Zuschauertribüne, die Ellbogen auf die Bank hinter sich gestützt, und unterhält sich mit Travis Kearns aus meinem Fahrunterricht, einem lächelnden Mädchen mit langen braunen Haaren, und einem Jungen mit glattrasiertem Kopf, von dem ich glaube, dass es Keshawn Price ist, der Basketballstar. Sie hängen an Jack Masselins Lippen, und der blickt auf, sieht mich und redet einfach weiter.

Vielleicht sieht er mich aber auch nicht. Obwohl ich der unübersehbarste Mensch hier bin.

Ich setze mich ein Stück von ihnen entfernt in die erste Reihe. In diese Turnhalle passen vielleicht sechshundert Leute, und irgendwie wirkt sie traurig und vernachlässigt, was sie ja auch ist. Mit jedem Lachen der Gruppe über mir fühle ich mich unsichtbarer. Zwei weitere Schüler kommen herein, aber ich kenne ihre Namen nicht. Das Mädchen setzt sich neben mich, etwa eine Armlänge weit weg, und der Junge setzt sich in die Reihe hinter uns. Das Mädchen beugt sich zu mir rüber und sagt: »Ich bin Maddy.«

»Libby.«

»Ist das der Gesprächskreis?«

Aber in dem Moment schlurft schon Mr Levine herein. »Hallo, hallo. Danke, dass ihr alle heute hier seid.« Er bleibt vor der Tribüne stehen und stemmt die Hände in die Hüften. Er trägt eine orangefarbene Fliege und passende orangefarbene Turnschuhe, und abgesehen von seinen grauen Haaren sieht er so aus, als könnte er einer von uns sein.

Er sagt: »Lasst uns eins gleich klarstellen. Ich werde nicht mit euch darüber reden, wie wichtig Toleranz und Gleichberechtigung sind und dass wir alle in einem Boot sitzen, weil ich nicht glaube, dass ihr so blöd seid und keinen Funken Moral im Leib habt. Ich glaube, dass ihr schlaue junge Leute seid, die etwas Dummes gemacht haben. Wer will anfangen?«

Wir sitzen alle schweigend da. Sogar Jack Masselin wird stumm. Mr Levine redet weiter. »Wie wäre es mit: *Warum bist du hier?* Der wahre Grund, nicht: *Weil Mrs Wasserman mich dazu gezwungen hat.*«

Ich warte darauf, dass jemand etwas sagt. Als niemand das tut, sage ich: »Ich bin wegen ihm hier.« Und zeige auf Jack.

Mr Levine schüttelt den Kopf. »In Wahrheit bist du hier, weil du mutwillig Schuleigentum beschädigt und weil du ihn geschlagen hast.«

Einer der Jungs sagt: »Nicht schlecht.«

Jack erwidert: »Halt's Maul.«

»Meine Herren«, mahnt Mr Levine, und zu mir sagt er: »Du hättest einfach weggehen können.«

»Wären Sie denn weggegangen?«

»Ich bin nicht derjenige, den er festgehalten hat.«

»Okay.« Ich atme tief ein. »Wie wäre es dann damit: Ich bin hier, weil ich die Fassung verloren habe. Denn wenn jemand dich völlig unerwartet packt und nicht loslässt, wirst du panisch, vor allem, wenn alle dich anstarren und niemand etwas tut, um dir zu helfen, und es alle außer dir irre komisch zu finden scheinen. Ich bin hier, weil ich nicht wusste, ob das alles war oder ob er noch was anderes tun würde, als sich an mir festzuklammern.«

Alle starren Jack und mich an. Mr Levine nickt. »Jack, mein Freund, du darfst jederzeit etwas dazu sagen.«

»Schon in Ordnung.«

Das sagt er. *Schon in Ordnung.* Hängt da mit seinem gelangweilten Gesicht und dieser gigantischen Haarexplosion und ist zu selbstverliebt, um mitzumachen.

»Wenn er nichts zu sagen hat, kann ich das gerne übernehmen.« Wenn es irgendetwas gibt, worin ich gut bin, dann darin, therapiert zu werden. Ich habe Jahre damit zugebracht, und ich weiß, wie ich über mich selbst und die Gründe von Dingen rede. Sogar vor einem Raum voller Fremder.

Mr Levine sagt: »Super. Sieht ganz so aus, als hättest du die Bühne für dich, Libby.«

»Nachdem ich aus unserem Haus befreit werden musste, war ich eine Weile im Krankenhaus, und auch, als ich schon wieder gesund genug war, um nach Hause zu gehen, hat der Arzt mich dabehalten, weil er sagte, ich könne nicht weg, bevor ich den Grund verstanden hätte. Warum ich da war. Warum ich dieses ganze Gewicht zugenommen hatte.«

Mr Levine unterbricht mich nicht, aber ich sehe, dass er wirklich, aufrichtig zuhört. So wie alle anderen, sogar Travis Kearns. Ich rede weiter, weil ich das schon hundert Mal durchgekaut habe, so oft, dass es fast kein Teil mehr von mir ist. Es ist nur noch eine Wahrheit, die außerhalb von mir in der Welt ist. *Libby ist zu fett geworden. Libby musste aus ihrem Haus geholt werden. Libby hat Hilfe bekommen. Libby ging es wieder besser.* Wenn ich irgendetwas aus der Therapie und dem Verlust meiner Mom gelernt habe, dann dass es das Beste ist, zu sagen, was man auf dem Herzen hat. Wenn man versucht, alles allein mit sich herumzutragen, landet man ziemlich schnell auf dem Rücken im Bett und ist zu dick, um aufzustehen oder sich auch nur umzudrehen.

»Es waren also viele Gründe. Es waren die Hulk-mäßigen Oberschenkel, die ich von meinem Dad geerbt habe, und der langsame Stoffwechsel. Es war das Mobbing auf dem Schulhof. Es waren der Tod meiner Mom und die Art, wie sie gestorben ist, und es waren meine Angst und meine Einsamkeit und meine Sorgen, andauernde Sorgen, und Dads Trauer und Dads Freude am Essen und Kochen und mein Wunsch, dass es ihm bessergehen sollte und dass es auch mir bessergehen sollte.«

Ich höre ein »O Mann, Mädchen« von Keshawn, bevor Mr Levine sagt: »Gut gemacht, Libby.«

Ein paar Leute klatschen.

»Danke.« Aus irgendeinem Grund bedeutet mir das etwas, nicht der Applaus, aber Mr Levines Anerkennung. Was er von mir denkt, ist mir wichtig. »Ich konnte das Haus eine Weile nicht verlassen, ich hatte also viel Zeit, um darüber nachzudenken. Und seitdem hatte ich noch mal eine Menge Zeit, um darüber nachzudenken.«

Wir sehen alle Jack an, aber er sagt nichts.

Mr Levine wendet sich wieder an mich. »Und warum hast du ihn geschlagen?«

Ich würde am liebsten sagen: *Schaut ihn euch doch an. Er ist perfekt. Er hatte noch nie einen schlechten Tag. Okay, er hat diese komische Krankheit, dass er keine Gesichter erkennen kann, aber es hat ihn noch nie jemand fett oder hässlich oder abstoßend genannt. Niemand hat ihm Hassmails geschickt oder ihm gesagt, dass es besser wäre, wenn er sich umbringen würde. Seine Eltern haben nie Hassmails bekommen, weil er ihr Kind ist. Außerdem hat er Eltern. Ich bezweifle, dass er weiß, was es heißt, einen geliebten Menschen zu verlieren. Menschen wie wir kommen nicht an ihn ran, weil er zu gut für dich und mich und den Rest der Leute hier und für diese Strafe ist. Ganz zu schweigen davon, dass seine Freunde echt zum Kotzen sind.*

Ich würde gerne sagen: *Warum hätte ich ihn* nicht *schlagen sollen?*

Aber ich antworte nur: »Ich war wütend.«

Mr Levines Blick sagt mir, dass das nicht genug ist. Ich habe diesen Blick schon öfter gesehen. Diesen Blick haben Therapeuten, wenn sie dich analysieren und die Antwort wissen, bevor du sie weißt, aber sie werden sie dir nicht sagen, weil du selbst darauf kommen sollst.

JACK

Als ich dran bin, sage ich: »Der wahre Grund, warum ich hier bin, ist, dass ich das größte Riesenarschloch im Universum bin.«

Der Typ mit der Fliege, der Mr Levine sein muss, sagt: »Etwas stilvoller, bitte, Jack.«

Ich beuge mich vor und starre zu Boden. Ich sehe so aus, als versuchte ich, die richtigen Worte zu finden, und das stimmt ja auch. Aber der Hauptgrund ist, dass ich so Augenkontakt vermeiden kann. Manchmal würde ich am liebsten die Augen schließen und vergessen, dass ich sehen kann. Denn manchmal fühlt sich Gesichtsblindheit an, als wäre man richtig blind.

Mr Levine sagt: »Was ist dein Grund?«

»Ich habe keinen Grund, nur ein *O Scheiße* und ein *Was habe ich mir bloß dabei gedacht.*« Ich werfe ihm ein Lächeln zu, und dann fange ich Libbys Blick auf. Ich starre sie an, und sie starrt zurück. *Sie hat meinen Brief gelesen. Sie kann mich jeden Augenblick auffliegen lassen.* Ich warte darauf, dass sie etwas sagt. Als sie es nicht tut, räuspere ich mich. »Wenn das etwas hilft: Ich wünschte, ich hätte es nicht getan.« Das ist der erste wahre Satz, den ich heute gesprochen habe.

Hinterher stöbert sie mich auf dem Parkplatz auf, als ich schon halb im Land Rover bin.

»Wann hast du ihn da reingesteckt?«

»Wen?«

»Den Brief.«

Ich sage ins Handy: »Ich ruf dich gleich zurück«, und würge Caroline ab, die gerade fragt, »Mit wem redest du?« Dann sage ich zu Libby: »Na, bevor ich dich gepackt habe.«

»Hast du gedacht, dein Brief würde wie durch Zauberei alles wiedergutmachen?«

»Hat er?«

»Was glaubst du?«

»Du kannst einem Mann keinen Vorwurf machen, weil er alles versucht.« Ich schenke ihr mein strahlendes Lächeln, aber sie wackelt mit dem Zeigefinger vor meinem Gesicht.

»Lass das.«

»Also gut. Dann reden wir jetzt Klartext. Du hast gesagt, dass du Fragen hast. Frag!« Mein Handy vibriert in meiner Tasche.

»Seit wann weißt du das mit der Gesichtsblindheit?«

»Es ist mir klargeworden, als ich etwa vierzehn war. Es war aber keine Erkenntnis, die ich über Nacht gewonnen habe. Es war eher ein Prozess. Ich musste alle Hinweise zusammensetzen, deshalb hat es etwas gedauert.«

»Du kannst mein Gesicht also sehen, aber du kannst es dir nicht einprägen?«

»So in der Art. Es ist nicht so, als ob Gesichter leer wären. Ich sehe Augen, Nasen, Münder. Ich kann sie nur nicht bestimmten Menschen zuordnen. Nicht so wie du einen mentalen Schnappschuss von jemandem machen und fürs nächste Mal in deinem

Gehirn aufbewahren kannst. Ich mache einen Schnappschuss, und er landet sofort im Müll. Während du ein oder zwei Begegnungen brauchst, um dich an jemanden zu erinnern, klappt es bei mir erst nach hundert. Oder nie. Es ist wie eine Amnesie oder als würde man versuchen, die Menschen anhand ihrer Hände auseinanderzuhalten.«

Sie blickt auf ihre Hände, dann auf meine. »Also wenn du dich umdrehst und dann wieder zurückdrehst, weißt du nicht mehr, wer ich bin.«

»Mein Verstand weiß schon, dass du es bist. Aber ich *glaube* es nicht, wenn das Sinn ergibt. Ich muss mich immer wieder selbst überzeugen: *Das ist Libby.* Ich weiß, es klingt verrückt.« *Wirklich verrückt ist, mit jemand anderem als mir selbst darüber zu reden.*

»Stimmt es, dass es schwer ist, fernzusehen oder Filme zu schauen, weil du die Figuren durcheinanderbringst?«

»Das ist wie mit echten Menschen. Manche Serien oder Filme sind schwerer als andere. Monster- und Zeichentrickfilme sind leicht. Krimis eher nicht. Ich frage mich ständig: *Wo ist der Böse?* Und: *Wer zum Teufel ist das?*«

Ich sehe sie an und bin angefüllt mit verrücktem, herzhämmerndem Adrenalin. Es ist fast so, als würde sie mich interviewen, aber es ist mir egal, weil es das erste Mal ist, dass ich mit jemandem darüber rede, und es fühlt sich unglaublich nach *Freiheit* an, nach: *Hier ist ein Mensch, der tatsächlich verstehen könnte, wer ich bin.*

»Und wie ist es, damit zu leben?«

»Es ist, als hätte ich einen Zirkus in meinem Kopf und müsste immerzu durch Ringe springen. Es ist, wie in einem Raum voller Leute zu sein, in dem du niemanden kennst. Immer.«

Ihre Augen werden hell und irgendwie intensiv. »Wie wenn du nach fünf Jahren wieder in die Schule kommst und herauszufinden versuchst, ob du den oder die kanntest, aber alle sehen anders aus, und die Leute, die du mal kanntest, sind einfach nur … irgendwelche Leute.«

»Genau. Du kennst ihre Geschichten und ihre Eigenheiten nicht, all die Dinge, die sie zu dem machen, was sie jetzt sind. Und du bist der Einzige, der sich so fühlt.«

»Während alle anderen auf dem Weg in den Unterricht sind oder zum Essen, nach dem Motto: *Sieh mich an, ich bin hier zu Hause, ich kenne dich und dich, und die Zeit hat niemals angehalten, und hier bin ich.«*

»Genau.«

Ihre Augen sind groß, und ihre Wimpern sind lang. Die Farbe ihrer Augen ist ein sehr klares helles Braun. Wie Bernstein oder Whiskey. Es fällt mir schwer, das Mädchen im Kran in diesem Mädchen hier zu sehen. Auch wenn das Mädchen, das vor mir steht, nicht schlank ist, ist sie jedenfalls sehr viel zierlicher.

Sie sagt: »Fragst du dich manchmal, ob es nicht vielleicht einfach die anderen sind, die die Welt falsch sehen? Und du bist der Einzige, der die Menschen so sieht, wie sie gesehen werden sollten?«

»Erkennungszeichen. So nenne ich das. Jeder hat mindestens eine Sache, die ihn besonders macht.«

»Hast du deshalb diese Mähne?«

»Ich habe diese Mähne, weil meine Haare so verdammt cool sind, Baby.«

Sie macht: »Hmmm«, als würde sie mir nicht so recht glauben, und dann legt sie den Kopf schief, runzelt die Stirn und sagt:

»Ich habe irgendwie das Gefühl, dich zu kennen. Noch von damals.«

Mein Puls wird schneller. Er vibriert wie mein Handy. Ich denke: *Du kennst mich nicht, du kennst mich nicht,* als hätte ich irgendeine Macht über ihre Gedanken. Was auch passiert, sie darf nicht herausfinden, dass ich an dem Tag da war, als sie aus ihrem Haus geholt wurde. Wenn sie es herausfindet, könnte sie denken, dass ich mich über sie lustig machen wollte, *weil* ich es gesehen habe, und dass ich sie deshalb gepackt habe.

Sie fragt: »Bist du auf die Westview-Grundschule gegangen?«

»Nein, Ma'am.« Bevor ich noch etwas sagen kann, vibriert mein Handy wieder.

»Solltest du nicht rangehen? Da scheint dich irgendjemand dringend sprechen zu wollen.«

»Die kann warten.«

Sie studiert mich immer noch, aber schließlich schüttelt sie den Kopf, als würde sie eine Tafel abwischen. »Ich habe dieses *Ich dachte, wir kennen uns*-Gefühl im Augenblick ziemlich häufig.«

»Da bist du in guter Gesellschaft. Oder in mieser, je nachdem, wie du es siehst.« Ich lächle. Sie beinahe auch, aber sie hält sich zurück. »Mit Gesichtsblindheit verliere ich andauernd die Menschen, die ich liebe.«

Sie wird einen Augenblick still. »Ich weiß, wie das ist.« Und dann geht sie.

* * *

Ich fahre los, hole meinen kleinen Bruder von der Schule ab, und dann durchforsten wir die Garage nach Material für den Roboter.

Dort hebe ich die Überreste von den Werken auf, die ich gebaut und später wieder auseinandergenommen habe.

Ich frage: »Hey, kleiner Mann, wie war es heute in der Schule?«

»Okay.«

»Wirklich okay oder geflunkert okay?«

»Irgendwo dazwischen.«

LIBBY

Ich treffe mich mit Rachel im Park. Wir sitzen auf unserer Bank, und sie fragt: »Also, warum hast du ihn geschlagen?«

Weil ich bereit bin für mein normales Leben. Ich will einfach nach vorne schauen wie alle anderen auch, ohne in der Cafeteria gepackt zu werden, als wäre ich ein Preisbulle bei einem Rodeo.

Ich sage mir: *Diesem Menschen kannst du alles sagen, diese Person kennt dich besser als jeder andere.* Aber wieder antworte ich nur: »Ich war wütend.«

Und dann fallen mir noch drei Fragen ein, die ich Jack stellen will.

Am nächsten Nachmittag übt Mr Levine Freiwürfe, als wir in die Turnhalle kommen. Er sagt: »Ihr seid hier. Ausgezeichnet. Keshwan, Travis, Jack und Libby, ihr spielt gegen Natasha, Andy, Maddy und mich.«

»Spielen?«

»Basketball, Mr Thornburg.« Und er wirft Keshawn den Ball zu, der ihn mit einer Hand fängt.

»Sollten wir nicht alle gegen Keshawn spielen? Damit es gerechter ist?«

»Klappe, Mass.« Keshawn versenkt einen Ball von der Tür

aus, was keine Überraschung ist. Während Libby im Dornröschenschlaf lag, ist er drei Jahre hintereinander Mr Basketball geworden.

»Es geht nicht ums Gewinnen oder Verlieren. Es ist kein Wettkampf. Es geht um Teamwork.« Wir starren Mr Levine an, der einen verrückten Stepptanz auf der Stelle vollführt, als wäre er in einem Boxring. »Jeder in diesem Raum muss lernen, gut – oder zumindest besser – mit den anderen zusammenzuspielen.«

Natürlich gewinnt Keshawn. Wir rennen den Platz hoch und runter, und bis auf ihn sind wir alle grottenschlecht, sogar die Sportlichen unter uns. Es ist echt jämmerlich und peinlich, und das Einzige, was wir dabei lernen, ist, uns vor unseren Mitschülern lächerlich zu machen.

Jedes Mal, wenn Keshawn einen Korb macht, führt er sich auf, als hätte er gerade einen Pokal geholt. Er bellt seinem Team Anweisungen zu und dribbelt hinter seinem Rücken und durch die Beine und macht unglaubliche Sprungwürfe und, ganz ehrlich, es ist, als würde man mit LeBron James spielen, als wäre er ein zwei Meter großes Baby. Irgendwann nimmt Mr Levine ihm den Ball weg und sagt: »Das ist hier nicht die große Keshawn-Show. Es geht darum, unserem Team zu helfen. Es geht darum, dass wir alle gleich sind. Es geht ums Zusammenreißen.« Er versenkt einen perfekten Dreipunktewurf. »Nimm eine Auszeit, Mr Basketball.«

»Was?«

»Du kannst dich auf die Bank setzen. Es wird dich nicht umbringen.«

»Mann.« Keshawn zieht ab, plötzlich der lahmste Mensch der Welt. Wir warten, bis er das Feld verlässt, und gefühlte zwei Jahre später setzt er sich endlich hin.

Natasha verdreht die Augen, schaut zur Decke und schüttelt den Kopf.

Mr Levine sagt: »Wenn ihr euch dann besser fühlt, setze ich mich auch auf die Bank. Alles zum Wohl der Gruppe, stimmt's, Keshawn?«

Keshawn sieht ihn an, sieht dann an ihm vorbei auf Natasha, die eine Augenbraue hochzieht. Er sagt zu Mr Levine: »Klar.«

Jetzt spielen wir also drei gegen drei. Wir führen, bis Jack den Ball zu Andy passt, der im gegnerischen Team ist. Nachdem Andy wirft und trifft, ist Keshawn auf den Beinen: »WTF, Masselin?« Nur dass er es nicht buchstabiert *und* es schreit.

Mr Levine ruft: »Nicht in diesem Ton!«, und zur gleichen Zeit murmelt Jack etwas davon, dass ihm der Ball abgerutscht ist.

Als es wieder passiert, denke ich, gleich rastet Keshawn völlig aus.

Jack sagt: »Hey, Mann, ich versuche hier nur, meine Bürgerpflicht zu erfüllen.«

Andy schnaubt: »Was soll das denn heißen?«

Jack zuckt mit den Schultern. Lächelt dieses schiefe halbe Lächeln. »Na ja, es sah so aus, als könnte dein Team ein bisschen Hilfe gebrauchen.«

Andy wirft ihm den Ball zu, ein bisschen zu fest. Jetzt haben sie eine Art Privatscharmützel und fauchen sich an wie zwei Kater in der Gasse. »Warum behältst du den Ball nicht, Masselin? Ich bekomme ihn in ein paar Sekunden ohnehin wieder.«

Mr Levine sagt: »Es reicht, ihr beiden. Jack, hör auf, unsere Zeit zu verschwenden.«

In den nächsten Minuten versuchen Andy und Jack, im Alleingang zu gewinnen. Andy schreit Natascha und Maddy an, und Jack spielt nicht mal mehr den Ball ab, rennt nur von einer Seite zur anderen und nimmt jeden Wurf. Bis Natascha ihm fast den Ball abjagt und er passen muss. An Andy. *Schon wieder.* Die folgenden dreißig Sekunden verlaufen so: Andy macht einen Layup, läuft an Jack vorbei und rammt ihn gegen die Schulter. Jack sagt sarkastisch: »Gern geschehen.« Andy baut sich vor Jack auf, als wolle er ihm gleich eine reinhauen. Jack steht da, als wolle er Andy provozieren. Mr Levine geht dazwischen und lässt eine Rede über friedliches Miteinander und das Ausspielen unserer Gefühle vom Stapel.

In dem Augenblick sehe ich Jack an, und er mich. Und ich weiß, was los ist. Er verwechselt Andy und Travis. Gleiche Statur, gleiche Größe. Gleiche Haare. Gleichfarbige T-Shirts. Ich versuche mir vorzustellen, dass ich Andy und Travis nicht kenne, dass ich gesichtsblind bin und sie immer, wenn ich weggucke, wieder neu zusammenbauen muss.

Ich sage mir: *Lass gut sein, Libbs. Lass die Natur ihren Gang gehen. Hat er es nicht verdient, bloßgestellt zu werden, nicht nur vor den Leuten hier, sondern vor allen anderen auch?*

Wir spielen weiter, und ich rufe Jack zu: »Hey, pass mal zu mir!« Obwohl ich die schlechteste Spielerin in diesem Raum bin, wenn nicht sogar auf der ganzen Welt.

Aber anstatt zu mir zu passen, dribbelt er allein übers Feld. Das nächste Mal, als er den Ball bekommt, springe ich auf und ab und rudere mit den Armen: »Ich bin ganz frei hier drüben.« Er wirft mir einen genervten Blick zu, und ich denke: *Dann eben nicht.* Aber dann begeht er ein Foul. Wir stehen nebeneinander und sehen zu, wie Maddy die Freiwürfe nimmt, und ich sage: »Jetzt spiel verdammt nochmal zu mir, bevor Mr Levine uns noch eine Stunde länger bleiben lässt.«

Eine Minute später wirft Jack mir den Ball zu. Als ich anfange zu dribbeln, jagt Maddy mir den Ball ab, aber als er mir das nächste Mal zuspielt, werfe ich auf den Korb. Und durch irgendein Wunder treffe ich.

JACK

Ich halte die Tür auf, während alle auf den Parkplatz strömen. Wir haben mit dreizehn Punkten Vorsprung gewonnen, und Keshawn trägt Natasha, als wäre sie seine Trophäe.

Als Libby an mir vorbeigeht, denke ich an Sonnenschein. Es muss ihr Shampoo sein oder ihre Seife, oder vielleicht ist es einfach sie selbst. Ich denke: *Hat sie schon nach Sonnenschein gerochen, bevor sie aus ihrem Haus befreit wurde, oder kam das später, als sie wieder zurück in der Welt war?*

Sie schaut mich an und sagt: »Du solltest wirklich mit irgendjemandem darüber reden, was mit dir los ist.«

»Hab ich doch schon.« Ich bin genervt, weil dieses Mädchen mir jetzt den Arsch rettet. Als wäre ich jemand, dessen Arsch gerettet werden muss. Tja, offensichtlich bin ich das.

»Mit jemand anderem als mir. Du bist doch nicht der Einzige, der das hat. Statistisch gesehen ist es gar nicht so selten. Wenigstens nicht so selten, wie superfett in einem Haus eingesperrt zu sein. Warst du mal auf der Website vom Forschungszentrum für Prosopagnosie? Die haben zum Beispiel solche Kärtchen, auf denen die Krankheit erklärt wird, die man sich ins Portemonnaie stecken und den Leuten zeigen kann. Ich sage ja nicht, dass das die Lösung ist, aber vielleicht ist es ein Anfang.«

Auf dem Weg nach Hause rufe ich Caroline an. »Hey, Prinzessin.«

»Komm vorbei.«

»Ich kann nicht.«

»Was heißt das, du kannst nicht?«

»Ich muss arbeiten.«

»Dann eben später.«

»Ich hab heute Abend schon was vor. Aber morgen gehen wir aus. Ganz groß. Wir lassen es richtig krachen. Ein Abend, den du niemals vergessen wirst.«

»Was hast du vor? Oder sollte ich fragen, *mit wem* hast du was vor?«

»Ich baue Dustys Weihnachtsgeschenk.«

»Es ist September.«

»Ja, aber ich mache es selbst.«

Sie wird ganz still.

»Caroline? Süße?«

»Ich wünschte, du hättest dieses Mädchen nicht festgehalten. Diese Libby Strout.«

»Glaub mir, da bist du nicht allein. Ich bilde mir gerne ein, dass ich über dieser Art von beschissenem Verhalten stehe, du kannst dir also vorstellen, wie desillusionierend das für mich war.«

»Dieses Nachsitzen frisst unsere ganze Zeit auf. Das ruiniert mir so langsam das Leben.«

Ah.

Ich würde am liebsten sagen: *Kannst du bitte die nette Caroline ans Telefon holen?* Aber stattdessen sage ich: »Es tut mir leid, Baby. Ich verspreche dir, ich mache es wieder gut.«

LIBBY

Dad und ich fahren über die Nationalstraße nach Hause. Wir fahren gerade am College vorbei, als mich plötzlich diese Welle überkommt und ich das Loch in meinem Herzen spüre, das da ist, seit Mom gestorben ist. Das macht der Tod mit dir – er trifft dich aus heiterem Himmel. Du kannst im Auto sein oder in der Schule oder im Kino, du lachst und hast Spaß, und plötzlich ist es, als hätte jemand den Finger in die Wunde gelegt und mit voller Kraft zugedrückt. Ich sehe vor mir, wie Dad und ich nach Hause fahren, genau in dieselbe Richtung, an dem Abend, an dem wir sie verloren haben. Wir überholen unsere Alter Egos auf der Straße, und ich kann unsere Gesichter durch die Windschutzscheibe sehen. Wir sind Gespenster.

Ich schaue Dad an, und er erwidert meinen Blick. »Was ist los, Libbs?«

Beinahe sage ich es.

Es ist wegen ihr. Immer. Es ist wegen dieser Plötzlichkeit, mit der sich das Leben von einem Augenblick zum anderen ändern kann, die mir Angst macht, wenn ich schlafe, und wegen der ich mich daran erinnern muss, zu atmen, wenn ich wach bin.

»Ach, nichts.«

Ich lege die Finger auf mein Handgelenk, so dass es aussieht, als ruhten meine Hände in meinem Schoß, aber in Wahrheit fühle ich meinen Puls. *Atmen. Ruhig bleiben. Kein Grund zur Aufregung.*

»Es war nett von Bailey, dass sie rübergekommen ist. Sie war früher ein tolles Mädchen.«

»Ist sie immer noch.«

»Du weißt, dass du jederzeit Freunde einladen kannst.«

»Du auch. Mom würde nicht wollen, dass du allein bist.« Ich kann sie beinahe hören: *Schenk mir eine anständige Trauerzeit, Will, aber hör nicht auf, dein Leben zu leben.*

»Ich bin nicht allein.« Er schenkt mir ein breites Lächeln.

»Ich werde nicht immer da sein.« *Das wird niemand.*

»Mir geht's gut.«

Ich nehme es ihm nicht ganz ab. Aber ich beschließe, uns eine Pause zu gönnen. »Hast du schon mal von Gesichtsblindheit gehört?«

»Gesichtsblindheit?«

»Prosopagnosie. Das ist, wenn man Gesichter nicht auseinanderhalten kann, wenn man seine Familienmitglieder oder seine Freunde nicht erkennt.«

»Hat das was mit einem Schulprojekt zu tun?«

Jack Masselin hat mich gebeten, niemandem davon zu erzählen, und ich werde seinen Wunsch respektieren, auch wenn ich es besser weiß. »Ja«, sage ich.

JACK

Anstatt Inventur oder Ablage zu machen, sitze ich im Büro am Computer und suche nach dem Forschungszentrum für Prosopagnosie. Auf der Seite steht, dass sich Zweigstellen in Dartmouth, Harvard und am University College London befinden, unter der Leitung eines Typen namens Brad Duchaine. Ich habe schon davon gehört, mir die Seite aber nie genauer angeschaut, doch jetzt bleibe ich länger darauf und lese mehr über diese Sache, von der ich ziemlich sicher bin, dass ich sie habe.

Es ist daher nicht überraschend, dass Prosopagnosie zu erheblichen sozialen Problemen führen kann …

Berichte über Prosopagnosie reichen bis in die Antike zurück …

Eines der deutlichen Anzeichen für Prosopagnosie ist ein starkes Zurückgreifen auf Kennzeichen, die außerhalb des Gesichts liegen, so wie Haare, Gangart, Kleidung, Stimme …

Das meiste davon weiß ich längst. Ich lese im Archiv einige Ausgaben des halbjährlichen Newsletters, und dann mache ich einen Test mit Gesichtern berühmter Persönlichkeiten. Der Präsident der Vereinigten Staaten, Madonna, Oprah Winfrey. Obwohl ich solche Tests bereits gemacht habe, liege ich nur bei Martin Luther King richtig, und das war auch nur geraten.

Ich klicke auf die Seite mit den Kontaktinformationen.

Wenn Sie glauben, dass Sie unter Prosopagnosie leiden oder andere Beeinträchtigungen in der Gesichtserkennung haben und gerne an unseren Studien teilnehmen würden, kontaktieren Sie uns bitte über das Kontaktformular. Wir werden versuchen, Sie in unsere Studien aufzunehmen oder Sie mit Wissenschaftlern in Ihrer Nähe in Verbindung zu bringen.

Ich klicke auf den Link *Mail senden*, woraufhin sich das E-Mail-Programm meines Dads öffnet. Da, wo jeder sie finden kann, ist eine neue, ungeöffnete Mail von Monica Chapman. Von vor sieben Minuten. Während ich hier sitze und über mein kaputtes Gehirn recherchiere. Betreff: Re: Jack. In anderen Worten: Ich. In anderen Worten: Mein Dad und Monica Chapman reden über mich.

Ich starre auf die Betreffzeile, auf ihren Namen, auf den Namen meines Dads, auf meinen Namen.

Wenn ich sie öffne, wird Folgendes passieren: Ich werde mehr wissen, als ich bereits weiß, was heißt, dass ich noch mehr Geheimnisse mit mir herumtragen werde, als ich ohnehin schon tue.

Ich öffne sie.

Und wünschte sofort, ich hätte es nicht getan.

Ich habe Jack gesehen, und er wirkt so zornig. Hat er jemanden, mit dem er reden kann? Ich weiß, dass er nach der Schule zu Levine geht, aber vielleicht solltest du darüber nachdenken, jemanden zu suchen, mit dem er allein sprechen kann. Ich könnte jemanden empfehlen. Die Beratungslehrer bei uns sind ziemlich gut, aber ich kenne auch Leute außerhalb der Schule. Uns wird etwas einfallen. Du musst das nicht allein regeln. Ich liebe dich. M.

Ich schaue nach unten, und meine Hände zittern. Ich warte darauf, dass ich mich spontan entzünde, so wie der Ritter Polonus Vorstius im alten Italien, der in Flammen aufging, nachdem er zu viel Wein getrunken hatte.

Als das nicht eintritt, schreibe ich:

Liebe M.,
wenn Jack wütend ist, dann wegen dir und wegen uns. Das Einzige, was ihm helfen wird, ist unsere Trennung. Vielleicht sollte ich aufhören, so egoistisch zu sein. Wenn ich dich wirklich lieben würde, würde ich meine Ehe beenden oder zumindest reinen Tisch mit meiner Frau machen. Das bin ich ihr schuldig. Vielleicht bin ich das auch dir schuldig. Vielleicht ist unsere Liebe die größte Liebe, die es je gab, aber das bezweifle ich. Wie dem auch sei, ich muss einfach aufhören, so ein Weichei zu sein. Kein Wunder, dass er so zornig ist.
Alles Liebe, N.

Ich schicke die Mail nicht ab, aber ich lasse sie geöffnet, damit Dad sie sieht.

Dann suche ich nach Büchern über Prosopagnosie und den Aufbau des Gehirns, bestelle jedes einzelne davon und zahle mit seiner Kreditkarte. Ich logge mich in meinen eigenen E-Mail-Account ein und schreibe eine Mail an Brad Duchaine.

Mein Name ist Jack. Ich bin in der zwölften Klasse auf der Highschool, und ich bin mir ziemlich sicher, dass ich gesichtsblind bin. Ich weiß nicht, wie lange ich das noch aushalte. Alle in meinem Leben sind Fremde, und ich selbst bin es auch. Bitte helfen Sie mir.

Ich schicke sie ab und wünsche augenblicklich, ich hätte es nicht getan. Aber jetzt ist sie da draußen. Jetzt kann ich nur noch warten und hoffen, dass dieser Mann vielleicht, ganz vielleicht, mir sagen kann, was ich tun soll.

LIBBY

Ich habe immer noch die Ausgabe von *Wir haben schon immer im Schloß gelebt,* die irgendein barmherziger Samariter mir ins Krankenhaus geschickt hat. Ich bewahre sie auf dem kleinen Tisch neben meinem Bett auf und benutze den Brief, der darin steckte, als Lesezeichen.

Ich wollte dir sagen, dass ich dir die Daumen drücke.

Manchmal tut es gut, das zu hören, sogar wenn es von einem Fremden kommt. Ich denke an all die Menschen, denen ich die Daumen drücke – meinen Dad, Rachel, Bailey, Iris, Jayvee, Mr Levine, Mrs Wasserman, Mr Dominguez, meine Mitschüler im Gesprächskreis, vielleicht sogar Jack.

Dann hole ich meine Bewerbung für die Darlings raus, lese sie noch einmal durch, um sicherzugehen, dass ich jede Frage beantwortet und jede Zeile ausgefüllt habe, stecke sie sorgfältig in meinen Rucksack und fange an zu tanzen.

JACK

Beim Abendessen redet niemand viel, bis auf Dusty. Er will beim Vorsprechen für die Schultheatergruppe mitmachen, die dieses Jahr *Peter Pan* aufführt. Marcus spielt unterm Tisch an seinem Handy herum, und Mom schimpft nicht mal. Ich bin damit beschäftigt, so zu tun, als wären wir alle Freunde und als wollte ich meinem eigenen Vater nicht am liebsten eine reinhauen, und er ist damit beschäftigt, so zu tun: *Geliebte? Welche Geliebte?*

Später kommt er zu mir ins Bad, als ich mir gerade die Zähne putze. Er macht die Tür zu und sagt sehr leise: »Du hättest nicht mein E-Mail-Postfach öffnen dürfen. Es tut mir leid, dass du gesehen hast, was du zu sehen glaubtest, aber das ist auch eine Frage meiner Privatsphäre. Es steckt mehr dahinter, als du weißt, und das, was du gelesen hast … ist aus dem Zusammenhang gerissen. Aber es tut mir leid.«

Er sagt es nett, denn Nate Masselin ist ein netter Kerl, und es ist ihm wichtig, gemocht zu werden, vor allem seit dem Krebs. Ich merke, dass er darauf wartet, dass ich ihm vergebe und einfach darüber hinwegsehe, so wie alle anderen, und das kotzt mich an.

Ich putze mir in aller Ruhe die Zähne fertig, spüle mir gründlich den Mund aus und trockne mich mit einem Handtuch ab.

Schließlich sehe ich Dad an. Ich bin einige Zentimeter größer als er, auch ohne meine Löwenmähne. Ich sage: »Du kannst deine Krankheit nicht mehr als Ausrede für dein mieses Verhalten benutzen.« Und natürlich sage ich das genauso zu mir selbst, auch wenn er das nicht weiß.

* * *

Ich träume, dass ich von Flughafen zu Flughafen fliege, und jeder von ihnen ist total überfüllt. So überfüllt, dass ich nicht atmen oder mich bewegen kann, und jedes Gesicht ist leer – keine Nase, kein Mund, keine Augen, keine Augenbrauen. Ich suche nach jemandem, den ich kenne, nach jemandem, der mir bekannt vorkommt, und je mehr ich suche, desto enger zieht sich meine Brust zusammen, und ich kann nicht mehr atmen.

Aber dann sehe ich sie. *Libby Strout.* Sie wird von einem Kran an die Decke gehoben, überlebensgroß, größer als alle anderen, und sie ist die Einzige, die ein Gesicht hat.

SAMSTAG

JACK

Der Umkleideraum ist gigantisch. Es stinkt nach Füßen und Pisse und nach Travis Kearns, dessen Haupterkennungszeichen ist, dass er manchmal so intensiv riecht wie ein Stinktier, weil er so viel Gras raucht. Es ist so ziemlich der letzte Ort, an dem man einen Samstag verbringen will, aber hier sind wir, alle sieben und Mr Sweeney (Riesenbauch, Vokuhila, Koteletten, leichtes Hinken). Wir verteilen uns, und ich gehe absichtlich allein in eine Ecke, weil ich mit niemandem reden will.

Mittags machen wir Pause. Sweeney gibt uns fünfundvierzig Minuten, um draußen auf der Tribüne zu essen, die wir nächstes Wochenende streichen, und ich setze mich möglichst weit von den anderen weg. Die Zuschauertribüne ist alt und verwittert, und schon bei ihrem Anblick vergeht mir der Appetit. Dieses Klappergerüst streichen zu müssen, ist nur ein weiterer Bestandteil des Scheißhaufens, der mein Leben ist. Ich öffne knackend meine Coladose und schließe die Augen. Die Sonne fühlt sich gut an. *Saug sie ein, tapferer Soldat,* sage ich mir, *solange du noch kannst.*

Ich döse beinahe ein, aber dann höre ich jemanden schreien: »Lasst mich in Ruhe«, immer wieder, und ich kenne die Stimme, sie dröhnt wie ein Nebelhorn. Ich öffne die Augen und sehe einen großen Typen an der Schule entlanglaufen, und eine Gruppe anderer, die ihm folgt. Sie sind etwa in meinem Alter, weiß und austauschbar. Ich erkenne keinen von ihnen, aber die Nebelhornstimme klingt so, als gehöre sie Jonny Rumsford.

Ich kenne Jonny seit dem Kindergarten, wo alle ihn einfach Rum nannten. Er war schon immer größer und kräftiger als die anderen, eine Art sanfter Riese. Und solange ich ihn kenne, rennen die anderen Kids ihm hinterher, weil er ein bisschen langsam, ein bisschen einfältig und ein bisschen tollpatschig ist, und plagen ihn, wie ein Rudel Hyänen, das einen Büffel verfolgt.

Ich beobachte diese Jungs. Sie rufen ihm etwas nach, aber ich kann nicht verstehen, was. Die Schultern des Typen-der-Rum-sein-muss sind gekrümmt, als würde er versuchen, seinen Kopf in seinen Hals zu ziehen oder vielleicht gleich ganz nach unten in seine Brust. Und dann wirft einer der anderen Jungs etwas nach ihm und trifft ihn am Hinterkopf. Plötzlich sehe ich mich so, wie alle anderen mich sehen – ich bin eins dieser plagenden, kreischenden Hyänenkids, die Dinge nach Leuten werfen, die es nicht verdient haben.

Ich lege mein Sandwich auf den Sitz neben mir und zische los, als wollte ich zum Mond. Zuerst denkt Könnte/könnte-auch-nicht-Rum-sein, ich wäre auch hinter ihm her, und er erstarrt in Panik. Die anderen Jungs lachen und werfen weiter irgendwelches Zeug – Steine, Müll, alles, was sie finden können –, und ich renne direkt in das Rudel. Sie haben nicht mal Zeit zum Nachdenken. Einer landet auf dem Hintern im Dreck, und plötzlich lachen sie nicht mehr.

»Hat er euch irgendwas getan?« Ich zeige auf Rum. »Hat er?«

»Was zur Hölle, Mass?«

Natürlich kennen sie mich. Wahrscheinlich bin ich sogar mit diesen Wichsern befreundet.

»Sagt mir eine Sache, die er euch getan hat.«

Einer der Typen baut sich vor mir auf, er ist so groß wie ich und etwa doppelt so breit. Aber ich weiche nicht zurück, weil ich mindestens drei Köpfe wütender bin.

»Im Ernst, Mass? Willst du dich mit uns anlegen? Was hatte die Fette *dir* denn getan? Häh? Sag mir eine Sache, die sie getan hat.«

Ein anderer sagt: »Genau, wie ist das Nachsitzen, Penner?«

Ich denke nicht nach. Ich handle einfach. Wahrscheinlich, weil ich so sauer bin. Auf alle. Auf mich. Ich habe das Gefühl, ich könnte es gerade mit der ganzen Welt aufnehmen. Ich sage zu Rum: »Geh nach Hause, Jonny. Verschwinde hier.« Und dann drehe ich mich um und gebe dem ersten Typen, den ich sehe, eins auf die Fresse. Er geht zu Boden, ein anderer kommt auf mich zu, und ich schlage auch ihn. Sogar als meine Hand sich anfühlt wie gebrochen, als ich meine Knöchel schon nicht mehr spüren kann, schlage ich immer weiter auf diese Kerle ein. Irgendwann ist es, als würde ich meinen Körper am Boden lassen und in den Himmel schweben, von wo aus ich der Schlägerei zusehe, als wäre ich jemand anders.

Irgendein Teil von mir denkt: *Was, wenn es wirklich so ist? Was, wenn diese Fehlfunktion in meinem Gehirn sich ausbreitet, so dass ich nicht mehr erkennen kann, wo ich bin oder was ich mache? Was, wenn mein Gehirn total kaputt ist und ich nie wieder da runter komme, zu mir?*

Ich weiß nicht, wie viel Zeit vergeht, aber irgendwann merke ich, dass jemand an meinem Arm rüttelt. Ich drehe mich um und bin wieder am Boden, und es ist Libby Strout. Sie zerrt mich zurück.

Einer der Typen kreischt: »Bitte tu mir nichts, Fetti Plauz!

Tu mir nichts!« Und hält sich in gespielter Angst die Hände vors Gesicht.

Sie sagt: »Nenn mich nicht so.«

»Wie bitte, Fetti?«

Ich sage: »Ich weiß, dass du nicht sie meinst.« Ganz cool und gesammelt.

»Sie weiß, wen ich meine.«

Die Art, wie er es sagt, gefällt mir nicht, also haue ich ihm auch eine rein. Und dann ist da plötzlich dieser große schwarze Typ mit dem glattrasierten Kopf. Er starrt die Hyänen an.

»Haut lieber ab. Der Kerl hier bringt euch um, und wenn er es nicht tut, tue ich es.« Das kann nur Keshawn Price sein.

Die Jungs ziehen ab, und der Typ-der-Keshawn-Price-sein-muss steht da und schaut ihnen nach. »Kleiner, du bist echt so bescheuert, wie du aussiehst.« Er starrt mich an. »Was glaubst du, was Sweeney mit dir machen würde, wenn er dich gerade gesehen hätte?«

»Er ist drinnen. Er hat nichts gesehen. Jetzt komm.« Libby zieht mich zur Tribüne. »Deine Lippe«, sagt sie, »blutet schon wieder.«

Aber ich kann mich nicht erinnern, dass mich jemand geschlagen hat. Ich sehe zurück zur Straße, wo Rum über die Brücke stapft, von der ich weiß, dass sie ihn nach Hause bringen wird.

LIBBY

Wir haben noch eine Viertelstunde Pause. Jack Masselin lässt sich auf einen Sitz auf der Zuschauertribüne fallen, und Blut tropft von seiner Lippe auf sein T-Shirt. Während er die Bäume hinter dem Sportplatz anstarrt, beobachte ich ihn und versuche wieder, in seine Haut zu schlüpfen.

Ich stelle mir vor, ich würde nach Hause kommen und mein Dad würde ins Zimmer kommen und ich würde ihn nicht erkennen. Oder meine Mom käme durch ein Wunder von den Toten zurück und ich wüsste nicht, dass sie es ist. Wenn ich in die Haut von Jack Masselin schlüpfe, fühle ich mich ziemlich einsam. Vielleicht habe ich auch Angst. Woher soll ich wissen, wem ich vertrauen kann?

Ich setze mich neben ihn und sage: »Schon wieder Libby.« Auch wenn es wahrscheinlich unnötig ist, weil ich in dieser Gruppe ziemlich eindeutig erkennbar bin, selbst für jemanden mit Gesichtsblindheit.

Er starrt auf die Straße, als hielte er Ausschau nach einer weiteren Prügelei. Das Blut rinnt ihm übers Kinn und auf sein Shirt, aber er unternimmt nichts dagegen. Ich gebe ihm eine Serviette.

»Nein, danke.«

»Nimm sie. Sweeney sollte das lieber nicht sehen.«

Er wischt sich das Kinn mit der Serviette ab, jault auf und hält seine Coladose dagegen wie ein Kühlpack. Er sieht mich schief an und fragt: »War das gerade wegen mir?«

»Was?«

»Fetti Plauz. War das meine Schuld? Wegen dem Rodeo? Ich will wissen, wie beschissen genau ich mich gerade fühlen sollte.«

»Das hat überhaupt nichts mit dir zu tun. Das hat nur mit Moses Hunt zu tun, der einfach Moses Hunt ist – genau derselbe, der er in der fünften Klasse war.«

»Moses Hunt. Na super.«

Die Hunt-Brüder sind ungefähr so berüchtigt wie die James-Bande. Es gibt mindestens fünf von ihnen, vielleicht noch mehr, weil ihre Eltern sich einfach immer weiter vermehren. Vom Alter her liegt Moses irgendwo am unteren Ende, obwohl er aussieht wie vierzig, dank seines ungesunden Lebenswandels, den fehlenden Zähnen und der Tatsache, dass er so gemein ist.

Jack fragt: »Ist alles okay?«

»Mit dem Kerl verbindet mich eine unschöne Geschichte. Ein Teil von mir wünscht sich, ich hätte dich ihn umbringen lassen, aber abgesehen davon bin ich okay.« *Mitgenommen, aber okay.* »Danke, dass du dich für mich eingesetzt hast.«

Jack schüttelt nur den Kopf und starrt wieder zur Straße. Wir sitzen eine Weile da, Jack beobachtet die Straße, und ich beobachte ihn.

Schließlich sage ich: »Wenn du nicht aufpasst, gerätst du irgendwann an einen, der noch wütender ist als du.«

»Ich bezweifle, dass eine solche Person existiert.« Und da spricht nicht der charmante Jack Masselin. Das ist ein Junge, der schwer an seinem Leben trägt. Ich zwinge mich wieder, da zu sitzen, in seiner Haut. Für Atticus und für meine Mom.

»Wenn du nicht aufpasst, frisst du zu viel und steckst bald in deinem Haus fest. Vertrau mir. Du glaubst, dass niemand dich versteht und du ganz allein bist, und das macht dich noch wütender. Und du denkst: *Warum sehen sie es nicht? Warum sagt denn keiner: Hey, du scheinst ja ganz schön schwer an der Welt zu tragen. Lass mich deine Bürde eine Weile übernehmen, damit du sie nicht die ganze Zeit mit dir rumschleppen musst.* Aber du musst den Mund aufmachen!« Und dann brülle ich über den Platz: »Macht den Mund auf, wenn ihr was zu sagen habt!«

Die anderen Sträflinge starren mich an, und ich winke.

»Du bist eine weise Frau.«

»Das bin ich in der Tat. Du würdest dich wundern. Allerdings hatte ich auch viel Zeit zum Lesen und Talkshows gucken und Denken. SEHR VIEL ZEIT. So viel Zeit zum Denken. Manchmal habe ich nichts anderes getan, als in meinen Gedanken umherzuwandern.«

»Was macht dich denn wütend?«

»Dumme Leute. Verlogene Leute. Gemeine Leute. Meine Oberschenkel. Du. Der Tod. Der Sportunterricht. Ich habe die ganze Zeit Angst zu sterben. Also, wirklich die ganze Zeit.«

Er rückt ein Stück zur Seite, damit er mich besser sehen kann.

»Meine Mom ist gestorben, als ich zehn war. Sie ist an dem Morgen aufgestanden wie an jedem anderen Morgen auch, und ich bin in die Schule gefahren, und mein Dad ging zur Arbeit, und ich sagte nur, dass ich sie lieb habe, weil sie es zuerst gesagt hatte. Sie fuhr sich selbst ins Krankenhaus. Ihr war schwindlig. Als sie dort ankam, war es schon wieder vorbei, aber die Ärzte machten trotzdem ein paar Tests.«

Er stellt seine Coladose ab, aber er sagt nichts.

»Im einen Augenblick hat sie mit ihnen geredet, im nächsten Augenblick nicht mehr. Es ist in einem einzigen Moment passiert. Bei Bewusstsein« – ich schnipse mit den Fingern – »bewusstlos. Die Ärzte haben gesagt, es sei eine Blutung in ihrer rechten Gehirnhälfte gewesen. Irgendetwas ist einfach geplatzt.«

»Wie ein Aneurysma?«

»Genau. Ich wurde aus einer Versammlung in der Schule gerufen, und Dad holte mich ab. Wir fuhren ins Krankenhaus, damit ich mich verabschieden konnte. Dad musste ihnen die Erlaubnis geben, die Maschinen abzustellen, und eine halbe Stunde später starb sie. Eine der Krankenschwestern sagte zu mir: ›Das kann genetisch bedingt sein.‹ Also war ich überzeugt, dass es mir auch passieren würde. Das könnte es auch wirklich.« Ich fühle meinen Puls. *Scheint in Ordnung zu sein.* »Ich bin an dem Abend ins Bett gegangen und habe gedacht: *Gestern Abend war sie noch da. Heute Morgen war sie noch da. Jetzt ist sie weg, und nicht nur für ein paar Tage, sondern für immer. Wie kann etwas so Endgültiges in einem einzigen Augenblick geschehen? Ohne Vorbereitung. Ohne Warnung. Ohne Chance, die Dinge zu tun, die du tun wolltest. Ohne Chance, dich zu verabschieden.«*

Seine Augenbrauen sind zu einem V zusammengezogen, und er sieht mich an, als könnte er geradewegs in mein Herz und meine Seele sehen.

»Jetzt weißt du auch als Einziger etwas über mich.«

»Das tut mir sehr leid mit deiner Mom.«

»Mir tut es auch leid.« Ich starre mein Mittagessen an und merke, dass ich keinen Hunger habe. In früheren Zeiten hätte ich jeden einzelnen Bissen gegessen, einfach, weil es vor mir stand. »Ich finde, wir sind jetzt quitt.«

»Ach ja?«

»Du wirst mir keine reinhauen, wenn es das ist, woran du jetzt denkst.«

Er lacht. »Werde ich nicht.« Nach einer Weile fragt er: »Was steht da auf deinen Schuhen?«

Ich strecke mein Bein aus. »Nur Zitate aus Büchern.«

Er zeigt auf das Neueste in lila Filzstift: »*Mehr Gewicht*«.

»Woher kenne ich das?«

»Giles Corey, *Die Hexenjagd.* Er war der Letzte, der in den Hexenprozessen von Salem hingerichtet wurde. Das waren seine letzten Worte, eine Art Stinkefinger an die Leute, die ihn mit Steinen zu Tode quetschten.«

Mr Sweeney taucht auf und bittet uns, wieder reinzukommen.

Als wir unseren Müll aufsammeln und zur Tür gehen, fragt Jack: »Moses und wer noch?«

»Wer noch hinter Jonny Rumsford her war?«

Er nickt.

»Sein Bruder Malcolm und Reed Young.«

»Malcolm?« Ich nicke. »Scheiße. Der ist der Fieseste von allen.«

»Und ich glaube, die anderen beiden müssen auch aus der Zwölften sein.«

»Danke.« Er schiebt die Hände in die Taschen.

»Gern geschehen.«

Das Licht verfängt sich in seinen wilden, wilden Haaren und verweilt dort. Und *peng!*

Ganz plötzlich.

Einfach so.

Bin ich mir ganz deutlich dieser Männlichkeit da neben mir bewusst. Seiner langen Beine. Seines Gangs, flüssig, leicht, als wäre er dafür geschaffen, durch Wasser zu gehen. Aber gleichzeitig zielstrebig, wodurch er größer wirkt, als er ist. Es gibt nicht viele Typen, die so gehen.

Es ist, als hätte ich gerade erst bemerkt, dass er ein Mann ist. Mein Gesicht wird heiß und mein Rücken feucht, und ich denke an Pauline Potter, die sich ihr Gewicht mit Sex abtrainiert hat. Ich starre seine Hände an und denke dabei: *Hör auf, seine Hände anzustarren. Was machst du da? Er ist der Feind! Okay, vielleicht nicht der Feind, aber jedenfalls wirst du auf keinen Fall* so *über ihn denken.*

Ich merke, dass er etwas sagt, also lande ich zischend wieder in meinem Bewusstsein. Er sagt: »Ich will dich, Libby Strout. Ich habe dich schon immer gewollt. Deshalb habe ich dich auch gepackt.«

Vielleicht sagt er in Wirklichkeit aber auch: »Du kannst es vielleicht nicht sehen, aber innerlich lächle ich.«

Ich sage: »Ich lächle zurück«, und versuche, nicht die Mundwinkel zu verziehen, obwohl ich nicht diejenige mit der aufgeplatzten Lippe bin. Aber ich kann nicht anders. Aus irgendeinem Grund grinse ich so breit, dass jeder es sehen kann.

JACK

Es ist Mitternacht, als ich Caroline nach Hause bringe. Auf der Stufe vor ihrer Haustür umschlinge ich ihre Taille und ziehe sie an mich, und ihr Körper ist so steif, als wäre er aus Besenstielen und Marmor gemacht. Ich würde sie gern fragen, warum sie so ist, so angespannt und kontrolliert und hart. Ich frage mich, wo die ungezwungene Caroline gerade ist, ob ihr Auftauchen neulich nur ein Zufall war und diese neue, polierte Caroline sie wirklich ganz und gar verschluckt hat. *Ist da irgendjemand drin?*, würde ich gerne fragen. Stattdessen halte ich sie fester und schlinge die Arme um sie und versuche, die ungezwungene, tollpatschige, nette Caroline herauszuquetschen.

»Au«, sagt sie. »Du machst das immer zu fest.« Sie schiebt mich weg. »Die Leute würden sie eher mögen, wenn sie nicht so zickig wäre.«

»Wer?«

»Libby Strout.« Sie hat den ganzen Abend über Libby geredet – beim Essen, im Kino, auf dem Heimweg.

Ich lache, weil diese Aussage aus Carolines Munds einfach irre komisch ist.

»Was ist daran lustig?«

»Nichts. Aber, du weißt schon, wer im Glashaus sitzt …«

»Nein, weiß ich nicht.« Sie verschränkt die Arme. »Erklär's mir.«

Bügel es wieder aus. Sag ihr, was sie hören will.

Aber ich tue es nicht, weil ich es plötzlich nicht mehr kann. Sie ist anstrengend, und ich bin anstrengend, und wir sind anstrengend. Ich habe ihr die letzten vier Jahre lang erzählt, was sie hören wollte.

Ich sage: »Weißt du was? Wir reden ein andermal darüber.«

»Wenn du jetzt gehst, Jack, brauchst du nicht wiederzukommen. So lasse ich mich nicht behandeln.«

»Danke. Habe verstanden.«

Ich spüre eine sonderbare nervöse Energie, als täte ich etwas Großes, Lebensveränderndes. Ich sage zu mir: *Du brauchst sie,* als ich in den Land Rover steige und losfahre.

Ich fahre geradewegs zum Schrottplatz, wo ich über den Zaun springe und herumwandere, und niemand stört mich, weil es spät und dunkel ist und ich der Einzige bin, der da ist. Es ist unglaublich, was man hier alles finden kann – alte Nummernschilder, Schrauben, eine Stoßstange aus Metall. Für mich sind das allerbeste Zahnräder. Egal ob groß oder klein – Zahnräder sind die Kraftquellen beinahe aller Maschinen, das, was ihre Stärke und Geschwindigkeit bestimmt.

Ich krame eine Weile herum, und es ist so friedlich, als wäre ich das einzige lebende Wesen im Umkreis von Kilometern. Aber mein Kopf ist nicht bei der Sache. Mein Herz ist nicht bei der Sache. Ein zu großer Teil meines Lebens fühlt sich bereits genauso an – wie der Versuch, etwas Altes in etwas Neues zu verwandeln, den Müll anderer Leute als etwas Neues, Glänzendes zu verkaufen.

In der Einfahrt zu unserem Haus hole ich mein Handy aus der Tasche. Dreizehn SMS und eine Nachricht auf der Mailbox von Caroline, alle aus der letzten Stunde. Eine Nachricht ist von Kam, eine von Seth. Ich öffne mein Mailprogramm und warte, bis es geladen hat. Ich denke gerade an Libby Strout, als ich es sehe. Eine E-Mail. Eingang um 18.35 Uhr.

Eine Antwort von Brad Duchaine vom Prosopagnosie-Forschungszentrum in Dartmouth.

MONTAG

LIBBY

Vor der ersten Stunde joggen Heather Alpern und die Darlings um das Footballfeld. Ich stehe an der Seitenlinie und sehe ihnen zu, und ich kann mich kaum rühren, denn *da sind sie.* Ich bin starr vor Ehrfurcht. Die Darlings feiern dieses Jahr fünfundsechzigstes Jubiläum. Sie wurden ursprünglich von zwei tanzbegeisterten Schülerinnen gegründet, und das erste Team überhaupt bestand aus zwanzig Mädchen. Sie trugen Röcke bis zu den Knien, was einige Leute anstößig fanden, und weiße Handschuhe, und sie tanzten mit Pompoms und Flaggen. Mittlerweile gibt es vierzig Mitglieder, neununddreißig ohne Terri Collins. Am Ende des Schuljahrs werden alle zur Vorführung der Darlings gehen, die in der Stadthalle stattfindet. *Und ich will mit ihnen auf der Bühne stehen.*

Bis zur dritten Stunde habe ich gute Laune. Immerhin habe ich es mit Moses Hunt aufgenommen, ohne dass die Welt über mir zusammengebrochen ist. Ich habe mir in den Kopf gesetzt, ein Darling zu werden. Und ich bin in Jack Masselins Haut herumgelaufen und war, nun ja, die Größere von uns beiden.

Ich trällere nahezu vor mich hin, während ich zu meinem Fach gehe. Iris läuft hinter mir und will wissen, warum ich so fröhlich bin. Und dann öffne ich die Tür.

Die Briefe regnen heraus wie Konfetti. Sie sind überall, auf dem ganzen Gang, wie ein Teppich. Die Leute treten im Vorbeigehen darauf, und ich bin auf den Knien und versuche, sie aufzusammeln, bevor irgendjemand sie mit mir in Verbindung bringen kann.

Iris bückt sich und hilft mir. Sie öffnet einen und liest: »Du bist nicht erwünscht.« Sie öffnet einen anderen. »Du bist nicht erwünscht.« Ich reiße ihr die Briefe aus der Hand, damit sie nicht dasteht und jeden einzelnen liest. Es müssen mindestens hundert sein. »Sind die an dich?«

»Das wäre mein Verdacht, Sherlock Holmes.«

»Wer sollte so was tun?«

Aber ich weiß, das ist eine rhetorische Frage, weil Iris Engelbrecht besser als jede andere weiß, wozu Menschen fähig sind.

Als ich keine Antwort gebe, sagt sie in ihrer nüchternen I-Aah-Stimme: »Du musst es jemandem sagen. Zeig sie Mrs Wasserman. Komm schon. Ich gehe mit. Lass uns gleich zu ihr gehen. Sie schreibt uns eine Entschuldigung für die nächste Stunde.«

Ich stopfe die Briefe in meinen Rucksack. »Ich gehe nicht mit diesen Briefen zu Mrs Wasserman.« Ich klinge genauso verletzt, wütend und aufgebracht, wie ich mich fühle.

»Hast du mir nicht selbst gesagt, dass man mutig sein muss?«

»Ich habe nie zu dir gesagt, dass man mutig sein muss.«

»Du hast zu mir gesagt, wenn ich nichts sage, würde Dave Kaminksi denken, dass er mich immer weiter belästigen kann.«

»Das ist etwas anderes.«

»Nein, ist es nicht. Du musst ihnen zeigen, dass du das nicht mit dir machen lässt. Gehen wir.«

Ich fühle, wie mein flatterndes Herz langsam ruhiger wird.

Das ist noch so ein Effekt, den Iris auf andere Menschen hat. Sie ist das menschliche Pendant zu Valium.

Ich knalle mein Fach zu, werfe mir den Rucksack über die Schulter und gehe los, während das Gewicht all dieser Briefe mich nach unten zieht. Iris trottet neben mir her und redet immer noch.

»Okay, kapiert. Dann sieh es positiv. Irgendwann werden sie jemand anderen finden, den sie fertigmachen können, und dann wird diese ganze Rodeogeschichte vergessen sein.«

Wie aufs Stichwort rufen mir ein paar vorbeigehende Jungs Kommentare hinterher. Sachen wie: »Aufgesessen, Jungs! Wer reitet als Nächster?«

»Arschlöcher.« Das war Iris, denn ich tue das, was ich als Kind immer getan habe – ich versuche, mich ganz dünn zu machen, als könnte ich, wenn ich mich nur fest genug konzentriere, anfangen zu schrumpfen, bis ich die gleiche Größe habe wie alle anderen. Eine akzeptable Größe, was auch immer das ist. Eine, die nicht allen anderen Menschen solches Unbehagen bereitet.

Iris tippt meinen Arm an, als wolle sie mich daran erinnern, dass sie da ist und ich nicht allein bin, aber aus irgendeinem Grund macht mich das nur noch wütender. Ich habe nie darum gebeten, ihre Retterin und Beschützerin zu sein. Ich kann mich nicht mal selbst schützen. Sie stimmt das Lied des feigen Löwen aus *Der Zauberer von Oz* an, *Wenn ich doch nur mutig wär*, und so nervig das auch ist, muss ich zugeben, dass sie eine ziemlich gute Stimme hat.

Tipp.

Tipp.

Tipp.

Ich bleibe stehen. »Warum willst du überhaupt meine Freundin sein?« Ich übertöne ihren Gesang. »Weil ich mich einmal für dich eingesetzt habe? Weil du dich neben mir nicht ganz so schlecht fühlst? Oder weil dich in meiner Gesellschaft alle in Ruhe lassen und sich auf mich konzentrieren?«

Ihre Augen werden erst rund und dann schmal. Iris Engelbrecht starrt mich an, als zählte ich plötzlich zu den anderen Arschlöchern, die hier rumlaufen. »Weil ich dich, wenn du gerade keine Idiotin bist, richtig mag. Weil du, abgesehen von deiner Blödheit gerade, so bist, wie ich gern wäre.« Und damit rauscht sie ab.

»In der Not frisst der Teufel Fliegen«, kräht Kendra Wu, als sie mit Caroline Lushamp vorbeistolziert.

Ich stehe da, die Hand an der Klassentür, und rufe: »Was soll das heißen?«

Sie gehen weiter, aber Caroline dreht sich zu mir um, und natürlich geht sie rückwärts genauso elegant wie vorwärts. »Sie will damit sagen, dass du nicht alle Brücken abbrennen solltest, wenn du auf einer Insel stehst.« Und dann grinst sie das hämischste Grinsen, das ich je gesehen habe.

Im Fahrunterricht fragt Mr Dominguez: »Libby? Würdest du dich dann auch zu uns gesellen?«

»'tschuldigung.« Ich höre auf, ins Leere zu starren.

Bailey steckt mir einen Zettel zu. *Bist du okay?*

Statt zu antworten sitze ich da und tue so, als würde ich dem Unterricht folgen, und als Mr Dominguez sagt: »Nächste Woche ist die erste Fahrstunde dran« – der Augenblick, auf den ich mein ganzes kurzes, trauriges Leben lang gewartet habe –, ist es, als säße ich in einem anderen Raum, in einer anderen Schule, weit, weit weg.

JACK

Ich bin nach der dritten Stunde auf der Toilette, als zwei Typen hereinkommen, beide weiß, beide undefinierbar, abgesehen davon, dass einer von ihnen ein verdammter Riese ist und der andere etwa meine Größe hat. Sie schließen die Tür hinter sich. Das verheißt nichts Gutes, denn solange ich auf dieser Schule bin, ist diese Tür noch nie geschlossen gewesen.

»Alles klar?« Ich nicke ihnen zu und tue so, als ob nichts wäre, aber auch wenn ich ihre Gesichter nicht erkenne, erkenne ich ihre Gefühle. Sie sind stinksauer. Ich schlendere zur Tür und versuche, so sorglos auszusehen, wie es in so einer Situation überhaupt geht, aber der Kleinere der beiden versperrt mir den Weg.

»Als du mit meiner Freundin rumgemacht hast, hab ich drüber hinweggesehen. Aber dass du ohne Grund über mich und meine Jungs herfällst und versuchst, uns kurz und klein zu hauen? Das geht nicht, Mann. Du legst dich nicht mit Leuten an, die ich liebe.«

Das verrät mir, dass es höchstwahrscheinlich (vermutlich) Reed Young ist, und der Typ hinter ihm ist auf jeden Fall (vermutlich) Moses Hunt. Ich fühle mich kühn genug, um zu erwidern: »Du willst also sagen, dass du ihn liebst?« Ich deute mit einem Nicken auf Moses.

Da stürzen sich die beiden auf mich. Noch eine Prügelei

stehe ich nicht durch, deshalb ducke ich mich, und Höchstwahrscheinlich-Reed-Young legt sich lang, während Höchstwahrscheinlich-Moses-Hunt gegen die Wand prallt. Ich reiße die Tür auf und bin draußen. Ich renne nicht. Ich doch nicht. Ich brenne nur eine Spur in den Boden von hier bis zur Eingangshalle.

Seit es Menschen gibt, sind sie darauf angewiesen, Gesichter zu erkennen, um zu überleben. Zur Zeit der Höhlenmenschen konnten Leben und Tod eines Menschen davon abhängen, ob er Gesichter erkennen konnte. Man musste seinen Feind kennen. Und hier bin ich und schaffe es kaum lebendig aus einer Highschool-Toilette.

LIBBY

Mr Levine (türkisblaue Fliege, türkisblaue Sneakers) sitzt auf der Zuschauertribüne und wartet schon auf uns, als wir in die alte Turnhalle einmarschieren. Wir nehmen unsere üblichen Plätze ein, und sobald wir es uns bequem gemacht haben, springt er auf die Füße. »Heute versuchen wir mal etwas anderes.« Das sagt er jeden Tag.

Bislang haben wir gesungen, eine Art Hindernislauf gemacht (wobei wir an jeder Station anhalten mussten, um über ein bestimmtes Gefühl zu reden oder über Möglichkeiten, unser Verhalten zu ändern) und eine Szene aus *Star Trek* nachgespielt (in der zwei Feinde zusammenarbeiten müssen, um zu überleben). Mr Levine nennt das *teambildende Übungen.*

Aber diesmal verlässt er die Turnhalle.

Wir warten. Als Mr Levine nicht zurückkommt, fragt Travis Kearns: »Können wir gehen?«

In dem Augenblick wird die Turnhalle dunkel, nur durch ein paar schmale Fenster ganz oben unter der Decke fällt ein wenig Licht. Eine Sekunde später beginnt der Raum sich in herumwirbelnden Lichtpunkten zu drehen – pink, orange, grün, gelb, blau. So stelle ich mir eine 70er-Jahre-Disco vor.

»Was zum …?«

Aber Travis redet nicht aus, weil ein Song aus den Lausprechern dröhnt, so laut, dass ich mir fast die Ohren zuhalte. Es ist die schmalzigste 80er-Ballade, die man sich vorstellen kann, und jetzt fehlen nur noch ein DJ und eine Ansteckblume an meinem T-Shirt.

Mr Levine kommt wieder herein und sagt: »Auf die Beine.« Er wedelt mit der Hand, als wäre er eine Art Dirigent und wir sein Orchester. »Auf, auf. Die Zeit läuft. Arbeiten wir an unserem Selbstwertgefühl.«

Einer nach dem anderen steht auf. Keshawn und Natascha fangen zum Spaß an, miteinander zu tanzen. Als sie aufhören, sagt Mr Levine: »Macht weiter. Ja, es ist wirklich so einfach. Und jetzt noch die anderen.«

Travis Kearns fordert Maddy auf, die hübsch, aber schüchtern ist. Sie starrt die ganze Zeit auf ihre Füße. Obwohl weniger Mädchen als Jungs da sind, fordert mich niemand auf. Andy Thornburg tanzt Walzer mit einer unsichtbaren Partnerin, *denn offensichtlich ist es besser, allein zu tanzen als mit mir.* Meine Brust flattert. Das erste Anzeichen von Panik.

Mr Levine sagt: »Fordere sie auf, Jack.«

»Was?«

»Du hast mich gehört.«

Jack sieht mich an, und ich sehe ihn an.

»Bevor das Lied zu Ende ist, wenn ich bitten darf.«

Wir stehen einfach da, und jetzt sind meine Handflächen feucht – das zweite Anzeichen von Panik. Das nächste wird dieser seltsame Druck in meiner Brust und in meinem Kopf sein, als würde ich von einer riesigen Boa Konstriktor zerquetscht. Dann wird alles langsam dunkel und verschwommen werden, und ich werde schrumpfen, bis ich eine normalgewichtige Person bin, und dann werde ich noch weiter schrumpfen, bis ich so klein bin, dass jeder mich zertreten kann.

Schließlich nimmt Mr Levine eine Fernbedienung aus der Tasche und drückt darauf, und der Song fängt von vorne an. Alle stöhnen. »Ich kann das den ganzen Tag machen. Mein Handyakku ist voll geladen, und da sind noch viel mehr Lieder in der Art drauf. Sogar noch schlimmere.«

Ich sehe Jack an, und er sieht mich an. Die Lichter hüpfen über sein Gesicht und färben seine Augen grün, braun, blau, golden, als wäre er ein Chamäleon.

Er reicht mir die Hand. Ich nehme sie. Weil wir müssen. *So habe ich mir meinen ersten Tanz an dieser Schule nicht vorgestellt.*

Wir legen ungeschickt unsere Hände zusammen und stehen so weit voneinander entfernt wie möglich, als würde jemand ein Lineal – oder eher einen Zollstock – zwischen uns halten. Wir tapsen vor und zurück, als wären wir aus Holz, starren an die Decke, auf den Boden, an die Wände, auf die anderen, überallhin, nur nicht dem anderen ins Gesicht.

Der Song wird immer kitschiger, die Lichter wirbeln umher, seine Augen leuchten grün/braun/blau/golden, und plötzlich muss ich an meine Handflächen denken. Wie verschwitzt sie sind. Ich kann regelrecht hören, wie Jack Masselin seinen Freunden von meinen verschwitzten Handflächen erzählt und davon, wie es war, als er mit der Fetten tanzen musste.

Jack sagt: »Das hier könnte mich gerade von jeder zukünftigen Tanzveranstaltung an dieser Schule abschrecken.«

Mein erster Gedanke ist, dass er von mir oder meinen feuchten Händen redet, deshalb sage ich: »Also, ich habe auch nicht gerade den Spaß meines Lebens.«

»Ich meinte nicht, dass *du* mich abschreckst. Obwohl du mich jetzt gerade wirklich abschreckst.«

»Entschuldige.« Mir geht auf, dass er das Lied und das Licht und Mr Levine meinte, der da steht wie der unerbittlichste Anstandswauwau der Welt.

Wir tanzen jetzt in einer Art Wiegeschritt, und es ist gar nicht mal *so* schlimm. Es ist das erste Mal, dass wir uns berühren, ohne dass ich ihn schlage oder davon abhalte, jemand anderen zu schlagen.

Ich sage: »Das ist meine erste Tanzveranstaltung an dieser Schule.«

»Ah.«

»Na ja, zumindest näher dran, als ich je gewesen bin. Fühl dich nicht unter Druck gesetzt.«

»Ach was. Ich leide nur unter extremen Versagensängsten. Der Traum eines jeden Mannes.«

»Du tanzt gar nicht so schlecht.«

»Jetzt schießt mein Selbstvertrauen aber in die Höhe!«

»Ich hatte es mir nur nicht so vorgestellt.«

»Okay, was kann ich tun, um das zu ändern?«

»Äh …«

»Du siehst heute Abend wirklich bezaubernd aus.«

In der Sekunde, die ich brauche, um zu verstehen, dass er spielt, wachsen meine Beine wie Wurzeln in den Boden. Jack hält mich fester und schubst mich sozusagen wieder in Bewegung.

Er sagt: »Vor allem in dem Kleid. Die Farbe bringt deine Augen so gut zur Geltung.«

»Äh.« *Denk nach.* »Die Verkäuferin hat sie schokoladenbraun genannt.« *O Mann. Was?*

»Bernstein trifft es besser.«

Und er schaut mir in die Augen, als wäre ich das Einzige, was er sieht. Ich denke: *Er ist echt ein guter Schauspieler,* während ich Gänsehaut an der unteren Wirbelsäule bekomme, die mir erst den Rücken hochschießt, und dann über die Schultern und beide Arme hinunter.

Plötzlich tanzen wir enger, und ich bin mir nicht nur seiner Hände, sondern jedes einzelnen Fingers bewusst, der mich mit ihm verbindet, und seiner Beine, die gegen meine stoßen. Ich will mich an ihn lehnen und seinen Duft einatmen und meinen Kopf an seine Schulter legen oder seinen Hals küssen. Hinterher wird er mich nach Hause bringen und mich auf der Schwelle küssen, erst sanft, dann immer heftiger, bis wir ins Gebüsch fallen und uns durch den Vorgarten rollen.

Plötzlich hört das Lied auf, ein schnellerer Song beginnt, und meine Augen springen auf. Wir lösen uns sofort voneinander, und Jack wischt sich die Hände an der Jeans ab. *Verdammt.*

Mr Levine ruft: »Nicht aufhören! Das ist ein Tanzwettbewerb! Los, los, los!« Und er tanzt wie ein Verrückter. Einen Moment lang starren wir ihn alle nur an. Das ist echt ein *Spektakel.* Der Mann besteht nur aus Armen und Beinen und schwingenden Haaren. »Je länger ihr rumsteht, desto länger sind wir hier. Ich bekomme noch mindestens drei Songs von euch.« Und es geht wieder von vorne los.

Jack Masselin sagt: »Scheiße.« Und setzt sich in Bewegung.

Na klar, denke ich. *Natürlich kann er tanzen.* Und weil er der Anführer ist, tanzen die anderen auch. Erst Andy und dann Keshawn, Natasha, Travis und sogar Maddy. Jack Masselin ist aber nicht mein Anführer, und deshalb bleibe ich stehen.

Mr Levine startet den Song von neuem. »Das mache ich so lange, bis sich alle bewegen.«

Es ist eine Sache, sich in einem nahezu leeren Park mit Rachel im Kreis zu drehen, aber es ist eine andere, auf dem Schulgelände herumzuwackeln und zu hüpfen, vor meinem Beratungslehrer und meinen Mitschülern, wenn sie auch allesamt Missetäter sind. In diesem Moment beginnt mein Traum von den Darlings zu wanken, denn das Vortanzen dort wird so viel schlimmer sein als das hier. Das Vortanzen bedeutet, dass Heather Alpern und ihre Teamkapitäninnen – darunter Caroline Lushamp – an einem Tisch sitzen und mir zuschauen. Wenn ich überhaupt in der Lage bin, über die potentielle Demütigung dieses Moments hier hinwegzukommen, wie soll ich je in einem Kostüm vor der ganzen Schule tanzen?

Aber ahhhhhh, dieser Song. Er ist so … ich merke, dass ich mit dem Fuß wippe und mit dem Kopf nicke. *Nein,* denke ich. *Libby, das geht nicht.* Aber der Song ist … o Gott. Ich fühle, dass meine Hüften sich bewegen. *Nein, nein, nein. Tu es nicht.*

Aber ich bin lebendig. Ich bin hier.

Wir wissen nie, wie viel Zeit wir noch haben. Wir haben nie eine Garantie auf morgen. Ich könnte genau jetzt, genau hier sterben.

Es könnte in diesem Moment vorbei sein.

Sie ist aufgewacht wie an jedem anderen Tag, genau wie ich, genau wie Dad. Wir dachten, es sei ein gewöhnlicher, normaler Tag. Keiner von uns wusste, dass dies der schlimmste aller Tage werden würde. Wenn wir es gewusst hätten, was hätten wir getan? Hätten wir sie ganz fest umarmt und versucht, sie bei uns zu behalten?

Der Song beginnt wieder von vorne. Keshawn sagt: »Jetzt komm schon, Libby. Verdammt.«

Was würde Mom wollen, das ich jetzt tue? Wenn sie mich sehen könnte, was würde sie sagen?

Und dann fängt Jack Masselin plötzlich mit diesen Tanzschritten an, Keshawn und Natasha tanzen eine Art Choreographie, und Mr Levine wirft die Beine hoch, als wäre er Heather Alpern, die ehemalige Tänzerin bei den *Rockettes*. Sogar die schüchterne kleine Maddy wippt mit den Schultern.

Bleib still. Warte, bis der Song vorbei ist. Tu es nicht, Libby.

Aber ich ahne, dass mein Körper über mein Gehirn siegen wird, und genau das passiert. *Tanzen liegt mir im Blut.* Plötzlich bin ich da, winke mit den Armen, wackle mit dem Po, schwinge meine Haare. Ich hüpfe ein bisschen, und als der Turnhallenboden nicht einbricht, hüpfe ich noch ein bisschen mehr.

Jack fängt ebenfalls an zu hüpfen, und bevor ich mich zurückhalten kann, fange ich an, mich zu drehen. Jack ruft: »Wie nennt man diesen Choreographie?«

Ich rufe das Erste, was mir einfällt: »The Merry-Go-Round!«

Ich drehe und drehe mich, und dann drehen sich Mr Levine und Jack und alle anderen, und die Lichter drehen sich auch, bis die ganze Turnhalle kopfsteht.

Heather Alpern ist noch in ihrem Büro. Sie sagt: »Libby, richtig?« Ihre Stimme klingt warm, wie Honig.

»Ich habe gehört, dass Terri Collins wegzieht, und ich habe mich gefragt, ob es ein Vortanzen für die Darlings geben wird.« Ich bin immer noch ganz rot und total elektrisiert vom Tanzen. Ich würde am liebsten auf ihren Schreibtisch klettern und ihn zu meiner Bühne machen und das Vortanzen an Ort und Stelle abhalten, aber ich übergebe ihr nur meine Bewerbung.

»Ganz herzlichen Dank.« Sie lächelt, und ich muss wegschauen, weil sie einfach zu schön ist. »Ich werde nächste Woche den Termin für das Vortanzen bekanntgeben.«

Draußen fängt es an zu regnen. Der Parkplatz ist leer, und Dad ist noch nicht da, deshalb lehne ich mich an die Wand, wo ich nicht nass werde, obwohl ich nichts schlimmer finde, als an einem Gebäude zu lehnen wie die Libby aus der fünften Klasse, die vom Schulhof verbannt wurde.

Nach einer Minute kommt eine alte Karre, die wie ein Jeep aussieht, angerumpelt. Das Fenster auf der Fahrerseite wird heruntergekurbelt, und Jack Masselin fragt: »Kann ich dich mitnehmen?«

»Nein.«

»Willst du dann wenigstens hier drin warten?«

»Ist schon in Ordnung.«

Aber in dem Moment teilt sich der Himmel, und das Wasser schüttet herunter. Ich laufe zum Auto, er macht die Tür auf, und ich klettere so graziös wie möglich hinein, was leider bedeutet, dass ich ständig abrutsche, meine Schuhe auf der Fußmatte quietschen und meine Haare an meinem Gesicht kleben. Ich knalle die Tür zu, und da bin ich, schnaufend und riesig und nass bis auf die Haut, auf dem Vordersitz von Jack Masselins Land Rover. Ich spüre überdeutlich, dass alles an mir tropft. Meine Haare, meine Hände, meine Jeans. Dies ist eine der Gelegenheiten, bei denen ich nicht verdrängen kann, dass ich zu viel Raum einnehme.

Ich sage: »Netter Wagen.« Die Innenausstattung ist eine Art dunkles Orange-Rot, und es ist alles sehr einfach und abgenutzt.

Aber eins ist klar: *Ich sitze in dem Auto eines ziemlich coolen Typen.*

»Sieht aus wie so ein Teil, mit dem man auf Safari geht.«

»Danke.«

»Laster? Auto? Wie genau nennt man das?«

»Wie wäre es mit dem krassesten Schlitten in Amos?«

»Wir wollen mal nicht übertreiben.«

JACK

Ich stelle die Heizung an, und jetzt beschlagen die Fenster.

Sie sagt: »Ich habe angenommen, alle wären schon weg.«

»Ich wollte gerade los, aber dann hab ich dich gesehen. Ich dachte, du bräuchtest vielleicht eine Mitfahrgelegenheit oder zumindest ein Dach überm Kopf.«

»Normalerweise ist mein Dad pünktlich.« Sie holt ihr Handy aus der Tasche und schaut darauf, und ich kann ihre Sorge sehen, obwohl sie versucht, sich nichts anmerken zu lassen.

»Er kommt bestimmt gleich.«

Wir sitzen da und sehen zu, wie der Regen runterstürzt. Die Musik läuft leise, und die Fenster sind beschlagen. Wenn sie Caroline wäre, würden wir jetzt knutschen.

Ich stelle mir vor, mit Libby Strout zu knutschen.

Was zur Hölle?

Ich sage mir: *Du hast gesehen, WIE SIE VON EINEM KRAN AUS IHREM HAUS GEHOBEN WURDE.* Aber dann stelle ich mir noch ein bisschen mehr vor, mit ihr zu knutschen.

Hör auf, dir vorzustellen, mit Libby Strout zu knutschen.

Ich sage: »Darf ich dich was fragen? Wenn du einen Test machen könntest, um herauszufinden, ob du das hast, was deine Mom hatte, würdest du ihn machen?«

Sie legt den Kopf schief und studiert das Armaturenbrett. »Nach ihrem Tod hat mein Dad mich zu einem Neurologen gebracht. Er hat gesagt: ›Ich könnte eine ganze Reihe Tests mit dir machen, um zu sehen, ob du Aneurysmen im Gehirn hast. Wenn ja, besteht die Möglichkeit, dass wir sie verschließen, damit sie später nicht zum Problem werden. Aber es gibt keine Garantie dafür, dass wir sie heilen können.‹ Mein Dad und ich fuhren nach Hause und redeten darüber. Ich war zu jung, um es ganz zu verstehen, also traf er die Entscheidung.«

»Hast du es gemacht?«

»Nein.«

»Und jetzt? Würdest du es jetzt tun?«

»Ich weiß nicht.«

Und obwohl wir jetzt über Hirnblutungen sprechen, muss ich *immer noch* daran denken, mit ihr zu knutschen. Also sage ich: »Mann, Mädchen, du kannst echt tanzen.«

Sie lächelt.

Ich lächle.

Sie sagt: »Ich habe gerade meine Bewerbung für die Darlings eingereicht.«

»Wirklich?«

Sie zieht eine Augenbraue hoch. »Tut mir leid, bist du schockiert?«

»Aber nur, weil ich mir nicht vorstellen kann, wie du in Formation tanzt. Ich verstehe nicht so richtig, was toll daran ist, Fahnen zu schwingen und das gleiche Kostüm wie dreißig andere Mädchen zu tragen. Ich sehe dich, wie du dein eigenes Ding machst. Wenn du mich fragst, du bist zu gut für die Darlings.«

»Danke.«

Sie öffnet ihren Rucksack und holt etwas heraus. Erst sieht es harmlos aus – nur ein zerknittertes Blatt Papier. Aber dann lese ich, was da steht: *Du bist nicht erwünscht.*

»Woher hast du das?«

»Aus meinem Fach.«

»Weißt du, wer es da reingesteckt hat?«

»Nein. Spielt das eine Rolle?«

Ich weiß, was sie meint. Nein, tut es nicht. Nicht wirklich. Der Punkt ist, dass es überhaupt geschrieben wurde, dass irgendjemand es denkt und zu ihr sagt.

»Menschen können toll sein, aber Menschen können auch echt mies sein. Ich bin oft mies. Aber nicht durch und durch. Du dagegen bist toll, Libby Strout.«

»Da wäre ich mir nicht so sicher. Aber das hier ist einer der Gründe, warum ich zu dem Vortanzen gehe.« Sie nimmt mir den Zettel aus der Hand und wedelt damit. »Sie können es mir noch so oft sagen, ich höre nicht zu.« Sie knüllt den Zettel zusammen und stopft ihn wieder in ihren Rucksack.

Ich sage: »Ich will dir auch etwas zeigen.«

Ich nehme mein Handy, öffne mein Mailprogramm und halte es ihr hin.

Sie liest die E-Mail laut vor. »›Lieber Jack.‹« Ich mag die Art, wie sie meinen Namen sagt. Also, ich mag das wirklich sehr. »›Danke, dass du mich kontaktiert hast. Wir würden dich sehr gerne testen. Wenn du nicht nach Hanover kommen kannst, schlagen wir vor, dass du dich bei Dr. Amber Klein, Abteilung für Hirnforschung, Kognitive Neurologie an der Universität von Indiana in Bloomington meldest. Beste Grüße, Brad Duchaine.‹«

Sie blickt auf. »Ist das wegen der Prosopagnosie?«

»Ja. Wenn du nicht gewesen wärst, hätte ich ihm nicht geschrieben.«

»Und machst du es?«

»Ich weiß nicht.« *Ja.*

»Brauchst du dafür nicht die Einwilligung deiner Eltern?«

»Ich werde bald achtzehn.«

»Wann?«

»Am ersten Oktober.«

Sie gibt mir mein Handy zurück, starrt wieder aufs Armaturenbrett und schaut mich dann mit großen Bernsteinaugen an.

»Dann lass uns hinfahren.«

»Was?«

»Sobald du achtzehn bist. Lass uns nach Bloomington fahren.«

»Wirklich?«

»Warum nicht?«

Bevor ich weiß, was passiert, greifen meine Augen nach ihren und ihre nach meinen. Über den Spalt zwischen den Sitzen hinweg halten unsere Augen Händchen. So sitzen wir da, bis uns das Geräusch einer Hupe zusammenzucken lässt.

Ich warte, bis sie weg sind, bevor ich zu Masselins Spielwaren fahre, wo ich so gutgelaunt eintreffe, dass ich sogar einigermaßen höflich zu meinem Vater bin. Es gibt mir einen kleinen Stich zu sehen, wie sehr ihn das überrascht, also gehe ich noch einen Schritt weiter und erzähle ihm von dem Roboter, den ich für Dusty baue. Er soll so groß werden wie Dusty, vielleicht noch größer. Er soll sprechen. Er wird der beste verdammte Roboter aller Zeiten.

Ich muss ihm zugutehalten, dass er höflich ist und mir Fragen stellt. Wir erwähnen Monica Chapman nicht. Wir erwähnen die

E-Mail nicht. Und für einen Augenblick denke ich: *Vielleicht bleiben wir einfach hier. Genau hier in diesem kleinen Radius, wo wir in Sicherheit sind. Vielleicht können wir einfach hier bleiben, so sicher, für immer.*

Als ich zwei Stunden später wieder in den Land Rover steige, riecht es darin immer noch nach ihr. *Sonnenschein.*

LIBBY

Nach dem Essen schauen Dad und ich mit George fern. Dad isst eine Traube nach der anderen, er legt den Kopf zurück, wirft sie in die Luft und fängt sie mit dem Mund auf, während George danach schlagen will. Ich genieße sie so, wie ich Essen genießen soll, das gut für mich ist. Ich beiße sie an, und sie explodiert in einen Schwall aus Köstlichkeit.

Ich habe gestrahlt heute. Ich habe die alte Turnhalle zum Leuchten gebracht. Du hättest mich sehen sollen! Ich hole jeden verpassten Augenblick aus der Zeit nach, als ich mich nicht bewegen oder aus dem Bett kommen konnte. Ich bin für das Tanzen gemacht! Warte nur, bis sie mich beim Vortanzen für die Darlings sehen. Ich werde es schaffen. Ich werde mir das Herz aus dem Leib tanzen, so dass die ganze Welt es sehen kann.

»Dieser Masselin … Ist da alles in Ordnung? Lässt er dich in Ruhe?«

»Er stört mich nicht.« *Jedenfalls nicht so.*

»Libbs, du weißt, dass du mit mir über alles reden kannst.«

Ich fühle, wie ich knallrot werde. *Kann Dad meine Gedanken lesen? Kann er sehen, dass ich genau in diesem Augenblick, während ich diese Trauben esse, Jack Masselin in Gedanken ausziehe?*

»Ich weiß, Dad.«

Zum ersten Mal in meinem Leben will ich nicht mit ihm reden. Nicht über Jack und nicht über die Briefe. Wenn ich es tue, werde ich wieder zu etwas, worum er sich sorgen muss, und das war ich schon lange genug.

»Ich denke darüber nach, am 1. Oktober die Schule zu schwänzen.« Nach dem Tod meiner Mom musste ich Dad versprechen, ihn immer auf dem Laufenden zu halten, wo ich gerade bin, und ich denke, in diesem Fall geht es in Ordnung. »Ein Freund von mir muss zur Indiana University, um an einer Studie teilzunehmen.«

»Wer ist dieser Freund?«

»Nur jemand von der Schule.« Ich sage nicht, dass es Jack ist. Ich finde, es reicht, dass ich hier sitze und meinem Vater erzähle, dass ich schwänzen will. »Er macht gerade viel durch. Ich will für ihn da sein.«

»Hast du an dem Tag irgendwelche Prüfungen? Irgendetwas, was du verpasst?«

»Nicht dass ich wüsste.«

»Ist das ein, äh … ist das ein …«

»Ein Date? Nein.«

Ich glaube nicht. Nein, nein, ist es nicht. Aber plötzlich frage ich mich: *Könnte es vielleicht eins werden?*

»Nein«, sage ich wieder. »Es war meine Idee, hinzufahren.«

Beinahe sage ich noch: *Ich denke auch darüber nach, ob ich mich testen lassen soll. Ich weiß, wir haben darüber geredet, als Mom gestorben ist, aber jetzt bin ich älter, und ich denke, dass ich es vielleicht tun sollte. Vielleicht mache ich mir dann nicht so viele Sorgen.* Ich werfe ebenfalls eine Traube in die Luft und verfehle meinen Mund. *Vielleicht mache ich mir dann aber auch noch mehr Sorgen, je nachdem, was dabei herauskommt.* Ich pflücke die Traube von meinem T-Shirt und runzele die Stirn. »Können wir vielleicht shoppen gehen?«

Er zieht eine Augenbraue hoch. »Für dein Nicht-Date?«

»Du musst ja nicht mitkommen. Du könntest mir einfach Geld leihen. Oder ich könnte mir einen Job besorgen.«

»Keinen Job. Nicht jetzt. Eins nach dem anderen.«

»Kannst du mir dann Geld leihen?«

»Hast du gemerkt, dass du mich gerade im selben Gespräch gefragt hast, ob du Schule schwänzen *und* Geld leihen kannst? Ist dir klar, dass ich der beste Dad der Welt bin?«

»Das ist mir klar.«

Er legt den Kopf zurück, und ich werfe eine Traube für ihn. Ich werfe eine Traube für George, und er schleudert sie quer durch den Raum. Ich werfe eine Traube für mich, und diesmal fange ich sie wie ein Profi.

In meinem Zimmer nehme ich mein Handy und lehne mich an das Kopfteil meines Betts. Ich rufe Bailey an, denn das machen echte, nicht eingebildete Freunde doch so. Als sie drangeht, frage ich: »Was hältst du von Jack Masselin?«

»Als Mensch oder als Typ?«

»Beides.«

»Ich glaube, dass er im Grunde ein guter Mensch ist, dem manchmal die richtige Einschätzung fehlt. Und als Typ finde ich, dass er süß und witzig ist und das auch weiß, aber er ist nicht so ein Blödmann wie viele andere. Warum?«

»Och, nur so.«

»Ich will dir nicht sagen, was du fühlen sollst, Libbs, aber er und Caroline sind eins von diesen ewigen Paaren. Selbst wenn sie nicht zusammen sind, sind sie irgendwie zusammen, und ich würde mich hüten, auch nur in seine Nähe zu kommen. Du riskierst nur ein gebrochenes Herz.«

»Ich sage ja nicht, dass ich Interesse habe.«

Aber habe ich?

Ich wechsle das Thema und rede über Terri Collins und die Darlings, und Bailey erzählt von einem Typen, den sie mag, der in New Castle wohnt. Wir reden eine Weile, und danach gehe ich auf Iris' Instagram Account und markiere ihre neuesten Posts mit *gefällt mir*. Ich picke einen heraus und schreibe einen Kommentar dazu, und beinahe belasse ich es dabei. Aber dann beschließe ich, sie anzurufen. Ich lande direkt in der Mailbox und hinterlasse eine ausschweifende Entschuldigung. Sie ruft sofort zurück, und obwohl ich eigentlich nicht will, gehe ich dran, weil ich schließlich keine Insel bin.

JACK

Zu Hause finde ich Mom-mit-hochgestecktem-Haar in ihrem Büro vor, vor offenen Gesetzbüchern und summendem Laptop in die Arbeit vertieft. Ich klopfe an die Tür. »Ältester Sohn meldet sich gehorsamst zum Dienst!«

Sie schenkt mir einen Mom-Blick. »Hast du den Tag überstanden, ohne jemandem zu belästigen oder zur Direktorin geschickt zu werden?«

»Ja, habe ich.« Ich hebe triumphierend die Arme, als hätte ich gerade eine Ziellinie überquert.

»Gut gemacht. Dann wollen wir hoffen, dass wir noch mehr solcher Tage erleben.« Sie hebt eine Hand mit gekreuzten Fingern, während sie mit der anderen die Stelle in dem Buch markiert, bis zu der sie gerade gelesen hatte. »Übrigens ist ein Paket für dich gekommen. Es liegt in der Küche. Hast du etwas bestellt?«

»Nur Sachen für die Schule.« Ich hoffe, das wertet sie als Beweis, dass ich ein neuer, verbesserter Jack bin, der seine Lektion gelernt hat.

Ihr Handy klingelt, und sie schüttelt den Kopf. »Vielleicht könntest du Pizza oder so was zum Abendessen besorgen. Es sei denn, dein Dad kann irgendwas aus dem Hut zaubern.«

»Ich glaube, er ist noch nicht da.«

Ihr Gesicht wird ausdruckslos, und damit sie jetzt nichts sagt, und weil sie so hart arbeitet und er so eine Laus ist, und weil sie es nicht verdient hat, sich seinetwegen schlecht zu fühlen, laufe ich um ihren Tisch herum und drücke ihr einen Kuss auf die Wange. »Eine Portion Unwiderstehlichkeit für dich, Mom. Ich hab nämlich mehr als genug davon. Und noch ein bisschen, das hilft dir bei deinem Fall auf die Sprünge.« Ich umarme sie. Es ist nicht viel, aber es bringt sie zum Lachen, auch wenn sie mich wegschiebt.

In meinem Zimmer öffne ich das Paket. Zwei Bücher von Oliver Sacks, eine großformatiges Heft über visuelle Wahrnehmung mit dem Titel *Gesicht und Gedanke* und eine Biographie über den prosopagnostischen Maler Chuck Close, der für seine Porträts berühmt und ein echt krasser Typ ist. Er sitzt im Rollstuhl, hat eine kaputte Hand *und* ist gesichtsblind, aber er malt einfach verdammt gute Bilder:

Er fotografiert das Gesicht.

Dann kartographiert er das Gesicht, indem er ein Raster darüber legt.

Schließlich rekonstruiert er das Gesicht Stück für Stück auf Leinwand mit Ölfarben, Acryl, Tinte, Kohle oder Buntstiften.

Seiner Meinung nach geht es immer ums Gesicht.

Nur ums Gesicht.

Weil das Gesicht die Landkarte des Lebens ist.

LIBBY

Ich schreibe Jayvee eine Nachricht. Unsere Konversation beginnt wie üblich mit Atticus Finch.

ICH: *Stell dir mal vor, Atticus Finch wäre dein Vater.*

JAYVEE: Bin ich Scout oder Jem?

ICH: Egal. Meinetwegen Jayvee. Jayvee Finch.

JAYVEE: Von den philippinischen Finchs. Weiter.

ICH: Stell dir vor, dass es in der Familie eine Erbkrankheit gibt, und als du klein warst, hat Atticus beschlossen, dich nicht testen zu lassen.

JAYVEE: Atticus hat meistens recht. Gibt es eine Behandlungsmöglichkeit?

ICH: Nicht wirklich.

JAYVEE: Und jetzt bin ich erwachsen und stelle Atticus' Entscheidung in Frage?

ICH: Eventuell.

JAYVEE: Wie alt bin ich jetzt?

ICH: So alt wie wir.

JAYVEE: Ich würde vermuten, dass der alte Atticus seine Gründe hatte. Immerhin ist es Atticus Finch.

Fünf Sekunden später:

JAYVEE: Aber es hat auch etwas für sich, eine eigene Entscheidung zu treffen.

Wie man einen Roboter baut

von Jack Masselin

1. So viele Legoteile und andere Materialien sammeln wie möglich.
2. Eine Skizze anfertigen.
3. Die ganzen *Wie baut man einen Lego-Roboter*-Websites ignorieren, weil dieser Roboter für Dusty ist, und der hat etwas Einzigartiges verdient, was nie zuvor gebaut wurde.
4. *Der Tag, an dem die Erde stillstand* noch einmal anschauen (das Original, nicht das Remake), zu Aufschiebe- und Inspirationszwecken.
5. Alles Brauchbare, was sich finden lässt, vom Schrottplatz mitnehmen.
6. Fehlende Teile bestellen (wenn auf dem Schrottplatz nicht zu finden) – Micro-Controller, Steckplatinen, Schaltkarten, Batterien, Schaltdrähte, Zahnradmotoren, kraftbetriebene Heber, Lautsprecher, Infrarotreceiver, Drehservos, alle möglichen Klammern und Metallteile, elektrische Laubsäge usw.
7. Skizzen anfertigen, die dem Roboter sagen, was er tun soll. Also quasi sein Gehirn programmieren.

Als ich sechs war, kletterte ich auf das Dach unseres Hauses, weil ich ein Superheld sein wollte. Ich war Iron Man in meinem

Iron-Man-Anzug, allerdings trug ich in Wahrheit ein T-Shirt und eine Badehose, was bedeutete, dass ich, statt zu fliegen, kopfüber auf den Boden fiel und mir den Schädel aufschlug. Siebenundsechzig Stiche. Konnte ich vorher Gesichter erkennen? Ich weiß es nicht mehr.

8. Ihm ein gutes Gehirn geben. Ein vollständiges, voll funktionsfähiges, normales, gewöhnliches Gehirn.

EINE WOCHE SPÄTER

JACK

Der erste Oktober ist ein Dienstag. Ich stelle mich krank und verstecke die Autoschlüssel, damit Marcus nicht mit dem Land Rover zur Schule fahren kann. Als ein großer Junge mit Zottelhaaren in mein Zimmer kommt und mich anschreit, vermute ich, dass er es ist. »Ich weiß, dass du den Schlüssel hast, du Penner.«

Ich huste laut.

Er durchwühlt meinen Kram – Bücherregale, Schubladen, Schrank. Er hebt meine Jeans vom Boden auf und durchsucht die Taschen.

Ich bekomme einen Hustenanfall, als hätte ich Tuberkulose, bis eine Frau in der Tür auftaucht und wissen will, was in drei Teufels Namen hier los ist.

Statt zu antworten, huste ich mich heiser, woraufhin sie auf die Tür zeigt und dem großen Zotteljungen befiehlt, nach unten zu gehen. JETZT. Die Frau fragt: »Brauchst du noch irgendwas, bevor wir gehen?«

»Ich werde schon klarkommen.« Es ist gar nicht meine Absicht, aber ich klinge wie ein Märtyrer. Ich huste noch ein bisschen.

Dann ist sie weg, und ich liege ganz still und lausche auf die Aufbruchsgeräusche von unten.

Ich höre, wie die Haustür zugeschlagen wird, und bleibe noch eine Minute liegen. Ich höre, wie ein Motor anspringt, und dann bin ich aus dem Bett und am Fenster und zähle die Menschen da unten. Die Frau steigt mit einem Kleinen in ein Auto, und der Mann mit den dicken, dunklen Haaren steigt mit dem großen Zotteljungen in ein anderes. Ich sehe zu, wie sie die Straße entlangfahren und am Ende des Blocks in verschiedene Richtungen abbiegen. Und dann setze ich mich in Bewegung. Ich hole den Autoschlüssel unter der Matratze hervor, schlüpfe in Jeans und Sweatshirt, renne die Treppe runter, stopfe mir einen Bagel in den Mund, springe in den Landrover und düse quer durch die Stadt zu Libby.

Libby wohnt in einem Stadtteil, in dem die Straßen voll von diesen neuen Häusern sind, die alle gleich aussehen. Nichts unterscheidet ihr Haus von den anderen, abgesehen von dem Mädchen, das darin wohnt. Sie wartet an der Straße auf mich. Sie trägt ein lilafarbenes Kleid, das aussieht wie etwas, was eine *Frau* tragen würde, hier gerafft, da weit, da eng anliegend. Ihre Haare sind offen und von der Sonne erleuchtet.

Ich kann Schönheit erkennen. Je symmetrischer ein Gesicht ist, desto durchschnittlicher sieht die Person für mich aus, weil sie so *gleich* auf mich wirkt, auch wenn andere Leute sie attraktiv finden. Ein Mensch muss etwas Einzigartiges an sich haben. Libbys Gesicht ist symmetrisch, aber ihre Schönheit hat nichts mit Gleichförmigkeit zu tun. Das stelle ich fest, als sie die Tür öffnet und ins Auto steigt. Sie ist anmutig, vor allem für jemanden mit ihren Ausmaßen. Sie schwingt sich herein wie Tarzan, schiebt die Schuhe von den Füßen und wackelt mit den Zehen. Ihre Zehennägel sind auch lila.

Ich sage: »Du siehst toll aus.«

Sie sieht mich mit schiefgelegtem Kopf an: »Flirtest du etwa mit mir, Jack Masselin?«

»Ich spreche nur das Offensichtliche aus.«

Sie streicht sich die Haare vors Gesicht, und ich würde gern sagen: *Tu das nicht. So verschwindest du vor meinen Augen.* Aber dann sehe ich, dass sie es sich anders überlegt – vielleicht fällt ihr ein, dass ich das schon einmal zu ihr gesagt habe –, und sie lässt sie wieder über die Schultern fallen.

Dann drückt sie mir ein in Weihnachtspapier verpacktes Päckchen mit etwa fünfzig kleinen Schleifen darauf in die Hand. »Alles Gute zum Geburtstag. Wie du siehst, mag ich Weihnachtspapier am liebsten.«

»Das wäre doch nicht nötig gewesen.«

»Finde ich schon. Mach auf.«

Ich reiße das Papier auf, und Schleifen fliegen durch die Luft. Sie hebt eine auf und klebt sie sich aufs Haar, über dem linken Ohr. Sie hebt eine andere auf und klebt sie aufs Knie meiner Jeans. Ich nehme eine und klebe sie mir auf die Nasenspitze, und dann nehme ich noch eine und klebe sie ihr auf die Nasenspitze.

Hinter der Schleife sagt sie: »Mach auf.«

Es ist ein Buch. *Wir haben schon immer im Schloß gelebt* von Shirley Jackson. Ich verliere kurz die Fassung. Ich frage mich, ob sie es weiß. Sie muss wissen, dass ich es war, der ihr dieses Buch ins Krankenhaus geschickt hat. Ich sehe sie an, aber sie hat dieses breite, offene Lächeln im Gesicht, und ich sehe: Nein, sie weiß es nicht.

Ich blättere durch das Buch. Es ist nicht die Ausgabe, die ich ihr vor Jahren geschickt habe, aber auch diese ist zerfleddert und wurde offenbar mehrmals gelesen.

»Ich war nicht sicher, was ich dir schenken sollte, denn was schenkt man jemandem, der alles hat, einschließlich Gesichtsblindheit? Deshalb dachte ich, ich schenke dir etwas, was ich selbst mag. Es ist mein Lieblingsbuch. Du musst es nicht lesen, aber das Mädchen, Mary Katherine - sie nennen sie Merricat - erinnert mich, an, äh, na ja, mich. Und … ich weiß nicht. Ich dachte, du würdest dich vielleicht auch in ihr wiederfinden.«

»Ich werde es lesen.« Ich lächle sie an. »Danke.«

Sie lächelt zurück. »Gern geschehen.«

Und wir haben eine Art romantischen Moment. Plötzlich ist die Luft nicht nur voller Schleifen, sondern mit einer Art elektrischem Strom erfüllt, der ihren Sitz mit meinem verbindet.

Doch dann tut sie das Unmögliche - sie durchtrennt den Stromfluss, indem sie etwas sagt. »Also, bist du bereit?«

»So bereit, wie ich nur sein kann.«

Anfangs bin ich total aufgedreht. Ich quassele ununterbrochen und erzähle ihr von jedem Online-Test, den ich gemacht habe, und von diesem Typen mit Prosopagnosie namens Bill Choisser, der in San Franciso lebt, ein alter, bärtiger Typ, der ein Buch über Gesichtsblindheit geschrieben und ins Internet gestellt hat, damit alle es lesen können. Und über die Auswirkungen, die Gesichtsblindheit auf die Schule, die Arbeit, Beziehungen und das Leben haben kann.

Aber je näher wir Bloomington kommen, desto stiller werde ich. Ich fühle, wie die Aufregung der Nervosität weicht. *Was werde ich erfahren? Wird Dr. Amber Klein mir helfen können? Sollte ich nicht vielleicht lieber nach New Hampshire fahren und mich von diesem Brad Duchaine untersuchen lassen? Was, wenn dieser Trip reine Zeitverschwendung ist? Was, wenn sie mir sagen, dass ich eine schreckliche Krankheit habe? Was, wenn sie herausfinden, dass es keine Gesichtsblindheit, sondern ein Hirntumor ist?*

»Ich kann quasi *fühlen,* was du denkst.«

Ich sehe sie an.

»Hast du vergessen, dass ich hier bin?«

Ich war so tief in dem Wald meiner Gedanken, dass ich es beinahe wirklich vergessen hätte.

»Entschuldige.«

Wir fahren an einem Schild vorbei: BLOOMINGTON … 10 MEILEN. Ich spüre, wie mein Magen nach unten rutscht und irgendwo neben dem Gaspedal landet.

»Besitzt dieses Fahrzeug ein Radio?«

»Besitzt es ein Radio! Was denkst du denn? Herr im Himmel.« Ich haue auf einen Knopf. Musik erfüllt den Land Rover und nimmt den ganzen Raum zwischen uns ein. Ich versuche, mich auf den Text und die Melodie zu konzentrieren, aber dann sucht sie nach einem anderen Sender, und es klingt wie die akustische Version meines Gehirns – Wortfetzen, Melodiefetzen, Augenblicksfetzen, Gedankenfetzen.

Endlich findet sie einen Song, der ihr gefällt, und dreht ihn auf volle Lautstärke.

»*Disco?* Verdammt, willst du mich umbringen?« Ich greife nach dem Tuner, aber sie schiebt meine Hand weg. Ich halte ihre Hand fest, sie versucht, sie abzuschütteln, und dann geht es plötzlich nicht mehr darum, die Musik abzustellen, sondern darum, sie zu berühren. Unsere Hände flirten. Schließlich umfasst sie meine Finger und hält sie fest. Elektrischer Strom fließt aus meinem Daumen, meinem kleinen Finger und allen Fingern dazwischen. Ich huste, denn: *Was zum Teufel passiert hier?* Ich sage zu meinem

Auto: »Es tut mir so leid, dass dir das passieren muss, meine Süße. Es tut mir leid, dass du dir je diesen Song anhören musstest. Es tut mir leid, dass ich mir je diesen Song anhören musste. Es tut mir leid, dass ich ihn immer noch höre.«

Libby ruft: »Waaas? Ich kann nichts hören, weil ich gerade so laut singe und dieser Beat so unglaublich gut ist!«

Jetzt singt sie mit voller Lautstärke UND tanzt. Sie lässt meine Hand los und brüllt: »Spontane Tanzparty!« Sie singt weiter und tanzt so raumgreifend, als stünde sie auf einer Bühne.

»I love to love, but my baby just loves to dance, he wants to dance, he loves to dance, he's got to dance.«

»Was zur …?«

»The minute the band begins to swing it, he's on his feet to dig it, and dance the night away. Stop! I'm spinning like a top, we'll dance until we drop …«

Das ist so ziemlich der schlechteste Song, den ich je gehört habe, aber Libby ist mit ganzem Herzen dabei. Sie wackelt auf ihrem Sitz, schüttelt ihre Schultern, schunkelt in meine Richtung und wieder weg. Sie zwinkert mir zu und trällert noch lauter. Sie ist eine grauenhafte Sängerin. Also singe ich mit, sozusagen als Selbstschutz.

Und dann tanzen wir synchron – unsere Köpfe wackeln nach rechts, nach links, Schultern vor, Schultern zurück. Wir brüllen den Text mit, ich hämmere aufs Lenkrad, sie wirft die Arme in die Luft, und es ist der beste Song, den ich je gehört habe. Ich strahle sie an.

Und sie strahlt mich an.

Es knistert.

Definitiv.

Sie sagt: »Guck auf die Straße, Casanova.« Aber sie sagt es mit einer sanften Stimme, die ich noch nie von ihr gehört habe. »Hey, egal, was wir heute erfahren, diese Tests ändern gar nichts.«

Mir gefällt, dass sie *wir* sagt, als stecke sie da mit drin.

»Du bist und bleibst Jack Masselin. Du bist und bleibst eine verdammte Nervensäge. Du bist und bleibst du.«

LIBBY

Es knistert zwischen mir und Jack Masselin. Wenn man mich vor zwei Wochen oder sogar vor zwei Tagen gefragt hätte, ob ich mir etwas in der Art vorstellen könnte, hätte ich mich schlappgelacht. Aber das ist das Besondere am Leben außerhalb deiner vier Wände: Du weißt niemals, was passiert.

Ich glaube, er fühlt es auch, aber ich bin mir nicht sicher.

Hoffen wir mal, dass er es auch fühlt.

Hoffen wir mal, dass es nicht nur hier auf meiner Seite knistert und bei ihm da drüben nicht.

Ich tue so: *Lalala, kein großes Ding, sehen wir zu, dass wir nach Bloomington kommen und rausfinden, ob du gesichtsblind bist.* Aber das Herz in meiner Brust zieht sich zusammen und setzt Schläge aus und flattert so heftig, als wollte es herauskommen und im Auto herumfliegen. Ich klebe mir ein Lächeln ins Gesicht, starre aus dem Fenster und denke: *O Herz, du Verräter.*

JACK

Im Labor ist viel Betrieb. Ein Assistent führt uns zu Dr. Amber Klein (hellbraune Haare, markante Wangenknochen, Brille). Sie ist ganz in Schwarz gekleidet, hat die Ärmel bis über die Ellbogen hochgekrempelt, und ihre Haare sind auf geradlinige Art hochgesteckt. Sie ist vermutlich um die vierzig. Das Labor ist ebenfalls schwarz: Boden, Wände, Decke. Der Raum ist durch Vorhänge unterteilt – natürlich schwarz –, und es fühlt sich so an, als wären wir in das Filmset eines Musikvideos geraten. Libby trägt Lila und ich Grün, und wir fallen auf wie zwei Leuchttürme.

Dr. Klein bittet uns, hinter einem der schwarzen Vorhänge Platz zu nehmen. Sie schaltet ihren Laptop an und fragt: »Du musst am späten Nachmittag wieder zu Hause sein, ist das richtig?« Sie trägt eine Armbanduhr, auf die sie jetzt schaut: 9.54 Uhr.

»Wir haben sozusagen einen Zapfenstreich.« Ich lächele Libby an, und sie mich. Sie trägt immer noch die Schleife über dem linken Ohr, aber ihr Lächeln erinnert mich an das Lächeln, das meine Mom immer aufsetzte, wenn Dad zur Chemo musste. Als wäre sie fest entschlossen, das Beste aus der Situation zu machen, für ihn und für mich, obwohl sie weiß, wie hoffnungslos es ist.

»Ich werde eine Reihe Tests mit dir machen.« Dr. Klein setzt sich und tippt klappernd auf der Tastatur herum.

Libby sagt zu mir: »Ich warte draußen auf dich. Ich hab um die Ecke ein Café gesehen. Meld dich einfach, wenn du fertig bist.« Sie nimmt mein Handy und speichert ihre Nummer ein. Als sie es mir zurückgibt, fühle ich seltsamerweise Panik in mir aufsteigen.

Sie zögert. »Es sei denn … ich meine, ich kann auch hierbleiben …«

Aber ich kann sehen, dass sie nicht bleiben will, und ich frage mich, ob ihr diese ganze Arzt/Hirn-Geschichte vielleicht Unbehagen bereitet. »Ach was, ist schon in Ordnung.«

Ich schaue ihr nach, wie sie mit schwingenden Haaren davongeht.

Dr. Klein sagt: »Hat jemand in deiner Familie Prosopagnosie?«

»Ich bin nicht sicher. Warum?«

»Gesichtsblindheit kann genetisch bedingt sein. Es gibt drei Kategorien der Prosopagnosie: die erworbene, die entwicklungsbedingte und die angeborene. Es kann auch ein Symptom anderer Störungen sein wie Autismus. Bist du in deiner Kindheit mal gestürzt oder hattest eine Erkrankung des Gehirns?«

»Ich bin mit sechs vom Dach gefallen.«

»Hast du dir den Kopf verletzt?«

»Könnte so etwas Gesichtsblindheit verursachen?«

»Ja. Es ist nicht so häufig wie die entwicklungsbedingte Prosopagnosie, aber es ist möglich.«

»Ich bin ganz schön auf den Kopf geknallt. Es musste genäht werden.« Instinktiv berühre ich die dünne erhabene Linie auf meinem Schädel.

Sie tippt vor sich hin, und währenddessen denke ich: *Diese Frau wird in deinem Gehirn herumstochern. Du kannst nichts vor ihr verstecken.*

Sie möchte wissen, welche Tests nach meinem Sturz mit mir gemacht wurden, und ob ich vor dem Alter von sechs Jahren in der Lage war, Gesichter zu erkennen.

Die ehrliche Antwort lautet: *Ich weiß es nicht.* Ja, es wurden alle möglichen Tests gemacht, um zu sehen, welchen Schaden mein Gehirn genommen hatte. Aber konnte ich vorher Menschen an ihren Gesichtern erkennen? Ich kann es nicht sagen.

Sie hakt nach: »Deine Eltern müssen doch einen Unterschied bemerkt haben, wenn du plötzlich Schwierigkeiten hattest, bekannte Menschen zu erkennen.«

»Ich glaube, ich war schon immer ganz gut darin, so etwas auszugleichen oder zu überspielen. Auch damals schon. Vielleicht konnte ich die Leute vorher erkennen, aber das ist so lange her ...«

»Haben deine Eltern Veränderungen an deinem Verhalten bemerkt?«

»Mom hat gesagt, sie hätten erwartet, dass ich nach der Sache ängstlicher werden würde, aber ich sei eher noch unvorsichtiger geworden. Sie sagt, da hat sie ihre ersten grauen Haare bekommen.«

Ich lächle, aber sie ist mit Tippen beschäftigt. Ich sitze da, schaue mich um und sage mir: *Reiß dich zusammen, Kleiner. Hör auf, so nervös zu sein.* Nach einer Weile faltet sie die Hände im Schoß und beginnt zu reden: »Ich weiß nicht, wie viel du schon selbst recherchiert hast, Jack. Einer der frühesten dokumentierten Fälle von Prosopagnosie stammt aus dem Jahr 1883 ... Lewis Carroll war angeblich prosopagnostisch. Wenn du das nächste Mal *Alice im Wunderland* liest, wirst du die Hinweise bemerken ... Ich bin sicher, dass du mit Erkennungszeichen vertraut bist. Wie du weißt, können sich Frisuren und Kleidung jeden Tag ändern. Wir haben eine Frau hier gehabt, die Menschen anhand ihrer Eheringe erkannte, weil das ein Erkennungszeichen ist, das sich nur selten ändert …«

Gleich sieht sie alles, was du versteckst.

Plötzlich fühle ich mich nackt. Ich muss tatsächlich an mir hinabschauen, um sicherzugehen, dass ich noch meine Sachen anhabe.

Bei dem ersten Test geht es darum, berühmte Persönlichkeiten zu erkennen. Er ähnelt dem, den ich online gemacht habe – Fotos von berühmten Menschen ohne Haare und Ohren. Dr. Klein sagt: »Du kannst loslegen, Jack. Die Zeit läuft nicht, du musst dich also nicht beeilen.«

Sie dreht ihren Laptop zu mir herum. Ein Gesicht erscheint auf dem Bildschirm. Es ist nur ein Oval mit Augen, Nase, Mund. Wenn ich es lange genug ansehe, sieht es überhaupt nicht mehr aus wie ein Gesicht, sondern wie ein Planet mit Kratern und Schatten. Ich gebe einen Namen nach dem anderen ein, aber, ganz ehrlich, ich rate ins Blaue hinein.

Als ich fertig bin, beginnen wir sofort mit dem nächsten Test. Dr. Klein sagt: »Das System, das Gefühle von einem Gesicht abliest, ist ein anderes als das System, das Gesichtszüge erkennt. Bist du normalerweise in der Lage zu sagen, ob eine Person ärgerlich oder glücklich ist?«

»Fast immer. Ich erkenne die Gesichter nicht, aber ich kann darin lesen.«

»Das liegt daran, dass es ein visuelles Verarbeitungssystem gibt, das ausschließlich für die Gesichtserkennung zuständig ist, und zwar nur für die menschlicher Gesichter. Dein Hund oder deine Katze werden von deinem Gehirn als Gegenstände identifiziert. Die konfigurale Informationsverarbeitung erlaubt uns, ein Gesicht als Ganzes wahrzunehmen und nicht nur als Anhäufung einzelner Teile.«

Im nächsten Test geht es darum, Gefühle zu erkennen. Ich würde ja gerne behaupten, dass ich mit jeder Antwort ins Schwarze treffe, aber in Wahrheit habe ich keinen blassen Schimmer.

Dann kommen Gesichter, die auf dem Kopf stehen. Ich soll sie den Gesichtern zuordnen, die richtig herum sind, aber ich kann es nicht. Ich weiß, dass ich es nicht kann.

Je niedergeschlagener ich werde, desto aufgeregter wirkt Dr. Klein. Sie beugt sich über den Laptop. »Menschen, die keine Probleme haben, Gesichter zu erkennen, sind normalerweise sehr schlecht in diesem Test, denn wenn das Bild auf dem Kopf steht, kann man nicht mehr die konfigurale Verarbeitungsstrategie anwenden. Also orientiert man sich an einzelnen Merkmalen, so, wie wir auch Gegenstände identifizieren. Das ist vergleichbar damit, wie es dir mit normalen Gesichtern ergeht, weil der menschliche Prozessor nur mit aufrechten Bildern arbeiten kann. Anders als Affen, die andere Affen unabhängig von der Gesichtsposition erkennen können.«

Daraus entnehme ich: *Sogar Affen können einander erkennen.*

»Jetzt werden wir deine Fähigkeiten bei der Erkennung von Gegenständen testen. So können wir sichergehen, dass dein Problem ausschließlich die Gesichtserkennung betrifft.«

Ich sitze da und ordne Häuser, Autos, Waffen, Landschaften und Tiere zu, und plötzlich denke ich: *Was, wenn ich die in Wahrheit auch alle verwechsle, diese ganzen Dinge, mit denen ich noch nie Probleme hatte? Was, wenn ich nur dachte, dass ich eine Katze, einen Hund, ein Haus oder ein Auto erkenne, und jetzt stellt sich heraus, dass ich sie nicht besser erkenne als Gesichter?* Ich lehne mich zurück und schließe die Augen. Ich will hier weg – weg von diesem Computer, aus diesem Labor, diesem Forschungszentrum, meinem eigenen Kopf.

Dr. Klein sagt: »Bitte denk daran, dass jeder ein paar Fehler macht. So wurde der Test konzipiert.«

Woraufhin ich mich nicht wirklich besser fühle. Aber ich öffne die Augen. Ich mache weiter.

Noch schlechter fühle ich mich bei dem nächsten Test, in dem ich Frauen ohne Haare erkennen muss, Foto um Foto normaler, nicht-berühmter Frauen ohne Ohren und ohne Haare. Ich soll auf *anders* klicken, wenn ich eine sehe, die sich von den anderen unterscheidet, aber in meinen Augen sehen sie alle gleich aus, also mache ich mir gar nicht erst die Mühe – ich klicke einfach immer wieder auf *gleich*.

Der letzte Test erinnert an einen Sehtest. Ich beuge mich auf eine Kinnstütze und drücke die Stirn gegen einen Apparat, der wie eine Maske aussieht. Dr. Klein will, dass ich Bilder auf einem Monitor betrachte, auf dem eine kleine Kamera sitzt, die auf meine Pupillen gerichtet ist. Sie soll meine Methode aufzeichnen, ein Gesicht wahrzunehmen.

»Die normale Wahrnehmung richtet sich auf die inneren Gesichtszüge und besteht aus einer dreieckigen Bewegung zwischen Augen, Nase und Mund. Prosopagnostiker hingegen beginnen mit äußeren Merkmalen wie Ohren und Haaren. Die Augenregion sparen sie meistens aus.«

Das klingt vertraut. Und dann frage ich mich, was Libby macht und wo sie ist.

LIBBY

Ich stehe in der Abteilung für Gehirnforschung, Kognitive Neurologie, der Indiana University in Bloomington, und überall um mich herum sind Antworten. Ich war noch so jung, als Mom starb und Dad und ich mit den Ärzten über mögliche Tests sprachen. Ich habe Dad entscheiden lassen, ob ich es tun sollte oder nicht. Aber jetzt bin ich hier und könnte selbst mit einem dieser Ärzte oder Wissenschaftler reden. *Meine Mom ist an einer Gehirnblutung gestorben, und ich will wissen, ob ich auch so sterben werde.*

Ich laufe in den Gängen auf und ab. Wenn ich mich testen lasse, werden sie herausfinden, ob ich Aneurysmen im Gehirn habe oder nicht. Entweder können sie sie dann verschließen und versuchen, sie zu kontrollieren, oder sie können es nicht.

Aber es ist so – auch wenn keine Aneurysmen da drin sind, werden sich diese Tatsachen nicht ändern: Ich werde trotzdem ein Mensch sein, der immer auf der Hut ist. Ich werde trotzdem ein Mensch sein, der auf alles vorbereitet sein will, weil die Welt jeden Moment aufhören kann, sich zu drehen. Ich habe das Schlimmste erlebt, was mir passieren konnte, und ich weiß aus erster Hand, was die Welt einem antun kann.

Ein Mann in einem weißen Kittel geht an mir vorbei und nickt mir zu. Ich nicke zurück.

Ich denke: *Er könnte die Antworten haben.*

Ich blicke ihm nach.

Ich denke: *Wenn Mom hier wäre, was würde sie sagen?*

Mein Handy vibriert. Ich würde es am liebsten ignorieren, aber es könnte Jack sein.

Es ist eine Nachricht von Jayvee.

Libby + nicht in der Schule = Zweifel an Atticus? Mit ist noch was eingefallen: Es kann schlimm sein, nicht Bescheid zu wissen, man kann aber auch etwas damit anfangen.

Und dann fügt sie hinzu:

Jedenfalls so viel, wie man als Highschool-Schüler in Indiana anfangen kann.

JACK

Ich warte darauf, dass Dr. Klein mir die Ergebnisse präsentiert. Ich rede mir ein, dass alles in Ordnung ist. Es ist keine große Sache. *Es ist ja schließlich nicht so, als hättest du nicht längst gewusst, dass du beschissen darin bist, Leute zu erkennen. Aber hey, du schlägst dich wacker. Du kommst zurecht. Du bist gut darin, Erkennungszeichen auszumachen, und du hast es dir ganz allein beigebracht, ohne Unterricht oder Hilfe.*

Ich halte mir selbst die Anfeuerungsrede meines Lebens, als Dr. Klein zurückkommt. Sie setzt sich mir gegenüber und sagt: »Du hast definitiv Prosopagnosie. Prosopagnosie tritt in verschiedenen Schweregraden auf. Man kann leicht oder auch stark gesichtsblind sein. Du bist hochgradig gesichtsblind. Ehrlich gesagt, bist du einer der schwersten Fälle, die ich je gesehen habe.«

Es ist also offiziell.

Ich erwarte, dass ich mich schlechter fühle oder vielleicht auch besser, da ich jetzt die Bestätigung habe.

»Was passiert jetzt? Gibt es eine Heilungsmöglichkeit?«

Mir ist bei meinen Recherchen zwar noch keine untergekommen, aber das heißt ja nicht, dass Gehirnspezialistin Dr. Amber Klein nicht eine kennen könnte.

Ihre Mundwinkel rutschen abwärts, und ihr Lächeln wird

entschuldigend. »Wir machen große Fortschritte in unserer Forschung, aber – nein. Es gibt keine Aussicht auf Heilung. Wir experimentieren mit Möglichkeiten, den Betroffenen beizubringen, wie sie besser mit ihrer Gesichtsblindheit umgehen können. Wir testen gerade ein Wiederholungstraining mit Gesichtern. Die Teilnehmer der Studie üben eine Stunde in der Woche. Es gibt zehn Schwierigkeitsstufen. Ein Junge in deinem Alter nimmt seit fünf Monaten daran teil, und seine Erkennungsstrategien sind normaler geworden …«

»Erkennt er Gesichter?«

»Nein, aber wir hoffen, dass ihm das Training im Alltag helfen wird.«

Sie verliert mein Interesse, und das merkt sie. Sie dreht sich um, um etwas aus einem Regal zu nehmen. Als sie sich wieder zu mir dreht, ist sie ein neuer Mensch. Die Tafel wurde blankgewischt.

Der Gegenstand, den sie geholt hat, ist das Modell eines menschlichen Gehirns. Sie zeigt darauf, während sie spricht. »Im hinteren Teil deines Gehirns, über deinem rechten Ohr – genau da – ist ein spezieller Bereich, der für die Identifizierung von Gesichtern zuständig ist …«

»Gyrus fusiformis zwölf.« Ich hebe die Hand und fahre wieder mit dem Finger über die Narbe über meinem rechten Ohr.

»Wir könnten ein MRT machen, das würde uns weitere Informationen liefern. Viele Prosopagnostiker haben auch Probleme, Autos oder Orte zu erkennen. Oft haben sie eine topographische Agnosie, das heißt, dass sie sich leicht verlaufen und ihr Haus oder ihren Arbeitsplatz nicht wiederfinden. Sie können auch Probleme mit dem Hören haben. Wir denken, dass Prosopagnosie der Schlüssel zum Verständnis ist, wie das Gehirn Objekte im Allgemeinen verarbeitet. Für lange Zeit haben wir das Gehirn als eine Einheit betrachtet, aber jetzt erfahren wir immer mehr über die vielen verschiedenen Maschinen, wenn man so will, die dazugehören, und über den Umstand, dass diese Maschinen nicht zwangsläufig miteinander interagieren, dass sie teilweise nicht einmal voneinander wissen.«

»Also ist der Gesichtserkennungsbereich in meinem Gehirn entweder nicht da, oder er ist fehlerhaft, oder er ist nicht richtig angeschlossen? Aber wenn ich das MRT mache, gibt es trotzdem keine Aussicht auf Heilung?«

»Das stimmt.«

Mehr kann sie nicht für mich tun, das weiß ich, und das weiß auch sie.

Sie sagt: »Ich würde dir raten, mit anderen Menschen darüber zu reden, wenigstens mit deiner Familie. Lass sie wissen, dass du diese Krankheit hast. Es wird auf lange Sicht alles einfacher machen.«

Ich nehme mein Handy und schreibe Libby.

Ich bin fertig.

Und das bin ich wirklich.

»Noch eine Sache, Jack. Die meisten Menschen, deren Prosopagnosie angeboren ist, erwarten keine Signale von Gesichtern, anders als diejenigen, die die Krankheit erst im Laufe ihres Lebens erworben haben. So wie ein blinder Mensch nur weiß, wie es ist, *nicht* zu sehen, spüren diejenigen, die so geboren wurden, das Defizit nicht in so starkem Maße. Aber für diejenigen, die es sich durch eine Verletzung zugezogen haben, ist es nicht ungewöhnlich, dass sie weiterhin versuchen, das Gesicht als Haupterkennungsschlüssel zu verwenden. Das ist der Instinkt.«

Aus irgendeinem Grund ist das wie ein Schlag vor die Brust. *Das habe ich ganz allein mir selbst zu verdanken. Wenn ich damals nicht aufs Dach geklettert wäre … wenn ich nicht versucht hätte, alle zu beeindrucken … wenn ich nicht gestürzt wäre … würde ich jetzt nicht hier sitzen und mit dieser Gehirnspezialistin sprechen.* Ich könnte in Mitleid vergehen für mein sechsjähriges Ich, das da im Vorgarten lag und dessen Welt sich für immer veränderte. Aber ich will nur noch hier raus.

»Vielen Dank, Dr. Klein. Ich muss jetzt gehen.«

Sie schüttelt mir die Hand, dankt mir für meine Zeit und entschuldigt sich, dass sie nicht mehr für mich tun kann, als wäre es ihre Schuld. Ich will ihr sagen, dass es ihr nicht leidtun muss, dass sie mich damals nicht vom Dach geschubst hat, aber ich sage nur: »Viel Glück bei Ihren Forschungen.«

»Jack?«

Ich drehe mich um. Ich sehe eine Frau mit Brille, markanten Wangenknochen und hochgesteckten Haaren. Sie sagt: »Etwa ein Mensch von fünfzig ist gesichtsblind. Vielleicht hilft es dir, daran zu denken. Du bist definitiv nicht allein.«

LIBBY

Auf der Rückfahrt frage ich ihn nach den Tests, und er beantwortet meine Fragen sehr knapp: *Ja, nein, ja.* Dann schweigen wir. Er ist weit weg, und ich weiß, wie sich das anfühlt, wenn man sich ganz in sich selbst zurückziehen will. Also dränge ich ihn nicht mehr zum Reden. Wir fahren nur.

Wir fahren zehn Meilen, ohne ein Wort zu sagen. Das Schweigen hüllt uns ein wie eine Decke. Ich starre in die Ferne, aber nach einer Weile wird diese Decke aus Schweigen drückend, als würde sie mir den Atem abschnüren.

Ich will ihm eigentlich verraten, dass ich *so kurz* davor war, mich ebenfalls testen zu lassen. Aber dann kommt aus meinem Mund: »Ich will Tänzerin werden. Nicht nur ein Darling, sondern eine professionelle Tänzerin.«

Ich muss ihm zugutehalten, dass er nicht vor Lachen in den Graben fährt. Er wiederholt: »Tänzerin.« Er ist immer noch weit weg. Aber ich höre, dass er ein bisschen näher kommt.

»Als ich klein war – also, noch richtig klein – habe ich Ballett gemacht. Ich war echt gut. Ich habe ein Foto von mir in einem schwarzen Trikot, wie ich in der perfektesten fünften Position stehe, die du je gesehen hast. Es wurde am Abend unserer allerersten Aufführung gemacht, und ich war selig. Hinterher sagte meine Lehrerin zu mir: ›Aus dir wird niemals eine Tänzerin. Du kannst weiter zum Unterricht kommen, aber wir verschwenden nur das Geld deiner Eltern. Deine Knochen sind zu schwer. Du hast nicht den Körper für Ballett. Je früher du dich damit abfindest, desto besser.‹«

»Wow. Was für ein Miststück.«

»Ich war am Boden zerstört. Sehr lange habe ich überhaupt nicht mehr getanzt, ganz egal, was meine Mom gesagt hat. Sie hat mir angeboten, eine andere Lehrerin zu suchen, aber etwas war kaputtgegangen. Ich habe dieser Frau erlaubt, es kaputtzumachen.« Sein Blick ist auf die Straße gerichtet, und ich starre sein Profil an. »Aber sie kann mich nicht davon abhalten zu tanzen. Ich werde mir von niemandem mehr das Tanzen verbieten lassen. Niemand hat das Recht, dir zu sagen, was du tun kannst und was nicht. Du selbst auch nicht.«

Wir schweigen wieder, aber alles ist heller und leichter. Die Stimmung hat sich verändert, und er ist wieder da.

»Mein Dad hat eine Affäre.«

»Woher weißt du das?«

»Ich weiß es eben. Mit Mrs Chapman. Von der Schule.«

»Mrs Chapman, die Chemielehrerin?«

»Genau die.«

»Echt?« Abgesehen davon, dass sie jung ist, schreit nichts an Mrs Chapman *Betrüg deine Frau mit mir.* »Und du musst sie auch noch jeden Tag in der Schule sehen.«

»Tja.«

»Du kannst ihr nicht aus dem Weg gehen.«

»So ist es.«

»Was für ein Mistkerl.«

»Es tut mir leid, dass die Leute dich wegen deines Gewichts fertigmachen. Und es tut mir leid, dass ich es noch verschlimmert habe.«

»Mir tut es leid, dass du mit Caroline Lushamp zusammen sein musst.«

Er lacht, und plötzlich ist das Auto warm und knistert vor Elektrizität.

»Wir sind nicht mehr zusammen.« Diese fünf Wörter umgeben uns und nehmen den ganzen Raum ein, bis er sagt: »Es tut mir leid, dass meine Freunde solche Arschlöcher sein können.«

»Es tut mir leid, dass du die Menschen nicht erkennen kannst, die du kennst. Wenn du es könntest, würdest du dir vielleicht bessere Freunde aussuchen.«

Er lacht wieder, aber nicht ganz so fröhlich.

»Sieh es doch mal so – wenn dich irgendwelche Leute beleidigen oder dir auf die Nerven gehen, kann es dir egal sein. Am nächsten Tag sind sie völlig neue Menschen. Andere Menschen.«

»Vielleicht.« Jetzt lacht er nicht mehr.

Wir kommen an einem Straßenschild vorbei: AMOS … 5 MEILEN.

Er sagt: »Wir könnten einfach weiterfahren.«

»In den Sonnenuntergang?«

»Warum nicht?«

Und plötzlich ist es, als könnte ich uns vom Himmel aus sehen – die zwei Außenseiter, Jack Masselin und Libby Strout, sitzen nebeneinander in einem krassen alten Geländewagen, seine Beine Zentimeter von ihren entfernt, seine Hände auf dem Lenkrad, sie atmen dieselbe Luft, denken dieselben Gedanken, teilen einander Dinge mit, die sie mit niemand anderem teilen.

Seine Augen schauen wieder in meine, und er sagt: »Als frisch diagnostizierter Prosopagnostiker weiß ich, dass ich Gesichter nicht wie normale Menschen verarbeite. Ich vermeide zum Beispiel die Augen. Aber ich scheine keine Probleme damit zu haben, dir in die Augen zu schauen. Ich schaue dir gerne in die Augen. Sehr gerne sogar.«

Unsere Augen rasten ein.

Im Sinne von: *Sie rasten ein.*

Im Sinne von: *Ich kann mir nicht vorstellen, je wieder wegzuschauen.*

»Die Straße«, sage ich, aber man hört es kaum.

JACK

Ich überlege, ob ich mich an sie ranschmeißen soll. Es wäre so einfach – an den Straßenrand fahren, mich zu ihr beugen, ihre Wange berühren, noch ein bisschen weiter beugen (nahe genug, dass sie meinen Atem spürt), ihr tief in die Augen sehen, geradewegs in sie hinein, ihr vielleicht die Haare aus dem Gesicht streichen, all die Dinge, die ich zu tun gelernt habe, um der Typ zu sein, den die Mädchen wollen.

Ihr Kopf ist abgewendet, so dass ich nur ihre Haare sehen kann. Als sie wieder spricht, klingt ihre Stimme ein bisschen heiser, ein bisschen dunkel, und da ist noch etwas.

Das Noch-Etwas ist:

Sie mag dich vielleicht auch.

Was heißen müsste, dass du sie magst.

Denn wenn sie deine Gefühle erwidert, heißt das, dass deine Gefühle zuerst da waren.

Mit anderen Worten, du hast sie zuerst gemocht.

Mit anderen Worten, ich mag Libby Strout.

O Scheiße, ist das so?

Und weil ich plötzlich an Krebs denken muss und an diesen alten gesichtsblinden Typen in San Francisco und an Dr. Amber Klein und an Aneurysmen und daran, wie, wenn man es zu Ende denkt, so viel von unserem Leben außerhalb unserer Kontrolle liegt, entscheide ich, wenigstens in einer Sache die Kontrolle zu übernehmen.

Ich strecke den Arm aus und nehme ihre Hand. Sie ist weich und warm und passt genau in meine. Ehrlich gesagt, erwarte ich nicht viel, aber plötzlich ist mein ganzer Körper so heiß, als wäre ich direkt an die Sonne angeschlossen.

Wir starren unsere Hände an, als sähen wir sie zum ersten Mal.

Irgendwie fällt mir wieder ein, dass ich fahre, also wandern meine Augen zurück auf die Straße, aber ich lasse ihre Hand nicht los. Ich reibe ihre Haut mit meinem Daumen, und man kann beinahe die elektrostatische Ladung fühlen, diesen Strom zwischen zwei elektrisch geladenen Geräten, die in Kontakt kommen. ESD, wie es heißt, kann beeindruckende Funken auslösen, aber auch schädigende Effekte haben, wie Kohlenstaubexplosionen oder Gas. Doch anders als mit Caroline, mit der es hauptsächlich Gas und Kohlenstaub gab, bemerke ich hier keine schädigenden Effekte.

Libby ist beständig. Sie ist real. Solange ich ihre Hand halte, wird sie nicht vor meinen Augen verpuffen.

LIBBY

Er verlässt den Highway an der Ausfahrt nach Amos. Wir fahren am Ford-Händler, dem Einkaufszentrum und den Fastfood-Restaurants vorbei. Wir fahren an den alten viktorianischen Häusern an der Hauptstraße vorbei, an dem kleinen Museum für Stadtgeschichte, den vier Blöcken des Stadtzentrums und dem Gerichtsgebäude. Wir fahren an der Highschool und dem College und der Leichenhalle vorbei, und dann biegen wir endlich in mein Viertel.

Mag ich Jack Masselin? Mag ich ihn so?

Irgendwann werde ich aus seinem Auto steigen und zum Haus gehen und die Tür öffnen und hineingehen müssen. Ich werde die Tür schließen müssen – ich auf der einen Seite, er auf der anderen –, und er wird zurück zu seinem Auto gehen, einsteigen und wegfahren. Ich werde in mein Zimmer gehen und auf meinem Bett liegen und mich fragen, ob das wirklich passiert ist oder ob ich es mir ausgedacht habe, und was um alles in der Welt ich dabei fühle.

Er bremst und schaltet den Motor aus, und wir starren wieder unsere Hände an. Ich schaue nicht hoch, denn wenn ich hochschaue, könnte er auch hochschauen, und was, wenn er mich küsst?

Mein Körper könnte explodieren und in eine Million Teile schimmernden, glitzernden Lichts zerspringen.

JACK

Ich will, dass sie hochschaut. *Schau hoch,* denke ich. *Schau hoch. Schau hoch.*

Mein Handy vibriert, und wir zucken beide zusammen. Das ist der Alarm, der mich daran erinnert, dass ich nur noch eine halbe Stunde habe, bis alle nach Hause kommen. *Scheiße.*

Sie wartet nicht ab, bis ich den Alarm ausgestellt habe, sie lässt meine Hand fallen wie eine heiße Kartoffel und springt aus dem Wagen. Der Bann ist gebrochen, und ich sitze da und denke: *Was zur Hölle mache ich da?*

Ich überlege kurz, einfach zu fahren, aber dann steige ich aus dem Land Rover. Sie ist schon vor ihrer Haustür. Zum ersten Mal in diesem Jahr fühle ich den Herbst kommen. In der Luft ist ein kühler Hauch, der mich an Lagerfeuer denken lässt, aber meine Hand ist noch heiß. Ich stecke sie in die Tasche, und sie brennt durch meine Jeans bis auf die Haut.

Sie sagt: »Danke, dass du mich nach Hause gebracht hast.« Ich kann es hören – sie ist nervös.

Ich sehe ihr genau in die Augen. »Du bist der wunderbarste Mensch, den ich je getroffen habe. Du bist anders. Du bist du. Immer. Wer kann das noch von sich behaupten? Außer vielleicht Seth Powell, aber der ist leider ein Idiot. Du, Libby Strout, bist kein Idiot.«

Sie zeigt auf meine Brust. »Du magst mich.«

»Wie bitte?«

»Jack Masselin mag die Fette, aber er hat es noch nicht ganz akzeptiert.«

Okay, denke ich. *Mal sehen, wo das hinführt.*

»Ich sage nicht, dass du recht hast, aber was, wenn ich es akzeptieren würde?«

»Tja, dann müssten wir uns wohl etwas einfallen lassen.« Und sie geht ins Haus und macht die Tür zu.

LIBBY

Ich stehe drinnen, und mein Herz rast und stolpert. Ich kann ihn auf der anderen Seite der Tür hören. Ich kann ihn fühlen. Ich weiß genau, wann er geht, zwei Minuten später, weil die Luft um mich herum wieder normal wird, kein gefährlicher Elektrosturm mehr, der jeden Moment Funken schlagen kann. Während er wegfährt, setzt mein Herz immer noch einzelne Schläge aus.

JACK

Ich denke darüber nach, es zu sagen, während Mom den Salat herumreicht, während Dusty seinen Text aus *Peter Pan* aufsagt, während Dad die Nudeln auf unsere Teller füllt: *Ich habe Prosopagnosie. Es ist offiziell. Ich wurde heute von einer Gehirnspezialistin getestet.*

Niemand weiß, dass ich nicht den ganzen Tag zu Hause war, nur Marcus hat einen Verdacht und sagt ständig Sachen sagt wie: »Ich habe heute hier angerufen, aber niemand ist drangegangen. Hast du geschlafen, Jack? Du musst geschlafen haben, sonst hättest du ja abgenommen.« Jede Menge hinterlistige Kommentare, damit ich mich verrate.

Als Mom und Dad gerade nicht gucken, zeige ich ihm den Mittelfinger.

Dad erwischt mich und sagt: »Hey! Nicht beim Essen.«

Ich würde ihm gern sagen, dass er mir gar nichts zu sagen hat. Ich würde gern sagen: *Du bist der Allerletzte, der irgendjemanden maßregeln sollte.*

Aber ich habe seltsam gute Laune, trotz Dr. Amber Klein und trotz meines kaputten Gehirns. Also sage ich kein Wort zu meinem Dad oder zu Marcus, was sehr viel mehr ist, als sie verdient haben. Ich ziehe mich in meinen Kopf zurück und durchlebe noch einmal die Hinfahrt, die Rückfahrt, meine Hand in Libbys Hand, die Art, wie sie mich angelächelt hat, und die Art, wie sie sagte: *Tja, dann müssten wir uns wohl etwas einfallen lassen.*

Nach dem Essen gehe ich in den Keller, bastele weiter am Legoroboter und versuche, mich ganz in den Vorgang des Konstruierens zu vertiefen. Aber das Einzige, was ich gerade konstruiere, ist der weltgrößte Haufen aussortierter Roboterteile. Der schwierigste Teil jedes Projekts ist die Entwicklung. Sobald ich weiß, wie ich das Ding haben will, geht es nur noch darum, die Teile zusammenzusuchen, die ich brauche, und sie in der richtigen Reihenfolge zusammenzusetzen. Aber im Augenblick habe ich keine zündende Idee. Ich habe fünfzig verschiedene Ideen von fünfzig verschiedenen Robotern, aber keiner davon ist richtig oder außergewöhnlich genug.

Ich höre Schritte, und von der Treppe her sagt eine Stimme: »Warst du heute wirklich krank?«

Dusty.

»Jedenfalls nicht auf Grippe-Art.«

»Willst du darüber reden?«

»Ist schon in Ordnung.«

Er kommt zu mir und kramt in den Teilen herum, die auf der Werkbank und am Boden liegen. Ich frage: »Und du? Willst du über irgendwas reden? Sind die Leute immer noch mies?«

»Bei mir ist auch alles in Ordnung. Ich bin Peter Pan.«

Ich verstehe ihn. Er will einfach in diesem Moment bleiben. Die schlechten Momente haben die Angewohnheit, viel zu schnell zurückzukommen.

Ich gehe nach oben in mein Zimmer und klettere aus dem Fenster, in den Baum und aufs Dach. Ich strecke mich aus und starre zum Himmel. Ich denke daran, dass es derselbe Himmel ist, zu dem ich aufgeblickt habe, als ich sechs war, bevor ich fiel, und an alles, was in der Zwischenzeit passiert ist. Eigentlich dürfte es nicht derselbe Himmel sein, bei allem, was sich verändert hat. Er sollte ganz anders aussehen.

Marcus spielte im Garten. Ich kletterte aufs Dach, um ihn los zu sein und um Mom los zu sein, die immer sagte, dass ich auf ihn aufpassen sollte. Es war schwerer, hier hochzukommen, als ich erwartet hatte. Das überraschte mich. Und es war dreckiger, als ich erwartet hatte - Vogelkacke und Zweige und ein alter Softball, der aussah, als ob er schon seit zwanzig Jahren da lag. Unser Dach hat eine leichte Neigung, ich rutschte bis an die Kante heran und blickte über die Straße und die anderen Häuser. Ich hielt mich mit einer Hand fest, und in dem Augenblick schaute Marcus zu mir hoch, und ich ließ los, weil ich ihm zeigen wollte, dass ich stark und furchtlos war und größer, als er je sein würde.

Man braucht weniger als eine Sekunde, um fünf Meter zu fallen, aber es fühlte sich an, als würde es ewig dauern. In dem Moment des Fallens, heißt es, geht das Gedächtnis weit auf. Du kannst Dinge sehen, an die du normalerweise nicht denkst oder an die du dich nicht erinnerst. Ich sah das Gesicht meiner Mutter - vor allem ihre Augen. Ich kann mich nicht erinnern, wie *sie aussahen, aber ich erinnere mich, dass ich sie gesehen habe.*

LIBBY

»Hallo?«

»Hier ist Jack. Ich habe darüber nachgedacht, was du gesagt hast.«

»Ich sage so vieles. Kannst du es etwas eingrenzen?«

»Ich habe darüber nachgedacht, dass du gesagt hast, dass wir uns etwas zu dieser ganzen Du-magst-mich-und-ich-mag-dich-Sache einfallen lassen müssen.«

»Ich habe nie gesagt, dass ich dich mag.«

Schweigen.

»Jack?«

»Was du gerade gehört hast, war der schnelle und plötzliche Tod meines Herzens.«

»Nur mal hypothetisch, *wenn* - und ich sage nicht, *dass* es so ist - aber *wenn* ich dich mögen würde, was würdest du tun wollen?«

»Ich würde wahrscheinlich deine Hand halten wollen?«

»Wahrscheinlich?«

»Hypothetisch, ja. Ich würde hypothetisch deine Hand halten wollen.«

»Na, dann würde ich wahrscheinlich deine Hand hypothetisch auch halten.«

»Ich würde hypothetisch auch mit dir ins Kino gehen wollen,

obwohl ich Kino nicht mag, wegen dieser ganzen Gesichtsverwechslungssache.«

»Und in welchen Film würden wir gehen?«

»In welchen Film?«

»Ich muss doch wissen, ob ich ihn auch sehen will.«

»Würde es nicht reichen, einfach mit mir im Dunkeln zu sitzen und hypothetisch Händchen zu halten?«

»Ich würde ganz gerne wissen, welchen Film wir sehen würden.«

»Hm. Ich finde, es müsste von allem ein bisschen sein. Komödie. Drama. Action. Mystery. Romantik.«

»Klingt nach einem ziemlich guten Film.«

»Du würdest also dabei meine Hand halten?«

»Wahrscheinlich.«

»Okay. Für den Moment gebe ich mich mit ›wahrscheinlich‹ zufrieden. Ich würde auch gerne mit dir essen gehen, vor oder nach dem Film, kommt drauf an, und ich würde dich definitiv bis vor die Haustür bringen wollen.«

»Was, wenn ich lieber bis vor die Haustür tanzen würde?«

»Dann bin ich der Richtige für dich.«

Wirklich? Ist er das? Mein Herz hüpft aus dem Zimmer und die Treppe runter und aus der Tür und auf die Straße.

»Aber nachdem ich mit dir bis zu deiner Tür getanzt wäre, würde ich dich küssen wollen.«

»Würdest du?«

»Würde ich.«

Und jetzt ist mein Herz auf Erden nirgends mehr auffindbar. Ich sehe, wie es den Mond und die Sterne umrundet und in eine andere Galaxie zischt.

»Hypothetisch.«

»Dann würde ich mich von dir küssen lassen.«

»Hypothetisch?«

»Nein. Definitiv.«

Als wir zwei Stunden später auflegen, ist es 1.46 Uhr. Ich liege für den Rest der Nacht da und warte darauf, dass mein Herz in meine Brust zurückkehrt.

DIE NÄCHSTEN ACHT TAGE

JACK

Am Montag sitze ich in der Mittagspause Kam und Seth gegenüber, die die Köpfe zusammenstecken. Ich zeichne Entwürfe für Dustys Roboter und bin voll bei der Sache, zum ersten Mal kann ich ihn *sehen,* als wüsste ich endlich, was ich mache, und mein Blut rauscht, und mein Herz pumpt, als wäre ich gerade einen Marathon gelaufen und die letzten Meter bis zum Ziel gesprintet. Nichts, nichts, kann den Fluss dieser Ideen stoppen.

Bis Seth sagt: »Weißt du, Kam und ich haben etwas gefunden, was dir in deiner Situation helfen kann.«

Ich blicke auf, etwas begriffsstutzig, weil meine Gedanken auf dem Papier vor mir sind, nicht in der Cafeteria der MVB. Seth grinst wie ein Schakal, und was auch immer jetzt kommt, ich will es nicht hören.

Ich frage voller Argwohn: »Von welcher Situation sprichst du?«

Seth stößt Kam mit dem Ellbogen an, woraufhin Kam die drei Dutzend Fritten, die er sich gerade in den Mund stopfen wollte, fallen lässt. »Verdammt nochmal, Powell.«

Seth lässt sich nicht beirren. »Ich hab letzte Nacht ein bisschen recherchiert.« Er zieht ein Blatt Papier aus der Tasche.

»O Gott. Pornos?« Ich hätte es wissen müssen. Ich wende mich wieder meiner Skizze zu.

»Keine Pornos. Mann.« Er wagt es tatsächlich, gekränkt zu klingen, dabei glaubt Seth meines Wissens nach, dass das Internet für genau zwei Zwecke erfunden wurde: Pornos und Poker. »Erstens. Es ist nicht schwer, sie anzusprechen.«

»Wen anzusprechen?« Ich zeichne immer noch an meiner Skizze.

»Fette Mädchen.« Mein Kopf fliegt so abrupt nach oben, dass ich mir vermutlich selbst ein Schleudertrauma verpasse. Er versucht, ein neutrales Gesicht zu machen, aber er schafft es nicht – er kichert schon.

»Zweitens. Schöne Frauen sind nicht immer nett.«

Kam wirft ein: »Sehr wahr.«

Ich frage: »Was liest du mir da vor?«

»Die Top-10-Gründe, ein fettes Mädchen zu daten. Hab ich im Netz gefunden.« Er wedelt mit dem Papier, dann hält er es sich wieder vors Gesicht, murmelt vor sich hin und fängt an zu johlen. Ich schnappe danach, aber er hält es außer Reichweite, über seinen Kopf. »Drittens …«

Kam reißt ihm das Blatt aus der Hand und gibt es mir. Ich knülle es zusammen, um es quer durch die Cafeteria in den Müll zu werfen, aber ich will nicht, dass irgendwer es da wieder rausfischt, also stopfe ich es mir in die Hosentasche. Ich beuge mich über den Tisch und verpasse Seth einen Klaps gegen den Kopf.

Er lacht einfach weiter.

Kam sagt: »Idiot.« Und stopft sich den Rest seiner Pommes in den Mund.

Ich weiß, Seth hat einen Mordsspaß, aber mein Inneres brennt, als hätte ich einen ganzen Waldbrand eingeatmet.

»Lass sie in Ruhe, Mann. Ich meine es ernst.«

»Wow. Klar, klar, Mass. Wie du willst.« Er wischt sich die Tränen ab und versucht, zu Atem zu kommen. Er sitzt eine Minute lang still da, dann kommt ein Kichern, und dann bricht ein weiterer Lachanfall aus.

Ich versuche, mich nicht darum zu kümmern. *Wen interessiert's, was sie denken?* Ich sage mir, dass sie gar nicht so fett ist. Deswegen mache ich mir keine Sorgen. Ich mache mir überhaupt keine Sorgen. Ich will nur, dass sie mich in Ruhe lassen. Uns in Ruhe lassen. Aber ein Teil von mir denkt: *Was, wenn du einfach nur hohl bist? Was, wenn das dein Erkennungszeichen ist?*

»Du bist ein verdammter Idiot, Seth Powell.« Und ich nehme meine Skizzen und das, was von meinem Essen übrig ist, und gehe.

LIBBY

Die Anmeldeliste für das Vortanzen bei den Darlings hängt an Heather Alperns Bürotür. Bislang haben sich sieben Mädchen angemeldet. Ich bin Nummer acht. Jayvee gibt mir einen Stift, und ich beuge mich vor und schreibe meinen Namen. Hinter mir höre ich: »O mein Gott, willst du etwa vortanzen?«

Caroline Lushamp schaut mit diesem seltsam künstlichen Lächeln auf mich herab, mit dem sie wie eine zum Serienkiller mutierte Schönheitskönigin aussieht.

Ich sage: »O mein Gott, wie hast du das erraten?«

Sie schaut mich mit großen Augen an, schaut Jayvee an, schaut wieder mich an.

Ich sage: »Stell dir vor – wir zwei könnten im gleichen Team sein!« Und dann zerquetsche ich sie in einer festen Umarmung. »Wir sehen uns beim Vortanzen!«

Jayvee kann vor Lachen kaum gehen. Sie torkelt wie eine Betrunkene durch den Gang. Schließlich fasst sie sich wieder und hört lange genug auf zu lachen, um zu sagen: »Was ist denn jetzt mit der ganzen Atticus-Geschichte? Test oder nicht?«

»Kein Test. Ich bin zu dem Schluss gekommen, dass er die richtige Entscheidung getroffen hat.«

»Das tut er meistens.«

Im Fahrunterricht werden wir jeweils zu dritt auf die Autos verteilt, und da der Rest des Kurses aus Zehntklässlern besteht, kommen die einzigen Elftklässler zusammen in ein Auto: Bailey, Travis Kearns und ich.

Ich bin ziemlich sicher, dass Travis bekifft ist. Er kommentiert fortwährend vom Rücksitz aus, und das Ganze klingt etwa so: »Gib Gas, großes Mädchen … Flieg wie der verdammte Wind … Nimm die Karre ran … Zeig der Welt, was du draufhast … Nimm dein prachtvolles Bein und tritt aufs Gaspedal … Fahr mit uns zum Mond, Schwester … Oder wenigstens nach Indianapolis … Fahr mit uns nach Indy … Fahr mit uns nach Indy … Indy … Indy … Indy …« (Mehrere undefinierbare Wörter, gefolgt von verrücktem Lachen.)

Bailey sitzt neben ihm auf dem Rücksitz und klebt an der Tür, so weit weg von ihm wie möglich. Aber nach echter Bailey-Manier lächelt sie tapfer. Mr Dominguez sitzt in seiner ganzen Männlichkeit auf dem Beifahrersitz. Ich bin hinterm Steuer, und ich kann nicht anders – ich bin so *aufgeregt.* Meine Hände kribbeln, und eine verrückte Hitze steigt mir von den Füßen die Beine hoch, in den Bauch und durch die Brust. Ich fühle mich, als stünde ich in Flammen, aber auf eine Weise, die mir sagt, du bist LEBENDIG.

Ich muss dazu sagen, dass ein Teil von mir lange Zeit geglaubt hat, ich würde niemals Auto fahren oder rennen oder all die anderen alltäglichen Dinge tun, die Leute in meinem Alter so tun. Meine Welt bestand aus meinem Bett und dem Sofa, und nach einer Weile, als ich mich nicht mehr so gut von einem zum anderen bewegen konnte, blieb ich den ganzen Tag im Bett und las, sah mir eine Fernsehsendung nach der anderen an, surfte im Internet und, ja, aß.

Manchmal konnte ich Dean, Sam und Castiel draußen hören, und wenn ich mich weit genug aufsetzte, konnte ich aus dem Fenster auf die Straße gucken und ihnen beim Tennis oder Fußball oder Fangenspielen zuschauen. Ich sah Dean und Sam zu Partys oder Dates gehen (in meiner Vorstellung mit mir). Ich sah zu, wie der Jüngste, Castiel, auf einen der Bäume kletterte, die um das Haus standen. Ich belauschte Telefongespräche und Liebesgeständnisse und Streitereien. Manchmal sah ich Castiel in meinem Garten, wie er zu meinem Fenster hochschaute, und ich saß ganz still und hoffte, er würde weggehen, weil es eine Sache ist, zu spionieren, und eine andere, ausspioniert zu werden.

Und jetzt fahre ich, und deshalb stört es mich nicht, dass Travis vor sich hin faselt und dass Bailey mich wegen Jack löchert, ob da etwas zwischen uns läuft, ob es *Jack und Libby* in irgendeiner Form, Art und Gestalt gibt, von der sie wissen sollte.

Obwohl ich das erste Mal hinterm Steuer sitze, bin ich gut darin. Es funktioniert mühelos. Ich fühle mich hier zu Hause. Und irgendwann trifft es mich wie ein Schlag – *ich fahre.*

Im Sinne von: Ich fahre tatsächlich Auto. Wie ein normaler Mensch. Wie die Person, die mir auf der anderen Straßenseite entgegenkommt. Wie die Person vor mir. Wie die Person hinter mir. Wie all diese Menschen auf der Straße, die vermutlich selbst ein Auto und einen Führerschein haben. Ich fahre ein Auto!

Das ist noch so eine Sache, die ich meiner Mom nie werde zeigen können, und bevor ich weiß, wie mir geschieht, weine ich. Ich vermisse sie, aber *sieh dir an, wie ich hinter dem Lenkrad sitze und die Straße entlangfahre. Sieh dir an, wie ich an dieser Ampel warte. Sieh dir an, wie ich hier abbiege.*

Mr Dominguez fragt: »Was zum Teufel machst du da?«

Ohne die Augen von der Straße zu nehmen, sage ich: »Ich weine. Und fahre. Ich weine *und* fahre!« Das bringt mich noch stärker zum Weinen, und die Tränen sind gleichzeitig glücklich und traurig.

Bailey beugt sich vor und drückt meine Schulter, und ich höre sie schniefen. Dominguez fragt: »Müssen wir anhalten?«

»Auf gar keinen Fall! Ich will noch tagelang weiterfahren!« Plötzlich rede ich nur noch mit Ausrufezeichen. Dann kontrolliere ich meine Spiegel, und obwohl Dominguez keine Anweisung dazu gegeben hat, reihe ich mich in die Auffahrt zum Highway ein, weil ich nicht anders kann. Ich muss dieses Auto von der Leine lassen.

Travis ruft: »Gib Gas!« Und Bailey stößt ein kleines Quietschen aus, als sie gegen den Sitz geschleudert wird.

Ich weine immer noch, aber ich lache auch, weil ich frei bin. Sie können es unmöglich verstehen. »Sie werden niemals wissen, wie es ist, im eigenen Haus eingesperrt zu sein«, sage ich zu Mr Dominguez. »Das ist der beste Tag meines Lebens.« Selbst in meinen Ohren klingt mein Lachen verrückt, aber so fühlt es sich nicht an. Es fühlt sich groß und ernst und endlos an, als könnte ich von jetzt an bis ans Ende meines Lebens ohne Unterbrechung lachen.

Und so lächerlich es klingen mag, ich meine es so. *Das ist der beste Tag meines Lebens.* Ich bin auf dem Highway, alles rauscht vorbei, und dann rausche ich selbst mit, so wie alle anderen, als würde ich tatsächlich nach hier draußen in die Welt gehören. Als könnte ich bis in die Wolken fahren, angetrieben von Glück und Freiheit.

Jemand stellt das Radio an – es läuft *All Right Now* von Free. Im Rückspiegel kann ich Travis mit dem Kopf wippen sehen, die arme Bailey klammert sich an meinen Sitz, und ihre blonden Haare flattern im Fahrtwind. Der Song läuft immer weiter, während ich übe, die Spuren zu wechseln, und er läuft so lange, dass wir irgendwann alle, einschließlich Bailey, den Refrain mitsingen.

Zwei Blocks vor der Schule fordert Mr Dominguez uns auf, die Fenster hochzukurbeln und uns gerade hinzusetzen. Aber als ich auf den Parkplatz biege, singen wir immer noch.

JACK

Nach dem Gesprächskreis verlassen Libby und ich gemeinsam die Turnhalle. Wir gehen die Treppe hoch und durch die Gänge, nebeneinander, und dann gehen wir auf den Parkplatz. Ich will ihre Hand nehmen, aber ich tue es nicht, und mein Gehirn klammert sich mit beiden Fäusten an dieser Tatsache fest. *Warum nimmst du ihre Hand nicht?* Keshawn, Natasha und die anderen sind vor uns, hier sind nur Libby und ich.

Ich sage: »Ich habe mich gefragt, ob du, hypothetisch, dieses Wochenende mit mir ausgehen würdest.«

Sie tut so, als würde sie darüber nachdenken, oder sie denkt wirklich darüber nach.

»Lass dir Zeit. Du hast noch ungefähr zwei Minuten, um zu antworten.«

»Bis das Angebot verfällt?«

»Bis ich dich noch mal frage.«

Sie schenkt mir ein verführerisches Lächeln. »Ich finde, hypothetisch klingt das gut.«

LIBBY

Jack ist fünf Minuten zu früh. Seine Haare sind so gigantisch wild wie immer, aber feucht, als käme er gerade aus der Dusche. Ich sitze neben ihm auf dem Sofa, und er riecht nach Seife und so unglaublich *männlich.* Ich versuche, nicht seine Hände anzustarren, die auf seinen Knien liegen, seine Haut, die vor dem Dunkelblau der Jeans noch goldener aussieht.

Ich habe Dad vorgewarnt, dass Jack kommt. Dass Jack mein Freund ist. Dass Jack mich auf mein allererstes Date ausführt. *Ja, genau der Jack, den du im Büro der Direktorin getroffen hast.*

Ich halte den Atem an, während wir drei (vier, wenn man George mitzählt, der hinter meinem Vater auf der Sessellehne thront und Jack anblinzelt) in diesem unbehaglichen Dreieck so vieler ungesagter Dinge sitzen. Mein Dad und Jack halten Smalltalk, und Jack übernimmt einen Großteil des Redens. Dad mustert ihn, als wolle er seine wahren Absichten enttarnen. Er ist nicht unbedingt warm und herzlich, aber er ist auch nicht unhöflich, wofür ich dankbar bin.

Doch dann sagt Will Strout: »Du kannst dir vorstellen, wie überrascht ich war, als Libby mir gesagt hat, dass sie mit dir ausgehen will.«

»Das kann ich.«

»Ich weiß, dass meine Tochter ein großartiger Mensch ist. Die Frage ist, ob du das auch weißt.«

»Ich bin dabei, es herauszufinden.«

»Sie scheint dir zu vertrauen, und sie will, dass ich dir auch vertraue.«

»Ich kann verstehen, wenn Sie das nicht tun. Ich kann nichts anderes machen, als Sie und Libby davon zu überzeugen, dass ich Ihr Vertrauen verdient habe, Sir.«

»Kannst du mir drei gute Gründe nennen, warum ich sie heute Abend mit dir ausgehen lassen sollte?«

»Ich habe mich wie ein Mistkerl verhalten, aber das bin ich nicht. Es war nicht meine Absicht, Ihre Tochter zu verletzen. Ich würde ihr niemals absichtlich weh tun.«

Dad sieht mich an, und ich versuche, ihm mit einem Blick zu verstehen zu geben: *Bitte vergib ihm und lass mich gehen, damit ich nicht als alte Jungfer sterbe, und außerdem mag ich ihn wirklich, auch wenn du das verrückt findest, also bitte, bitte vertrau mir.*

Er fragt Jack: »Wohin willst du meine Tochter heute Abend ausführen?« Er sagt die ganze Zeit *meine Tochter,* als wolle er seinen Standpunkt so richtig klarmachen: *Das ist mein Kind, mein Fleisch und Blut. Weißt du, wie tot du sein wirst, wenn du meinem einzigen Kind irgendetwas antust?*

»Ich dachte, wir gehen ins Kino und etwas essen.«

»Du bringst sie um elf Uhr wieder nach Hause.«

Ich: »Dad, ich bin siebzehn!«

Dad: »Ganz genau!«

Ich: »Wie wäre es mit Mitternacht?«

Dad: »Wie wäre es mit halb elf?«

Ich (zu Jack): »Ich muss um elf wieder zu Hause sein.«

Jack (lachend): »Kein Problem. Ich verspreche, dass sie bis dahin wieder zurück ist, wenn nicht schon früher.«

Aber nicht viel früher, denke ich.

Dad fragt: »Wann war dein Auto das letzte Mal bei der Inspektion?«

Jetzt weiß ich nicht mehr, ob er Witze macht, oder ob er es ernst meint. Ich versuche, ihm eine telepathische Botschaft zu schicken: *Bitte hör auf damit. Bitte entspann dich.* Es sieht ganz so aus, als würde er mir meine Chance vermasseln, bevor ich es selbst tun kann. Vielleicht ist Jack nicht meine letzte Gelegenheit, in den Genuss der Liebe eines männlichen Nicht-Verwandten zu kommen, aber er ist im Augenblick definitiv meine beste Gelegenheit, und außerdem mag ich ihn wirklich.

Ich mag Jack Masselin.

»Im August. Ich kenne mich ganz gut damit aus, deshalb habe ich es selbst gemacht.«

Dad mustert ihn für den geschätzten Rest meines Lebens. »Weißt du, dein Dad und ich waren zusammen auf der Highschool. Wir waren beide im Footballteam.«

Das ist zwar nicht gleichbedeutend mit: *Ich freue mich, dass du mit meiner Tochter ausgehst*, aber es ist immerhin etwas.

Im Auto sage ich: »Tut mir leid wegen meines Dads.«

»Machst du Witze? Er hat jedes Recht, mir in den Arsch zu treten. Ich an seiner Stelle hätte mich nie in deine Nähe gelassen.«

Aber ich höre nur: *Ich will in deiner Nähe sein, Libby Strout. Ich will dich küssen, bis deine Lippen wund sind.*

Jack sagt: »Er will dich nur beschützen, und das sollte er auch, nach dem, was ich mit dir gemacht habe. So wäre ich auch, wenn ich eine Tochter hätte.«

Aber ich höre nur: *Ich werde dich immer beschützen. Ich werde immer auf dich aufpassen und auf unsere Tochter, die wir bekommen, wenn wir geheiratet haben, und ich werde dich ewig lieben.*

Ich bin im selben Auto, nur fünfzehn Jahre in der Zukunft – irgendwo weit weg von Amos. Jack Masselin sitzt neben mir, so wie jetzt, und auf dem Rücksitz sind unsere Kinder, oder vielleicht nur eins – die Tochter –, und meine Hand liegt auf seinem Knie. Ich starre sein Bein an und dann seine Hände auf dem Lenkrad. *Ich wette, du wirst ein wunderbarer Vater sein.*

Ich habe keine Ahnung, wohin wir fahren, anscheinend auf die östliche Seite der Stadt, wo verschiedene Restaurants und das Kino sind. Dort haben Dad und ich gewohnt, bevor unser Haus halb abgerissen werden musste, um mich rauszuholen.

Als könnte er meine Gedanken lesen, fragt Jack: »Hast du nicht früher in diesem Teil der Stadt gewohnt?«

»Vor langer, langer Zeit. Also, wohin gehen wir?«

Er grinst mich an, und ich schmelze auf dem Sitz. Mein Inneres ist weich und warm, und ich vertiefe mich in dieses Gefühl, weil es mir nicht gerade ständig so geht. *Es ist in Ordnung, glücklich zu sein,* höre ich Rachel sagen. *Es ist in Ordnung, das Leben zu genießen.*

Heute Abend könnte es so weit sein. Meine Pauline-Potter-Workout-Nacht. Jack Masselin, du könntest mein Erster sein.

Er sagt: »Ich dachte, wir gehen erst mal etwas essen, und dann sehen wir weiter.« Aber er könnte genauso gut sagen: *Ich fahre mit dir zum Mond, und wenn wir da oben sind, hole ich dir die Sterne vom Himmel, damit du sie dir ins Haar stecken kannst.*

Und plötzlich denke ich an die Tochter, die wir haben werden. *Beatrice,* denke ich. *Wir werden sie Beatrice nennen.*

Wir fahren an *Olive Garden, Applebees* und dem *Red Lobster* vorbei, der letzten Monat eröffnet hat. Ich gehe in Gedanken alle Restaurants der Stadt durch – es gibt nicht viele –, aber wir fahren an einem nach dem anderen vorbei. Halb erwarte ich, dass er nur so herumfährt und mich wieder nach Hause bringt, ohne Essen, ohne Date. Oder vielleicht fährt er extra weit weg, an einen Ort, wo niemand ihn oder mich oder uns kennt.

Dann verlassen wir die Stadt, und mein Herz schrumpft wie ein angestochener Luftballon, was mir sagt, dass ich das nicht wirklich von ihm erwartet hätte, aber jetzt tut er es doch – schmuggelt mich über die Stadtgrenzen wie eine heimliche Geliebte.

»Wohin fahren wir?« Meine Stimme klingt so flach, als wäre etwa fünfzigmal ein Sattelschlepper darüber gefahren.

»Richmond.«

»Richmond?« Es klingt wie: *WILLST DU MICH VERARSCHEN? RICHMOND? WARUM NICHT GLEICH IN EINE VERLASSENE RUINE IRGENDWO IM WALD?*

»Ja, Richmond. Ich führe dich doch nicht in einen der lahmen Schuppen in Amos aus. Nicht in dem Kleid.«

JACK

Clara's Pizza ist eine Institution. Es ist die beste Pizza im Umkreis von Kilometern, und mittendrin steht ein roter Doppeldeckerbus. Es ist voll, aber ich habe reserviert. Wir können im Bus sitzen oder an einem Tisch mit einer Hollywoodschaukel im Obergeschoss. Libby entscheidet sich für die Schaukel.

Wir schlängeln uns durch die Tische, Libby geht vor mir, und ich sehe, wie die Leute sie anstarren. Das passiert auch, wenn ich mit Caroline unterwegs bin. Aber Caroline schauen sie an, weil sie das große, sexy Mädchen ist, das alle Blicke auf sich zieht.

Ich achte darauf, wo es eng wird, und biete ihr an, vorzugehen, damit ich den Weg aussuchen kann und sie sich keine Sorgen machen muss. Ich führe uns durchs Lokal, die Leute gaffen, und mich trifft die Erkenntnis, dass ich bis vor kurzem selbst einer von ihnen war. Vielleicht nicht einer von denen, die kichern, aber einer von denen daneben. Ich weiß nicht, was ich fühlen oder tun soll, also starre ich einfach zurück. *Kenne ich sie oder nicht?* Es ist mir egal. Sie beobachten uns, und eine Gruppe Jungs fängt an, Witze zu reißen. Hört sie sie? Ich weiß es nicht. Vermutlich. Ich werfe den Kopf in den Nacken – eine Bewegung, von der ich mir gern einbilde, dass sie meine Haare augenblicklich zwanzigmal buschiger und mich selbst drei Meter größer macht – und werfe ihnen einen tödlichen Blick zu. Sie halten den Mund.

Oben setzt Libby sich auf die Schaukel, und jetzt kann ich mich neben sie setzen oder auf den Stuhl gegenüber. Ich denke: *Ihr könnt mich alle mal.* Ich frage: »Ist der Platz noch frei?« Und deute mit einem Nicken auf die Schaukel.

»Das musst du nicht.«

»Was?«

»Neben mir sitzen.«

»Rutsch rüber, Schwester.«

Sie rückt zur Seite, und wir beginnen, vor und zurück zu schaukeln, als wären wir an einem Sommernachmittag auf unserer Veranda. Jeder Tisch hat ein Telefon – ein altmodisches mit einem Kabel –, und nachdem ich unsere Bestellung aufgegeben habe, nehme ich ihre Hand.

Ich sage: »Meine Hände sind schwitzig.«

»Warum?«

»Weil ich nervös bin.«

»Warum?«

»Weil ich neben dir auf dieser Schaukel sitze und du so schön bist.«

Sie zögert, als wisse sie nicht, wie sie das Kompliment aufnehmen soll. Aber dann sagt sie: »Danke.«

Draußen in der Welt mit ihr zusammen zu sein ist anders, als mit ihr allein zu sein. Erstens sind hier viel zu viele Menschen. Zweitens bin ich die ganze Zeit auf der Hut, bereit, es mit jedem aufzunehmen, der sie oder mich angreifen könnte. Drittens denke ich plötzlich auf eine Weise über ihr Gewicht nach, wie ich es bis zu diesem Moment noch nicht wirklich ernsthaft getan habe.

Wir sitzen schweigend da, und ich beschließe, ihr von Dr. Klein und den Tests und allem zu erzählen, was ich ihr noch nicht über meine Zeit als Laborratte erzählt habe. Libby sagt nichts, aber ich sehe, dass sie mir aufmerksam zuhört. Ihr Kopf ist zur Seite geneigt, und ich sehe an ihren Augen, dass sie alles aufnimmt.

Schließlich fragt sie: »Wie fühlst du dich?«

»Wie vorher. Vielleicht ein bisschen schlechter. Vielleicht ein bisschen besser.«

»Wirst du es deinen Eltern sagen?«

»Ich glaube nicht. Was soll das bringen? Es gibt sowieso nichts, was man tun kann, eine Gesichtserkennungssoftware auf mein Gehirn laden oder so. Wenn ich es ihnen sage, gibt es trotzdem nicht plötzlich auf zauberhafte Weise eine Heilungsmöglichkeit. Es wäre nur noch mehr Mist, mit dem sie sich herumschlagen müssten.«

»Das tut mir leid. Ich hätte mir gewünscht, dass sie irgendetwas für dich tun könnten. Nicht, weil dein Gehirn nicht super ist, wie es ist, sondern weil du dich dann besser fühlen würdest.«

Jetzt ist es an mir, nichts zu sagen. Ich sitze da und sehe sie an, bis nur noch wir zwei da sind, Libby und ich, sonst meilenweit niemand. Mehr als alles andere will ich sie küssen. Beinahe tue ich es, aber dann steht die Kellnerin mit unserem Essen vor uns.

Während wir essen, schaut Libby sich um, und schließlich sieht sie mich an und sagt: »Richmond, hm?« In ihrer Stimme liegt etwas, was mich mein Glas abstellen lässt.

»Ich dachte, dass dir *Clara's* gefallen würde.«

»Es gefällt mir ja auch. Aber es wäre auch in Ordnung gewesen, irgendwo in Amos essen zu gehen.« Und dann starrt sie den Bus an.

Ich sage: »Hör mal, ich halte vielleicht vorerst die Gesichtsblindheit geheim, aber das heißt nicht, dass ich alles in meinem Leben geheim halte. Es heißt nicht, dass ich dich geheim halten will. Ich will dich nicht verstecken, wenn es das ist, was du denkst.« Während ich es sage, frage ich mich: *Ist es nicht genau das, was ich tue?*

Sie blinzelt und schaut auf den Tisch, die Speisekarte, überall hin, nur nicht zu mir.

»Oh, Scheiße. Das hast du gedacht. Dass ich dich hierherbringe, damit wir niemanden treffen.«

»Nein.«

»Gut, denn das ist verrückt.«

Warum hast du sie dann hergebracht, Arschloch?

»Ich meine, doch … und es ist gar nicht verrückt.« Jetzt finden ihre Augen meine.

»Okay«, sage ich. »Ich hab's kapiert. Ich bin das absolute Oberarschloch, und eigentlich vertraust du mir, aber dann irgendwie doch nicht. Du kennst mich nicht gut genug, um zu wissen, wo das Arschloch aufhört.«

Die ganze Zeit über frage ich mich: *Wo hört das Arschloch auf? Was, wenn es größer ist, als du denkst?*

Sie sagt: »Vielleicht nicht.« Und ich hasse diesen vorsichtigen, reservierten Tonfall, der wie ein Zaun zwischen uns steht.

»Hör zu. Ich bin mit dir hergekommen, weil du was Besseres verdienst als irgendeine miese Restaurantkette in Amos. Ich bin mit dir hergekommen, weil ich, als ich sechs war, vom Dach gefallen bin und mein Dad mir eine Pizza von *Clara's* ins Krankenhaus geschmuggelt hat, und diese Art Erinnerungen im Augenblick ziemlich selten sind – die, in denen mein Dad ein toller Kerl ist. Ich bin mit dir hergekommen, weil das der erste Ort war, an den ich gehen wollte, als ich aus dem Krankenhaus kam und endlich wieder aufrecht sitzen konnte. Ich bin mit dir hergekommen, weil es einer der wenigen Orte im Umkreis von hundert Kilometern ist, wenn nicht in ganz Indiana, der nicht langweilig oder ein Klischee ist. Weil *du* nicht langweilig oder ein Klischee bist.«

Mir wird klar, dass *jedes meiner Worte wahr ist.*

Ich strecke den Arm über den unsichtbaren Zaun und nehme ihre Hand. Ich küsse ihre Fingerknöchel, einen nach dem anderen. Während ich das tue, denke ich: *Warum bedeutet mir dieses Mädchen so viel?*

»Libby Strout, du verdienst es, gesehen zu werden.«

»Ich bin nicht zu *über*sehen.« Das sagt sie zur Tischdecke.

»Das habe ich nicht gemeint.«

Wir sitzen da und schaukeln, und jetzt könnte ich mich selbst in den Arsch treten, dass ich sie hergebracht habe. Wir hätten einfach zum *Red Lobster* gehen sollen, wo alle von der Schule uns hätten anstarren können, vielleicht auch Caroline, und wo meine idiotischen Freunde unser Date mit ihrer Blödheit ruiniert hätten.

Ich sage: »Warte kurz«, und dann springe ich aus der Schaukel, laufe die Treppe runter und rüber zur Jukebox, die an der Wand hinter dem Bus steht. Es ist dieselbe Jukebox, auf der meine Eltern sich Lieder wünschten, als sie vor hundert Jahren auf ihren ersten Dates hier waren. Während ich die Songauswahl durchgehe, denke ich darüber nach, dass Libby Strout mich dazu bringt, dreißig Meilen zu dem Ort zu fahren, der am nächsten daran ist, gut genug für sie zu sein, und durch das überfüllte Restaurant zu rennen, um den perfekten Song für sie zu finden.

Und dann sehe ich ihn. Die *Jackson 5*. Ich wähle den Song aus, den ich gesucht habe, und noch zwei weitere – *Sly and the Familiy*

Stone und *Earth, Wind & Fire* – damit wir mehrere Songs hintereinander haben. Dann gehe ich zurück zu unserem Tisch, oben in der nordwestlichen Ecke, zu dem Mädchen in dem lila Kleid.

Sie sagt: »Das hättest du nicht tun müssen. Du musst überhaupt nichts tun. Ich bin einfach dumm.«

»Du könntest niemals dumm sein.«

»Klar kann ich dumm sein.«

Sie beißt in ein Stück Pizza. Ich beiße in ein Stück Pizza. Wir essen in sonderbarem Schweigen.

Und dann läuft plötzlich der Song, und ich meine, *der* Song. Ich wische mir den Mund mit der Serviette ab und werfe sie beiseite. Ich bin auf den Füßen und strecke Libby die Hände entgegen.

Libby blinzelt mich fragend an. »Was?«

»Komm schon.«

Ich führe sie die Treppe runter, geradewegs auf die offene Fläche in der Nähe des Eingangs. Dann drehe ich sie in meine Arme, und wir tanzen. Oh, so langsam. *I'll Be There* wäre die naheliegende Wahl gewesen, aber ich habe mich für *Ben* entschieden. Wenn je ein Song für Libby und mich geschrieben wurde, dann dieser. Zwei gebrochene, einsame Menschen, die gar nicht mehr so gebrochen und einsam sind.

Erst spüre ich jedes auf uns gerichtete Augenpaar im Raum, aber dann verschwimmen die Gesichter, und da sind nur noch Libby und ich, meine Hände auf ihrer Taille, diese ganze Frau in meinen Armen. Wir sind perfekt im Rhythmus und bewegen uns im Takt und erfinden unsere Schritte, während wir tanzen.

LIBBY

Ich fühle die Tränen hinter meinen Augen brennen. Jede Zeile handelt von mir, Libby Strout. Von uns, aber vor allem von mir. Und von Jack. *Gott.*

Ich könnte in Jack Masselins Armen losheulen, während ein voll belegtes Restaurant mir dabei zuschaut, oder ich könnte die Tränen runterschlucken, bis sie ganz weit weg sind. Ich schlucke. Und schlucke. Ich werde sie nicht herauslassen. Irgendwann beugt er sich zu mir und küsst, einfach so, ohne ein Wort, mein Gesicht, erst die eine Wange, dann die andere. Er küsst mich da, wo die Tränen wären, wenn ich sie fließen ließe, und es ist das Allerwunderbarste, was je ein Mensch mit mir gemacht hat, der nicht meine Mom war. Plötzlich durchdringt mich dieses sichere, warme Gefühl, das ich seit wirklich sehr langer Zeit nicht mehr gespürt habe. Es ist das Gefühl, dass alles wieder gut wird. *Mit dir wird alles wieder gut. Vielleicht ist es das längst. Mit uns wird alles wieder gut, mit dir und mir.*

Ich atme ein, und dann atme ich nicht mehr, bis das Lied vorbei ist. Die Jukebox springt direkt zum nächsten Song, ein schneller, Gott sei dank, und Jack geht plötzlich so richtig ab.

Er sagt: »Zeig's mir, Baby. *Wenn du kannst.*«

Er tanzt wie wild durchs Restaurant.

»Zeig *du's* mir!« Ich tanze auch, bis wir beide tanzen wie verrückt und mir überhaupt nicht mehr zum Heulen zumute ist.

Er ruft: »Jetzt die Haare!«

Er schüttelt den Kopf nach rechts, nach links, nach vorn. Es ist natürlich unfair, weil seine Mähne so viel beeindruckender ist als meine, aber ich tue mein Bestes und schüttele mein Haar durch die Luft.

Ich rufe: »Und jetzt den Blitzschlag!« Und ich springe und schüttele mich, springe und schüttele mich, als stünde ich unter Strom. Er fängt ebenfalls an, zu springen und sich zu schütteln, und irgendwann schaue ich mich um, und ein paar andere Leute sind auch auf den Beinen und tanzen neben ihren Tischen.

Jack ruft: »Es ist eine Tanzrevolution!«

Er nimmt meine Hand und wirbelt mich herum, und ich drehe mich wie ein Kreisel und lache. Ich denke, wie wunderbar die Welt wäre, wenn alle überall tanzen würden.

Er begleitet mich bis vor die Haustür, und als wir davor stehen, warte ich darauf, dass er mir einen Gutenachtkuss gibt, aber er umarmt mich nur. Keine Schwabbelrodeo-Umarmung. Eine warme und auf gute Weise einhüllende Umarmung, und ich kann Seife und frische Luft an ihm riechen, als hätte er sich im Gras gerollt. Ich will, dass er mich für immer so hält, aber dann macht er einen Schritt zurück und schaut mit halbgeschlossenen Augen auf mich herab. »Gute Nacht, Libby.«

Ich sage: »Gute Nacht, Jack.« Und gehe ins Haus, wo mein Dad wartet, und erzähle ihm von dem Essen, und dann gehe ich in mein Zimmer und schließe die Tür und sitze auf dem Bett und frage mich: *Warum zur Hölle wollte er mich nicht küssen?*

Mein Handy vibriert. Das beste Date seit Anbeginn der Zeit.

Gefolgt von: Ich kann es kaum erwarten, bis wir das wiederholen.

Gefolgt von: Diese Mary Katherine erinnert dich wirklich an uns? Die hat doch nicht mehr alle Tassen im Schrank.

Ich antworte: Stimmt, aber auf liebenswerte Art. Sie hat ein krasses Geheimnis, und niemand versteht sie. Hilft dir das dabei, die Verbindung herzustellen?

Er schreibt zurück: Ich habe nicht gesagt, dass ich die Verbindung nicht sehe, aber bitte sag mir, dass wir nicht so durchgeknallt sind.

ICH: Ich glaube, wir sind noch durchgeknallter.

JACK: Na gut, meinetwegen.

Ein paar Minuten später schreibt er: Ich kann nicht aufhören zu lesen. Könnte das beste Geburtstagsgeschenk sein, das ich je bekommen habe, abgesehen von dem Lötkolben zu meinem neunten Geburtstag.

ICH: Das mag ich so an dir. So männlich und trotzdem so intellektuell.

JACK: Das sind nur zwei der vielen, vielen Dinge, die du an mir magst. Und lass mich lieber nicht aufzählen, was ich an dir mag. Sonst kriege ich dieses Buch nie durch, und ich betrachte es als meine Lebensaufgabe, es heute noch fertigzulesen.

Er schreibt mir den Abend über immer wieder und gibt mir eine Liveberichterstattung seiner Lektüre. Irgendwann lasse ich mich in meine Kissen fallen, ein breites, bekopptes Lächeln im Gesicht. Er hat mich vielleicht nicht nach meinem ersten Date geküsst. Aber es ist beinahe definitiv, unzweifelhaft, absolut garantiert, dass er es tun wird.

JACK

Am Montagmorgen spricht mich ein großes Mädchen mit dunkler Haut und einem aufgemalten Schönheitsfleck vor meinem Fach an.

»Jack.«

Caroline.

»Ja?«

Nur für den Fall, dass sie es nicht ist, sondern irgendein anderes großes Mädchen mit dunkler Haut und einem aufgemalten Schönheitsfleck neben dem Auge.

»Hattest du ein schönes Wochenende?«

»Danke der Nachfrage. Ja, hatte ich.«

»Du weißt, was die Leute über dich erzählen, ja?«

Und los geht's.

»Dass ich ein richtig cooler Typ bin?«

»Über dieses Mädchen. Diese Libby Strout. Und dich. Sie sagen, dass du mit ihr *zusammen* bist. Dass sie deine neue *Freundin* ist. Ich habe gesagt, ich weiß, dass das nicht stimmen kann, aber sie haben gesagt, doch, es stimmt. Er war mit ihr bei *Clara's.*«

»Wer sind ›sie‹?«

»Das spielt keine Rolle.«

Ich kann an ihrer Stimme hören, dass sie verletzt ist, irgendwo unter all dem Gift. Ich würde gern sagen: *Es ist in Ordnung, ein*

Mensch zu sein. Wir haben alle Angst. Wir werden alle verletzt. Es ist in Ordnung, verletzlich zu sein. Du wärst so viel liebenswerter, wenn du dich einfach menschlich verhalten würdest.

»Wir sind nicht mehr zusammen, Caroline, also, äh, ich will ja nicht unhöflich sein, aber was kümmert dich das?«

»Ich finde es süß von dir, dass du nett zu ihr sein willst, nach dem, was du ihr angetan hast, aber ich mache mir Sorgen um sie. Mit so einem Mädchen kannst du dir keinen Scherz erlauben, Jack.« Sie schüttelt den Kopf. »Am Ende brichst du ihr das Herz.«

»Wir haben noch nichts definiert, aber wenn du mich fragst, ob ich gerne mit ihr Zeit verbringe? Auf jeden Fall. Und ob ich sie für ein richtig cooles Mädchen halte? Ja. Ob ich sie schön finde? Ja, finde ich. Wirklich. Ich spiele nicht mit ihr. Ich mag sie. Noch Fragen?«

Sie steht da, perfekte Figur, perfekte Caroline, und sagt: »Weißt du, du hältst dich für was ganz Besonderes, und du tust so, als wärst du was ganz Besonderes, aber das bist du nicht.«

»Ich weiß, dass ich es nicht bin. Ein Grund mehr, dafür dankbar zu sein, dass sie mich mag.«

Zu Hause durchwühle ich den Kleiderhaufen auf meinem Boden, bis ich die Jeans gefunden habe, die ich suche. Ich ziehe das zusammengeknüllte Blatt Papier aus der Hosentasche. *Die Top-10-Gründe, ein fettes Mädchen zu daten.*

Ich zwinge mich, den Artikel noch einmal zu lesen. Es ist, als müsste ich mir ein für alle Mal beweisen, dass sie fett ist und dass es mir egal ist.

Jedes Wort in diesem Artikel macht mich krank. *Wie könnte ich je etwas anderes sein als glücklich, dass dieses Mädchen mich mag?*

Ich gehe nach unten in die Küche, zum Herd, drehe einen der Gashähne auf und halte das Papier über die Flamme, bis es Feuer fängt. Ich sehe zu, wie die Worte verbrennen. Dann lasse ich die Überreste des Papiers ins Spülbecken fallen, wo sie zu einem Häuflein Asche verkohlen. Ich drehe den Hahn auf und spüle sie weg, und um so richtig gründlich zu sein, stelle ich den Restezerkleinerer im Abfluss an und lasse ihn mahlen.

* * *

Als ich wieder in meinem Zimmer bin, rufe ich Libby an. Sobald sie drangeht, sage ich: »Ich habe das Buch fertiggelesen.«

»Und?«

»Erstens, es war verdammt gruselig. Zweitens, Mary Katherine Blackwood ist so übergeschnappt wie der verrückte Hutmacher. Drittens, ich kann verstehen, warum du das Buch so magst. Viertens, es hat mich vielleicht ein bisschen an uns erinnert, aber ich würde behaupten, dass wir doch etwas mehr bei Verstand sind. Und fünftens, ich fände es verdammt cool, mit dir in einem Schloss zu leben.«

LIBBY

In der Schublade meines Nachttischs, unter meinen Kopfhörern, meinem Lippenbalsam und einem Stapel Lesezeichen, liegt ein Brief auf Weihnachtsbriefpapier. Ich ziehe ihn hervor.

Sie sind zum Tanzen auf der Bühne
oder in deinem Zimmer
oder wo auch immer dein Herz begehrt.
Sie sind zum Tanzen in deinen Träumen –
Tanzen in die Zukunft –
Tanzen mit Liebe und Phantasie und Freude –
Denn das ist es, was du tust.
Denn das bist du, was auch geschieht,
innen und außen.
Du musst
einfach
weiter
tanzen.

Die Schuhe, zu denen dieser Brief gehörte, sind in meinem Schrank. Sie stammen von dem Weihnachtsfest, bevor meine Mutter starb. Sie werden immer das letzte Geschenk sein, das ich von ihr bekommen habe, und ich muss gut auf sie aufpassen. Deshalb habe ich sie auch noch nie getragen.

Aber jetzt setze ich mich auf den Boden, schlage das Seidenpapier auseinander, nehme die Schuhe aus dem Karton und probiere sie an. Es sind rosa Spitzenschuhe und das Schönste, was ich besitze. Obwohl Mom sie zu groß gekauft hat, fühlen sie sich jetzt zu klein an, und es ist schwer, darin zu laufen. Ich gehe trotzdem an meinen Laptop und mache Musik an. Einen alten Song von den *Spice Girls*, die Mom heimlich geliebt hat. Der Song heißt *Who Do You Think You Are*, und ich muss an Mom denken, an mich und daran, wo ich eines Tages wohl sein und was aus mir werden mag.

Mein Vortanzen bei den Darlings ist am Samstag. Ich kenne meine Choreographie auswendig. Ich kann sie im Schlaf. Aber jetzt tanze ich etwas Ausgedachtes, eine Art Ballett-Hiphop-Electro-Shimmy-Pop, und ich bin umwerfend. Ich bin die beste Tänzerin aller Zeiten. Ich bin ein Superstar. Die Schuhe sind magisch. Meine Füße sind magisch. Ich bin magisch.

SAMSTAG

JACK

Marcus (groß, Zottelhaare, spitzes Kinn) steht an der Theke in der Küche und schaufelt sich Cornflakes rein. Ich will mir gerade einen Kaffee einschenken, als ich höre: »Ich habe nein gesagt.«

Eine Frau kommt durch die Tür, gefolgt von einem Mann in einem Masselins-Spielwaren-Hemd. Sein Mund ist geöffnet, als hätte sie ihn mitten im Satz unterbrochen, aber er schließt ihn, als er Marcus und mich sieht. Nach dem Ausschlussprinzip ist davon auszugehen, dass dies meine Eltern sind.

Mom sagt zu mir: »Du kannst die Kanne wieder hinstellen.« Und zu meinem Dad: »Wir reden später darüber.«

Es ist offensichtlich, dass sie mitten in einem Streit sind. Ich nehme mir die größte Tasse, die wir haben, und schenke mir einen Kaffee ein.

Mom fragt Dad, was sie seiner Meinung nach tun soll. Sie klingt, als hätte sie Rasierklingen geschluckt, wie der Typ auf dem traurigen Jahrmarkt, wie wir ihn nennen, draußen im Industriegebiet. Ich versuche, nicht zu lauschen, aber ich kann nichts dagegen tun, dass mein ganzer Körper sich in Alarmbereitschaft begibt, wie immer, wenn sie streiten.

Dad sagt zu Mom: »Heute Abend.«

»Nicht heute Abend.«

Marcus und ich sehen uns an. Er fragt mich tonlos: »Was ist los?«

Dad sagt: »Man kann es langsam und schmerzhaft machen oder einfach das Pflaster abreißen, Sarah.«

»Ich habe gesagt, nicht heute Abend.« Sie richtet den Blick auf mich, und sie ist nicht glücklich. »Du müsstest Dusty heute Abend abholen, wenn du fertig bist.«

»Wo?«

»Bei Tam.« Dusty oder Marcus oder sonst irgendwen abzuholen, ist normalerweise das Letzte, wozu ich mich bereit erkläre. Versucht mal, jemanden zu finden, ohne sein Gesicht zu erkennen. Aber heute Morgen werde ich nicht mit Mom streiten.

LIBBY

Obwohl die Zuschauertribüne nur zur Hälfte ausgeklappt ist, ist die Turnhalle riesig. Man kann kaum bis an die Decke gucken, und die Lichter blenden. Von da oben kann ich nicht größer aussehen als eine Ameise.

Und plötzlich fühle ich mich genau so – wie eine Ameise.

Meine Handflächen sind feucht. Mein Herz zieht sich zusammen, öffnet sich aber nicht wieder. Ich habe meinen Atem nicht unter Kontrolle. Ich muss zusehen, wie er, so schnell er kann, aus der Turnhalle rennt, genau wie ich es am liebsten tun würde.

WARUM ZUM TEUFEL HAST DU DICH FREIWILLIG HIERFÜR ANGEMELDET?

Heather Alpern und ihre drei Mannschaftskapitäninnen sitzen mit gekreuzten Beinen auf Stühlen. Die Kapitäninnen sind alle in der Zwölften und sehen alle drei identisch aus, ihre Haare sind zu Pferdeschwänzen gebunden, und ihre Gesichter glänzen. Ich finde ihre Ähnlichkeit fast ebenso furchterregend wie Ms Alperns katzenhafte Schönheit. Die Furchterregendste von allen ist Caroline Lushamp, die oberste Kapitänin, die meinen Blick festhält wie ein Tintenfisch. Ein paar andere Anwärterinnen sitzen in den unteren Reihen der Tribüne und warten darauf, dass sie dran sind.

Caroline fragt: »Bist du bereit?«, in diesem überfreundlichen Ton, der total unnatürlich ist.

Ich kann sie kaum hören, weil ich in meinem Kopf und in meinem Körper eingesperrt bin, zitternd und ängstlich. Plötzlich habe ich das Gefühl, selbst gesichtsblind zu sein, weil niemand hier vertraut oder nett aussieht, und meine Augen fliegen hilfesuchend durch die Turnhalle. Sie landen auf Bailey, Jayvee und Iris, ganz oben im letzten Rang. Als sie meinen Blick sehen, machen sie fragende Gesichter, und vielleicht können sie meine Panik sehen. Was heißen würde, dass vermutlich jeder andere hier sie auch sehen kann. Ich befehle mir, weiterzumachen, die Panik zu verstecken und runterzuschlucken und außer Sichtweite zu verstauen, und dann winkt Jayvee mit den Armen und ruft: »Immer schön strahlen, du verrückter Diamant!«

Du hast dich hier angemeldet, weil du das Tanzen im Blut hast. Und dann denke ich an etwas, was Mom immer gesagt hat: dass es manchmal beängstigend ist, seinen Träumen nachzugehen, aber noch beängstigender, es nicht zu tun.

»Bist du bereit?« Diesmal klingt Caroline nicht mehr ganz so freundlich.

»Ja«, sage ich. Und dann rufe ich: »Ja!«

Ich habe eine Choreographie zu dem Song *Flashdance … What a Feeling* von Irene Clara einstudiert, zu Ehren meiner Mom, zu Ehren meiner selbst. Während ich darauf warte, dass die Musik beginnt, sage ich zu mir: *Viel zu viele Menschen auf dieser Welt denken, dass Dünnsein das Beste ist, was es gibt. Du nicht, Libby Strout. Du bist fürs Dünnsein nicht gemacht! Du weißt nicht, wie dünn geht! Dünn ist ganz einfach nicht du!*

Und dann legt der Song los, und ich auch.

Schulterwackeln, kick, kick. Schüttel, schüttel, bumm, bumm.

Ich brauche etwa zwanzig Sekunden, bis ich die starren Blicke und die glänzenden, zurückgebundenen Haare vergessen habe und aufhöre, darüber nachzudenken, welches Mädchen auf der Tribüne eine bessere Tänzerin ist als ich oder nicht, und dass ich doppelt so breit bin wie alle anderen in dieser Halle. Nach den ersten dreißig Sekunden tauche ich in den Song ab. Ich werde eins mit der Musik, eins mit dem Tanz.

Kick. Runter. Dreh. Schnips, schnips. Schulterwackeln. Schüttel, schüttel, schüttel. Bumm. Kick, kick. Dreh. Sprung. Runter. Schnips. Schulter. Schüttel, schüttel, kick, bumm.

Ich werde vom Beat davongetragen, durch die Halle, hoch zu den Dachsparren, durch die Tür, durch die Schule, an Mrs Wassermans Büro vorbei, bis ich draußen bin, in der Sonne, unter freiem Himmel.

Wirbel, wirbel, wirbel.

Und dann bin ich im Himmel. Und dann *bin* ich der Himmel! Ich segle über Amos, über die Interstate 70, rüber nach Ohio, und von dort aus nach New York und den Atlantik, und dann nach England, Frankreich … Ich bin überall. Ich bin global. *Ich bin universell.*

Ich beende meinen Tanz atemlos und bin plötzlich wieder in der Turnhalle. Die Mädchen auf der Zuschauertribüne stehen auf und pfeifen. Sie klatschen und trampeln, meine Freundinnen am wildesten von allen. Auf der anderen Seite der Halle sehe ich Jack, mit Farbe bekleckert und strahlend wie die Sonne. Er klatscht und legt dann zum Gruß zwei Finger an die Stirn, bevor er verschwindet. Er und die anderen meiner Mit-Straftäter müssen heute wieder streichen.

Heather Alpern sagt: »Libby, das war phantastisch.« Und zum ersten Mal sehe ich ihr direkt in die Augen.

Caroline fragt: »Wie groß bist du?«

Etwas in ihrer lauten, flachen Stimme lässt mir das Herz in die Hose rutschen. Die Mädchen auf der Zuschauertribüne werden still und setzen sich wieder auf ihre Plätze.

»Ich bin 1,70.«

»Und was wiegst du?«

»54 Kilo.«

Alle starren mich an.

»Entschuldige, meintest du mein physisches oder mein spirituelles Gewicht?«

Die Mädchen in den Zuschauerrängen kichern. Mir läuft der Schweiß runter, aber ich tupfe mir Nacken und Oberlippe so majestätisch ab wie die Queen.

»Ich meine das Gewicht, das bestimmt, welche Kostümgröße du brauchen würdest.«

Ich frage: »Gibt es eine Gewichtsbegrenzung für die Aufnahme in dieses Team?«

Caroline will etwas sagen, aber Heather Alpern kommt ihr zuvor. »Wir diskriminieren niemanden wegen seines Gewichts.« Tun sie doch. Ich höre es daran, wie vorsichtig sie ihre Worte wählt, und ich sehe es an ihren angespannten Mundwinkeln beim Lächeln.

»Also warum soll ich dann mein Gewicht nennen?«

Caroline seufzt. Laut. Als wäre ich hoffnungslos dumm. »Wegen der Kostümgröße.« Dann breitet sich langsam ein Grinsen auf ihrem Gesicht aus, wie bei den Schurken im Film. »Wärst du bereit abzunehmen, wenn du hier *erwünscht* wärst?« Das Wort hallt durch den Raum. »Also, wenn du es ins Team schaffen würdest?«

Ms Alpern wirft ihr einen scharfen Blick zu. »Caroline.«

Ich frage: »Wie viel denn?«

Caroline sagt: »Fünfzig Kilo, eher mehr. Vielleicht hundertzwanzig.« Was lächerlich ist, weil ich dann etwa so viel wiegen würde wie der Hund meiner Tante Tillie.

Und einfach so bin ich wieder das Kind im Ballettunterricht, und Caroline ist meine Lehrerin und sieht mich mit dem gleichen Stirnrunzeln an, ein Stirnrunzeln, das mir sagt, dass ich nicht hierhergehöre, obwohl ich wahrscheinlich eher hierhergehöre als irgendjemand sonst, weil das Tanzen in mir ist und weil ich sehr viel mehr Raum einnehme als eine von ihnen, und das heißt ja wohl, dass *auch sehr viel mehr Tanztalent in mich reinpasst.*

»Würdest du?«

»Caroline, es reicht.«

»Du willst wissen, ob ich bereit wäre, hundertzwanzig Kilo abzunehmen, um *mit dir* Formation zu tanzen und Fahnen zu schwenken?« Ich glühe vor Zorn, was das Schwitzen nicht besser macht, aber es gelingt mir, meine Stimme ruhig und kontrolliert klingen zu lassen.

»Ja.«

Ich richte meinen Blick auf Heather Alpern, weil sie diejenige ist, die hier angeblich das Sagen hat.

»Auf gar keinen Fall.«

Ich sollte jetzt eigentlich zu den anderen nach draußen gehen, um meine Strafe abzuarbeiten und meine Bürgerpflicht zu erfüllen, aber ich kann nicht. Ich rufe Rachel an und frage, ob sie mich nach Hause fahren kann.

JACK

Als wir mit dem Streichen der Umkleiden fertig sind, ist es kurz vor fünf. Der Himmel hängt voll grauer Wolken, und die Luft ist schwer, als würde es Regen geben.

Durch das große Fenster von Tams Haus kann ich eine Horde Kinder sehen, und ich denke: *großartig*. Deshalb weigere ich mich so oft, Dusty abzuholen, weil das hier ein Albtraum ist. Ich bin nicht in der Lage, ihn aus einer Menge herauszupicken, und meine Eltern glauben, dass Dusty zu jung für ein Handy ist, also kann ich ihm auch nicht schreiben, dass ich gleich da bin und er draußen warten soll. Bei den seltenen Gelegenheiten, wenn ich ihn hole, warte ich normalerweise draußen und hupe.

Da Dusty nicht allein bei Tam ist, sondern hier anscheinend ein verdammtes Kinderfestival stattfindet, tue ich das auch jetzt. Der Regen prasselt gegen die Windschutzscheibe wie Munition aus einem Maschinengewehr. Der Kinderhaufen hinterm Fenster rührt sich nicht, also hupe ich wieder.

Ich warte noch ein paar Minuten, dann stelle ich den Motor aus und drehe den Rückspiegel so, dass ich mich darin anschauen kann. Der Typ, der zurückstarrt, hat schon bessere Tage gesehen. Die Verletzung an der Lippe ist immer noch nicht verheilt, und die Farbe rund um mein Auge geht langsam von schwarz zu blauviolett über, dank der Verteidigungsaktion von Jonny Rumsford. *Großartig.*

Ich suche nach einem Gegenstand, mit dem ich mein Gesicht verstecken und mich gegen den Monsun schützen kann. Auf dem Boden vor dem Rücksitz liegt eine alte Jacke, die Marcus gehören muss. Ich nehme sie und wickle sie mir um den Kopf, stürze hinaus in den Regen und jogge den Weg hoch. Tausend schrille Stimmchen schwatzen drinnen durcheinander, als ich auf den Klingelknopf drücke. Die Tür springt auf, und ich werde von einer blonden Frau mit kurzen Haaren begrüßt. Das, denke ich, ist Tamaras Mom. Sie bittet mich herein, und ich sage durch die Jacke: »Ist schon in Ordnung. Ich will nicht das ganze Wasser reinschleppen. Wenn Sie ihn einfach rausschicken würden.«

»Unsinn, Jack. Komm rein.« Sie macht die Tür weiter auf, und der Wind bläst Regen auf sie und den Boden, also gehe ich rein.

»Da kommt richtig was runter«, sage ich.

»Wem sagst du das? Die Kids sollten eigentlich den ganzen Tag draußen sein.« Sie lacht leicht hysterisch, und ich kann sehen, wie müde sie ist.

Ich hoffe, Dusty ruft Hallo oder gibt sich auf andere Weise zu erkennen, aber die kleinen Teufelsbraten schauen mich alle groß an, und einer von ihnen sagt: »Es ist, als würde Gott pissen.« Das scheint ein ziemlich guter Witz für Zehnjährige zu sein, die Art, für die man zehn sein muss, denn sie fangen alle an zu lachen, bis sie beinahe auf dem Boden liegen.

Die Frau sagt zu mir: »Bitte nimm mich mit.«

Ich lache, während ich dastehe und versuche, ruhig und sorglos und cool zu wirken. Währenddessen versuche ich, Dusty in der Kinderhorde ausfindig zu machen, aber sie sehen alle gleich aus. Dünn, klein, abstehende Ohren. Alle Kinder tragen Partyhüte, und nur eine Handvoll von ihnen ist offensichtlich weiß. Ich spüre einen Anflug von Panik in der Brust.

Die Frau fragt: »Möchtest du eine Weile bleiben?«

»Ist schon in Ordnung. Dusty und ich haben noch was vor.« Ich lege die Hand auf den Türgriff, wie um zu sagen: *Seht ihr?* Ich rufe in den Raum hinein: »Wer auf den Namen Dusty hört, kommt jetzt besser mit mir.«

Die Kids starren mich an. In diesem Augenblick geht der Panikfunke in eine Feuersbrunst über. Wenn mein Bruder eins dieser starrenden, schweigenden Kinder ist, dann lässt er es sich nicht anmerken.

Ich sehe die Gruppe an und sage in ihre Richtung: »Jetzt komm endlich. Wir wollen uns nicht verspäten.«

Als niemand sich rührt, konzentriere ich mich auf den, der am ehesten nach meinem Bruder aussieht (abstehende Ohren, vorstehender Adamsapfel, kupferbraune Haare) und sage: »Falls der Regen dir Sorgen macht, ich hab diese Jacke für dich dabei.« Und dann, weil es ein langer Tag war und ich es leid bin, angestarrt zu werden, und weil ich mir sage: *Das ist doch Scheiße. Wie kannst du deinen eigenen Bruder nicht erkennen?*, tue ich etwas, was ich sonst nie tue – ich gehe rüber, wobei ich große, dreckige Fußabdrücke auf dem Teppich hinterlasse, und packe den Jungen am Arm, bevor er sich zu erkennen gegeben hat. Und schleife ihn zur Tür.

Der Junge wehrt sich, und im selben Augenblick sehe ich einen anderen Jungen ins Wohnzimmer kommen. Er hat abstehende Ohren und einen vorstehenden Adamsapfel und kupferbraune Haare und sagt: »Jack?« Und fängt an zu weinen.

Der Junge, den ich bis zu diesem Moment hinter mir her geschleift habe, schreit: »Lass mich los!« Mittlerweile sind die anderen Partygäste auch aufgeschreckt, und ein kleines Mädchen fängt ebenfalls an zu heulen. Als ich ihn loslasse, faucht der Junge mich an: »Arschgesicht.« Er zittert.

Die Frau geht vor ihm in die Knie. Sie sagt besänftigend: »Es ist alles in Ordnung, Jeremy. Er hat nur Spaß gemacht. Ich glaube, er merkt jetzt selbst, dass es nicht komisch war.« Sie wirft mir einen entsetzlichen Blick zu.

»Findest du es wirklich komisch, hier reinzukommen und allen Angst zu machen?« Das fragt ein kleines Mädchen mit roten Haaren, das Tam sein könnte oder auch nicht.

»Nein, finde ich nicht.«

Ich frage mich, wie viele von ihnen mich kennen und wie viele Eltern von dieser Szene hören werden. Ich habe das Gefühl, dass ich gleich kotzen muss, und bin kurz davor, einfach abzuhauen. *Soll Dusty zusehen, wie er nach Hause kommt. Soll meine Mutter ihn holen.* Aber es ist, als hielte mich der Boden dort fest. Meine Füße sind wie Anker. Sie rühren sich nicht. Ich stehe einfach da und starre an den starrenden Kindern vorbei auf den Jungen, der gerade hereingekommen ist und immer noch weint.

»Es tut mir leid.« Ich sage es zweimal direkt an ihn gerichtet, aber niemand hört zu. Diese Kids könnten mich umbringen, wenn sie wollten. Es sind so viele, und so klein sie auch sind, sie haben die Wut auf ihrer Seite.

Eine Ewigkeit später erhebt sich die Frau und sagt mit kalter Stimme: »*Das* ist dein Bruder«, als wäre ich der schlimmste Kinderräuber der Welt. Sie schiebt Dusty auf mich zu, als wolle sie uns beide aus dem Haus haben, als wäre Dusty ebenfalls schuldig.

Ich bin kein Arschgesicht, wenigstens nicht in dieser Hinsicht. Ich habe eine Krankheit namens Prosopagnosie. Das heißt, dass ich keine Gesichter erkennen kann, nicht mal die Gesichter der Menschen, die ich liebe.

Laut sage ich: »Sie wachsen so schnell in dem Alter. Da kommt man kaum mit.«

Und dann nehme ich den richtigen Dusty bei der Hand und ziehe ihn nach draußen. Ich werfe ihm die Jacke zu, und er legt sie sich über den Kopf, aber es ist offensichtlich, dass er nicht in meiner Nähe sein will, denn er lässt sich mit dem Weg zum Auto richtig schön Zeit. Ich bin mittlerweile bis auf die Knochen durchnässt, trotzdem halte ich ihm die Tür auf. Als er einsteigt, schaut er mich mit tränenüberströmten Gesicht an und fragt: »Warum wolltest du Jeremy Mervis kidnappen?«

»Es war nur ein Spaß.«

Er studiert mein Gesicht, wie er es in letzter Zeit bei unseren Eltern tut, als wäre er nicht sicher, ob er mir trauen kann. »Die vierte Klasse ist schon schwer genug, auch ohne als der kleine Bruder eines Entführers bekannt zu sein.«

* * *

Meine Hände zittern, aber ich will nicht, dass er es sieht, deshalb umklammere ich das Lenkrad, bis meine Knöchel weiß werden. Dann frage ich ihn, wie die Party war. Aber mein Herz schlägt gegen die Wände meiner Brust und macht BUMM, BUMM, BUMM, und ich kann ihn kaum hören.

LIBBY

Rachel will wissen, was passiert ist.

Dieser Mensch hat dich in deinen schlechtesten Zeiten gesehen. Als du sie kennengelernt hast, hast du zwei Krankenhausbetten gebraucht, nachdem du aus deinem Haus geholt werden musstest. Sie ist für dich da gewesen und hat dich die ganze Zeit geliebt, genau wie eine Mom, nur dass sie nicht deine Mom ist.

Ich sage ihr, dass ich nicht darüber reden möchte, nicht jetzt, und wir schweigen den Großteil der Fahrt über.

In meinem Zimmer schlage ich *Wir haben schon immer im Schloß gelebt* auf. Obwohl sie etwas Schreckliches, etwas Furchtbares getan hat, fühlt Mary Katherine überhaupt nichts – keinen Schmerz, keine Reue, gar nichts. Nicht mal, als die Dorfbewohner ihr Grundstück betreten und Sprechchöre über sie singen.

Merricat, sagt Constance, eine Tasse Tee für dich?
O nein, sagt Merricat, du vergiftest mich.
Merricat, sagt Constance, willst du schlafen gehn?
Wirst tief in der Erde die Toten sehn.

Merricat ist eigentlich ganz glücklich in ihrem Haus in der Gesellschaft ihrer Schwester, aber sie denkt immer noch an die Dorfbewohner und wünscht, die Zungen würden ihnen im Mund verbrennen.

Ich erinnere mich, so voller Schmerz und Zorn gewesen zu sein, dass ich allen brennende Zungen wünschte, die mich verletzt hatten, vor allem Moses Hunt. Aber es ist so – Merricat hat ihre gesamte Familie vergiftet. Die einzige Straftat, die ich begangen habe, war, fett zu sein.

JACK

»Warum warst du nicht im Wohnzimmer bei den anderen Kindern?«

»Ich hatte keine Lust auf ihre Spiele. Ich bin hinten auf die Veranda gegangen, um meinen Text zu lernen.« Er scheint nicht mehr zu weinen, aber er weigert sich, mir ins Gesicht zu sehen.

»Aber Tam und die anderen wollten doch sicher, dass du mitmachst?«

Er zuckt die Achseln. »Ich glaube nicht, dass sie mich vermisst haben.«

»Aber mit Tam ist doch alles in Ordnung, oder?«

Er braucht vor jeder Antwort mehrere Sekunden, und ich kann den Schmerz in seiner Stimme hören. Für den ich verant wortlich bin. »Glaub schon.«

Ich lasse ihn in Ruhe. Meine Gedanken rasen immer noch, und mein Herz macht immer noch BUMM BUMM BUMM.

Als wir vor unserem Haus parken, sagt Dusty: »Jack?«

»Ja?« Ich will, dass er mir sagt, dass er mir verzeiht, dass er mich trotzdem liebhat.

»Ich wünschte wirklich, du hättest nicht versucht, Jeremy zu entführen.«

»Ich auch.«

»Was, wenn Tams Mom die Polizei gerufen hätte? Was, wenn

sie dich ins Gefängnis gesteckt hätten?« Seine Stimme zittert, und er sieht so aus, als würde er gleich wieder anfangen zu weinen.

»Ich würde nicht ins Gefängnis kommen. Das würde ich nicht zulassen. Es war nur ein Missverständnis. Das war alles. Ich war durcheinander.«

Er steigt wortlos aus, und als wir den Weg entlanggehen, sage ich: »Hey, kleiner Mann, wäre es in Ordnung, wenn du Mom und Dad nichts von der Sache erzählst?« Der Regen hat aufgehört, aber ich fühle ihn noch in der Luft.

Er zögert, und ich kann ihm ansehen, dass er mir nichts versprechen will. Nie wieder. Er hebt den Kopf und klinkt seine Augen in meine. Augen, die mich ausschließen. Sie sehen mich an, aber sehr weit von mir entfernt. Schließlich sagt er: »Okay.«

Als er im Haus ist, setze ich mich auf die nasse Treppe, weil ich noch nicht bereit bin reinzugehen. Es war ein langer Tag, und der Abend ist ruhig und kalt, wie eine kühle Hand auf der Stirn, wenn man Fieber hat. Ich starre auf die Straße und dann in den Himmel. Meine Hände zittern immer noch. Mein Herz hämmert immer noch.

Das war heute richtig, richtig schlimm. Dein Gehirn ist im Arsch. Es wird nie wieder richtig funktionieren.

Ich kann nicht sagen, wie Jeremy Mervis aussieht. Wenn er jetzt hier die Straße entlangkäme, könnte ich ihn nicht erkennen. Aber ich werde nie den entsetzten Blick in seinen Augen vergessen, als ich versuchte, ihn aus dem Zimmer zu zerren. Und ich werde nie den Blick in den Augen meines Bruders vergessen, als er das mit ansehen musste.

Es hätte schlimmer kommen können.

Das wiederhole ich immer wieder, während ich versuche, mir

fünf Möglichkeiten auszudenken, wie es schlimmer hätte kommen können, aber das kann ich nicht, denn ganz ehrlich, was ist schlimmer, als versehentlich beinahe ein Kind zu entführen, das du nicht kennst? Meine Gedanken springen wieder zu Dusty. Er trägt Dinge mit sich herum, von denen ich nie erfahren werde, genau wie ich, genau wie wir alle. Ich weiß nicht, was diese Dinge sind, aber ich kann es vermuten. Dusty ist sensibel und ehrlich. Er ist ein bisschen exzentrisch. Ich bin mir beinahe sicher, dass er schwul ist, aber ich bezweifle, dass er es weiß. Wie Libby wird er sich niemals als jemand ausgeben, der er nicht ist, und er hat keine Angst davor, anders zu sein. Aber den anderen wird das nicht immer gefallen.

Ich glaube nicht mehr an Gott, falls ich es denn überhaupt je getan habe, aber jetzt spreche ich eine Art Gebet. *Bitte pass auf ihn auf. Lass nicht zu, dass irgendjemand ihn verletzt. Und wenn du schon dabei bist, pass auch auf Libby und den guten alten Jonny Rumsford auf. Und auf Mom. Und Marcus. Und sogar auf Dad.*

Ich setze mich selbst nicht auf diese Liste, weil mir das egoistisch vorkommt. Aber vielleicht denke ich es doch ganz kurz. *Und auf mich wohl auch, auch wenn ich es nicht verdient habe. Pass vielleicht auch auf mich auf.*

Als ich ins Haus komme, telefoniert meine Mom mit Tams Mom und mein Dad mit den Eltern von Jeremy Mervis. So viel zum Geheimhalten. Alle sind offensichtlich stinksauer.

Mom hebt warnend den Finger. »Jack Henry. Hiergeblieben.« Sie zeigt auf das Wohnzimmer.

Zehn Minuten später.

Mom: »Was ist das Problem?«

Ich: »Vielleicht brauche ich eine Brille.«

»Ich meine nicht nur diese Aktion mit Jeremy Mervis. Ich meine alles, Jack. Den Ärger in der Schule. Diese Schlägereien. Das sieht dir gar nicht ähnlich.«

Ich: »Ich hatte einfach einen schlechten Lauf, Mom. Ich bin immer noch der nette Junge, den du großgezogen hast. Immer noch dein Liebling. Immer noch ich.«

Mom: »Ich weiß nicht, was mit dieser Familie los ist, aber dieses Verhalten muss ein Ende haben. Wenn irgendetwas nicht stimmt, musst du mit uns darüber reden.«

Das ist meine Chance, alles auszuspucken, hier auf den Boden, gleich neben das Stück Popcorn, das halb unter dem Sofa auf dem Teppich liegt, und auf den Controller der Playstation daneben.

Mom: »Jack? Sag uns, was los ist.«

Aber plötzlich weiß ich nicht, was ich sagen soll. Alles, was mit mir nicht stimmt, erscheint mir ausgedacht, es ist schließlich nicht so, als könnte ich mit dem Finger darauf zeigen – die heimliche Affäre meines Dads und meine heimliche Gehirnstörung.

Ich: »Es tut mir leid. Ich werde von jetzt an alles besser machen. Mehr kann ich nicht tun.« Ich schaue Dad an. »Mehr kann keiner von uns tun.«

Vielleicht weil er weiß, dass ein Teil davon seine Schuld sein könnte, sagt Dad: »Ich glaube dir, Jack, aber diese Geschichte ist ziemlich schlimm. Du musst dich bei den Familien entschuldigen.«

Mom: »Und wir wollen, dass du zu einem Beratungslehrer gehst. Zu Mr Levine oder einem der anderen. Und du gehst zwei Wochen lang nicht aus. Schule, Arbeit, nach Hause. Das war's.«

Ich würde gern sagen: *Zwei Wochen? Gebt mir meinetwegen für den Rest des Jahres Hausarrest. Sperrt mich ins Haus ein wie Mary Katherine Blackwood oder wie Libby. Das würde alles so viel einfacher machen.*

Ich fühle mich wie gefesselt. Hände, Beine, Füße. Jeder Teil von mir. Als könnte man mich ebenso gut in eine Kiste packen und in den Keller stellen.

Zuerst rufe ich bei Jeremys Eltern an. Dann bei Tams Mutter. Mit toter Stimme entschuldige ich mich. Ich sage, Dads Krebserkrankung mache mir immer noch zu schaffen und der ganze Mist in der Schule. Ich sage: »Bitte bestrafen Sie Dusty nicht für mein schlechtes Benehmen. Er ist der beste Mensch, den ich kenne.«

Als ich auflege, hänge ich noch ein PS an mein Gebet. *Bitte mach, dass niemand ihm weh tut. Einschließlich mir.*

LIBBY

Mir ist eigentlich nicht nach Tanzen zumute, aber ich hole die rosa Ballettschuhe heraus und ziehe sie an. Ich lasse mich auf mein Bett fallen, lehne mich gegen die Kissen, ziehe George auf meine Brust und stecke die Nase in sein muffiges Fell. Er fängt an zu strampeln, also lasse ich ihn los, und dann tut er etwas, was er noch nie getan hat – er setzt sich neben mich und tätschelt mich mit seinen scharfen, schmutzigen kleinen Krallen.

Ich verschränke die Knöchel, damit ich meine Schuhe besser sehen kann, während ich an die Wand starre. Einen Augenblick lang fühlt sich das an wie in alten Zeiten – auf dem Bett, von allen weggesperrt. Ich stelle mir vor, dass ich in unserem alten Haus bin, gegenüber von Dean, Sam und Castiel, meinen imaginären Freunden, die in Wahrheit nie meine Freunde waren.

Ich bin Libby Strout, der fetteste Teenager Amerikas, vielleicht der traurigste Teenager der Welt, allein in meinem Zimmer mit meiner Katze, während sich außerhalb dieses Zimmers die Welt weiterdreht.

JACK

Die Nacht ist kühl und klar nach dem Regen. Ich schiebe mich an die Dachkante heran, bis ich da stehe, wo ich schon einmal stand, vor zwölf Jahren, und blicke über die anderen Häuser und hinüber zu dem Haus, in dem früher einmal Libby Strout gewohnt hat.

Wenn ich noch einmal fallen würde, würde vielleicht etwas in meinem Gehirn wieder zurechtgerückt. Ich könnte die Welt und die Menschen darin auf eine Weise sehen, wie ich es jetzt nicht kann. Ich könnte ein Gesicht aus meinem Gedächtnis hervorholen oder an Mom denken und augenblicklich das Wort mit einem ganzen, zusammengefügten Bild von Augen, Nase und Mund verbinden, so wie alle anderen es tun.

Ich stehe lange Zeit da und überlege, wie ich springen müsste, um meinen Kopf genau an derselben Stelle aufzuschlagen. Vielleicht sollte ich lieber einen Stein nehmen und mir damit gegen den Kopf schlagen. Aber was, wenn ich noch mehr Schaden anrichte? Was, wenn ich einen totalen Gedächtnisverlust erleide?

Ich setze mich, dann lege ich mich hin. Das Dach ist feucht vom Regen. Das Wasser dringt durch mein T-Shirt, während ich den Himmel betrachte und die Sterne, die genauso aussehen wie alle andern Sterne. Es könnte ebenso gut ein Himmel voller Gesichter sein. Ich sage mir: *Libby ist einer dieser Sterne.* Ich suche mir einen aus und benenne ihn nach ihr und fixiere meinen Blick darauf, solange ich kann.

Und dann blinzle ich.

Bleib. Bleib. Bleib.

Geh nicht weg.

Aber sie ist weg.

LIBBY

Das Telefon klingelt. Es ist Jack, der einzige Mensch, mit dem ich reden will.

Etwas stimmt nicht.

Ich höre es an seiner Stimme.

Erst verstehe ich gar nicht, was er sagt.

»Es tut mir leid«, sagt er. Er wiederholt es immer wieder, bis ich ihm sage, dass er damit aufhören soll.

»Was tut dir leid? Was ist los?«

»Ich kann das nicht. Ich dachte, ich könnte. Ich wollte. Aber ich kann nicht. Es ist dir gegenüber nicht fair.«

»Was ist nicht …?«

»Du hast es verdient, gesehen zu werden, und ich werde dich nie sehen können, nicht wirklich. Was passiert, wenn du abnimmst? Du müsstest immer so bleiben, wie du jetzt bist, weil das dein Erkennungszeichen ist, aber du bist so viel mehr als dein Gewicht.«

»Was willst du mir damit sagen, Jack?«

Obwohl ich es weiß, und mein Bauch es weiß, und meine Knochen es wissen, und vor allem mein Herz es weiß. Mein ganzer Körper wird schwer wie ein Stein.

Er sagt: »Ich kann nicht mit dir zusammen sein, Libby. Wir können das nicht tun. Es tut mir leid.«

Und dann legt er auf.

Einfach so.

Ich sinke durch den Boden und in den Garten und von dort in das dunkle, tiefe Herz der Erde.

Ich denke an Beatrice in ihrem Garten und wie sie aus Liebe gestorben ist. Dann denke ich aus irgendeinem Grund an eine andere Geschichte, die Mom mir immer vorgelesen hat: *Die zwölf tanzenden Prinzessinnen.* Ich gehe zu meinem Bücherregal und finde es. Ich blättere es durch, auf der Suche nach etwas – *Libby* in lilafarbenem Buntstift. Ich habe es sehr klein auf den Rock der jüngsten Prinzessin geschrieben, Elise. Sie war mir die liebste, aber nicht, weil sie den Prinzen bekommt, sondern weil sie das beste Herz hat. So wollte ich sein.

Ich betrachte Elises perfekte Frisur und Haare und Gestalt. Natürlich lieben die Menschen es, ihr beim Tanzen zuzusehen. Natürlich heiratet sie den Prinzen. Ich frage mich, was passiert wäre, wenn Elise so ausgesehen hätte wie ich.

JACK

Bevor ich schlafen gehe, schreibe ich Libby eine lange Entschuldigungsmail, aber am Ende lösche ich sie, denn was soll das bringen? Es wird nichts daran ändern, dass es immer diesen Teil von mir geben wird, der nach ihr sucht, obwohl sie genau vor mir steht.

DIE WOCHE DANACH

LIBBY

Obwohl ich nicht erwarte, dass ich es ins Team geschafft habe, gehe ich bei Heather Alperns Büro vorbei, um zu sehen, ob sie den Namen des neuesten Darlings angeschlagen hat.

Der Zettel hängt an ihrer Tür. Ein einzelner Name steht darauf: *Jesselle Villegas.*

Ich sage mir: *Du solltest nicht überrascht sein. Du solltest nicht enttäuscht sein. Was hast du denn erwartet, was passieren würde, als du dich mit Caroline angelegt hast?* Aber ich *bin* überrascht. Ich *bin* enttäuscht.

Ich sage mir: *Du wolltest doch gar nicht wirklich bei den Darlings mitmachen. Nicht so. Du wolltest nicht Formation tanzen und Flaggen schwingen und Befehle von Caroline Lushamp ausführen.* Aber mein Herz fühlt sich an wie ein geplatzter Luftballon.

Bailey und Travis und ich warten draußen, bis Mr Dominguez das Auto gewendet hat. Travis hat die Augen geschlossen und sieht aus, als schlafe er im Stehen.

Bailey sagt: »Ich hab das mit Jesselle gehört.«

»Ist schon in Ordnung. Ich kann damit leben.« Um klarzumachen, wie UNGLAUBLICH GUT ich damit leben kann, schwinge ich meine Hand so sorglos durch die Luft, als wolle ich eine Mücke wegwedeln.

Sie sagt: »Diese schreckliche Caroline.«

»Das lässt mir Zeit für andere Dinge.« *Wie in meinem Zimmer zu tanzen und Vodoopuppen mit dem Gesicht von Caroline Lushamp zu basteln.*

Während ich in meinem Rucksack nach meinem Lipgloss suche, zählt Bailey all die anderen tanz- und vodoofreien Aktivitäten auf, mit denen ich anfangen könnte. Meine Hand schließt sich um etwas. Ein Umschlag. Ich reiße ihn auf und drehe mich zur Seite, um zu lesen, was auf dem Zettel steht, obwohl ich es bereits weiß.

Du bist nicht erwünscht. (Hab ich doch gesagt.)

Ich blicke auf und erwarte halb, Caroline irgendwo stehen zu sehen, die mich beobachtet. Bailey liest über meine Schulter.

»Von wem ist das?«

»Von niemandem.« Ich stopfe den Brief in meinen Rucksack.

Hab ich doch gesagt.

Meint sie: *Siehst du? Jack liebt dich nicht?* Oder meint sie: *Wie konntest du auf die Idee kommen, DU könntest bei den Darlings mitmachen?*

»Libbs, wer hat das geschrieben?«

»Mach dir keine Gedanken.«

»Aber …«

»Bitte, Bailey. Es ist alles in Ordnung.«

»Dann ist wegen Jack wohl auch alles in Ordnung.«

»Ich will nicht über Jack reden.«

Sie presst die Lippen zusammen. Schließlich sagt sie: »Es

kann nicht immer alles in Ordnung sein. Bei niemandem ist immer alles in Ordnung. Ich weiß, du bist gewohnt, allein klarzukommen, und ich weiß, ich hätte dir eine bessere Freundin sein sollen, damit du dich nicht daran hättest gewöhnen müssen, allein klarzukommen. Aber jetzt bin ich hier, und ich wünschte, du würdest mit mir reden.«

* * *

Im Auto bitte ich Mr Dominguez, um Gottes willen Musik anzumachen, nur dass ich Gott nicht wirklich erwähne, um Bailey nicht noch mehr zu kränken. Ich fühle mich schon schlecht genug, weil ich sie so angeschnauzt habe. Der erste Song, den Mr Dominguez aussucht, ist ausgerechnet ein uralter Rocksong aus den 70ern, *Love Hurts*, und falls ihr es noch nicht wisst, DIESEN SONG DARF MAN SICH NIEMALS ANHÖREN, SCHON GAR NICHT MIT GEBROCHENEM HERZEN. Ich bekomme sofort einen Kloß im Hals, die Art, die es unmöglich macht, zu schlucken oder zu atmen.

Nach einer Minute laufen mir Tränen übers Gesicht, aber Mr Dominguez zuckt nicht mit der Wimper.

Ich sehe Jack in der Eingangshalle. Er ist flankiert von Seth Powell und Dave Kaminski, der mich direkt ansieht, beinahe durch mich hindurch, während Jack vorbeischlendert, als wäre ich unsichtbar.

Und vielleicht bin ich das ja auch.

Wie alle anderen in seinem Leben.

Ein weiterer Mensch, den er nicht sehen kann.

JACK

Der Gesprächskreis fällt heute aus, weil Mr Levine irgendeine Teamsitzung hat, und ehrlich gesagt, bin ich erleichtert. Ich will Libby nicht in die Augen sehen, weil ich ein elender Feigling bin, und so sind elende Feiglinge nun mal – sie vermeiden es, den Dingen ins Auge zu sehen. Ich gehe mit Kam aus der Schule, und er fragt: »Was machst du heute Abend? Ich habe gehört, dass Kendra ein paar Leute eingeladen hat.«

Ich sehe den Abend vor mir, als wäre er bereits geschehen – Kendras riesiges Haus voller kläffender Hunde, nicht höher als bis zum Knöchel, Caroline und die anderen, die sich über ein Thema ereifern und dann über ein anderes, und alle trinken, bis sie (noch) blöd(er) sind.

»Alter, ich hab immer noch Hausarrest.« *Und selbst wenn nicht, würde ich nicht kommen.*

Er erzählt irgendeine Story über Seth, aber ich höre kaum hin, weil gerade ein Wagen vorfährt und ich ein Mädchen einsteigen sehe, das nur Libby sein kann. Das Auto fährt weg, und ich denke: *Schau hoch, schau hoch.* Aber sie guckt nicht mal in meine Richtung.

Ich treffe Mom-mit-offenem-Haar in der Küche an, wo sie am Fenster steht und eins von Dustys Saftpäckchen trinkt. Sie sieht zerstreut und weit weg aus. Ich räuspere mich, um sie nicht zu erschrecken.

Sie schenkt mir ein Lächeln, aber es landet irgendwo über meiner linken Schulter. »Wie fühlst du dich?«

»Durstig.« Ich schnappe mir ebenfalls ein Saftpäckchen und lehne mich an die Arbeitsplatte. »Erinnerst du dich noch, als ich in der Grundschule im Baseballteam gespielt habe?«

»Natürlich.«

»Du hast mir vor dem Training immer gesagt, wie die Spieler hießen, weil ich sie mir nie merken konnte.«

»Du hast sie immer verwechselt.«

»Es war ziemlich cool von dir, dass du das gemacht hast.«

»So was machen Eltern nun mal.« Das sagt sie so nüchtern, dass ich sie dafür noch mehr liebe. Sie lächelt in die Ferne, in die Vergangenheit, und lacht. »Du warst schon damals ein richtiger Charmebolzen. Ich habe keine Ahnung, woher du das hast. Von uns jedenfalls nicht.«

»Von dir natürlich.«

Sie lächelt. Seufzt. »Also, was ist wirklich los?«

»Lasst ihr euch scheiden, du und Dad?«

»Wie bitte? Wie kommst du darauf?«

Das ist meine starke Mutter, mit der nicht zu spaßen ist, aber in ihrer Stimme schwingt Angst mit, als könnte ich etwas wissen, was sie nicht weiß. Es ist wie ein Stich in den Bauch, und ich wünschte, ich hätte es nicht gehört, weil ich diesen Klang nie wieder vergessen kann, und wenn ich hundert werde.

»Ihr zwei wirkt einfach nicht wie ihr selbst in letzter Zeit.«

»Es war alles ein bisschen schwierig.« Sie ist erschöpft. Ich höre es an ihrer Stimme und sehe es ihr an. An der Art, wie sie die Arme vor der Brust verschränkt. »Aber du bist das Kind, und ich bin die Mutter, egal wie groß du wirst oder wie lang du dir diesen Afro wachsen lässt, und das heißt, ich will nicht, dass du dir Sorgen machst.«

Ihr Lächeln ist der Schlusspunkt, das Zeichen, dass wir hiermit fertig sind. Etwas an ihrem Wunsch, mich zu beschützen, bringt eine Welle der Erinnerungen zurück, und plötzlich bin ich wieder sechs und liege im Krankenhaus. Mom hält meine Hand. Sie spricht mit Dad, und sie sind glücklich und erleichtert, weil ich wieder gesund werde und er noch keinen Krebs und noch nicht mal Monica Chapman kennengelernt hat. Mom schaut zu mir und dann zu Dad, und jedes Mal sieht ihr Gesicht anders aus. *Hat es da angefangen?* Aber ihr Lächeln ist immer dasselbe.

Und jetzt stehe ich in unserer Küche und denke an Dr. Oliver Sacks und seine Theorie, dass das Erkennen von Gesichtern nicht nur vom Gyrus fusiformis abhängt, sondern auch von der Fähigkeit, die Erinnerungen, Erfahrungen und Gefühle hervorzurufen, die mit Gesichtern verbunden sind. In anderen Worten, das Gesicht einer bekannten Person zu erkennen, geht mit einer Menge Bedeutung einher. Gleichzeitig verleiht es Bedeutung – den Menschen, die du kennst und liebst.

Mom bedeutet mir eine Menge – schließlich ist sie *meine Mom* –, aber würde sie mir noch mehr bedeuten, wenn ich ihr Gesicht erkennen könnte?

Ich sage zu ihr: »Versprich mir, dass ihr nicht eins dieser Paare werdet, die nur wegen der Kinder zusammenbleiben. Das verkorkst alle, auch die Kinder.« Ich werfe das leere Saftpäckchen in den Müll. Atme ein. Sage, was ich wahrscheinlich lieber nicht sagen sollte. »Du hast was Besseres verdient.«

Die ersten Versuche mit Gesichtserkennungstechnologien wurden in den 1960er Jahren gemacht. Jedes Gesicht hat seine spezifischen Orientierungspunkte – etwa achtzig –, und die Technologie funktioniert, indem sie diese Punkte misst. Nasenbreite, Augenabstand, Kieferlänge. All diese Dinge zusammengenommen bilden eine Art Daumenabdruck des Gesichts.

Okay, diese Technik übersteigt also die Fähigkeiten meines Geistes, aber dafür kann ich Folgendes: stundenlang Kabel verknüpfen, die das Gehirn eines Roboters bilden. Das ist eine filigrane Arbeit, wie die eines Neurochirurgen. Du kannst den tollsten Entwurf auf der ganzen verdammten Welt haben, aber jedes Buch und jedes Video und jede Website werden dir sagen, dass du einen vollständigen, perfekt verkabelten Kreislauf brauchst, damit die Motoren funktionieren. Wenn auch nur ein einziges Kabel nicht angeschlossen ist, werden die Motoren nicht laufen, und dein Roboter wird sich nicht bewegen.

An meinem Gehirn kann ich nichts ändern, aber ich kann dafür sorgen, dass das rote Kabel hierhin kommt und das schwarze Kabel dahin. *Ich muss den Motor zum Laufen bringen.* Ich werde das Gehirn des Roboters mit einem perfekt funktionierenden Gyrus fusiformis ausstatten. Und nicht nur mit einem, sondern mit hundert.

LIBBY

Vor dem Essen sage ich Dad, dass ich in die Drogerie muss, um ein paar *Mädchensachen* zu besorgen. Zehn Minuten später laufe ich im Supermarkt die Gänge auf und ab, Neonlampen blenden mich, und ich fülle einen Korb mit Junk Food. Alles, was ich früher immer gegessen habe - Kekse, Chips, Cola. Die Leute starren mich an, und ich weiß, wie es aussieht: Die Fette macht sich bereit für die Fressorgie. Es ist mir egal. Plötzlich will ich alles haben. Es gibt nicht genug Essen in diesen Regalen, obwohl Halloween vor der Tür steht. Ich packe Tüten voller Süßigkeiten ein, und dann ist der Korb voll, also gehe ich nach vorn, hole einen Wagen, stelle den Korb hinein, gehe wieder die gleichen Gänge entlang und fülle ihn mit all den Sachen, auf die ich so lange verzichtet habe.

Ich stehe vor den Cornflakes und greife nach einer Packung Cheerios, als ich spüre, wie meine Brust sich verkrampft und nicht mehr entkrampft. Sie zieht sich enger und enger zusammen, als würde jemand ein Korsett darum schnüren. Meine Handflächen sind feucht. Mein Kopf presst sich zusammen, wächst und schrumpft gleichzeitig. Ich kann meinen eigenen Atem hören, derart verstärkt, dass ich in meinen Ohren klinge wie Darth Vader. Eine Frau am Ende des Gangs steht wie erstarrt, während sie mich beobachtet. Sie sieht besorgt aus. Ein Junge in der Uniform des Geschäfts kommt auf mich zu und fragt: »Ist alles in Ordnung? Miss?«

Mein Atem geht lauter, und ich halte mir die Ohren zu, um ihn nicht mehr hören zu müssen. In dem Augenblick fängt die Decke an, sich zu drehen, die Luft verschwindet, und meine Lungen arbeiten nicht mehr. Ich kann nicht mehr atmen. Ich lasse alles fallen und renne weg von dem Wagen und dem ganzen Essen, bis ich vor der Tür bin. Ich stehe auf dem Parkplatz, beuge mich vor, um die frische Abendluft einzusaugen, und dann lege ich mich flach auf den Boden, als könnten sich meine Lungen so weiter öffnen, aber der Atem kommt nicht. Ich schließe die Augen, und alles wird schwarz.

Genau so war es vor drei Jahren. Meine Lungen hörten auf zu atmen, und die Luft in meinem Haus, auf der ganzen Welt, überall, verschwand, und ich lag auf dem Rücken, unfähig zu reden oder mich zu bewegen. Ich fühlte nur noch Panik.

Ich öffne die Augen, und statt der schäbigen Metalldecke des Lasters sehe ich den Himmel.

Steh auf, Libby.

Ich setze mich auf und warte, dass die Welt sich wieder geraderückt. Ich bewege den Kopf langsam, damit die Dinge nicht kippen oder sich drehen. Drinnen im Supermarkt kann ich den Jungen mit einem Handy am Ohr sehen, und jemand ist auf dem Weg nach draußen, um dem Mädchen zu helfen, das da auf dem Parkplatz liegt.

Auf die Beine.

Ich stemme mich hoch, und plötzlich überkommt mich ein Gefühl. Ein ruhiges, friedliches Gefühl, und das ist sie, das ist Mom. Ich will, dass es bleibt, dass sie bei mir bleibt.

Leben, leben, leben, leben, …

Und dann atme ich.

Ich atme.

Zu Hause stehe ich vor dem Spiegel, in dem leuchtend lilafarbenen Bikini, den ich gekauft habe, nachdem ich abgenommen hatte. Die Preisschilder sind immer noch dran, weil ich ihn nie getragen habe, aber jetzt reiße ich sie ab und lasse sie auf den Teppich fallen. Ich sehe mich an.

George beobachtet mich im Spiegel, ohne die Miene zu verziehen, und ich denke: *Wenn die Menschen bloß mehr so wären wie er.* Er sieht mich so an, wie er mich ansieht, wenn ich angezogen bin, mit Make-up oder ohne, lachend oder weinend. Er ist unerschütterlich, was möglicherweise die Eigenschaft ist, die ich am meisten an ihm liebe.

Immer noch im Bikini, setze ich mich aufs Bett und öffne meinen Laptop. Ich starre etwa zehn Sekunden lang den Bildschirm an, und dann strömen die Worte nur so aus mir heraus.

DER NÄCHSTE TAG

LIBBY

Heute beginnt der Schwimmkurs, mit anderen Worten, die Sportstunde gleicht einem meiner größten Albträume, denn ich muss meinen Mitschülern in dem winzigsten, unvorteilhaftesten Kleidungsstück der Welt gegenübertreten.

Ich bin mit dreißig anderen Mädchen in der Umkleide, und genauso fängt der Albtraum an. Alle, die nicht Caroline Lushamp oder Bailey Bishop sind, starren in ihre Schließfächer, als könnten sie sich so den Blicken der anderen entziehen. Sogar Kendra Wu schummelt, indem sie sich auf die Bank setzt, eine Meile pro Minute redet, als wäre sie das Selbstbewusstsein in Person, und sich dabei ein Handtuch über die Beine legt. Im Aufstehen wickelt sie es sich um die Hüfte. Ich kenne diesen Trick, weil ich ihn selbst hunderte Male angewendet habe.

Ich würde gern rufen: *Wir sehen dich trotzdem, Kendra! Du kannst dich nicht verstecken! Aber wen kümmert's? Du siehst toll aus! Wir sehen alle toll aus! Unsere Körper sind erstaunliche, wundersame Gebilde, und wir sollten uns nie für sie schämen!*

Bailey erzählt mir von einem Rettungsschwimmer namens Brandon Irgendwas, der ihr erster echter Schwarm war (nicht zu verwechseln mit ihrem ersten Schwarm überhaupt: Christopher Robin aus *Pu der Bär*). Sie lehnt sich gegen ihr Schließfach, gestikuliert ausladend, wie immer, wenn sie etwas erzählt, und sieht aus, als wäre sie gerade aus den Seiten einer Mädchenzeitschrift gestiegen, selbst in dem hässlichen, unförmigen schwarzen Einteiler, den wir alle tragen müssen.

Ich bin bei weitem die Dickste hier, und alle werfen mir verstohlene Blicke zu, um zu sehen, wann ich die Hüllen fallen lasse, vermutlich, weil sie sich dann mit ihren eigenen Körpern besser fühlen. Ich bewege mich wie in Zeitlupe, fest entschlossen, zu spät zum Unterricht zu erscheinen. Ich schiebe erst den einen Schuh vom Fuß und dann den anderen und stelle beide Schuhe – erst den einen und dann den anderen – ordentlich, vorsichtig in mein Fach, als wären sie aus feinstem Glas. Ich nehme mein Armband ab und verstaue es mit allergrößter Sorgfalt in meinem Rucksack. Es fehlt nur noch, dass ich meinem Armband ein Gedicht schreibe, so lange brauche ich, um für sein Wohlergehen zu sorgen. Ich hole ein Haargummi aus dem Rucksack, und dann, als hätten wir noch Stunden Zeit, binde ich mir einen Pferdeschwanz und ordne meine Haare, jede einzelne Strähne, als wäre ich die Teamkapitänin der Darlings.

Caroline geht an mir vorbei und sagt in meine Richtung: »Man kann das Unvermeidliche nicht ewig hinauszögern.« Aber selbst Miss Allmächtig kann mir heute nichts anhaben.

Irgendwann sind nur noch Bailey und ich und ein Mädchen namens Margaret Harrison übrig, die am Handy telefoniert. Unsere Lehrerin, Ms Reilly, fegt durch die Kabine, würdigt uns kaum eines Blickes und ruft: »Margaret, das Handy! Bailey, ins Wasser! Libby, Badeanzug an!« Sie würde einen erstklassigen Feldwebel abgeben.

Bailey winkt mir zu. »Wir sehen uns gleich, Libby!« Und

springt mit ihren schwingenden Haaren und langen Beinen davon. Es ist ein Wunder, dass ich sie mag.

Jetzt sind nur noch Margaret und ich übrig. Sie telefoniert immer noch, aber sie muss jetzt wirklich verschwinden, also fange ich an zu singen. Laut. Ich stelle meine Schuhe noch einmal um. Sehe nach meinem Armband. Sie schwatzt weiter, immerhin schaut sie jetzt in meine Richtung. Wir könnten noch tagelang hier drin sein.

Schließlich denke ich: *Scheiß drauf.* Ich ziehe mein Oberteil aus. Hänge es auf den Bügel. Ziehe meine Jeans aus. Hänge sie an den Haken. Ich nehme mein Handtuch und knalle die Schließfachtür zu. Ich werfe mir das Handtuch über die Schulter. Ich begegne Margarets Blick. Sie macht große Augen. Das Handy ist immer noch an ihrem Ohr, aber sie hat endlich, endlich aufgehört zu reden. Ich lege eine Hand auf die Hüfte und die andere hinter den Kopf. Ich werfe mich in Pose, und ein Lächeln breitet sich auf ihrem Gesicht aus.

Sie sagt ins Handy: »Ja, ich bin noch da.« Und zeigt mir den erhobenen Daumen.

Ich spaziere in die Schwimmhalle der MVB-Highschool.

Alle bleiben stehen.

Bleiben. Einfach. Stehen.

Von der anderen Seite des Beckens ruft Ms Reilly herüber: »Was soll das sein, Strout?«

Ich schreie zurück: »Ein lila Bikini.«

Und dann nehme ich dieselbe Pose ein, eine Hand auf der Hüfte, eine hinterm Kopf.

Ms Reilly flitzt auf mich zu, und ihre Füße machen *schlapp,*

schlapp, schlapp auf den nassen Fliesen. »Was steht da auf deinem Bauch?«

Sie muss kurzsichtig sein, weil ich es in gigantischen Buchstaben auf das breiteste Hautstück geschrieben habe, das ich besitze.

»›Ich bin erwünscht‹«, sage ich. »Aber machen Sie sich keine Sorgen, es färbt nicht ab. Ich habe einen wasserfesten Stift benutzt.« Und dann gehe ich auf die tiefe Seite des Beckens, lasse mein Handtuch fallen und vollführe einen olympiawürdigen Kopfsprung, der selbst den unbeeindruckbarsten Preisrichter beeindrucken würde.

Mom und ich haben in dem Jahr schwimmen gelernt, in dem sie vierzig wurde, das Jahr, bevor sie starb. Wir nahmen gemeinsam Schwimmunterricht in dem öffentlichen Schwimmbad am Park und lernten Wasser zu treten, uns auf dem Rücken treiben zu lassen, Brustschwimmen und Kopfsprung. Für mich war Schwimmen so natürlich wie Laufen oder Schlafen. Ich fühlte mich im Wasser zu Hause. Mom war ängstlicher, was sie auf ihr Alter zurückführte.

»Du musst einfach der Kraft des Wassers vertrauen«, sagte ich zu ihr. »Unsere Körper sind dafür gemacht, auf dem Wasser zu treiben, ganz egal, was passiert. Das Wasser hält dich oben.«

Ich bin in den Jahren danach nicht viel geschwommen. Aber es ist erstaunlich, wie so etwas zurückkommt. Als ich jetzt durchs Wasser gleite, vergesse ich, wo ich bin. Es gibt nur mich und das Wasser. Und Mom, gerade so außer Reichweite. Ich schließe die Augen und kann sie auf der Bahn neben mir sehen.

Ich tauche auf, um Luft zu holen, öffne die Augen und bin wieder im Schwimmbecken der Highschool, umgeben von gaffenden, lachenden Mädchen. Das ärgert mich kurz, aber nur eine Sekunde lang. Es ist anscheinend mein Job auf dieser Welt, gaffenden, lachenden Mädchen beizubringen, wie man freundlich ist. Wenn man mir mit sieben oder acht gesagt hätte, dass das mal meine Aufgabe sein würde und dass ich davon nie eine Pause bekommen würde, egal, wie gut ich mich mit mir selbst fühle, hätte ich gesagt: *Vielen Dank, aber wenn ich es mir aussuchen darf, hätte ich gerne einen anderen Job. Was haben Sie sonst noch im Angebot?*

Ich weiß, was ihr denkt – wenn du es so schlimm findest und es so eine Last ist, dann nimm doch einfach ab, und du bist den Job los. Aber ich fühle mich wohl, da, wo ich bin. Vielleicht nehme ich noch mehr ab. Vielleicht auch nicht. Aber was geht die anderen mein Gewicht an? Solange ich nicht gerade auf ihnen drauf sitze, was kümmert es sie?

Ich schwimme zur Leiter und steige aus dem Becken. Ich streiche mir die Haare aus dem Gesicht und schaue auf meinen Bauch. Die Schrift ist noch da.

Ich nehme mein Handtuch und gehe an ihnen allen vorbei in die Umkleide, wo ich mich abtrockne und meine Schuhe anziehe, die ich speziell für den heutigen Tag ausgesucht habe. Auf der einen Seite steht ein Zitat aus »Ein anderer Frieden«: »*Jeder hat einen Augenblick in der Geschichte, der speziell ihm gehört.*«

Das hier ist meiner.

JACK

Ich bahne mir einen Weg durch die Menge und tue so, als würde ich telefonieren. Ich will auf keinen Fall durch die Eingangshalle, auch wenn das heißt, dass ich nach oben, einmal quer durchs Gebäude und auf der anderen Seite wieder nach unten muss, um zu meinem nächsten Kurs zu kommen. Das nächste Treppenhaus befindet sich an der Stelle, die wir die *Vier Ecken* nennen, wo der Gang sich in vier verschiedenen Richtungen teilt, und wenn ich es geschickt anstelle, kann ich von dort unbemerkt ins Obergeschoss gelangen. Andernfalls muss ich den ganzen Weg bis zum Haupteingang zurücklegen und dort das Treppenhaus nehmen. Ich will niemandem über den Weg laufen.

Ich höre meinen Namen, aber ich starre weiter auf die Hinterköpfe vor mir. Der Gang ist voller Leute, und es geht kaum vorwärts. Irgendjemand ruft immer wieder meinen Namen, und dann zerrt ein großes Mädchen mit dunkler Haut und einen aufgemalten Schönheitsfleck neben dem Auge an meinem Arm und ruft: »Hast du mich nicht gehört?«

»Caroline?«

»Ich habe gesagt: Deine Freundin steht da hinten. Sie ist der Grund, warum keiner durchkommt.«

LIBBY

Ich stehe in der Mitte des Gangs. Das Einzige, was ich abgesehen von meinen Schuhen trage, ist mein Bikini. Der Stoff und meine Haare sind noch nass, und ich zittere ein bisschen, aber ich sage mir: *Das ist dein Augenblick in der Geschichte. Er gehört dir.*

Fünf. Vier. Drei …

Iris taucht auf, atemlos. Ich frage: »Hast du sie?«

»Hier.« Sie hält mir einen Stapel Kopien hin.

»Vielleicht solltest du lieber verschwinden.«

Sie schüttelt den Kopf. »Ich bleibe.«

Die Glocke läutet, und ich zucke zusammen. Noch ist Zeit. Ich könnte rennen wie der Blitz und vielleicht nur von ein paar Leuten gesehen werden. Aber ich bleibe stehen.

Während die Türen aufgestoßen werden. Während die gesamte Schülerschaft der MVB-Highschool auf den Gang strömt. Während alle mich anstarren. Während Handys hochgehalten werden. Während – ich bin sicher – mindestens vierhundert Fotos gemacht werden. Während meine Brust sich zusammenzieht. Während mein Kopf sich anfühlt, als sei er aus Watte. Während meine Atmung rasselnd und unregelmäßig wird. Während meine Handflächen feucht werden.

Ich stehe da.

JACK

Ich versuche, mich vorzudrängeln, aber je näher wir der Eingangshalle kommen, desto langsamer geht es voran, und bald bin ich in der Menge gefangen, trotte mit, werde gegen das Mädchen vor mir und den Typen hinter mir und das Mädchen links und den Typen rechts gedrückt. Caroline ist irgendwo in der Nähe, aber ich habe sie verloren.

LIBBY

Iris und ich verteilen Flugblätter, eins für jeden, und sie gehen schnell weg. Meine Mitschüler nehmen sie und lesen im Weitergehen, während andere ihre Handys auf mich richten und Fotos machen. Ich versuche, für so viele wie möglich zu posieren, denn wenn ich schon im Internet lande, verdammt, dann will ich wenigstens mein Bestes geben.

Seth Powell und sein Riesen-Irokesenschnitt tauchen vor mir auf, und gleich hinter ihm ist Jack Masselin. Seth fragt: »Was soll das? Ist heute Karneval?« Er lacht so heftig, dass er zittert.

Jack lacht nicht. Er fragt: »Was machst du da?«

»Ich erinnere die Leute an ein paar grundlegende Wahrheiten.«

Moses Hunt und seine Gang latschen vorbei, und ich gebe ihnen ein Blatt, auch wenn sie vermutlich nicht lesen können. Ich sage zu Moses: »Ich hoffe, du lernst was, auch wenn ich meine Zweifel habe.«

Er breitet die Arme aus, als wolle er mich umarmen, und Jack ruft: »Hey!«

»Fick dich, Arschloch. Was ist dein Problem?«

Seth wiehert: »Sie ist seine Freundin, das ist sein Problem.« Und lacht zitternd wie ein Tamburin.

Ich sage zu Jack: »Vielen Dank, aber du musst mich nicht beschützen.«

Er sagt: »Aber du musst dir was anziehen.«

* * *

Hinter ihrem Schreibtisch schüttelt Mrs Wasserman den Kopf. »Ich weiß nicht mehr weiter, Libby. Hilf mir, das zu verstehen.« Sie hebt eins der Flugblätter hoch, die ich geschrieben habe. Mein Traktat für die Welt. »Jemand hat dich belästigt? Dir Briefe geschrieben? Warum bist du nicht zu mir gekommen?«

»Ich weiß nicht, wer sie geschrieben hat, und selbst wenn, würde ich den- oder diejenige nicht anschwärzen. Aber ich hatte das Gefühl, dass ich etwas sagen musste.«

Ich bin wieder angezogen, aber ich zittere. Erstens sind meine Haare nass. Zweitens bin ich stinksauer. Mit einem einzigen Kommentar hat Jack Masselin etwas von der Glorie meines Augenblicks zerstört: *Du musst dir was anziehen.*

Mrs Wasserman liest mein Traktat noch einmal und legt es vor sich auf den Tisch. Sie faltet die Hände darüber und schaut mich an. Ich sehe die Wut in ihren Augen, aber ich weiß, dass sie sich nicht gegen mich richtet. »Es tut mir leid«, sagt sie. »Aufrichtig.«

Plötzlich brennen meine Augen, was mich überrumpelt. Ich starre meine Hände an und befehle mir, nicht zu weinen. *Kein Grund zu weinen. Du warst toll. Du hast deine Aussage deutlich gemacht. Vielleicht hast du heute sogar jemandem geholfen, der hören musste, was du zu sagen hattest.*

»Wir sind hier fertig.«

Ich blicke auf. »Wirklich?«

»Aber ich will nicht noch einmal erleben, dass du die Dinge selbst in die Hand nimmst, und ich will dich nicht noch einmal in diesem Büro sehen. Es sei denn, du bekommst weitere Briefe. In dem Fall will ich, dass du direkt zu mir kommst und nicht versuchst, es selbst zu regeln. Und wenn du herausfindest, von wem sie sind, möchte ich auch das wissen.«

DU BIST ERWÜNSCHT

von Libby Strout

»Du bist nicht erwünscht.«

Das hat mir vor kurzem jemand in einem anonymen Brief geschrieben. Ich frage mich, wer von den Leuten auf dieser Schule meint, dass es in Ordnung ist, so etwas zu einem anderen Menschen zu sagen.

Du bist nicht erwünscht.

Das ist so ziemlich das Verabscheuungswürdigste, was man zu einem Menschen sagen kann.

Was die Person wahrscheinlich meint, ist: »Du bist fett, und das widert mich an.« Also warum sagt sie es nicht?

Du weißt überhaupt nicht, ob ich erwünscht bin oder nicht.

Aber soll ich dir was verraten? Ich bin erwünscht.

Glaub es oder nicht, ich habe tatsächlich eine Familie, die mich liebt, und ich habe Freunde. Ich habe sogar schon mit Jungs geknutscht. Der Grund, dass ich noch keinen Sex hatte, ist, dass ich noch nicht bereit bin. Und nicht, dass niemand mich will. Es ist so, werte Person-die-diesen-Brief-geschrieben-hat, ich bin verdammt entzückend. Ich habe einen guten Charakter und ein super Gehirn, und ich bin stark und kann rennen. Ich bin belastbar. Ich bin mächtig. Ich werde etwas mit meinem Leben anfangen, weil ich an mich glaube. Ich weiß vielleicht noch nicht, was das ist, aber das liegt daran, dass mir keine Grenzen gesetzt sind. Kannst du das von dir behaupten?

Das Leben ist zu kurz, um andere zu verurteilen. Es ist nicht unsere Aufgabe, anderen zu sagen, was sie fühlen sollen oder wer sie sind. Warum investierst du deine Zeit nicht lieber in dich selbst? Ich kenne dich nicht, aber ich kann dir garantieren, dass du ein paar Probleme hast, an denen du arbeiten solltest. Vielleicht hast du einen tollen Körper und ein perfektes Gesicht, aber ich wette, auch du hast Unsicherheiten, die dich davon abhalten würden, in einem lila Bikini durch die Schule zu laufen.

Und alle anderen, denkt daran: IHR SEID ERWÜNSCHT. Dick, dünn, groß, klein, hübsch, unscheinbar, freundlich, schüchtern. Lasst euch von niemandem etwas anderes erzählen, nicht mal von euch selbst.

Erst recht nicht von euch selbst.

JACK

Ich bin im Verkaufsraum von Masselins Spielwaren und wünsche mir, das ganze Jahr lang wäre Baseballsaison und alle wären zum Spielen verpflichtet. Wenn ich die Welt nach meinen Vorstellungen gestalten könnte, würde jeder Mensch ein Trikot mit seinem Namen drauf tragen, und so würden wir uns finden.

Wenn die Welt so funktionieren würde, hätte ich keine Probleme, Monica Chapman zu erkennen, die ebenfalls im Verkaufsraum von Masselins Spielwaren steht. Ich würde augenblicklich wissen, wer diese Frau ist, mit der mein Dad redet. Ich müsste mich nicht fragen, ob sie vielleicht schon öfter da war, vor meinen Augen.

Ich überrasche die beiden, die zu dicht nebeneinander vor einem Regal mit *Star Wars*-Figuren stehen, wo jeder, einschließlich meiner Mom, sie beim Hereinkommen sehen könnte. Sie lösen sich voneinander, und dann sehe ich den Namen meines Dads auf seinem Namensschild und den schuldbewussten Ausdruck auf seinem Gesicht.

Sie sagt: »Hi, Jack.«

Vielleicht ist sie es, vielleicht auch nicht, aber ich warte nicht, bis ich mir sicher bin. Ich sehe meinen Dad an. Ich sage: »Verdammtes Arschloch.« Und verschwinde.

Zu Hause fege ich alles von den Kellerregalen auf den Boden. Ich schmeiße eine Menge Zeug in den Müll. Ich raste aus wie ein jähzorniges Kind, trampele herum, haue alles kurz und klein und zerbreche Werkzeug und den ganzen Kram, an dem ich so lange gearbeitet habe.

Ich werde immer wilder, und irgendwann schlage ich nur noch gegen die Wand, bis meine Hand blutet. Der Schmerz fühlt sich gut an, ich mag den Kontakt von Wand und Knochen. Ich schlage wieder und wieder zu. Es ist ein Weg, etwas zu fühlen, ohne hinter diesem unsichtbaren elektrischen Zaun zu stehen, der mich von allen anderen trennt.

Eine halbe Stunde später räume ich das Chaos auf, ganz cool und gefasst, als ein Mann hereingeschlichen kommt, der das Namensschild meines Vaters trägt.

Er betrachtet das Chaos und sieht mir dann in die Augen. »Ich mache Schluss. Mit ihr.«

»Das geht mich nichts an.«

»Ich wollte es dir nur sagen.«

»Warum jetzt? Was hat dich zu dieser lebensverändernden Entscheidung gebracht?«

»Das«, sagt er und nickt in meine Richtung. »Dieser Zorn hier. Es wäre mir lieber, du würdest mich nicht hassen.«

»Jetzt schieb es nicht auf mich.«

»Es ist nicht wegen dir. Es ist wegen mir. Ich habe diese zweite Chance bekommen. Nicht nur, dass ich den Krebs besiegt habe, sondern auch mit deiner Mom, und eine zweite Chance, herauszufinden, was ich in meinem Leben tun will.«

»Ich dachte, du liebst den Laden.«

»Ich liebe das, was er bedeutet, und ich liebe die Geschichte.

Ich habe es als Kind geliebt, dorthin zu gehen. Aber das heißt nicht, dass es das ist, was ich mit meinem Leben machen wollte. Ich hatte andere Pläne.«

Ich bin sprachlos, weil ich zum ersten Mal darüber nachdenke, dass Dad etwas anderes hätte tun können und andere Optionen hatte.

»Ich wollte Architekt werden. Oder Ingenieur.«

Und auch das macht mich sprachlos, weil wir einander vielleicht doch ähnlicher sind, als ich dachte, und ich nicht sicher bin, wie ich das finde. *Das Einzige, was ich dank ihm und Mrs Chapman weiß, ist, welche Art Mensch ich* nicht *sein will.*

»Es ist komisch, oder? Obwohl wir praktisch allein hier drin sind« – er klopft sich auf die Brust – »ist es so leicht, sich selbst aus den Augen zu verlieren.«

Ich würde gern sagen: *Ich weiß. Ich kenne das. Es ist leicht, allen zu geben, was sie wollen. Was erwartet wird. Das Problem dabei ist, dass du vergisst, wo du selbst anfängst und wo das falsche Du, das versucht, es allen recht zu machen, aufhört.*

Er lächelt traurig. »Ich war wohl ziemlich mies in letzter Zeit.«

»Dusty hat dir also auch zugesetzt.«

»Tja, sieht ganz so aus.«

Marcus und seine Freundin, Melinda, sind im Wohnzimmer, beugen sich über sein Handy und tuscheln. Marcus blickt auf und fragt mich: »Hast du das gesehen?« Er hält mir das Handy hin.

Ich gehe zu ihnen und nehme das Handy, und da ist Libby Strout in ihrem neonlila Bikini, wie sie der Welt quasi ins Gesicht sagt: *Leck mich am Arsch.* Ich war da. Ich habe es gesehen. Aber jetzt bemerke ich, wie ihre Haare im Licht glänzen, und entdecke eine Handvoll Sommersprossen auf ihren Armen und ihrer Brust, wie Schönheitsflecken, die nicht aufgemalt sind.

Dann mache ich den Fehler, die Kommentare darunter zu lesen. Einige sind echt fies. Aber einige sind richtig nett. Ich zähle nicht mit, aber ich bin erleichtert zu sehen, dass die netten die fiesen zu überwiegen scheinen. Ich gebe meinem Bruder sein Handy zurück, aber er merkt es kaum, weil Melinda und er sich mittlerweile streiten.

Sie sagt: »Ich meine es ernst. Das ist nicht komisch, Cuss.« So nennt sie ihn. »Sie tut mir leid.«

Ich frage: »Warum tut sie dir leid, Da?« Wie in *Duh.* So nenne ich sie.

Sie blinzelt mich mit ihren großen dummen Augen an. »Ich meine, es ist sicher nicht leicht, sie zu sein.«

»Warum?« Ich sollte mich nicht mit ihr anlegen, wie ich es mit Seth immer tue, aber ich kann nicht anders.

»Na ja. Ich meine. Du weißt schon.« Sie hebt das Handy und zeigt auf das Display.

»Für mich sieht sie aus, als ginge es ihr ziemlich gut.«

Libbys *Du bist erwünscht*-Zettel liegt oben auf meinem Schreibtisch. Seit ich ihn gelesen habe, versuche ich, die Stimme zu ignorieren, die sagt: *Das ist deine Schuld. Wenn du sie nicht gepackt hättest, wäre sie nicht zur Zielscheibe geworden, und wenn sie nicht zur Zielscheibe geworden wäre, hätte sie auch nicht das Gefühl gehabt, sich vor der ganzen Schule beweisen zu müssen.*

LIBBY

Die Martin-van-Buren-Highschool ist eigentlich ziemlich schön, was sonderbar ist, wenn man bedenkt, wie viele Leute in den letzten paarundneunzig Jahren ihres Bestehens viel Zeit damit verbracht haben, sie zu hassen. Wir haben eine echte, wahrhaftige Kunstgalerie, in unsere Turnhalle passen zehntausend Zuschauer, und im Vortragssaal neben der Sporthalle finden öffentliche Veranstaltungen und Konzerte statt. Es gibt eine Salatbar und eine Pizza- und Sandwichtheke in der Cafeteria, und es gibt sogar einen kleinen Laden neben dem Krankenzimmer. Aber es könnte ebenso gut das Gefängnis auf der Petakinsel sein, mitten in einem See im entlegensten Teil Russlands, wo die Gefangenen zweiundzwanzig Stunden am Tag in ihren Zellen bleiben müssen und nur zweimal im Jahr Besuch empfangen dürfen. So kann es sich anfühlen, hier zu sein.

Der heutige Tag ist keine Ausnahme. Alle – wirklich *alle* – wissen jetzt, wie ich im Bikini aussehe. Auch die Leute, die nicht live dabei waren. Das YouTube-Video heißt *Das fette Mädchen schlägt zurück: Libby Strout, ehemals Amerikas fettester Teenager, sagt ihren Mitschülern: »Du bist erwünscht.«* Es wurde gestern Abend ins Netz gestellt und hat bereits 262 356 Klicks.

Stellt euch das mal vor.

Ich kann euch aus Erfahrung sagen, dass es sehr seltsam und sehr verstörend ist. Der Typ da drüben mit dem *Game-of-Thrones*-Notizblock. Die Mädchen aus dem Schulorchester mit ihren Musikinstrumenten. Die Cheerleader. Das *Basketballteam.* Und, ach ja, die Lehrer.

Ich hatte diese Sache nicht bis zum Ende durchgedacht.

Kann sein, dass ich mir das einbilde, aber jedes Augenpaar scheint sich auf mich zu richten, während ich durch den Gang gehe. Ich gehe und atme, gehe und atme. Ich fange an, ein bisschen zu stolzieren. Ich versuche, leicht zu tänzeln. Ich denke daran, wie ich mich gefühlt habe, als ich in meinem Zimmer zu den *Spice Girls* getanzt habe, und ich sage mir: *Das bist du wirklich. Eine Art Superstar, wie in dem Song.*

Ich höre nur einen einzigen blöden Kommentar. Alle anderen glotzen bloß.

Auf dem Gang fragt mich Mr Levine: »Ist alles in Ordnung, Libby?«

Also scheint er, ob er das Video gesehen hat oder nicht, über die ganze Sache Bescheid zu wissen.

»Du kannst jederzeit auch außerhalb des Gesprächskreises mit mir reden. Das ist mein Job, weißt du?«

»Ich weiß. Danke, Mr Levine. Aber es ist alles bestens. Wirklich.« Ich weiß nicht, ob er mir glaubt, aber ich eile weiter, bevor er mich noch etwas fragen kann.

In der Mittagspause esse ich mit Bailey, Jayvee und Iris im Kunstraum, weil es dort ruhiger (das heißt, weniger traumatisch) ist als in der Cafeteria. Wie immer reden Bailey und Jayvee darüber, was sie nach der Schule machen wollen, wenn die MVB vorbei ist und wir frei sind. Bailey will Künstlerin und Ärztin werden, Jayvee Schriftstellerin.

Irgendwann schaut Iris mich an und sagt: »Ich wünschte, ich wäre wie sie. Ich wünschte, ich wüsste, was ich machen will.«

»Du könntest Sängerin werden. Wenn ich deine Stimme hätte, würde ich den ganzen Tag singen, nur um mir selbst zuzuhören.«

Ihre Ohren werden leuchtendrosa. Sie nimmt einen Schluck von ihrer Cola light. »Singen ist kein Beruf, sondern ein Hobby.« Sie zitiert jemanden, vielleicht ihre Mom.

»Erzähl das mal Taylor Swift.« Ich nehme mein Handy, suche einen Song und tippe auf *Play*. Als ich anfange zu tanzen, verstummen meinen Freundinnen. Ich sage: »Ich werde Tänzerin, vielleicht sogar eine Rockette.« Ich kicke mein Bein in die Luft. Bis zum Himmel.

Jayvee fängt an zu klatschen und zu pfeifen.

»Ich gründe meinen eigenen Tanzclub. Ich nehme alle an, die kein Darling sein können oder wollen. Wir werden nicht in Formation tanzen und auch keine Flaggen schwingen. Wir gehen einfach auf die Bühne und machen, was wir wollen, aber wir machen es zusammen.«

»Ich will in deinen Tanzclub!« Bailey springt auf, schwingt die Hüften und lässt die Haare kreisen.

»Ich auch.« Jayvee klettert auf einen Tisch und winkt mit den Armen. Sie tippt sich an ihren imaginären Hut und lächelt das größte, gruseligste Lächeln, das man je gesehen hat.

Iris stellt ihre Cola auf den Tisch. Tupft sich den Mund mit der Serviette ab. Und dann singt sie mit und übertönt die Spice Girls mit ihrer vollen, großartigen Stimme. Sie schunkelt ein bisschen auf ihrem Stuhl, Schultern nach links, Schultern nach rechts. Ich schnappe mir einen Pinsel und reiche ihn ihr, und schon ist er kein Pinsel mehr, sondern ein Mikrophon, und wir sind nicht mehr im Kunstraum, wir sind auf der Bühne, alle zusammen, und machen unser eigenes Ding.

Bis Mr Grazer, der Kunstlehrer, reinkommt und brüllt: »Was ist hier los?«

Bailey meldet sich zu Wort. »Wir leben nur unsere Kreativität aus, Mr G.«

»Na, dann lebt sie ein bisschen leiser aus, Bailey.«

JACK

In der Mitte des Basketballfelds steht ein Stuhlkreis. Anscheinend werden wir heute im Gesprächskreis – in der allerletzten Sitzung – tatsächlich mal im Kreis sitzen.

Ich bin kurz davor, kehrtzumachen und rauszugehen, aber es ist schließlich das letzte Mal, also zwinge ich mich, mich zu setzen, die Gruppe zu begrüßen und darauf zu warten, dass Mr Levine zu uns stößt. Ich strecke die Beine von mir, verschränke die Knöchel, lehne den Kopf zurück und schließe die Augen. Alle werden denken, dass ich einen Kater habe oder müde bin oder mir einfach nur todlangweilig ist, aber in Wahrheit schlägt mein Herz ein bisschen zu schnell, ein bisschen zu laut.

Worum auch immer es heute geht, es kann nichts Gutes sein.

Ich lausche darauf, wie alle sich setzen, wie ihre Stimmen lauter und leiser werden. Ich höre Libby etwas sagen, als sie sich setzt, und dann höre ich das Quietschen von Turnschuhen auf dem Plastikboden. Das ist Mr Levine.

Er sagt: »Ihr fragt euch bestimmt, warum wir in unserem Gesprächskreis im Kreis sitzen.«

Ich öffne die Augen, setze mich etwas aufrechter hin und versuche, interessiert zu wirken und so, als würde ich mir nicht fast vor Angst in die Hose machen. Ich sehe rüber zu Libby. Ich würde gerne sagen: *Es tut mir leid. Ich vermisse dich.* Aber sie schaut Mr Levine an, der einen Basketball im Arm hält.

»Heute wird jeder von uns fünf positive Dinge über jede der hier anwesenden Personen sagen. Also, wenn ich anfange, sage ich zum Beispiel fünf großartige Dinge über, äh, Maddy.« Er wirft Maddy den Ball zu. »Maddy, du bist freundlich, pünktlich, höflich, du kommst gut mit anderen Leuten zurecht, und du bist sehr viel selbstbewusster, als du beim ersten Treffen in diesem Kreis warst. – Und dann sagt Maddy fünf großartige Dinge über mich.«

Maddy sagt: »Sie tragen coole Fliegen, Sie sehen aus wie Doctor Who, Sie sind ziemlich cool für einen Lehrer, Sie belehren uns nicht zu sehr, und Sie gestalten diese Treffen interessant.« Sie wirft den Ball zurück zu Mr Levine.

»Ausgezeichnet, Maddy, vielen Dank. Als Nächstes würde ich den Ball zu Jack oder Andy oder Natasha oder Travis oder Libby oder Keshawn werfen, bis ich über jeden etwas gesagt habe. Wir gehen reihum, bis jeder einmal dran war. Fragen?«

Keshawn fragt: »Also, es kann wirklich alles sein, solange es was Gutes ist?«

»Sagen wir mal, alles was jugendfrei ist.« Alle lachen, außer Keshawn, der enttäuscht aussieht.

Wir sehen einander an und mustern uns, und alle versuchen zweifellos, fünf nette Dinge an den anderen zu finden. Ich mustere sie auch, aber anders. Mittlerweile kann ich Keshawn in dieser Gruppe ausmachen, und Natasha muss das Mädchen mit den langen braunen Haaren sein, die ihre Hand auf seinem Bein hat – das hoffe ich jedenfalls, um Keshawns Willen. Ich erkenne Libby, weil sie das umfangreichste Mädchen hier ist, und ich erkenne Maddy, dank Mr Levine. Aber wie immer habe ich Probleme mit Andy und Travis. Sie haben die gleiche Größe, die gleiche Statur, und beide haben zottelige Haare, die ihnen über die Augen fallen. Manche Leute kann man durch ihre Gestik unterscheiden, wie sie sich beispielsweise die Haare aus dem Gesicht streichen, aber diese beiden blinzeln einfach mitten durch.

Ich sage mir, es wird schon gutgehen, solange Levine jemand anderen anfangen lässt. Also überlege ich jetzt, was ich über diese Leute sagen kann. Keshawn und Natasha wurden dabei erwischt, wie sie in einer Toilette Sex hatten, was bei weitem der beste Grund ist, hier zu sein. Maddy ist hier, weil sie aus mehreren Schließfächern Make-up geklaut hat. Andy hat Schuleigentum zerstört (indem er darauf gepisst hat), und Travis hat als Mutprobe im Unterricht einen Joint angezündet. Also, tja. Die einzige Person, zu der mir etwas Nettes einfällt, ist Libby. Aber statt fünf guten Dingen, die ich über sie sagen kann, fallen mir hundert ein.

Levine sagt: »Jack, möchtest du anfangen?«

Mist.

Ich werfe ihm mein strahlendes Lächeln zu. »Ladies first. Wegen der Ritterlichkeit und so.«

»Ich bin sicher, die Damen wissen die Geste zu schätzen, aber ich wette, in diesem Fall haben sie nichts dagegen.« Er lehnt sich auf seinem Stuhl zurück und wartet.

Aus irgendeinem Grund sehe ich Libby an. *Lass mich nicht im Stich, Libby Strout, wenn ich dich am meisten brauche.* Sie runzelt die Stirn, und kurz denke ich, dass sie mir jetzt die Meinung sagt oder mir den Stinkefinger zeigt oder einfach geht. Aber sie scheint meine Panik zu sehen, denn sie sagt: »Tut mir leid, Mr Levine, aber bevor ich es vergesse – Travis, haben wir morgen einen Test im

Fahrunterricht?« Sie schaut den Typen an, der ihr gegenüber sitzt, den in dem schwarzen Langarmshirt.

»Was? Scheiße, ja?« Er macht hinter seinen Haaren große Augen, sein Mund öffnet sich zu einem O, und plötzlich könnte ich laut auflachen.

»Ich dachte, Dominguez hätte gesagt … Vielleicht war das ein anderer Kurs … Oh, warte, warte. Ich glaube, es war Geschichte.«

Mr Levine sieht sie an, als wüsste er, dass sie etwas im Schilde führt, aber er sagt nur: »Los geht's, Jack.«

Keshawn ist ein super Basketballspieler. Natasha ist ein positiver Mensch, der immer lächelt. Maddy scheint sehr schlau zu sein. Andy hat uns letztes Jahr im Football geholfen, an der Landesmeisterschaft teilzunehmen. Travis hat eine tolle Sammlung Vintage-Shirts. Solche Sachen.

Und das sagen sie über mich: Jack sieht gut aus. Jack hat immer alles im Griff. Jack fährt ein cooles Auto. Jack wohnt in einem schönen Haus. Jack hat ein tolles Lächeln. Jack hat tolle Haare. Jack ist schlau. Jack ist witzig. Jack ist ein guter Baseballspieler. Jack wird vermutlich an jedem College angenommen, bei dem er sich bewirbt.

Ich weiß, dass sie es nett meinen, aber ich fühle mich plötzlich total leer. Vielleicht fühlen sie sich alle genauso, aber ich würde am liebsten sagen: *Ihr kennt mich nicht. Wenn das alles ist, wofür ihr mich haltet, dann habt ihr keinen blassen Schimmer.*

Aber wessen Schuld ist das?

Ich drehe mich zu Libby. »Du bist großzügig. Wahrscheinlich der großzügigste Mensch, den ich kenne. Du bist auch nicht nachtragend, wenigstens hoffe ich das, denn in meinen Augen ist das eine Superkraft.« Ihre Augen sehen in meine, und es passiert viel darin. »Du bist verdammt schlau, und du glaubst nicht den Scheiß, den die Leute sagen, am wenigsten den, den ich sage. Du bist, wer du bist. Du weißt, wer das ist, und du hast keine Angst davor, und wer von uns kann das von sich behaupten?« Sie lächelt nicht, aber es geht nicht darum, was ihr Mund tut. Es geht um ihre Augen. »Du bist auch stark. Und nicht nur, weil du einen Typen mit einem einzigen Schlag gegen den Kiefer umhauen kannst.« (Alle lachen, nur sie nicht.) »Ich rede von innerer Stärke. Wenn ich diese Stärke malen würde, würde sie aussehen wie ein Dreieck aus Carbin – die stärkste Struktur und das stärkste Material der Welt. Außerdem machst du das Leben besser für die Menschen um dich herum …«

Ich könnte ewig weiterreden, aber Mr Levine sagt: »Das waren schon mehr als fünf. Ich unterbreche dich ungern, aber ich würde heute gern mit allen durchkommen. Gut gemacht, Jack. Der perfekte Start in diese Runde.«

Libby schaut mich immer noch an, und ihre Augen sind so offen wie der Himmel.

Und dann ist da dieser *Moment.*

Es ist fast, als könnte ich sie sehen. Nicht nur ihre bernsteinfarbenen Augen oder die Sommersprossen auf ihren Wangen, sondern sie selbst.

»Jack? Libby ist dran.«

Ich reibe mir den Nacken, wo mir die Haare zu Berge stehen.

»Äh. Klar.« Ich werfe ihr den Ball zu.

Sie starrt den Ball einen Moment lang an, rollt ihn in den Händen, vorsichtig, als hielte sie die ganze Welt. Dann richtet sie den Blick auf mich, und er ist schwer zu deuten. Sie öffnet den Mund

und schließt ihn. Öffnet ihn wieder. Es stellt sich heraus, dass sie keine fünf Dinge über mich zu sagen hat. Sie hat nur eins. »Du bist eigentlich kein schlechter Kerl, Jack Masselin. Ich bin mir nur nicht sicher, ob du das schon weißt.«

LIBBY

Ich laufe, so schnell ich kann, aus der Turnhalle, ohne zu rennen. Aber Jack holt mich ein, mit wehendem Afro, als hätte der seine eigene Windmaschine.

Er sagt: »Danke für das, was du eben gesagt hast.«

»Nicht der Rede wert.«

»Für mich schon. Libby, was du gestern gemacht hast? Du bist meine Heldin!«

»Du hast gesagt, dass ich mir was anziehen soll.«

»Weil Moses Hunt sich an dich rangemacht hat! Dem traue ich alles zu. Ich wollte nicht, dass jemand dich antatscht.«

»Oh, was für eine Ironie.« Und dann, weil ich mich irgendwie nicht zurückhalten kann, sage ich: »Ich bin anscheinend zu einem viralen Phänomen geworden.«

»Ich weiß. Ich hab es gesehen. Weißt du, irgendein Mädchen wird das Video sehen, und du wirst ihr den Mut geben, sich ihren eigenen lila Bikini zu kaufen. Du wirst die Welt verändern. Wart nur ab. Überall werden Mädchen aller Größen einen haben wollen. Die Kleiderfabriken auf der ganzen Welt werden Überstunden machen müssen, um genügend lila Bikinis zu produzieren. Die Mädchen werden aufhören, sich zu fragen: *Sieht mein Hintern in dieser Jeans fett aus?* Es wird ihnen egal sein, ob er fett oder dünn aussieht. Sie werden tragen, was sie tragen wollen, und sich verdammt wohl darin fühlen.«

Er lächelt, und es ist etwas daran, das mich beinahe auch lächeln lässt, aber ich tue es nicht, denn er ist derjenige, der mir das Herz gebrochen hat.

Er sagt: »Es sieht vielleicht nicht so aus, aber in Wahrheit lächelst du.«

JACK

Ich kann nicht bis Weihnachten warten, deshalb trage ich Dustys Roboter nach oben und über den Flur und klopfe an seine Tür. Er ruft: »Herein.«

Ich mache die Tür auf, aber ich gehe nicht rein, weil er immer noch nicht richtig mit mir redet. Stattdessen setze ich den Roboter auf den Boden und schicke ihn los. Ich habe ihn Mieskicker genannt. Er ist ein Superheld.

Der Roboter zischt in Dustys Zimmer und sagt: »Hallo, Dusty. Ich bekämpfe Miesheit überall auf der Welt! Der Mieskicker ist hier, um dir in deinen Arsch zu treten!«

Dusty ruft: »In *meinen* Arsch?« Dann lacht er.

Es ist das beste Geräusch auf der Welt. Ich strecke meinen Kopf ins Zimmer, mein kleiner Bruder rollt über sein Bett, und dann ist er auf den Beinen und begutachtet den Roboter von allen Seiten.

Er sieht mich und runzelt die Stirn. Ich drücke auf die Fernbedienung, und der Mieskicker sagt: »Du und ich gegen den Rest der Welt, Dusty.«

Mein Bruder starrt den Roboter an und schüttelt den Kopf. »Es ist, als könnte er mich erkennen. Wie hast du das gemacht?«

In Wahrheit kann der Roboter Dusty nicht besser erkennen

als ich, aber ich habe ihn so programmiert, dass er nur Dusty beim Namen nennt. Für den Mieskicker sind alle Dusty.

»Zauberei«, sage ich. »Damit er dich immer finden kann.«

Ich drücke einen Knopf auf der Fernbedienung, und der Mieskicker sagt: »Bloß nicht mies sein!« Und dann drücke ich einen anderen Knopf, und der Roboter tritt mit den Beinen, nur dass er nicht wirklich tritt – er tanzt. Die *Jackson 5* rauschen aus dem Lautsprecher in Mieskickers Brust, und Dusty tanzt mit.

Ich gebe meinem Bruder die Fernbedienung und tanze mit den beiden, und ein paar Minuten später ruft Dusty: »Trägt der etwa eine *Handtasche*?!« Und natürlich trägt er eine Handtasche, denn der Mieskicker weiß, dass alle coolen Kids eine Handtasche tragen. Dusty jubelt, und jetzt tanzen wir drei synchron, und so gut Dusty und ich auch sind, es besteht kein Zweifel – der Mieskicker ist definitiv *The Man.*

Die Top-2-Dinge, die mir fehlen,
wenn ich nicht mit Libby zusammen bin
von Jack Masselin

1. Das Gefühl, wenn ich mit ihr zusammen bin. Als hätte ich gerade die Sonne verschluckt und sie schiene mir aus jeder Pore.
2. Alles.

VIER TAGE SPÄTER

JACK

Ich werde gegen neun bei Kam erwartet. Caroline wird da sein. Alle werden da sein. Dabei will ich sie nicht sehen – ich will überhaupt niemanden sehen –, aber so muss es wohl sein. Schließlich bin ich Jack Masselin. Ich habe einen Ruf zu verlieren.

Ich dusche und ziehe mich an und schüttele das Wasser aus meinen Haaren. Ich schnappe mir den Autoschlüssel und bin schon fast draußen, als Dad (buschige Augenbrauen, blasse Haut, Masselins-Spielwaren-Hemd) mir nachläuft.

»Jack, können wir kurz mit dir reden?«

Ich suche nach einer Ausrede – ich habe eine Verabredung und bin spät dran (stimmt), ich glaube, das Auto brennt (stimmt hoffentlich nicht), ich will nicht mit dir reden (stimmt, stimmt, stimmt). »Klar, Daddy-o. Was gibt's? Aber nur kurz. Die Ladies mögen es nicht, wenn man sie warten lässt.« Fast füge ich hinzu: *Wie du weißt.*

»Es ist ernst, Kumpel.«

Marcus, Dusty und ich sitzen nebeneinander auf dem Sofa. Mom sitzt gegenüber auf der Ottomane, die mich immer an ein kleines Boot erinnert. Sie sitzt vorgebeugt, die Hände auf den Knien, als wollte sie jeden Moment aufspringen.

Dad räuspert sich. »Eure Mom und ich lieben uns sehr. Und wir lieben euch sehr. Ihr drei seid unser Leben, und wir würden nie etwas tun, was euch weh tut.« Er redet eine Weile so weiter, wie sehr er uns liebt und welches Glück er hat, so eine tolle Familie zu haben, wie wir alle für ihn da waren, als er krank war, und dass er uns niemals sagen kann, was ihm das alles bedeutet.

Währenddessen sehen wir Mom an, weil sie normalerweise diejenige ist, die die Dinge beim Namen nennt. Aber sie sagt nichts. Sie sieht uns nicht mal an. Sie starrt auf irgendeinen Punkt an der Wand hinter unserem Vater, der immer noch redet.

Irgendwann hebt Dusty die Hand und fragt: »Lasst ihr euch scheiden?«

Dads Gesicht verzerrt sich, und ich kann nicht hinsehen. Niemand sagt etwas. Schließlich sagt Mom mit unglaublich leiser Stimme: »Euer Vater und ich denken, dass es das Beste ist, uns für eine Weile zu trennen. Wir müssen an einigen Dingen in unserer Ehe arbeiten, aber diese Dinge haben nichts mit euch zu tun.«

Damit ist das Gespräch nicht vorbei. Dusty hat Fragen, und Marcus will wissen, was das für uns bedeutet, zum Beispiel, wo wir wohnen werden und ob wir trotzdem aufs College gehen können.

Derweil bin ich außen vor – immer außen vor, selbst wenn die Welt um mich zusammenfällt – und presse das Gesicht an die Scheibe, die uns trennt.

LIBBY

Wir sind unterwegs, um Iris abzuholen, und Jayvee fährt, weil sie als Einzige einen Führerschein hat. Bailey und ich sitzen hinten.

Bailey sagt: »Dave Kaminski macht eine Party. Ich habe ihm versprochen, dass ich vorbeikomme, aber nur kurz.«

Jayvee fängt meinen Blick im Rückspiegel auf. »Libbs? Es ist deine Entscheidung.«

Bailey sagt: »Jack wird nicht da sein.«

Ich frage: »Woher weißt du das?«

Wir fahren vor Iris' Haus vor, aber Iris ist nicht zu sehen. Jayvee schreibt ihr eine Nachricht, und wir sitzen da und warten. Als sie eine Viertelstunde später immer noch nicht da ist, fängt Jayvee an, vor sich hin zu fluchen. »Bin gleich wieder da.« Sie lässt den Motor laufen und geht die Einfahrt hoch.

»Libbs?« Bailey sieht mich fragend an, die Augenbrauen hochgezogen, der Mund halb lächelnd, die Augen weit und glänzend.

»Okay.«

Warum auch nicht? Was habe ich zu verlieren?

Und dann, weil ich nichts zu verlieren habe, frage ich: »Warum hast du dich nicht für mich eingesetzt, als ich gemobbt wurde? Damals in der Fünften. Als Moses Hunt mich vom Schulhof verbannt hat. Warum hast du nichts getan oder wenigstens mit mir geredet? Ich stand jeden Tag da und hatte zu viel Angst, um einen Fuß auf diesen Schulhof zu setzen, und du bist nie zu mir gekommen.«

Ich sage es ganz nüchtern. Ich bin nicht emotional. Ich bin nicht aufgebracht. Ich will es einfach wirklich wissen. Erst denke ich, sie hat mich nicht gehört. Aber dann sinken ihre Augenbrauen wieder an ihren Platz, ihr Lächeln verschwindet, und ihre Augen werden dunkel.

»Ich weiß es nicht, Libbs. Ich glaube, ich habe mir eingeredet, dass wir Freundinnen waren, aber nicht beste Freundinnen, und dass es dir nichts auszumachen schien. So bist du immer noch. Du bekommst Briefe von irgendeiner schrecklichen Person und schüttelst es ab. Jack sagt zu dir, dass er nicht mehr mit dir zusammen sein kann, und du sagst, dir ›geht's gut‹.«

»Damals hat es mir etwas ausgemacht, das war ziemlich offensichtlich, aber niemand hat etwas getan.«

»Und ich habe mich schrecklich gefühlt, weil ich nichts getan habe, und dann warst du eines Tages verschwunden. Und bist nicht wiedergekommen.«

»Und deshalb bist du jetzt so nett zu mir?«

»Deshalb bin ich am ersten Schultag zu dir gekommen und habe mit dir geredet. Aber deshalb bin ich nicht jetzt nett zu dir. Ich bin nett, weil ich dich mag. Es tut mir nur wirklich, wirklich, wirklich leid, dass ich dir damals keine gute Freundin war.«

Das ändert nichts, aber es ist genug.

»Ich hätte auch eine bessere Freundin sein können. Ich hätte mit dir reden können. Ich hätte dir sagen können, wie ich mich fühlte.« Da umarmt sie mich, und ich atme den Duft ihrer Haare ein, die nach Regenbogen und Pfirsichkuchen riechen, genau so, wie man es von Bailey Bishops Haaren erwarten würde.

Als wir Dave Kaminskis Haus betreten, ist der erste Mensch, den ich sehe, Mick aus Kopenhagen. Er ist im Wohnzimmer und tanzt in einem Kreis von Mädchen, und seine Haare glänzen blauschwarz wie Krähenfedern. Neben mir macht Jayvee: »Hallo, Mick aus Kopenhagen« und tut so, als würde sie ohnmächtig in Iris' Arme sinken.

Ich folge Bailey durch die Menge. Dave Kaminskis Haus sieht nicht aus wie ein Haus, sondern wie das Hauptquartier einer Studentenverbindung. Es ist so vollgepackt mit Menschen, dass wir kaum vorwärtskommen. Die Musik ist laut, und die Leute versuchen zu tanzen, aber es gleicht eher einem Auf-und-ab-Springen am Platz.

Meine erste Highschool-Party.

Die Musik ist gut, und ich wackle beim Gehen ein bisschen mit den Hüften. Als ich versehentlich gegen einen Typen pralle, ruft der: »Hey, pass doch auf!«

Ich befehle meinen Hüften, still zu sein und sich zu benehmen, und schließlich haben wir uns bis zum Esszimmer durchgeschlagen, wo Dave Kaminski mit einer Gruppe Jungs und zwei Mädchen Poker spielt. Bailey geht zu Dave und flüstert ihm etwas ins Ohr, und plötzlich zieht er sie auf seinen Schoß, und sie lacht und gibt ihm einen spielerischen Klaps, aber dann umarmt sie ihn und kommt wieder zu uns. »Dave freut sich sehr, dass wir da sind.«

Ich sage: »Offensichtlich.«

Und dann fängt Dave Kaminski meinen Blick auf und nickt mir zu, und es ist etwas darin, das sich beinahe wie eine Entschuldigung anfühlt.

JACK

Caroline (dunkle Haut, Zimtgeruch, Schönheitsfleck neben dem Auge) und ich sind im Zimmer von Kams Schwester. Buchstäblich jeder Quadratzentimeter der Wände ist mit Postern irgendwelcher Boygroups tapeziert, so dass es sich ein bisschen so anfühlt, wie in einer sehr kleinen Arena voller zwanzigjähriger Typen zu sitzen. Ihre Gesichter sind überall, und ihre Augen starren uns an. Sie zeigen ihre unnatürlich weißen Zähne, die im Dunkeln leuchten.

Sie denkt, dass ich sie hierhergebracht habe, um rumzumachen. Aber ich will versuchen, die süße Caroline hervorzulocken und ein richtiges Gespräch mit ihr zu führen. Weil ich Libby vermisse. Weil ich es vermisse, mit jemandem zu reden, wie ich mit ihr rede.

Nach all dieser Zeit haben Caroline und ich unsere Routine. Normalerweise versuche ich, ihr an die Wäsche zu gehen, und dann zieht sie sich aus, weil ich ihr sonst die Frisur kaputtmache. Als Nächstes haben wir beinahe Sex, und ich halte sie im Arm und liege da und denke: *Wann, wann, wann?*

Meistens ist mein Herz nicht bei der Sache, nur mein Körper, und mein Kopf spielt mit, indem er sich ausschaltet. Aber heute ist mein Kopf zuständig. Wie Mr Levine will er wissen, warum. *Warum tust du das? Warum sitzt du hier überhaupt mit diesem Mädchen?*

Warum landest du immer wieder bei ihr? Warum hörst du nicht einfach auf, Jack? Warum lebst du nicht dein Leben und bist du selbst?

Deshalb frage ich: »Was ist das Beste, was dir je passiert ist?«

Sie zieht die Augenbrauen hoch. »Soll ich jetzt sagen, Jack Masselin, oder was?«

»Nur wenn es wahr ist, Baby. Na komm, ich will es wissen. In der ganzen Geschichte deines Lebens, was war das Beste, was dir je passiert ist?«

»Ich weiß nicht. Vielleicht, als Chloe geboren wurde.« Chloe ist ihre kleine Schwester.

»Was ist das Schlimmste, was dir je passiert ist?«

»Dass meine Katze Damon überfahren wurde.«

Das Schlimmste, was mir je passiert ist, war, meine Beziehung zu Libby zu vermasseln, aber ich sage: »Es muss doch noch etwas anderes geben.«

»Warum?«

»Weil du früher anders warst. Schüchtern. Still. Tollpatschig.«

»O Gott, erinnere mich nicht daran.«

»Okay, was sind Dinge, die keiner über dich weiß?«

Sie schaut mit gerunzelter Stirn aufs Bett. »Ich hasse die Farbe braun. Ich mag keine Schildkröten. Mir wurden die Weisheitszähne gezogen, als ich vierzehn war.«

Langweilig, langweilig, langweilig. Ich sage beinahe: *Tja, und ich habe eine neurologische Störung im Gehirn, wegen der ich keine Gesichter erkennen kann. Bäm! Muahahahahaha.*

Stattdessen stelle ich ihr noch eine Frage und dann noch eine, und sie antwortet mit dieser flachen, tonlosen Stimme und zupft am Bettüberwurf herum. Während sie spricht, höre ich ihr kaum zu. Ich denke: *Ich dachte die ganze Zeit, sie wäre mein Sicherheits-*

netz, aber in Wahrheit gibt es hier keine Sicherheit. Wie auch, wenn sie nicht mehr von mir sieht als ich von ihr? Ich kann ebenso gut allein sein. Und natürlich bin ich auch allein.

Und dann zieht sie sich plötzlich das T-Shirt über den Kopf und lässt es auf den Boden fallen. Sie rückt ihren BH-Träger zurecht und lehnt sich verführerisch zurück. Sie beißt sich auf die Unterlippe, was ebenfalls zur Routine gehört. Vor zwei Jahren hat mich das mit der Unterlippe völlig fertiggemacht.

Ich will ihr gerade durch die Blume sagen: *Bitte zieh dich wieder an,* als vor meinen Augen eine Verwandlung stattfindet und Caroline heller und voller wird, bis nicht mehr sie da sitzt. Es ist Libby, die sich auf einem Arm aufstützt und an dem Träger ihres neonlila Bikinis zupft. Aber sie redet und erzählt mir etwas und lacht und stellt mir Fragen, und ich antworte, und sie setzt sich auf und beugt sich vor, und wir unterhalten uns einfach, bis sie sagt: »Ähm. Hallo!« Und vor meinem Gesicht mit dem Finger schnipst.

Das ist wieder Caroline.

Ich starre sie an und hoffe, dass sie sich wieder in Libby verwandelt, aber sie sagt: »Was ist dein Problem? Warum bist du so seltsam?«

Sie hat diesen sexy BH und diesen sexy Körper, und es gibt keinen einzigen Typen auf der MVB, nicht mal von denen, die Angst vor ihr haben, der im Augenblick nicht gern an meiner Stelle wäre. Ich lege meine Hand auf ihr Bein, und es ist glatt und fühlt sich an wie Satin, aber ich kann nur denken: *Ich liebe Caroline nicht. Ich mag sie nicht mal.*

Ich zwinge mich, an Dinge zu denken, die ich an dieser Caroline mag, die einzige, die hier ist.

Sie riecht gut. Ihre Zähne sind sehr … äh … gleichmäßig. Ihre Augen sind okay. Ihr Mund ist ganz nett.

Ich meine, glaube ich. Aber der Mist, den sie von sich gibt? Nicht sonderlich nett. Libby hat interessante Dinge zu sagen, die nicht grausam oder egoistisch sind.

Ich sage zu meinem Gehirn: *Warum machst du das? Warum kannst du nicht aufhören, an Libby zu denken? Warum tust du mir das an?*

Und während ich dasitze und dieses tiefsinnige Gespräch mit meinem Gehirn führe, sagt Caroline: »Ich glaube, ich bin so weit.«

»Wofür?«

»Es zu tun.«

Ich versuche, ihr in die Augen zu sehen, aber der Raum ist dunkel bis auf das Licht, das unter der Tür hindurchscheint und ihr Handy, das alle paar Minuten von einer eingehenden Nachricht erhellt wird.

»Sex, Jack. Ich bin bereit, Sex zu haben. Mit dir.« Und dann der bissige Kommentar: *»Es sei denn, du willst nicht.«*

Das will ich ungefähr seit meiner Geburt, aber aus irgendeinem Grund höre ich mich fragen: »Warum jetzt?«

»Was?«

»Warum bist du jetzt auf einmal bereit? Nach der ganzen Zeit? Was hat sich verändert?«

Anscheinend hat mein Mund sein eigenes Gehirn, denn er hört nicht auf zu reden. Meine männlicheren Körperteile schreien: HÖR AUF, DU IDIOT! HALT VERDAMMT NOCHMAL DIE KLAPPE! Aber mein Mund hört nicht zu. Warum hört er nicht zu?

»Willst du mit mir darüber *streiten*?«

»Willst du es wirklich *hier* zum ersten Mal tun? Ich meine, schau dich doch mal um.« Ich zeige auf die Wand voller Poster. Ich befreie ein Kuscheltier unter meinem Rücken und halte es ihr vors Gesicht. »Du würdest es doch nicht wirklich vor diesem kleinen Kerl hier tun wollen, oder?«

»Willst du mich verarschen?« Und sie schubst mich so fest, dass ich vom Bett falle.

LIBBY

Mick aus Kopenhagen und ich tanzen, seine Haare blitzen blau-schwarz, blau-schwarz, und sein Lächeln blitzt weiß, weiß, weiß. Wir erfinden immer neue Tanzschritte – besser gesagt, ich erfinde, und er macht mit, so gut er kann. »Jetzt die Windmaschine!« Ich tanze, als würde ich mich durch einen Sturm kämpfen. »Und jetzt die brennenden Schuhe.« Und ich springe, als stünde der Boden in Flammen.

Als ein langsamer Song kommt, reicht er mir die Hand, und ich nehme sie. Mit ihm zu tanzen ist anders, als mit Jack zu tanzen. Erstens ist Mick etwa fünf Meter groß, so dass mein Gesicht an seine Brust gepresst wird. Zweitens wiegt er sich nur vor und zurück und zappelt mit den Füßen.

Hör auf, an Jack Masselin zu denken. Jack, der dich nicht will, jedenfalls nicht genug, um euch eine Chance zu geben. Konzentrier dich auf Mick aus Kopenhagen und seine glänzenden Zähne und riesigen Hände.

Als Mick sagt: »Komm mit«, gehe ich mit ihm. Während Bailey uns mit offenem Mund nachschaut, folge ich ihm die Treppe hoch in einen Raum, der Dave Kaminiskis Zimmer sein muss. Mick knipst die Schreibtischlampe an und setzt sich aufs Bett. Ich stehe in der Tür und starre ihn an. Er lächelt, und ich lächle, und dann sagt er, gerade laut genug, dass ich ihn hier drüben hören kann: »Ich habe mich gefragt, ob ich dich küssen darf. Ich wollte dich küssen, seit ich dich das erste Mal gesehen habe.«

Und obwohl er nicht Jack Masselin ist, oder vielleicht *weil* er nicht Jack Masselin ist, gehe ich durch den Raum und setze mich neben ihn, und plötzlich küssen wir uns.

Mein Hals ist verdreht, und ich würde mich gern anders hinsetzen, aber gleichzeitig auch nicht, denn das hier ist schließlich Mick aus Kopenhagen. Dann bekomme ich einen Krampf, deshalb ändere ich leicht die Position, aber dafür bekomme ich jetzt einen Krampf in der Wade. Es tut unglaublich weh, aber hier ist ein wahnsinnig süßer Typ und knutscht mit mir, also bleibe ich standhaft.

Abgesehen davon, dass mein Körper überall eingeklemmt ist und ich entsetzliche Schmerzen habe, kann er gut küssen. Er hat anscheinend schon viel Übung, weil es sich anfühlt, als würde er ein bisschen angeben, diese ganzen komplizierten Kreisbewegungen, die er mit seiner Zunge macht. Er rackert sich ab wie ein Zirkusdirektor, und ich will mich gar nicht beschweren, daran ist nichts Schlechtes. So küsst man vermutlich in Kopenhagen. So küsst er vermutlich seit seinem zweiten Lebensjahr.

Dann ist der Kuss vorbei, und wir lösen uns voneinander. Ich verspüre die seltsame Verpflichtung, ihm zu applaudieren, weil er es zu erwarten scheint.

Er sagt: »Wow.«

»Ja.« Ich hole Luft. »Wow.« Denn was soll ich sonst sagen? *Streng dich beim nächsten Mal nicht ganz so sehr an?* Und: *Bitte entschuldige, ich muss mal mein Bein bewegen, damit der Krampf aufhört.*

»Warst du schon mal in Skandinavien?«

»Nein.« Ich war noch nirgendwo, abgesehen von Ohio. Ich

frage mich, ob er weiß, dass ich einen Teil meines Lebens eingesperrt in meinem Zimmer verbracht habe.

»Du solltest mal hinfahren.«

Aber ich höre: *Vielleicht nehme ich dich mit. Vielleicht fahren wir gemeinsam dorthin, und ich zeige dir, woher ich komme, du wirst meine Familie kennenlernen, und ich werde dich ewig lieben.*

Und obwohl ich seine Familie gar nicht kennenlernen will und auch nicht, dass er mich ewig liebt, küsse ich ihn wieder. Denn während ich ihn küsse, gibt es Amerikas fettesten Teenager nicht, wenigstens nicht heute Abend. Keine Kräne oder Krankenhäuser. Keine tote Mutter. Keinen Moses Hunt. Und, am wichtigsten, keinen Jack Masselin. Nur mich. Und diesen Jungen. Und einen Kuss.

JACK

Ich habe Caroline noch nie weinen gesehen, deshalb sitze ich erst mal eine Minute lang dumm da und überlege krampfhaft, was ich tun soll. Sie hat Schluckauf und keucht, als bekäme sie keine Luft. Ich fange an, sie zu streicheln, wie einen Hund, und sie schüttelt mich ab.

»Warum willst du mich nicht?« Sie klingt klein, als wäre sie einmal in der Mitte zusammengefaltet worden, und dann wieder und wieder. »Was stimmt nicht mit mir?«

Jetzt werde ich noch unbeholfener, weil hier eine Seite an Caroline zum Vorschein kommt, von der ich gar nicht wusste, dass sie existiert. *Ist es möglich, dass sie genauso unsicher ist wie wir anderen?*

Ich sage: »Du bist wunderschön. Du bist Caroline Amelia Lushamp.« Aber das ist keine Antwort auf ihre Frage. *Sag ihr, dass du sie willst.* Aber ich kann nicht, weil es nicht stimmt, nicht so. Ich fange an zu stammeln. Ich gebe alles. Ich sage ihr immer wieder, wer sie ist und wie schön sie ist, selbst dann noch, als sie sich anzieht, selbst dann noch, als sie ihr Handy nimmt. Als sie sagt: »Ich kann das nicht mehr«, und die Tür aufmacht und das Licht hereinfällt. Kurz bin ich geblendet, und als ich wieder etwas erkennen kann, ist sie weg.

LIBBY

Wir küssen uns gefühlte Stunden lang.

Wir küssen uns, als jemand ins Zimmer stolpert und uns mit dem Deckenfluter blendet und wieder hinausstolpert.

Wir küssen uns, bis seine Hände überall sind und seine Zunge in meinem Ohr und ich denke: *Ich will nicht Pauline Potter sein. Ich will nicht, dass er mein Erster ist. Ich will nicht, dass er mein irgendwas ist.*

Ich löse mich von ihm und sage: »Tut mir leid, Mick aus Kopenhagen, aber ich bin nicht Pauline Potter.«

Er setzt sich auf und fragt: »Wer?«

»Vergiss es. Ich glaube, ich brauche was zu trinken. Tut mir leid, aber ich will nicht mehr weitermachen.«

Irgendwie erwarte ich, dass er am Boden zerstört ist, aber er zuckt nur die Schultern und lächelt mich an. »Okay.«

Er hilft mir hoch, und wir gehen raus, während ich meine Haare und meine Bluse richte. Ich gehe hinter ihm, und obwohl ich nicht mehr mit ihm knutschen will, ist Mick aus Kopenhagen so süß zu mir, dass ich denken muss: *Mädchen, du BIST erwünscht!* Und es fühlt sich verdammt gut an.

JACK

Ich finde Kam in der Küche vor, wo er Kurze runterkippt. Seine weißen Haare kleben ihm am Kopf, und er hat einen Arm um ein Mädchen gelegt, das Kendra Wu sein könnte (klein, Asiatin, langer schwarzer Zopf). Ich frage: »Was gibt's zu trinken?« Das Mädchen-das-Kendra-Wu-sein-könnte reicht mir ein braunes Getränk, das nicht nach Bier aussieht.

Ich spüle es hinunter. Meine Speiseröhre brennt, als hätte ich gerade Benzin inhaliert. Ich sage: »Noch einen.«

Und dann reichen mir alle ihre Kurzen.

Kam leert seinen und knallt das Glas auf die Theke. Er boxt mit beiden Fäusten in die Luft und johlt.

Eine Weile später wühle ich mich durch die Party auf der Suche nach einem schwarzen Irokesenschnitt, weil ich zu voll bin, um selbst zu fahren, und plötzlich nach Hause will. Ich will sofort nach Hause. Ich finde den Iro auf dem Kopf einer Person, die vermutlich Seth ist, draußen am Pool. Zu diesem Zeitpunkt kümmere ich mich nicht mehr darum, sicherzugehen, dass er es wirklich ist. Ich gehe zu Dem-der-vermutlich-Seth-ist und sage: »Ich will nach Hause.«

Er sagt: »Klar, Mass. Warte kurz, bis wir fertig sind.« Er hält einen Joint hoch, zieht und fängt ohne ersichtlichen Grund an zu lachen.

Ich nehme ihm den Joint aus der Hand und ziehe selbst daran, denn vielleicht findet sich hier das Geheimnis des Lebens. Vielleicht bekomme ich hier Antworten. Aber das Einzige, was passiert, ist, dass ich fünf Minuten lang husten muss wie ein alter Mann. Irgendwer reicht mir einen Drink, um den Rauch runterzuspülen, und dann kippt der Pool, und der Boden rutscht weg, und plötzlich ist der Himmel da, wo die Erde sein sollte, und der Typ mit dem Iro beugt sich über mich und fragt: »Alles in Ordnung, Mann?«

Ich schließe die Augen, denn nein, ist es nicht. Ich will sie nicht mehr öffnen, sondern hier im Himmel einschlafen, wo die Erde sein sollte, aber mit geschlossenen Augen kippt die Welt noch weiter. Ich öffne sie wieder und komme irgendwie auf die Füße. Meine einzige Hoffnung ist, dass Bailey Bishop da ist, weil sie nie etwas trinkt. Aber sie kommt nicht zu jeder Party, und außerdem werde ich sie zwischen all den blonden Mädchen da drinnen niemals finden. Ich gehe wieder rein, und es kommt mir so vor, als wäre das Haus noch voller geworden, als wäre die Belegschaft von mindestens drei Schulen dazugekommen, während ich draußen am Pool war.

Ich kenne niemanden.

Ich bahne mir einen Weg durch die Küche, das Esszimmer, das Wohnzimmer. Die Leute rufen mir Sprüche zu, und irgendein Mädchen hält mich fest, klammert sich an meinen Arm wie an ein Rettungsboot. Sie riecht wie Caroline, aber sie ist nicht Caroline – sie ist dünn und weiß und hat lockige Haare in der Farbe von Margarine. Sie sagt: »O mein Gott, Jack Masselin!« Und drückt mir einen Kuss mitten auf den Mund.

Sie schmeckt nach Zigaretten, und ich schiebe sie weg. »Arschloch.« Sie dreht sich um und tanzt mit den Leuten neben ihr.

Ich breche jede Regel, die ich je für diese Art Situation erfunden habe – ich lächle nicht und nicke nicht und sage nicht: »Hey, was geht.« Ich flirte nicht mit jedem Mädchen. Ich stelle Augenkontakt her, als wäre ich plötzlich in der Lage, die Leute zu erkennen. (Bin ich nicht.) Ich starre einen Typen so lange an, bis der knurrt: »Verdammt, was glotzt du so?« Aber es ist mir egal. Ich bin höllisch aufgedreht, weil es sich anfühlt, als würde ich etwas Gefährliches tun, als könnte ich jede Sekunde auffliegen.

Der Raum, in dem ich jetzt bin, hat seine Größe verdreifacht, und die Wände sind meilenweit entfernt. Menschen von hier bis zum Mond, und ich werde es niemals bis auf die andere Seite schaffen. Ich fühle mich wie ein Rockstar, Wildfremde zerren an meinem Shirt, an meinen Armen, an mir. Ich dränge mich rücksichtsloser durch die Leute, weil die Tür hier irgendwo sein muss, und was ich jetzt brauche, ist Luft. Meine Lungen füllen sich mit dem Geruch von Rauch und Alkohol, meine Ohren mit dem *Bumm, Bumm, Bumm* der Musik und mein Gehirn mit all den Informationen, die es nicht verarbeiten kann.

Ich könnte selbst nach Hause fahren. Abgesehen davon, dass ich total voll bin und nicht fahren kann, sollte, werde.

Ich frage einen Typen: »Wo ist die Tür?«

»Was?« Er schreit.

»Wo ist die Tür?« Ich schreie auch.

»Hier lang, Mann.« Er nickt mit dem Kopf.

Als ich mich umdrehe, prallt ein Mädchen gegen mich, so dass ich beinahe das Gleichgewicht verliere. Sie klammert sich an meinen Arm und lacht und lacht. »Sorry!« Sie umfasst meine Hand und fängt an, sich zur Musik zu drehen. Ich winde mich aus ihrem Griff.

Die Luft hier drin ist so dick, dass der Sauerstoff aufgebraucht sein muss. Es ist nicht genug Luft übrig, und ich sehe uns schon alle auf dem Boden liegen wie die Anhänger einer Sekte nach einem Massenselbstmord. Ich muss an ein Fenster oder eine Tür, aber ich werde von diesem Raum und diesen Menschen und dieser Musik verschluckt. *Wie machen die das, dass sie nicht in Panik geraten?* Alle sehen glücklich aus, als hätten sie den Spaß ihres Lebens. *Warum machen sie sich keine Sorgen wegen des Sauerstoffmangels hier drin?*

Ich kann mich nicht daran erinnern, dass Kams Haus so groß und so kompliziert ist, aber es fühlt sich riesig an. Ich frage den Typen neben mir: »Hey, wie kommt man hier raus?«

»Was?«

»Wo ist die Tür?«

»Ich habe dir gerade gesagt, wo die verdammte Tür ist, Mann.«

Es ist das grauenhafteste aller Déjà-vus. Was, wenn ich für immer hier drin gefangen bin und nach einem Ausweg suche, dazu verdammt, wieder und wieder dieselben Gespräche zu führen?

In diesem Augenblick will ich aufgeben und mich einfach von der Menge tragen lassen, bis wir uns alle wie ein riesiger Körper mit hunderten Armen und Beinen und Mündern und Augen bewegen. Das Gewicht wird mich ersticken oder plattdrücken, bis ich so eindimensional wie eine Anziehpuppe bin, und dann tragen sie mich vielleicht nach draußen, wo ich auf dem Wind schweben oder unter einen Busch fliegen und dort für immer in Frieden liegen kann.

Ich schließe die Augen, und als ich sie wieder öffne, sehe ich sie, hinter der Menge – die Tür. Ich schiebe mich in diese Richtung, und plötzlich stoße ich mit Caroline zusammen. Das muss sie sein. Dasselbe schwarze Shirt, dieselbe Jeans. Sie dreht sich um, und ich sehe keinen Schönheitsfleck, aber ich denke, er muss abgegangen sein, als sie ihr T-Shirt ausgezogen hat oder vielleicht beim Tanzen. Bevor sie etwas sagen kann, packe ich sie und küsse sie.

Sie kann mich nach Hause fahren. Sie wird mich hier rausholen, ich werde mich entschuldigen, sie darf die Verzeihende spielen, und alles kommt wieder in Ordnung.

Es ist ein langer Kuss, einer meiner besten, doch schon während ich sie küsse, weiß ich, dass etwas nicht stimmt. Ich mache trotzdem weiter, und als ich mich schließlich von ihr löse, sage ich: »Jetzt weißt du, wie sehr ich dich vermisst habe.«

LIBBY

»Ist das Jack?« Iris zeigt durch den Raum.

Wir drehen uns alle vier in einer Bewegung um, gerade rechtzeitig, um zu sehen, wie Jack Masselin irgendein Mädchen packt und küsst.

Eine nach der anderen sehen meine Freundinnen mich an, und ich merke, dass ich die Hand vor den Mund geschlagen habe. Ich berühre die Lippen, die Mick aus Kopenhagen gerade noch geküsst hat, und kann nur denken, dass Jack küssen darf, wen er will, aber dass ich nicht hier stehen und mir das ansehen muss.

Ich schiebe mich durch die Menge zur Hintertür, weg von Jack und dem Mädchen. Ich höre Bailey meinen Namen rufen, aber ich bleibe nicht stehen. Ich kann nicht stehen bleiben. Ich kann auch nicht atmen.

Dann bin ich endlich draußen in der kühlen Nachtluft und dränge mich an allen vorbei, die da stehen, bis ich um die Ecke bin und die Nacht plötzlich ruhig ist und ich allein. Ich lehne mich gegen das Haus und fülle meine Lungen.

JACK

Caroline hat den allerseltsamsten Gesichtsausdruck, als sie mich ansieht, und plötzlich sind da zwei von ihnen. Zwei Carolines nebeneinander. Die gleichen schwarzen Shirts, die gleichen Jeans, nur hat eine von ihnen einen Schönheitsfleck neben dem Auge.

Der Song endet, und es folgt ein kurzer Moment der Stille. Die mit dem Schönheitsfleck sagt: »Du bist so ein Wichser.« Dann geht die Musik wieder los, aber in der Zwischenzeit haben sich alle zu uns umgedreht.

Sie fängt wieder an zu weinen, zu schluchzen und zu keuchen, und ich habe das untrügliche Gefühl, dass *sie* Caroline ist, und nicht die andere, die ohne Schönheitsfleck, die jetzt mit glänzenden Augen und aufgesetzt empörtem Gesicht dasteht. Man kann sehen, dass, wer auch immer das ist – höchstwahrscheinlich die Cousine –, das alles unglaublich genießt. Ich würde gern sagen: *Ihr seid verwandt. Hab ein bisschen Mitgefühl.* Aber das wäre aus meinem Mund wohl ziemlich lächerlich, was?

Also tue ich das Einzige, was ich tun kann. Ich gehe zur Anlage, stelle die Musik aus und verkünde dem gesamten Raum: »Ich habe eine seltene neurologische Störung namens Prosopagnosie, und das heißt, dass ich keine Gesichter erkennen kann. Ich kann eure Gesichter *sehen,* aber sobald ich den Blick abwende, vergesse ich sie. Wenn ich mir vorzustellen versuche, wie ihr ausseht, kann ich kein Bild hervorrufen, und wenn ich euch das nächste Mal sehe, ist es, als hätte ich euch noch nie gesehen.«

Im Raum ist es totenstill geworden. Ich versuche, Caroline in der Menge zu finden und ihr Gesicht zu deuten. Ich versuche, irgendjemanden zu finden, den ich kenne, aber jeder Mensch hier drin ist ein Fremder. Alle zusammen sind sie wie eine Wand aus Steinen, ein Trupp Paviane, einer dicht neben dem anderen. Mein Herz trommelt wild, und das Geräusch erfüllt meine Ohren. Ich merke, dass ich zittere, also stopfe ich die Hände in die Taschen, wo niemand sie sehen kann. *Sagt was. Irgendwer.*

Dann brüllt jemand: »Halt's Maul, Mass, was für ein Schwachsinn!« Und die Leute lachen und purzeln durcheinander, die Musik fängt wieder an zu wummern, ein Mädchen kommt zu mir und verpasst mir eine Ohrfeige, und ich habe keine Ahnung, wer sie ist. Sie halten es für einen Witz. Sie halten mich für einen Witz. Und ich sehe, wie sie anfangen, über mich herzuziehen.

Die einzigen Filme, die ich mir gerne anschaue, sind die alten Schwarz-weiß-Horrorstreifen. Ich habe vielleicht Schwierigkeiten, Menschen auseinanderzuhalten, aber Wolfman, King Kong, Dracula und das Ding aus einer anderen Welt kann ich sehr wohl erkennen. Im Augenblick sehe ich eine Horde Dorfbewohner vor mir – identische Gesichter, mit Schlägern und Fackeln bewaffnet, bereit, Frankensteins Monster über die Klippe zu jagen. Das Problem ist nur, dass ich das Monster bin.

Ich dränge mich zwischen ihnen durch, weil ich keine andere Wahl habe. Sie drehen sich um und starren mir nach, während ich mich zur Eingangstür vorarbeite. Irgendwer stellt mir ein Bein, jemand anders sagt: »Helft mir, ich kann keine Gesichter sehen«, und geht umher wie eine Mumie, mit ausgestreckten Armen, rempelt gegen Leute und Wände. Ich werfe mich gegen die Tür, stoße sie auf, und gerade als ich versuche, mich an dem Riesenkerl vorbeizuschlängeln, der auf der obersten Stufe steht, trifft mich die Kraft eines kleinen Meteoriten zwischen die Schulterblätter, und ich fliege nach vorn. Ich lande im Garten, auf den Knien, und brauche einen Augenblick, um die Überraschung und den Schmerz zu verarbeiten. Eine Hand kommt mir entgegen, und ich ergreife sie, ohne nachzudenken. Sie hilft mir auf die Füße, und dann sehe ich, dass die Hand demselben Riesenkerl gehört.

Er sagt: »Hey, Mass. Du siehst echt Scheiße aus. Muss ein mieser Abend sein. Und jetzt wird er noch schlimmer.«

Dann holt er aus. Seine Fäuste kommen schneller, als ich mich ducken kann. Wieder und wieder treffen seine Fäuste meine Knochen, und vielleicht sind es nicht nur seine. Irgendwann höre ich mich selbst sagen: »Mehr Gewicht.«

Dann wird die Welt schwarz.

LIBBY

Ich trete gerade um die Hausecke in den Vorgarten, als ich sehe, wie Moses Hunt Jack Masselin in den Rücken boxt. Jack fällt wie in Zeitlupe, und als er auf dem Boden aufkommt, ich schwöre, kann ich den Aufprall hören. Jetzt schlägt Moses Hunt ihm ins Gesicht, und einer der anderen Hunt-Brüder, vielleicht Malcolm, tritt ihm in die Rippen.

Ich denke nicht nach. Ich muss irgendeine Art Schrei ausgestoßen haben, weil ich das Gefühl habe, dass mein Trommelfell platzt, und sehe, wie sich mir die Gesichter von Moses, Malcolm, Reed Young und ihrer Freunde zuwenden und mich mit offenen Mündern anstarren, während ich durch die Luft fliege.

Ich schlage Moses genau auf die Nase, und er taumelt zurück. Dann zerre ich alle von Jack runter. Ich denke keinen Augenblick nach. Plötzlich bin ich erfüllt von einer Superkraft und stelle mich ihnen ganz allein entgegen, bis Dave Kaminski und Seth Powell und Keshawn Price neben mir sind und die Mistkerle vertreiben.

Ich sehe zu, wie die Hunts die Straße hinunterrennen, mit eingezogenen Schwänzen, und wie Dave sich über Jack beugt und versucht, ihn wieder zu Bewusstsein zu bringen.

JACK

Das erste Gesicht, das ich sehe, ist Libbys. Einen Augenblick lang weiß ich nicht, wo ich bin. Ich denke, vielleicht ist das ein Traum, und ich habe sie heraufbeschworen. Ich strecke die Hand aus und betaste ihr Gesicht. Sie schiebt meine Hand weg.

»Er ist wach.«

Aber ich muss sie wieder berühren, um sicherzugehen, dass sie real ist. Ich kneife sie in die Nasenspitze.

»Bitte hör auf damit. Ich bin echt, Jack.«

Ein Typ mit weißen, weißen Haaren taucht neben ihr auf. »Die hätten dich umgebracht, Mass.«

»Mir geht's gut.«

Ein Typ mit Irokesenschnitt schaut Kam über die Schulter. »Alter, sie hat dir den Arsch gerettet.« Und lacht los wie ein Idiot.

Libby sagt: »Ich fahre dich nach Hause.«

»Du hast keinen Führerschein.«

»Ist das dein Ernst?«

»Was denn? Ich kann fahren.« Obwohl ich weiß, dass ich es nicht kann, sollte und auch nicht tun werde.

»DU HAST GETRUNKEN. Wo ist dein Auto?«

»Die Straße runter auf der rechten Seite. Etwa drei Häuser weiter.«

Sie geht an mir vorbei und vor mir her und führt mich weg von dieser Party, und mich streift ein Hauch von etwas – Sonnenschein.

LIBBY

Zuerst sagen wir nichts. Es ist, als würden wir das Auto mit unseren Gedanken antreiben, und je fester wir uns konzentrieren, desto schneller kommen wir an. Er starrt aus dem Fenster und sitzt einfach nur da, aber ich bin mir seiner Gegenwart voll bewusst. Wie seine linke Hand auf dem Sitz liegt und die rechte unterm Fenster. Wie ab und zu das Licht einer Straßenlaterne seine dunklen Haare golden sprenkelt. Wie lang seine Beine sind, viel länger als meine, und wie er sitzt, als würde er sich rundum wohl fühlen, ganz egal, wo er ist.

Er scheint zu spüren, dass ich über ihn nachdenke, denn er sagt: »Es tut gut, hier zu sitzen. Ein Ziel zu haben. Zu wissen, wohin wir fahren. Zu wissen, was wir tun werden, wenn wir da sind. Schablonenhaft. Schwarz-weiß.«

»Das stimmt.« Ich weiß, was er meint.

Er sieht mich an. »Sagt dir der Name Herschel Walker was?«

»Footballspieler?«

Er pfeift und sagt dann: »Au.« Und hält sich den Kiefer.

»Wenn du nicht aus dem Haus kannst, siehst du eine Menge fern.« Sogar Dinge, die dich nicht interessieren, wie Sendungen über Inneneinrichtung und Dokus auf dem Sportkanal.

»Also, wie du sicherlich längst weißt, war er einer der besten

Running Backs in der Geschichte des Footballs. Aber als er klein war, hatte er Angst vor der Dunkelheit – also, so richtig Panik. Und er hatte Übergewicht und stotterte, und all die anderen Kids machten ihm das Leben zur Hölle. Deshalb hat er diesen Unglaublichen Hulk in sich erschaffen, der sich den Leuten in den Weg stellen konnte und niemals aufgab.«

Ich beschließe, dass ich Herschel Walker mag und in vielerlei Hinsicht Herschel Walker *bin.*

»Er hat sich selbst jeden Tag laut vorgelesen, und so hat er sich das Stottern abtrainiert. In der Mittelschule hat er angefangen, im Fitnessstudio zu trainieren, und als er auf die Highschool kam, war er der Beste. Bei seinem Schulabschluss hielt er die Abschiedsrede und gewann im dritten Jahr auf dem College die Heisman-Trophäe. Als er sich aus dem professionellen Football zurückzog, bemerkte er Veränderungen an seinem Verhalten und fand heraus, dass er eine Krankheit hatte, die DIS heißt, dissoziative Identitätsstörung. Multiple Persönlichkeiten.« Er gibt mir ein Zeichen wie Mr Dominguez im Fahrunterricht. »Du solltest jetzt auf die linke Spur wechseln.«

Ich wechsle die Spur und halte an der Ampel.

Ich sehe die Straßenkarte im Geiste vor mir – mein altes Viertel. Ich habe jede Straße auswendig gelernt, in dem Jahr, in dem ich mein erstes Fahrrad bekam. Ich fuhr einfach drauflos, und meine Mom rannte neben mir her, lachte und rief: »Libby, du bist so schnell!« Obwohl ich das gar nicht war. Aber ich erinnere mich, welches Gefühl sie mir gab – als könnte ich überall hinfahren und alles tun.

Jack sagt: »In all den Jahren, in denen er sich zu Höchstleistungen angetrieben und nie nachgelassen hatte, hat der Druck ihn anscheinend fertiggemacht. Als er zu seiner Krankheit befragt wurde, verglich er sie mit Hüten – du weißt schon, als würde man Hüte für alle möglichen Situationen tragen? Einen für die Familie, einen für die Schule, einen für die Arbeit. Aber mit DIS ist es, als würden die Hüte durcheinandergeraten. Du trägst den für Football zu Hause, den für die Familie bei der Arbeit …«

»Zu viele Hüte.« Ich denke, ich weiß, wie das ist.

»Nach einer Weile wird es schwer, sie nicht zu verwechseln.«

Ich frage mich, ob wir noch über Herschel Walker reden oder über Jack.

Er sagt: »Ich finde, wir sind eher wie Herschel Walker als wie Mary Katherine Blackwood. Ehrlich gesagt finde ich, wir haben überhaupt keine Ähnlichkeit mit ihr.«

Ich spüre, dass er mich ansieht, aber ich schaue weiter auf die Straße.

Er sagt: »Danke, dass du mir heute Abend geholfen hast.«

»Ich würde es lieber *retten* nennen.«

»Okay. Danke, dass du mich *gerettet* hast.« Und jetzt kann ich nicht anders, ich muss ihn ansehen. Er lächelt. Erst kriecht es langsam über sein Gesicht wie ein Sonnenaufgang, und plötzlich leuchtet es wie der hellste Punkt des Tages. Ich schiebe die Hand unter mein Bein, damit ich sie mir nicht vor die Augen halte, was ich am liebsten tun würde.

Ich lächle ihn an.

Und unsere Augen verhaken sich.

Keiner von uns bricht den Kontakt ab, und ich will auch gar nicht, nicht mal, als mir wieder einfällt, dass ich fahre.

Ich reiße meine Augen weg und starre aus dem Fenster, aber alles ist verschwommen. Ich fühle, dass er mich weiter ansieht.

Du musst dich beruhigen, Mädchen. Beruhig. Dich.

Wir fahren über ein Schlagloch, und der Land Rover klingt, als würde er gleich absaufen.

Jack sagt: »Himmel, die Karre ist im Arsch.«

Wir biegen in meine alte Straße ein, die Capri Lane. Ich bin nicht mehr hier gewesen seit dem Tag, an dem ich ins Krankenhaus gebracht wurde. Jack redet, aber ich höre nicht zu, weil alles wiederkommt. Meine Mom. Da drinnen eingesperrt zu sein. Das Gefühl, nicht atmen zu können, und zu denken, dass es das war. Zu glauben, dass ich sterbe. Befreit zu werden.

Als ich im Krankenhaus aufwachte, war alles weiß. Blau, schwarz, weiß, als wären das die einzigen Farben auf der Welt. »Du hattest eine Panikattacke«, sagte mein Dad. »Du wirst wieder gesund, aber wir müssen dafür sorgen, dass es nicht noch mal passiert.«

Wir nähern uns unserem alten Haus, und ich sehe es auf mich zukommen, nur dass es nicht mehr so ist wie früher, weil unser Haus ja schließlich halb abgerissen werden musste. Obwohl es der letzte Ort war, an dem ich meine Mom lebendig gesehen habe. Obwohl die Erinnerungen an sie in den Wänden und im Fußboden steckten.

Ich will daran vorbeifahren, aber Jack sagt: »Du kannst hier halten.« Erst frage ich mich, ob das irgendein verdrehter Scherz sein soll. Aber nein, er zeigt auf das zweistöckige Haus auf der anderen Straßenseite und sagt: »Mal sehen, ob mein Bruder da ist. Wenn er da ist, kann er dich nach Hause fahren.« Er steigt aus und geht durch den Vorgarten.

Ich rühre mich nicht.

Dann – irgendwie – öffne ich die Tür. Ich stelle einen Fuß auf den Boden. Ich zwinge mich auszusteigen. Ich stelle den anderen Fuß auf den Boden. Ich stehe da.

Ich frage: »Da wohnst du?«

Er dreht sich um. »Jetzt komm schon.« Und dann sieht er an mir vorbei, dahin, wo ich einmal gelebt habe, und sein Gesicht wird leer, als würde er ein Gespenst sehen.

»Seit wann wohnst du schon hier?« Ich bringe die Wörter gerade so heraus.

Er antwortet nicht. Er sieht aus, als hätte er einen Herzinfarkt.

»Jack? Seit wann wohnst du hier? In diesem Haus?«

Schweigen.

»Antworte mir.«

»Mein Leben lang.«

Und die Welt

bleibt

stehen.

»Kannst du mir sagen, was passiert ist, Libbs? Kannst du mir sagen, was dir solche Angst gemacht hat?«

»Alles.« Das war meine Antwort, obwohl ich wusste, dass Dad etwas Genaueres erwartete. »Alles. Du. Ich. Aneurysmen. Tod. Krebs. Mord. Verbrechen. Gemeine Menschen. Verdorbene Menschen. Hinterhältige Menschen. Mobbing. Naturkatastrophen. Die Welt hat mir Angst gemacht. Die Welt hat das getan. Vor allem, dass sie dir Menschen gibt, die du liebst, und sie dir dann wieder wegnimmt.« Aber die Wahrheit war viel einfacher. Ich hatte beschlossen, Angst zu haben.

Ich weiß nicht, wie lange ich brauche, um etwas zu sagen. Schließlich sage ich: »Ich habe früher da gewohnt.« Ich zeige auf das neue Haus, groß und glänzend und vollständig intakt, das auf dem Grab unseres alten Hauses steht. Das neue Haus ist in keiner Weise wie das, das vorher da war.

»Ich weiß.«

»Woher weißt du das?« Und jetzt warte ich darauf. Ich will es ihn sagen hören.

»Weil ich da war, als sie dich rausgeholt haben.«

JACK

Marcus fährt, und ich sitze hinten. Mein Bruder hat schlechte Laune, weil er noch mal raus muss, und wirft mir im Rückspiel tödliche Blicke zu. Er macht nicht mal das Radio an, so schlimm ist es. Wir drei fahren schweigend, ab und zu sagt Libby: »Hier abbiegen« oder »Hier rechts«. Ihre Stimme klingt erfroren. Jetzt, wo ich nur noch dasitze, ist mein Kopf schwer vom Alkohol.

Es ist warm im Auto und still. So still. Ich muss kurz eingedöst sein, denn als mein Handy vibriert, schrecke ich auf. Ich krame es aus der Tasche, und da ist eine Nachricht von Kam.

Alles klar, Mann?

Ich schreibe zurück: Alles klar.

Seth hat gesagt, du bist blind oder so was?

Ich starre das Display an und dann Libbys Hinterkopf. Ich schalte mein Handy aus und dann wieder an. Ich schreibe:

Ich bin gesichtsblind. Prosopagnosie. Das ist eine Krankheit. Wurde gerade diagnostiziert.

Als er nicht zurückschreibt, schiebe ich das Handy zurück in meine Tasche. Ich verspüre den Drang, in die Stille zu schreien, aber ich tue es nicht. Nach ein paar Minuten vibriert mein Handy wieder. Ich mache mir nicht die Mühe nachzusehen.

Schließlich kommen wir in ihr Viertel, und Marcus fährt langsamer, zentimeterweise, er späht aus dem Fenster. Ein Teil von mir hofft, dass wir ihr Haus nie finden, damit ich diese Sache wieder einrenken kann, aber ein anderer Teil von mir ist einfach nur fertig. Fertig mit ihr. Fertig mit allen.

Unvermeidlich kommen wir an, und es trifft mich wieder, dass ihr Haus genauso aussieht wie alle anderen. Wenn ich ein Haus für Libby entwerfen würde, wäre es außergewöhnlich. Es wäre einzigartig. Es wäre leuchtendrot mit einem Blechdach, hätte mindestens zwei Etagen, eher mehr, eine Wetterstation auf dem neuesten Stand der Technik und eine Menge Erker. Und einen Turm, aber nicht, um sie darin einzusperren. Dort könnte sie sitzen und nach draußen und über die Stadt schauen, bis zum Horizont und darüber hinaus.

Marcus sagt: »Wir sind da.«

Libby bedankt sich und stürzt quasi aus dem Auto. Ich vergesse immer, wie schnell sie ist. Sie ist schon an der Haustür, als ich es gerade mal auf den Bürgersteig geschafft habe.

Sie wirbelt herum und sieht mich an. »Was? Was ist los, Jack? Was? Was?«

»Es tut mir leid, dass ich nichts gesagt habe. Ich wollte dich nicht noch mehr in Verlegenheit bringen, als ich es sowieso schon getan hatte.«

»Du hättest es erwähnen können.«

»Du hast recht. Wenn es hilft, schreibe ich dir einen Entschuldigungsbrief.« Ich schenke ihr ein hoffnungsvolles Lächeln, aber sie wedelt mit der Hand in meine Richtung, als wolle sie es auslöschen.

»Nein. Behalt das für dich, verstehst du mich, Jack Masselin?

Spar dir dein Lächeln. Es funktioniert bei mir nicht. Du machst dir solche Sorgen, dass du nie irgendwem nahe sein kannst, aber das liegt nicht an der Gesichtsblindheit, das liegt an dir. Das ganze Lächeln und Täuschen und Vorgeben, so zu sein, wie die Leute dich haben wollen. Das ist es, was dich isoliert. Das ist es, was dich kaputtmacht. Du musst endlich versuchen, ein echter Mensch zu sein.«

Ich lasse das Lächeln fallen.

»Meine Mom sterben zu sehen und aus diesem Haus geholt zu werden, waren die schlimmsten Momente meines Lebens. Weißt du, dass ich Hassbriefe bekommen habe? Jeder hatte etwas darüber zu sagen, was passiert war, wie fett ich war und was mein Dad getan oder nicht getan hatte. Ich sollte wissen, wie angewidert sie waren und wie abstoßend sie mich fanden. Sie haben ihre Briefe ins Krankenhaus geschickt, und sie haben sie hierhergeschickt. Sie haben meine E-Mail-Adresse herausgefunden und mir Mails geschrieben. Wer bitte tut so was? Wer sieht so eine Geschichte im Fernsehen und denkt sich: *Ich werde ihr einen Brief schreiben und ihr mal so richtig die Meinung sagen. Sollte ich den Brief ans Krankenhaus schicken oder ihn lieber persönlich überreichen?* Hast du dich mit deinen Brüdern so richtig darüber kaputtgelacht?«

Ihre Augen brennen. Sie provoziert mich, zu sagen: *Ja, genau so war es, meine Brüder und ich haben gelacht, bis wir Muskelkater hatten. Wir schauen uns gerne an, wie Leute beinahe draufgehen.*

Stattdessen sage ich: »Es tut mir leid.«

In diesem Moment möchte ich nicht nur einen Entschuldigungsbrief schreiben, sondern hundert, einen für jede schreckliche Person, die je etwas Gemeines zu ihr gesagt hat.

»Keiner von denen hätte das getan, wenn sie dich gekannt hätten. Und nur damit du es weißt, nicht jeder wünscht dir Schlechtes. Wir haben dir die Daumen gedrückt. Ich hab dir die Daumen gedrückt.«

»Was hast du da gesagt?«

»Ich habe dir die Daumen gedrückt.«

Etwas huscht über ihr Gesicht, und ich kann es sehen – sie weiß, dass ich es war, der ihr das Buch geschickt hat.

LIBBY

Dad sitzt vor dem Computer. Als er mich hereinkommen hört, springt er auf und zeigt auf die Uhr an der Wand. »Was ist passiert?«

Ich erzähle es ihm, weil ich zu müde bin, um so zu tun, als wäre alles in Ordnung. Ganz ehrlich, er muss lernen, mit seiner Sorge um mich zu leben. Ich kann ihn nicht immer beschützen. Also erzähle ich ihm alles, von Mick aus Kopenhagen und der Schlägerei und Moses Hunt und dass ich Jack nach Hause gebracht und erfahren habe, dass er damals dabei war, als sie unser Haus abgerissen haben, und dass er die ganze Zeit Dean war, von Dean, Sam und Castiel. Und dann erzähle ich ihm auch von den anderen Dingen, von denen ich ihm schon seit einer Weile nichts mehr erzählt habe – von den Briefen und den Darlings und dem lila Bikini. Ich bin erschöpft und wütend und traurig und untröstlich und leer, und mehr als alles andere will ich schlafen. Aber Dad ist alles, was ich habe.

Er läuft auf und ab, während ich rede, und sobald ich eine Pause mache, bleibt er stehen. Er sagt: »Ich muss wissen, dass es dir gutgeht. Ich muss wissen, ob ich zu den Hunts gehen und diesem Typen selbst eine reinhauen sollte.«

Er ist wütend auf die Welt außerhalb dieses Hauses, und dafür liebe ich ihn nur noch mehr.

»Es geht mir gut, Dad.«

»Du würdest es mir sagen.« Das ist eine Frage. »Du wirst es mir sagen.«

»Werde ich. Immer. Von jetzt an.« Und dann sage ich: »Es tut mir leid. Wegen allem, was du mit mir durchmachen musstet.«

Ich weiß, dass er weiß, dass ich von *allem* rede, nicht nur von heute Abend.

»Mir tut es auch leid, Libbs.«

Und es trifft mich wie ein Schlag ins Gesicht. Die ganze Trauer, die Dad auf sich genommen und geschluckt und getragen hat – nicht nur den Verlust meiner Mom, sondern den Verlust des Mitgefühls anderer Menschen, die ihm die Schuld daran gaben, was mit mir passiert war. Wenn er zornig geworden ist, so habe ich es nie gesehen. Er macht einfach weiter und kümmert sich darum, dass ich gesund esse, dass es mir gutgeht und ich mich geliebt fühle.

Dann, vielleicht zum Beweis, dass es keine Geheimnisse zwischen uns gibt, erzählt er mir von der Frau, mit der er sich seit einer Weile gelegentlich trifft. Sie heißt Kerry und ist Mathelehrerin. Sie ist in seinem Alter, geschieden, kinderlos. Er wollte es mir nicht sagen, weil er nicht sicher war, wo ihre Beziehung hinführen würde oder was sie bedeutet, und er will vorsichtig mit mir sein, und mit ihr auch. Aber ich denke, in Wahrheit wollte er nicht, dass ich mich schlecht fühle, weil ich die Einzige auf der Welt bin, die nicht darüber hinwegkommt.

Das sage ich zu ihm, und er nimmt meine Hand. »Es geht nicht ums Drüberhinwegkommen, Libbs. Es geht darum, etwas anderes zu erleben. Das ist alles. Ein anderes Leben. Eine andere Welt. Andere Regeln. Wir lassen die alte Welt nie zurück. Wir schaffen nur eine neue.«

JACK

Es ist nach eins, als Marcus und ich nach Hause kommen. Ich stehe mindestens fünf Minuten vor dem offenen Kühlschrank und hoffe, dass sich irgendetwas Gutes darin materialisiert – Pizza, Hühnchen, ein saftiges Steak oder ein paar gebratene Rippchen. Als das nicht geschieht, nehme ich mir eine Limo und eine Art Guacamole-Käse-Dip, hole Chips aus der Speisekammer und lasse mich in der dunklen Küche zum Festmahl nieder.

Ich habe die Chipstüte halb geschafft, als mein Handy auf der anderen Seite des Zimmers aufleuchtet, wo ich es liegengelassen habe. Ich stehe auf, für den Fall, dass es Libby ist, obwohl ich weiß, dass sie es nicht ist. Es ist Kam. Er schreibt:

Scheiße. Dieses Prosopagnosie-Zeug ist ja krass. Aber hey, Alter, wir haben alle irgendwas. Wir sind alle auf unsere Weise komisch und verkorkst. Du bist nicht der Einzige.

Ich lese es dreimal, denn, ganz ehrlich, ich bin fassungslos. Vielleicht wird Dave Kaminski doch schon ein guter Kerl, bevor er dreißig ist.

Noch eine Nachricht.

Arschloch.

Ich schreibe zurück.

Pisser.

Und dann lasse ich alles stehen, gehe die Treppe hoch zum Schlafzimmer meiner Eltern und hämmere an die Tür. Ich hämmere dagegen, bis sich eine andere Tür öffnet und ein dünner Junge mit großen Ohren fragt: »Jack?«

»Tut mir leid, dass ich dich wecken muss, Kumpel. Kannst du Marcus holen?«

»Klar.«

Die Tür zum Zimmer meiner Eltern öffnet sich, und die Frau, die vor mir steht, schläft noch halb. Ihre Haare stehen in alle Richtungen, und ein Auge ist geschlossen. Bei meinem Anblick öffnen sich beide Augen weit, und sie betastet mein Gesicht und meine Brust. »O mein Gott, was ist passiert?«

Mir fällt wieder ein: *Ach ja, richtig, die Hunt-Brüder haben dich vermöbelt.* »Ist nicht schlimm. Mir geht's gut. Hör zu, ich muss mit dir und Dad reden.« Ich schaue an ihr vorbei, aber das Zimmer ist leer. Hinter mir höre ich noch eine Tür, und der Mann, der mein Vater sein muss, kommt aus dem Gästezimmer.

Wir sitzen zu fünft im Bett meiner Eltern, und es ist genauso, als wäre Weihnachten und wir wären wieder klein. Marcus hat kein Wort gesagt. Er starrt nur stumm unter seinen Haaren hervor.

Ich sage: »Es ist eine neurologische Störung.«

Mom googelt, während ich spreche.

Dad: »Hast du Probleme beim Sehen oder Kopfschmerzen?«

Dusty: »Vielleicht ist es eine Gehirnerschütterung.«

»Es sind keine Sehprobleme, und es ist keine Gehirnerschütterung.«

Dad: »Ich komme auch manchmal durcheinander. Ich vergesse ständig die Namen. Nach all den Jahren im Laden kann ich mir die Leute immer noch nicht merken.«

»Das ist nicht das Gleiche. Es gibt einen speziellen Bereich im Gehirn namens Gyrus fusiformis, der Gesichter identifiziert und erkennt. Aus irgendeinem Grund fehlt meiner oder funktioniert nicht.«

Dusty will wissen, wo dieser Gyrus fusiformis ist, und ich zeige ihm die Stelle an meinem Kopf. Dann findet Mom das Schema eines Gehirns. Alle beugen sich vor, sogar Marcus, und Mom liest: »Menschen mit Prosopagnosie haben große Probleme, Gesichter zu erkennen, und können sogar Schwierigkeiten haben, Menschen zu erkennen, die sie viele Male gesehen haben und gut kennen – sogar Familienmitglieder.« Sie schaut mich fragend an. *Ist das wahr?* Ich nicke. »Prosopagnosie wird durch ein Problem bei der Verarbeitung visueller Informationen im Gehirn verursacht, was angeboren oder durch eine Gehirnverletzung im Laufe des Lebens bedingt sein kann.«

Marcus sagt: »Wie als du vom Dach gefallen bist.«

Ich erzähle ihnen, dass ich einen Test gemacht habe, und sie haben eine Million Fragen. Ich beantworte sie, so gut ich kann, und irgendwann sagt meine Mom: »Du musst daran denken, dass du dich nicht für alles verantwortlich fühlen kannst, Jack. Schon gar nicht für die Probleme, die Dad und ich gerade miteinander haben. Wir sind eure Eltern, und wir kriegen das hin. Ihr müsst nichts anderes tun, ihr alle« – sie sieht meine Brüder an –, »als Kinder zu sein und uns für euch da sein zu lassen.«

»Wir alle?«, fragt Dusty. »Auch diejenigen von uns ohne Gehirnprobleme?«

»Ihr alle.«

LIBBY

Ich habe immer schon gedacht, dass es möglich sein sollte, die Zeit einzufrieren. Dann könnte man an einem richtig guten Punkt im Leben einfach auf Pause drücken, und nichts würde sich ändern. Stellt euch das mal vor. Geliebte Menschen würden nicht sterben. Ihr würdet nicht altern. Ihr würdet ins Bett gehen und am nächsten Morgen alles genauso wieder vorfinden. Keine Überraschungen.

Wenn ich die Zeit einfrieren könnte, dann würde ich diesen Moment nehmen, wie ich an der Schulter meines Vaters einschlafe, mit George auf dem Schoß, als wäre ich wieder acht Jahre alt.

Die folgenden Dinge weiß ich über Verlust:

- Es wird nicht besser. Du gewöhnst dich nur (irgendwie) daran.
- Du wirst nie aufhören, die Menschen zu vermissen, die fort sind.
- Obwohl Verlust etwas bezeichnet, was nicht mehr da ist, wiegt er unglaublich schwer.

Als ich anfing zu essen – richtig zu essen –, war das Gefühl des Verlusts schon so groß, dass es war, als würde ich die ganze Welt mit mir herumtragen. Also schien es keinen Unterschied zu machen, auch noch mein Gewicht zu tragen. Doch beides zusammen war zu viel. Manchmal muss man etwas ablegen. Man kann nicht ewig alles ertragen.

JACK

Es ist schon fast Morgen, als ich ins Bett gehe. Ich liege auf der Decke, hellwach, in Kleidern und Schuhen, und starre nach oben. Ich fühle mich voll und gleichzeitig leer, aber nicht auf die schlechte Art. Vielleicht ist leer das falsche Wort. Ich fühle mich leicht.

Vielleicht liebe ich Libby Strout.

Vielleicht mag ich sie nicht nur.

Liebe.

Im Sinne von: Ich liebe sie.

Ich denke an ihre Augen. Wenn man mich fragen würde, wie Carolines Augen aussehen, könnte ich es nicht sagen. Obwohl ich sie beschreiben kann, wenn ich sie vor mir sehe, habe ich keinen blassen Schimmer, wenn sie nicht vor mir steht.

Aber ich kann genau sagen, wie Libbys Augen aussehen.

Sie sind, wie an einem Sommertag auf einer Wiese im Gras zu liegen. Die Sonne scheint dir ins Gesicht, aber du spürst den Boden unter dir, und soviel du auch davon träumst, davonzufliegen, weißt du, dass du es nicht tun wirst. Du bist warm von innen und außen, und du kannst diese Wärme immer noch auf der Haut spüren, wenn du gehst.

Ich kann noch weitermachen:

1. Sie hat eine Sommersprossenkonstellation im Gesicht, die mich an Pegasus erinnert (linke Wange), und eine, die mich an Cygnus erinnert (rechte Wange).
2. Ihre Wimpern sind meterlang, und wenn sie flirtet, blinzelt sie absichtlich langsam, was mich völlig umhaut.
3. Und dann ist da noch ihr Lächeln. Ich kann euch sagen, es ist der Wahnsinn, als käme es aus ihrem tiefsten Inneren, von da, wo sie nur aus blauem Himmel und Sonnenschein besteht.

Und dann denke ich: *Halt mal …*

Ich setze mich auf. Reibe mir den Kopf. Vielleicht ist es der Alkohol, aber …

Seit wann kann ich mich an ihr Gesicht erinnern?

Und plötzlich habe ich ein krasses Der-sechste-Sinn-Erlebnis, als meine Gedanken die Wochen zurückspulen, seit ich sie kenne. Ich gehe die Gelegenheiten durch, bei denen ich sie gesehen habe, jeden Moment, in dem ich in der Lage war, sie in einer Menge oder außerhalb des gewohnten Zusammenhangs zu finden. Ich teste mich selbst.

Stell dir ihre Augenbrauen vor.

Leicht bogenförmig, als wäre sie immer amüsiert.

Ihre Nase.

Sie kräuselt sich, wenn sie lacht.

Ihr Mund.

Ich kenne nicht nur das Rot ihrer Lippen, sondern auch den Aufwärtsschwung ihrer Mundwinkel, als würde sie sogar lächeln, wenn sie nicht lächelt.

Stell dir alle diese Teile zusammen vor.

Wie ihre Wangenknochen sich vorwölben und ihr Kinn sich nach innen wölbt, fast wie ein Herz. Die Festigkeit und Weichheit und ihr Strahlen machen sie so LEBENDIG.

Die ganze Zeit habe ich gedacht, es sei ihr Gewicht, an dem ich sie erkenne.

Aber es ist überhaupt nicht ihr Gewicht.

Sie ist es.

LIBBY

Ich bin früh auf, obwohl Samstag ist. Ich hinterlasse Dad eine Nachricht, und dann bin ich auch schon draußen, eingepackt in Jacke und Schal. Nach einem Block sind meine Hände halb erfroren, und ich stecke sie in die Jackentaschen. Ich bin mit Rachel im Park verabredet, weil ich ihr etwas sagen muss. *Ich weiß jetzt, warum ich Jack Masselin geschlagen habe.*

Die kühle Luft fühlt sich nach Winter an, oder zumindest nach dessen Anfang. Es ist die Zeit des Jahres, die ich am wenigsten mag, weil alles stirbt oder schlafen geht und überall zu viel Tod und Stille ist und der Himmel so lange grau wird, dass man denkt, er wird nie wieder blau sein. Im Augenblick ist der Himmel unentschlossen. An manchen Stellen ist er blau, an anderen grau, mit weißen Flecken wie eine ausgewaschene Steppdecke.

Rachel hat uns heißen Apfelsaft aus einem Café in der Nähe ihres Hauses mitgebracht. Wir sitzen da, schauen auf den Golfplatz und pusten auf unsere heißen Getränke, um sie abzukühlen. Ich erzähle ihr von Mick aus Kopenhagen und von Moses Hunt und dass ich Jack nach Hause gebracht habe.

»*Den* Jack?«

»Genau den.«

Bevor sie mich nach ihm fragen kann, erzähle ich ihr von der Tanzgruppe, die ich mit Bailey, Jayvee und Iris gründen will. »Das Beste ist, dass alle mitmachen können. Keine Beschränkungen wegen Gewicht oder Größe. Überhaupt keine Beschränkungen. Wenn du auch nur ein bisschen tanzen kannst, bist du drin. Und wir tanzen einfach aus Freude am Tanzen, wann und wo wir wollen.«

»Kann ich mitmachen?«

»Klar.«

»Und Kostüme?«

»Wird es auch geben, aber jedes sieht anders aus.«

Dann erzählt Rachel mir von ihrer neuen Freundin Elena, einer Grafikdesignerin, die sie in Winklers Bäckerei kennengelernt hat. Sie sagt, sie hätten eine Menge alberne Dinge gemeinsam, aber auch richtige Dinge, wichtige Dinge, sie hatten zum Beispiel im selben Alter ihr Comingout. Sie pustet auf ihren Apfelsaft und nimmt einen Schluck. Sie mustert mich über den Becher hinweg. »Weißt du, in gewisser Weise hattest du das auch – dein Comingout. Du bist auch rausgekommen, aus deinem Zimmer. Aus deinem Haus. Aus deinem Panzer.«

»Tja, das stimmt wohl.« Ich denke an Jack, der so allein in sich selbst war wie ich in all den Jahren in meinem Zimmer.

Als würde sie meine Gedanken erraten, fragt sie: »Also, warum hast du es getan? Warum hast du ihn geschlagen?«

»Weil ich das Gefühl hatte, dass er mich nach allem, was ich durchgemacht habe, wieder in mein Zimmer sperren wollte. Als wollte er mir sagen, ich hätte völlig zu Recht Angst vor allem gehabt.«

»Niemand kann dich wieder einsperren, Libby. Du bestimmst selbst, ob du es zulässt.«

»Das weiß ich jetzt. Also, jetzt weiß ich es wirklich. Ich dachte, ich hätte es damals schon gewusst, aber ich wusste es noch nicht.«

»Und wie geht es mit euch weiter?«

»Er hat mich angelogen.«

»Vielleicht wollte er dich schützen. Ich will ihn nicht verteidigen, aber vielleicht dachte er, er täte das Richtige.«

»Vielleicht.« Dann erzähle ich ihr von den Briefen.

Sie setzt ihren Becher ab. »Wann hast du zum letzten Mal einen bekommen?«

»Schon eine Weile her. Vor meinem Auftritt im Bikini.«

»Hast du herausgefunden, wer sie geschrieben hat?«

»Nein, aber ich bin mir ziemlich sicher, dass ich es weiß. Und die Person tut mir leid, weil sie niemals ihr Comingout haben wird. Sie sperrt ihr wahres Ich ganz weit weg, wo niemand es finden kann, wo nicht mal sie selbst es finden kann.«

Rachel hebt ihren Becher. »Auf Libby Strout, die größte Person, die ich kenne, und ich meine damit nicht ihre Körpergröße.«

Wir stoßen mit unseren Recyclingbechern an.

»Und auf Rachel Mendes, die mich liebt, obwohl sie nicht muss.«

Beinahe sage ich: *Und die mir das Leben gerettet hat,* denn aus irgendeinem Grund denke ich an mich mit elf, zwölf, dreizehn. Dieses Mädchen fühlt sich an wie ein anderer Mensch, ein Lebensalter weit entfernt, nicht wie jemand, der etwas mit meinem heutigen Ich zu tun hat. Außer dass ich weiß, dass es mich ohne sie nicht gäbe. Ohne sie wäre ich nicht Libby Strout, Elftklässlerin auf der Highschool, mit ein paar richtig guten Freunden. Ich hätte nicht getanzt oder mich im Kreis gedreht oder mich bei den Darlings beworben. Ich hätte mich nicht verteidigt oder den lila Bikini angezogen. Ich wäre nicht mit einem Jungen, den ich mag, nach Bloomington gefahren oder zu Clara's gegangen. Mit einem Jungen, den ich *wirklich* mag. Ich hätte mir nicht das Herz brechen lassen, weil ich zu viel Angst gehabt hätte. Und obwohl dieses gebrochene Herz höllisch weh tut, ist es viel besser, als nichts zu fühlen.

Und noch etwas würde ich nicht tun: auf dieser Bank sitzen, während die Kälte mich in Wangen und Nase beißt, und heißen Apfelsaft mit der besten Freundin der Welt trinken. Obwohl ich nicht wusste, dass genau dieser Moment existiert, wollte ich draußen in der Welt sein, um ihn zu erleben.

* * *

Als Rachel gegangen ist, lasse ich eine Ausgabe – *die* Ausgabe – von *Wir haben schon immer im Schloß gelebt* mit einer Nachricht auf der Bank zurück:

Lieber Freund,
Du bist kein Freak. Du bist erwünscht. Du bist notwendig. Du bist das einzige Du, das es gibt. Hab keine Angst, das Schloss zu verlassen. Dich erwartet eine großartige weite Welt da draußen.

Alles Liebe, eine Leserin

JACK

Ihr Dad sagt mir, dass sie mit einer Freundin im Park ist, und dahin fahre ich jetzt. Mein Handy klingelt, vermutlich ist es Kam, aber ich gehe nicht dran.

Und was, wenn es Dr. Klein ist, die dir sagen will, dass sie sich geirrt hat, dass es eine Heilung gibt? Was würde ich dann tun? Würde ich mein Gehirn verändern lassen, wenn das bedeuten würde, dass ich Menschen so erkennen kann wie alle anderen auch?

Würde ich?

Ich drehe und wende diese Frage in Gedanken und versuche, mir vorzustellen, mir auszumalen, wie es mich verändern würde.

Ich wäre nicht mehr ich selbst, oder? Denn solange ich mich erinnern kann, ist das die Art, wie ich Menschen wahrnehme. Ich studiere sie. Ich studiere ihre Eigenheiten.

Es ist so: Ich weiß nicht, was es bedeutet, die Welt so zu sehen, wie andere es tun. Vielleicht erkenne ich mich nicht selbst im Spiegel, und vielleicht kann ich nicht genau sagen, wie ich aussehe, aber ich glaube nicht, dass ich mich ohne Prosopagnosie so kennen würde, wie ich es tue. Das Gleiche gilt für meine Eltern und meine Brüder und meine Freunde und Libby. Ich spreche von all den Einzelheiten, derentwegen sie *sie* sind. Sie sehen alle das Gleiche, aber ich muss mich anstrengen, um zu sehen, was hinter dem Gesicht ist. Es ist, als würde ich die Menschen auseinandernehmen und wieder zusammenbauen. Ich baue sie auf die gleiche Art zusammen, wie ich den Mieskicker für Dusty gebaut habe.

Das bin ich.

Gibt es mir das Gefühl, besonders zu sein? Ein bisschen. Ich musste verdammt hart arbeiten, und auch wenn Haut- und Haarfarbe mir dabei helfen, Menschen zu erkennen, ist es nicht das, was sie mir bedeuten. Darum geht es nicht. Es geht um die wichtigen Dinge, die Art, wie ihr Gesicht aufleuchtet, wenn sie lachen, wie sie sich bewegen, wenn sie auf mich zukommen, oder wie ihre Sommersprossen Sternbilder ergeben.

LIBBY

Ich bin am Rand des Parks, eingemummelt in meine Jacke, den Schal bis übers Kinn gezogen, als ein rostroter Land Rover vorbeifährt. Er macht mitten auf der Straße eine Vollbremsung, und bei laufendem Motor steigt Jack Masselin aus und stolziert auf mich zu.

»Was machst du hier?«

»Dein Dad hat mir gesagt, dass du hier bist. Mann, ist das kalt. Willst du wirklich zurück nach Hause laufen?«

»Was. Machst. Du. Hier?« Ich sage es langsamer und lauter.

»Hör zu. Es tut mir leid, dass ich dir nicht gesagt habe, wo ich wohne, und dass ich dich an dem Tag gesehen habe, als du befreit wurdest. Ich hätte es dir sagen sollen, und es ist dein gutes Recht, sauer auf mich zu sein.«

»Ja, ist es.«

»Ich weiß. Es war mein Fehler. Aber wenn du mich lässt, muss ich dir noch etwas anderes sagen. Wir können später darauf zurückkommen, du kannst mir noch mein ganzes Leben lang die Hölle heiß machen.«

»Was, Jack?«

»Ich sehe dich.«

»Wie bitte?«

»Ich sehe dich, Libby Strout. Dich.«

»Wie meinst du das?«

»Ich sehe dich. Ich erinnere mich an dich. Ich erkenne dich.«

Ich deute an mir herab. »Du hast ja auch keine Fettblindheit!«

»Herr im Himmel, Mädchen. Jetzt komm mir doch mal entgegen!«

»Na und? Du gebrauchst Erkennungszeichen, um Leute zu erkennen. Das Gewicht ist meins.«

»Dein Erkennungszeichen bist *du*. Ich kann mich an deine Augen erinnern. Deinen Mund. Die Sommersprossen auf deinen Wangen, die wie Sternbilder aussehen. Ich kenne dein Lächeln, mindestens drei Arten, und mindestens acht von deinen Gesichtsausdrücken, darunter die, die du nur mit deinen Augen machst. Wenn ich zeichnen könnte, würde ich dich zeichnen, und ich müsste dich nicht dafür ansehen. Weil dein Gesicht in meinem Gehirn festsitzt.«

Und dann schließt er die Augen und beschreibt mir, wie ich aussehe, auf eine Weise, wie ich es nie zuvor gehört habe. Während ich ihm zuhöre, rast mein Herz, und ich weiß, dass das etwas ist, was ich nie vergessen werde, nicht mal in fünfzig Jahren.

Er öffnet die Augen und sagt: »Ich weiß, wie du dich bewegst. Ich weiß, wie du mich ansiehst. Ich sehe, wie du mich siehst, und du bist der einzige Mensch, der mich so ansieht. Ob ich bei dir bin oder nicht, ich muss nicht darüber nachdenken oder Teile zusammensetzen. Du bist einfach du. Das weiß ich.«

»Das muss nicht heißen, dass du mich liebst. Nur weil du mich siehst.«

Seine Augenbrauen springen hoch, und er lacht. »Wer hat denn was von Liebe gesagt?«

Jetzt wäre ein guter Moment, um mich in Luft aufzulösen.

»Aber wenn ich dich, hypothetisch, lieben würde, dann nicht, weil ich mir sage: *Immerhin kann ich sie sehen, da kann ich sie ja auch gleich lieben.* Ich bin ziemlich sicher, dass ich dich sehe, *weil* ich dich liebe. Und ja, ich glaube, ich liebe dich, weil ich dich sehe, im Sinne von: *Ich sehe dich, Libby,* alles von dir, in jeder letzten phantastischen Einzelheit.«

Ich warte darauf, dass er wieder *hypothetisch* sagt, aber das tut er nicht.

Er sieht mich nur an.

Ich sehe ihn an.

Und die Funken sprühen.

Er dauert Sekunden, vielleicht auch Minuten.

Ich ziehe mir den Schal über die Nase. Ich würde ihn mir am liebsten über den Kopf ziehen.

»Hier.«

Er gibt mir einen kleinen Gegenstand. Ich drehe ihn in meiner Hand. Es ist ein Magnet. WILLKOMMEN IN OHIO.

Erst verstehe ich gar nicht, warum er mir den gibt. Wir waren nie zusammen in Ohio. Ich war nur einmal in Ohio.

Vor Jahren.

Mit meinen Eltern.

Plötzlich bin ich wieder in unserem alten Haus, an jenem Tag, an dem meine Mom ihn an unseren Kühlschrank geheftet hat. *»Wir werden den ganzen Kühlschrank mit Magneten von Orten bestücken, an die wir gereist sind«,* hat sie gesagt. *»Ohio ist vielleicht nicht sehr exotisch, aber irgendwann, wenn der ganze Kühlschrank voll ist, wirst du ihn ansehen und denken:* Damit hat alles angefangen.*«*

Er sagt: »Ich hätte ihn nicht mitnehmen sollen.«

»Mitnehmen?«

»Aus deinem Haus. Ich bin an dem Tag in euer Haus gegangen, weil ich etwas über euch erfahren wollte. Ich habe zu dem Wachmann gesagt, er solle besser aufpassen, damit euer Haus nicht geplündert wird.«

»Nachdem du das hier geplündert hast.«

»Ja. Und das Buch, das ich dir geschickt habe.«

»Warum hast du den Magneten behalten?«

»Er hat mich an dich erinnert.«

»Wow, du bist kitschig.«

Er lacht und reibt sich das Kinn. »Scheint so.«

»Ist schon in Ordnung.« Meine Stimme ist vom Schal gedämpft. Ich schließe meine Hand um den Magneten. Es klingt blöd, aber ich muss denken: *Sie hatte ihn in der Hand. Ein Teil von ihr ist immer noch da.* »Ich bin froh, dass du ihn mitgenommen hast.«

Damit hat alles angefangen.

»Libby Strout.« Sein Mund und seine Augen sind ernst. Ich glaube nicht, dass ich ihn jemals so ernst gesehen habe. »Du bist erwünscht.«

Und dann zieht er den Schal beiseite.

Er nimmt mein Gesicht in beide Hände, vorsichtig, behutsam, als wäre es ein seltener, kostbarer Juwel.

Und dann küsst er mich.

Es ist der großartigste Kuss meines Lebens, was, wie mir selbst klar ist, nicht viel besagt. Aber es ist einer dieser weltvergrößernden Küsse, der es mit jedem anderen Kuss aufnehmen kann, der je auf Erden stattgefunden hat oder stattfinden wird. Es ist, als würde er für mich atmen, oder vielleicht atmen wir füreinander, ich verschmelze mit ihm und er mit mir, so dass meine Arme keine Arme mehr sind, meine Knochen schmelzen und dann die Muskeln und die Haut, bis nur noch Elektrizität übrig ist. Der neblig-trübe Morgenhimmel verwandelt sich in den Nachthimmel, und überall sind Sterne, so nah, dass ich das Gefühl habe, ich könnte sie abpflücken und mit nach Hause nehmen und sie mir ins Haar stecken.

Ich weiß nicht, wer sich zuerst aus dem Kuss löst, vielleicht er, vielleicht ich. Dann stehen wir Stirn an Stirn, wofür ich dankbar bin, weil ein Teil von mir kreischt: *O mein Gott, es ist Jack Masselin,* aber eigentlich bin ich nicht ehrfürchtig, sondern eher verlegen, weil ich diesen Jungen auf eine Art kenne wie niemand sonst, und er kennt mich.

Irgendwann heben sich unsere Köpfe, unsere Augen finden sich, und ich muss mich nicht fragen, wie ich für ihn aussehe, weil ich mich sehen kann, in der Spiegelung seiner Pupillen, als hätte er mich dort verwahrt und würde mich mit sich herumtragen.

Er sagt: »Ah.« Und atmet aus, als hätte er die ganze Zeit die Luft angehalten.

»Ja.« Ich versuche, witzig zu sein, weil diese Welt mir noch neu ist und ich darin erst Halt finden muss. Ich sage: »Na ja, dieser Kuss war nicht gerade weltbewegend.« Und meine Stimme zittert, ganz leicht.

Aber das war er doch. War er wirklich. Er hat die Welt ordentlich durchgeschüttelt.

Wir tun es wirklich. Es passiert. Wir begegnen uns und verändern die Welt, seine und meine.

Mein Körper ist wie ein einziger Nerv vom Kopf bis zu den

Füßen. Alles fühlt sich lebendig und *mehr* an. Mein Herz öffnet sich, wie das Herz von Rappaccinis Tochter Beatrice, als sie den jungen Giovanni trifft, der in ihren Garten gekommen ist. Während ich dastehe, kann ich beinahe fühlen, wie es sich öffnet, Blütenblatt um Blütenblatt, Schlag um Schlag.

JACK

Ich sage: »Ich liebe dich.«

Sie sagt: »Ich liebe dich auch.« Und dann lacht sie. »Es ist verrückt. Ausgerechnet *du.*«

»Ich weiß. Abgefahren.«

Sie legt eine Hand vor den Mund, aber ihre Augen leuchten. Ich denke an eine Wiese an einem Sommertag. Ich denke an die Sonne und daran, von innen und außen gewärmt zu werden.

Ich nehme ihre Hand unter dem graublauen Himmel und bin zu Hause.

DANKSAGUNG

Stell dir vor, dass ich dich liebe kommt aus meinem Herzen, von einem selbst erlebten Verlust, von Angst und Trauer und echten Menschen, die mir wichtig sind. Diese Menschen – und viele andere – haben mein Universum gehalten. Ohne sie hätte ich dieses Buch nicht schreiben können.

Zu allererst und ganz besonders danke ich euch, meinen Lesern auf der ganzen Welt, die zu meiner Familie geworden sind (#ReadersAreLife), ich liebe euch von ganzem Herzen und für alle Zeiten.

Ich danke meiner unvergleichlich brillanten, glänzenden Agentin, Kerry Sparks, dem intelligentesten, weisesten, reizendsten Wesen auf diesem Planeten, das sich immer, immer auf jede erdenkliche Weise um mich kümmert. Und ich danke dem gesamten Team der Levine-Greenberg-Rostan-Literaturagentur. Ihr habt meine Welt von Schwarz-Weiß in Technicolor verwandelt.

Ich danke meiner über alle Maßen liebenswerten Lektorin Allison Wortche und jedem einzelnen ihrer untrüglichen Instinkte. Sie schwingt keinen Rotstift, sondern einen Zauberstab. Und ich danke meinem unglaublich großartigen Verleger in Großbritannien, Ben Horslen, für seine Genialität.

Danke an alle bei Knopf, Random House Children's Books und

Penguin UK für ihre Freundlichkeit, ihre Unterstützung, ihren starken Glauben an mich und dafür, dass sie die besten sind, die es gibt. Unendlicher Dank an Barbara Marcus, Jenny Brown, Melanie Nolan, Dominique Ciminia, Jillian Vandall, Karen Greenberg, Kim Lauber, Laura Antonacci, Pam White, Jocelyn Lange, Zack O'Brien, Barbara Perris, Alison Impey, Stephanie Moss, Rosamund Hutchison und Clare Kelly. Und an David Drummon für das spektakuläre Cover.

Ein riesiges Dankeschön an meine Superstar-Assistentin Briana Bailey, für alles, was sie ist und tut, an die unglaubliche Shelby Padgett (die, ich schwöre, eine halbe Zauberin ist) und an Lara Yacoubian, WBA für immer. Außerdem an Letty Lopez und alle Redakteure, Journalisten und Mitarbeiter des *Germ Magazine*, mit besonderem Dank und Umarmung an Briana, Shelby und Jordan Gripenwaldt. Ihr macht mich schön, und ihr macht mich stolz auf alles, was wir - *ihr* - geleistet haben.

Ich musste nicht aus meinem Haus gerettet werden wie Libby, aber ich habe jahrelang mit Gewichtsproblemen und Angstzuständen gekämpft, insbesondere in Libbys Alter, und ich weiß, wie es sich anfühlt, gemobbt zu werden. Zusätzlich zu meiner eigenen Erfahrung habe ich aus den Erlebnissen von Familienmitgliedern und Freunden geschöpft, die ebenfalls aus erster Hand kennen, was Libby durchgemacht hat.

Ich selbst bin nicht gesichtsblind, habe aber ein Familienmitglied mit Prosopagnosie. Mein Cousin im Teenageralter hat gelernt, die Menschen in seinem Leben nicht an ihren Gesichtern zu erkennen, sondern an so wichtigen Dingen wie »wie nett sie sind und wie viele Sommersprossen sie haben«. Ich danke ihm dafür, dass er mir geholfen hat, so zu sehen, wie er sieht.

Außerdem geht ein großes Dankeschön an den bemerkenswerten – und prosopagnostischen – Jacob Hodes, der mein Buch akribisch durchgesehen hat. Er hat mir wichtiges Feedback gegeben, was funktioniert und was nicht, ebenso wie unschätzbare Vorschläge, um Jacks Reise so realistisch und authentisch wie möglich zu machen.

Ich danke dem Forschungszentrum für Prosopagnosie und Dr. Brad Duchaine vom Bereich für Psychologie und Hirnforschung am Dartmouth College für seine Hilfe und Großzügigkeit. Er und Dr. Irving Biederman, Professor für Neurowissenschaften und Psychologie an der University of Southern California, haben mir geduldig meine vielen Fragen beantwortet.

Ich möchte auch Chuck Close und Oliver Sacks danken, deren Arbeiten mich mit Inspiration und Informationen versorgt haben, sowie den Mitgliedern der Yahoo-Prosopagnosie-Gruppe, die mir einen faszinierenden, erhellenden Einblick gewährt haben.

Danke an Dr. William Rice III. vom Wake Forest Baptist Medical Center für seine medizinische Erfahrung und meinem geliebten Cousin Learyn von Sprecken, dem Ingenieursdynamo, der Jack und mir mit seinen umwerfenden Projekten geholfen hat.

Außerdem danke ich:

Meinen frühen Lesern: Louis Kapeleris, Angelo Sumelis, Jonda McNair, Garen Thomas, Nic Stone, Becky Albertalli und der großen Liebhaberin von *All die verdammt perfekten Tage*, Margaret Harrison, in deren Kurztext zu *Stell dir vor, dass ich dich liebe* steht: »Um ehrlich zu sein, habe ich nach *All die verdammt perfekten Tage* erwartet, dass jemand auf der letzten Seite von einem LKW überfahren wird oder so. Ich bin froh, dass niemand von einem LKW überfahren wurde.«

Meiner Autorenkollegin und Freundin Kerry Kletter. Sie ist nicht nur eine tolle Schriftstellerin, sondern auch eine tolle Lektorin. Sie kam in einem der ausschlaggebendsten Momente im Leben dieses Buchs an meine Seite und blieb die ganze Zeit dort, schenkte mir Liebe, hielt mir die Hand und gab mir die besten Last-Minute-Anregungen, auf die eine erschöpfte Schriftstellerin hoffen kann. Ich werde dir nie vergessen, was du Jack, Libby und mir gegeben hast.

Meinen anderen Autorenfreunden für die unausgesetzte Kameradschaft und Inspiration sowie allen Buchhändlern, Bibliothekaren, Pädagogen und Bloggern, die ich in den letzten zwei Jahren getroffen habe. Ihr seid waschechte Rockstars, und ich kann euch nie genug für alles danken, was ihr für mich getan habt.

Den *Jackson 5*, die mir beim Schreiben Gesellschaft geleistet haben, Sam und Dean und *Supernatural*, die mich am Ende eines langen Tages herunterkommen lassen, und dem überaus produktiven und talentierten *Jack Robinson*, der einen meiner Lieblingssongs aller Zeiten geschrieben – »I Love to Love« – und mir dankenswerterweise erlaubt hat, sein Lied zu zitieren.

Meiner Familie und meinen Freunden, nah und fern, vor allem meiner Herzensheimat, Louis, Angelo und Ed Baran, und meinen literarischen Katzen – ohne euch hätte ich die letzten zwei Jahre nicht überstanden.

Dieses Buch ist für meinen witzigen, stoischen, brillanten Dad, der mich immer bitten musste, die Musik leiser zu stellen (der mir aber höchstpersönlich die weltbeste – und größte – Stereoanlage gebaut hat).

Und es ist für meine Mutter, die mir meine Tanzschuhe und die Worte dazu geschenkt hat. Sie hat mich gelehrt, in die Haut anderer Menschen zu schlüpfen und daran zu glauben, dass ich alles sein kann, was ich sein will, und alles machen kann, was ich machen will, und die mich nie hat vergessen lassen, dass ich erwünscht bin. *Stell dir vor, dass ich dich liebe* ist das erste Buch, das ich geschrieben habe, das sie niemals lesen wird, aber *Du* hast es gelesen, und das bedeutet mir mehr, als ich sagen kann.

VERZEICHNIS DER ZITIERTEN WERKE

Truman Capote, *Kaltblütig.* Aus dem Amerikanischen von Kurt Heinrich Hansen, Reinbek bei Hamburg: Rowohlt 1966/2016.

Shirley Jackson, *Wir haben schon immer im Schloß gelebt.* Aus dem Amerikanischen von Anna Leube u. Anette Grube. Zürich: Diogenes 1988.

John Knowles, *Ein anderer Frieden.* Aus dem Amerikanischen von Hansjörg Schertenleib. München: Piper 2003.

Harper Lee, *Wer die Nachtigall stört.* Aus dem Englischen von Claire Malignon, überarbeitet von Nikolaus Stingl. Reinbek bei Hamburg: Rowohlt 1962/2015.

Arthur Miller, *Hexenjagd.* Frankfurt am Main: FISCHER Taschenbuch 1987.